A PROPOS DE L'AUTRICE

Née en Angleterre, **Carole Mortimer** ne pensait pas devenir écrivaine… Aujourd'hui, avec plus d'une centaine d'ouvrages à son actif, elle est l'une des autrices les plus connues et appréciées des lectrices. La clé de son succès ? Des histoires alliant romantisme et modernité, et, surtout, un amour évident pour ses personnages.

Magie sicilienne

*

Un troublant ange gardien

*

Amoureuse d'un célibataire

CAROLE MORTIMER

Magie sicilienne

INTÉGRALE

LA SAGA DES GAMBRELLI

Traduction française de
MARIE MAY

SAGAS

HARLEQUIN

Collection : SAGAS

Titre original :
THE SICILIAN'S RUTHLESS MARRIAGE REVENGE

Ce roman a déjà été publié en 2015

HARPERCOLLINS FRANCE
83-85, boulevard Vincent-Auriol, 75646 PARIS CEDEX 13
Service Lectrices — Tél. : 01 45 82 47 47 - www.harlequin.fr
ISBN 978-2-2804-8294-3 — ISSN 2426-993X

Composé et édité par HarperCollins France.
Imprimé en octobre 2022 par CPI Black Print (Barcelone)
en utilisant 100% d'électricité renouvelable.
Dépôt légal : novembre 2022.

FSC www.fsc.org MIXTE Papier issu de sources responsables FSC® C159065

Pour limiter l'empreinte environnementale de ses livres, HarperCollins France s'engage à n'utiliser que du papier fabriqué à partir de bois provenant de forêts gérées durablement et de manière responsable.

Prologue

Rien.

Il ne possédait plus rien.

L'argent avait été dépensé depuis longtemps. Au cours de l'année passée, il avait perdu aussi son appartement de Londres, sa villa en France, sa Ferrari rouge. Le tout à une table de roulette.

C'était une maladie, et il le savait. Mais une maladie contre laquelle il semblait ne pas exister de remède.

Cette nuit, il avait laissé au casino la seule chose qu'il s'était juré de ne pas utiliser pour nourrir sa passion. Et il avait entraîné sa famille dans une situation désastreuse.

Oh, mon Dieu…

Comment oserait-il regarder en face son père et Robin ? Leur dire ce qu'il avait fait ? Comment expliquerait-il sa trahison ?

C'était une chose impossible. Surtout après le chagrin qu'il leur avait déjà causé.

Ses mains serrèrent le volant de la voiture qu'il conduisait — une voiture de location, car il n'avait plus les moyens de s'en offrir une. Il négocia instinctivement le virage en épingle à cheveux de la route en corniche qui l'éloignait de Monte-Carlo. Un trajet que, malgré ses efforts pour combattre la fièvre du jeu, il referait en sens inverse, ce soir.

La mer bleu azur, en contrebas, paraissait si tentante !

S'il cédait à son appel… N'était-ce pas l'unique réponse à la malédiction qui l'accablait ?

Fini. Tout était fini.

Qu'allait-elle devenir à présent ? L'avenir se creusait devant elle tel un gouffre sans fond. Ses espoirs, ses rêves ne signifiaient plus rien, maintenant qu'elle savait la vérité. Pierre ne l'avait jamais aimée. Il n'avait certainement jamais eu l'intention de quitter sa femme pour elle.

Quand il l'avait assurée de son amour — il y avait de cela un an —, elle l'avait cru, sans se soucier qu'il soit marié, emportée par les sentiments fous qu'il lui inspirait. Et la venue au monde du fils qu'elle lui avait donné l'avait confortée dans l'idée qu'il divorcerait. Mais le lâche avait préféré tout avouer à son épouse.

Elle était donc restée seule avec son pauvre petit garçon.

Son Marco.

La naissance de l'enfant avait apporté la honte et la disgrâce dans sa famille. Cela, elle l'aurait supporté si Pierre ne l'avait ramenée à la triste réalité. La veille au soir, alors que, nichée dans ses bras après leurs étreintes, elle l'avait imploré de venir vivre avec elle et le bébé, il lui avait froidement annoncé qu'elle avait été seulement une conquête de plus sur la longue liste de ses maîtresses.

Des larmes coulèrent sur ses joues tandis qu'elle roulait sur la route en corniche, en direction de Monte-Carlo, pour regagner l'hôtel que sa famille possédait dans la principauté. Dans quelques instants, elle retrouverait son fils. Son superbe petit garçon, sans père.

Peut-être vaudrait-il mieux pour lui qu'elle disparaisse ? Qu'avait-elle à lui offrir, maintenant que son cœur était brisé en mille morceaux et que rien ne le réparerait jamais, comme elle en avait la certitude ? Pourquoi ne mettrait-elle pas un terme à son chagrin ? Cesare, son frère, s'occuperait de Marco, il le protégerait des stigmates liés à sa filiation, et veillerait à ce que personne ne lui fasse de mal.

Elle regarda la Méditerranée, scintillante comme un diamant sous le soleil, en contrebas. Si tentante.

Oui, elle pouvait le faire. Elle pouvait céder à cet appel. En finir une fois pour toutes…

Il n'avait pas entendu l'autre véhicule approcher, venant de la direction opposée. Son cerveau enregistra le fait que l'autre conducteur, pas plus que lui, n'avait essayé d'éviter la collision. Ils se heurtèrent de plein fouet, dans un bruit de métal assourdissant.

Il eut le temps de remarquer la beauté du visage de la jeune conductrice. De son côté, elle le regarda, une expression hagarde dans les yeux.

Et les deux voitures commencèrent à tomber, plongeant dans le vide, comme aspirées par les profondeurs fascinantes de la Méditerranée…

1

— La femme avec Charles Ingram, vous savez qui c'est ? demanda Cesare abruptement.

— Pardon ?

Peter Sheldon l'interrogeait du regard, l'air déconcerté.

Même s'ils se trouvaient à un gala de charité, les deux hommes étaient en train de discuter affaires lorsque l'attention du premier s'était relâchée, brusquement captivée par la femme éblouissante qu'il avait aperçue à l'autre extrémité de la salle, auprès de Charles Ingram.

Charles Ingram, son pire ennemi !

Cesare esquissa un sourire qui révéla la blancheur parfaite de ses dents, mais qui n'adoucit pas la lueur sévère de son regard noir.

— Je me demandais seulement qui est la belle femme à côté de Charles Ingram…, reprit-il d'un ton délibérément neutre, sans cesser d'observer le couple mal assorti.

A l'approche de la soixantaine — cheveux argentés, silhouette mince —, Charles Ingram était resté un homme séduisant. Quant à l'inconnue près de lui, elle arrivait à éclipser, par sa beauté hors du commun, les femmes toutes plus jolies les unes que les autres présentes dans cette salle.

Ses cheveux couleur miel tombaient en vagues soyeuses jusqu'à la taille. Et, même à distance, Cesare pouvait remarquer le violet profond de ses yeux. Sa peau avait la blancheur laiteuse des magnolias, sa bouche était pulpeuse, tentante, son cou long et flexible. La robe blanche qu'elle portait, d'une coupe très simple, mettait en valeur les courbes voluptueuses de ses seins, de ses hanches, et accentuait sa grâce naturelle.

Une de ses mains reposait d'une manière légèrement possessive sur le bras de son compagnon, et Cesare se surprit à éprouver un pincement de jalousie en notant l'air de complicité qui émanait du couple malgré leur grande différence d'âge.

— Une beauté, n'est-ce pas ? murmura Peter Sheldon, admiratif. Belle, mais inaccessible.

— Vous voulez dire qu'Ingram en a l'exclusivité ? demanda Cesare.

A la pensée du gâchis que représenterait cette merveille de sensualité dans le lit de Charles Ingram, ses mâchoires se crispèrent.

— Pas du tout. La dame en question est Robin Ingram, la fille de Charles.

Il fallut quelques secondes à Cesare pour digérer l'information.

Robin Ingram…

La fille de Charles Ingram ?

Et non sa maîtresse, comme il l'avait imaginé ! Une maîtresse que Cesare se serait fait un plaisir de séduire, rien que pour l'éloigner d'un amant trop vieux pour elle.

Au cours des trois derniers mois, il avait rassemblé tous les renseignements possibles sur l'homme qu'il haïssait — y compris la taille de ses chemises.

Ces informations incluaient, bien sûr, le second enfant d'Ingram. Mais Cesare avait pensé — à tort, semblait-il — que Robin était le *fils* cadet de Charles et que, en tant que tel, il présentait très peu d'intérêt.

— Je croyais que Robin était un prénom masculin, dit-il.

Il parlait l'anglais parfaitement bien. Aussi bien que l'italien, sa langue natale. Ainsi que le français, l'allemand et l'espagnol.

— Pas toujours, expliqua son compagnon. C'est un de ces prénoms que l'on donne indifféremment à l'un ou l'autre sexe.

Ainsi, le second enfant de Charles Ingram — Robin — était une femme… Une femme terriblement séduisante.

Ce qui allait peut-être changer les plans que Cesare avait conçus pour se venger de la famille Ingram…

— Papa, il y a un homme à l'autre bout de la salle. Je me demande qui c'est. Non, ne te retourne pas vers lui tout de suite. Un homme avec des yeux noirs, qui a l'air d'un étranger. Il n'arrête pas de me regarder.

Charles Ingram se mit à rire.

— J'en ferais autant si tu n'étais pas ma fille.

Recouvrant son sérieux, il ajouta :

— Tu es particulièrement resplendissante, ce soir, Robin. Je suis heureux que tu m'aies persuadé de t'accompagner. Tu avais raison. On ne peut pas fuir les gens juste parce qu'on redoute qu'ils nous parlent de Simon.

Détournant les yeux de l'homme qui la regardait si intensément de l'autre côté de cette salle bondée d'invités, Robin les reporta sur son père, et reconnut sur son visage les stigmates d'un chagrin persistant.

Les trois derniers mois n'avaient été faciles ni pour l'un ni pour l'autre : la mort inattendue de son frère Simon dans un accident de voiture les avait déchirés.

Arriveraient-ils jamais à se remettre complètement de ce deuil ? Cependant, elle avait convaincu son père d'assister avec elle à ce gala de charité, pensant qu'il était temps de renouer avec la vie sociale. D'ailleurs, n'était-ce pas ce que Simon aurait souhaité ?

— Bon, oublions cela pour l'instant et revenons-en à ton étranger aux yeux noirs, reprit Charles d'un ton délibérément joyeux. Lequel est-ce ?

Il se retourna. Son regard traversa la salle, où se pressait la masse des gens qui avaient payé une fortune pour participer à cette soirée caritative.

— Tu ne peux pas ne pas le remarquer, répondit Robin.

Son attention se focalisa de nouveau sur l'inconnu. Elle nota, alors, qu'il dominait de sa haute taille presque tous les autres hommes présents dans la pièce.

— Grand. Très grand. Entre trente-huit et quarante ans. Avec des cheveux noirs, un peu trop longs.

Sous l'impact des yeux brillants fixés sur elle, la jeune femme frémit.

— Il est à côté de Peter Sheldon…

Sentant le bras de son père se tendre sous ses doigts, elle le considéra, anxieuse.

— Qu'est-ce qu'il y a, papa ?

— Je veux que tu te tiennes à l'écart de cet homme, Robin !

Sur ces mots, Charles se plaça devant sa fille, comme pour la protéger d'un danger imminent.

— Mais qui est-ce, papa ?

— Il s'appelle Cesare Gambrelli.

Gambrelli… Pourquoi ce nom avait-il une résonance familière à ses oreilles ? s'interrogea Robin. Pourtant, elle était certaine de n'avoir jamais rencontré cet homme. Il n'était pas de ceux qu'on oublie !

— Italien, à l'évidence, continua son père. Hyper-riche. Propriétaire, entre autres choses, de la chaîne d'hôtels Gambrelli.

Voilà pourquoi son nom ne lui était pas étranger, songea Robin. Car, bien sûr, elle connaissait les hôtels Gambrelli. Il lui était d'ailleurs arrivé de séjourner dans plusieurs d'entre eux.

Mais qui ne connaissait pas les luxueux établissements implantés dans la plupart des capitales du monde ? Ou les consortiums de médias, les studios de musique et de films, ou encore la compagnie aérienne Gambrelli ?

Et cet homme, Cesare Gambrelli, était le propriétaire de toutes ces richesses.

Toutefois, cela n'expliquait pas l'aversion que son père semblait lui vouer.

— Je ne comprends pas…, commença Robin. Qu'est-ce qui…

Brusquement, elle s'interrompit, avant de reprendre à voix basse :

— Ne regarde pas maintenant, papa, je crois qu'il vient vers nous.

Du haut de son mètre soixante-dix-sept auquel s'ajoutaient les six centimètres de ses talons aiguilles, Robin pouvait voir aisément, par-dessus l'épaule de son père, que Cesare Gambrelli se dirigeait vers eux.

Arrivé à leur hauteur, il tendit la main à Charles sans émotion apparente et le salua courtoisement.

— Charles…

Puis il se tourna vers Robin.

— Et je crois que c'est votre ravissante fille, n'est-ce pas ?

— C'est Robin, oui, répondit Charles à contrecœur. Je suis surpris de vous voir à une manifestation comme celle-ci, Gambrelli.

Lentement, Cesare parcourut des yeux la jeune femme, s'émerveillant de la sensualité de ses lèvres pleines, du violet profond de ses iris, de sa peau laiteuse, du galbe de ses seins, aussi tentants qu'il l'avait imaginé. Ensuite, il reporta son attention sur Ingram.

— Vous me considérez comme un homme dénué de tout sentiment charitable, Charles ? demanda-t-il.

Robin avait déjà deviné ce que son père pensait de cet homme et, après deux minutes seulement passées en sa compagnie, elle fut confortée dans cette impression : Cesare Gambrelli était dangereux.

Un prédateur, puissant, ombrageux et redoutable !

Mais aussi, l'homme le plus séduisant qu'elle eût jamais rencontré. Il avait les yeux si foncés qu'ils paraissaient noirs, le nez aquilin, les lèvres bien dessinées, presque dures. Ses cheveux, couleur d'ébène, coiffés en arrière, frôlaient le col blanc de sa chemise. Avec ses épaules larges, musclées, son corps mince, athlétique, il émanait de lui une aura d'autorité, de domination. Oui, c'était sans conteste l'individu le plus inquiétant sur lequel Robin eût posé le regard.

Et cette manière qu'il avait de la dévisager, de la détailler, comme si elle avait été un insecte sous la loupe d'un entomologiste…

Elle rougit. Non qu'elle se sentît embarrassée. Seulement parce que sa proximité la troublait dans son intimité de femme.

Son père répondit à Cesare :

— Pas du tout. Mais ce gala a été organisé pour venir en aide à une association caritative anglaise. Or vous êtes italien, n'est-ce pas ?

— La charité ne s'arrête pas aux frontières. Mais vous vous trompez, Charles. Je suis sicilien, pas italien.

Cette dernière observation, formulée pourtant d'une voix soyeuse, avait touché son père et accru la tension qui l'habitait depuis que Cesare les avait rejoints, remarqua Robin.

Que se passait-il entre les deux hommes ? se demanda-t-elle. Car il était clair que leur conversation impliquait autre chose que ce gala de charité. Que leurs propos avaient un double sens. Un sens mystérieux pour elle.

— J'admets mon erreur, murmura Charles.

Une erreur coûteuse, en ce qui concernait Cesare. Fidèle à la réputation des Siciliens — dont on connaissait le peu d'aptitude à l'indulgence —, Cesare n'avait pas pardonné à la famille Ingram de l'avoir privé de sa sœur. La mère de Marco.

Il reporta délibérément toute son attention sur Robin.

— Vous appréciez cette soirée, mademoiselle Ingram ?

A en juger d'après la manière dont ses seins s'étaient tendus sous la mince étoffe de la robe, elle n'était pas indifférente à sa virilité. Cela malgré la tension palpable entre son père et lui. Ce constat le réjouit.

Il n'avait pas encore complètement reconsidéré ses projets, mais il savait déjà que ses plans de vengeance ne se limiteraient pas à la personne de Charles Ingram. La belle Robin représentait une cible beaucoup plus attrayante que son père.

— Oui, répondit-elle en baissant les yeux.

Modeste ? Timide ? Non, décida Cesare. Ces qualificatifs ne convenaient pas à Robin Ingram.

Peter Sheldon avait fait d'elle une autre description.

A vingt-sept ans — dix ans de moins que Cesare —, elle avait été mariée pendant trois ans au fils d'un aristocrate, union dont n'était sorti aucun enfant. Après son divorce — il était curieux d'apprendre qui avait demandé la séparation et pour quelle raison —, il y avait de cela un an, elle avait repris son nom de jeune fille et n'avait montré aucune inclination à renouveler l'expérience. D'où la remarque de Peter : « Belle, mais inaccessible. »

Aucun homme aimant les défis n'aurait hésité à relever celui-ci. Encore moins si, comme Cesare, il était animé d'un esprit de vengeance.

— Mon ami Peter Sheldon m'a dit que vous vous étiez occupée de l'organisation de cette soirée, mademoiselle Ingram. Mes compliments.

Robin inclina légèrement la tête.

— Merci, répondit-elle. Mais comme nous n'avons pas encore dîné, vos félicitations sont peut-être un peu prématurées.

— Malheureusement, je ne resterai pas au repas. J'ai… des obligations personnelles… ailleurs. Mais je suis certain que le reste de la soirée sera un succès pour vous.

— Je l'espère aussi, dit Robin.

Le ton de regret qu'il perçut dans sa voix existait-il vraiment ou l'avait-il imaginé ? s'interrogea Cesare.

De son côté, la jeune femme se surprit à fantasmer sur ce que pouvaient être les « obligations personnelles » qu'il avait invoquées. Aussitôt, elle s'admonesta. Qu'il passe la nuit dans le lit d'une maîtresse lui importait peu, en définitive…

En était-elle vraiment certaine ?

Depuis son divorce, à peine était-elle sortie dîner avec un homme. Sa frustration était telle que la seule vue d'un représentant du sexe masculin mettait ses sens en ébullition. Cesare Gambrelli n'avait pas failli à la règle.

Cesare Gambrelli, dont elle devait se tenir éloignée si elle tenait compte de la recommandation de son père.

— Il est temps que nous nous rendions au banquet, déclara-t-elle, remarquant avec soulagement que les quelque trois cents invités se dirigeaient vers la salle où les tables étaient dressées. J'ai été ravie de vous rencontrer, monsieur Gambrelli.

Paroles de pure courtoisie, naturellement, devina-t-il.

Et, avec la même froide politesse, il rétorqua :

— Vraiment ? Dans ce cas, je ferai tout pour que nous nous rencontrions de nouveau, Robin. *Sans tarder.*

Elle sentit sa gorge se serrer. Réaction qui ne passa pas inaperçue aux yeux de Cesare Gambrelli.

— A très bientôt, donc, ajouta-t-il avant de saluer le père de la jeune femme d'un bref hochement de tête et de s'éloigner à longues enjambées.

— Je ne veux pas que tu laisses cet homme t'approcher, ordonna Charles Ingram dont le teint avait pâli.

— Mais pourquoi… ?

— Je te demande seulement de me faire confiance et, je t'en prie, tiens-toi à l'écart de lui. Cet homme est dangereux. Je ne te le répéterai jamais assez.

N'était-ce pas exactement ce que Robin avait pensé il y avait seulement quelques minutes ? Et, après l'impression que Cesare Gambrelli lui avait faite — son corps vibrait encore du besoin qu'il avait suscité dans sa chair —, elle avait vraiment l'intention de le fuir.

Tout en présumant, après le dernier commentaire entendu dans sa bouche, qu'il ne lui rendrait pas la tâche facile.

2

— C'est très aimable à vous de me recevoir, mademoiselle Ingram, murmura Cesare Gambrelli.

Robin se leva avec grâce de son siège.

Avait-elle le choix ?

Assurément, non.

L'homme était venu sonner à la porte. Il avait demandé à voir Charles Ingram. Comme on lui avait annoncé qu'il était sorti mais que Robin était là, il avait dit qu'il aimerait la rencontrer.

Malgré les mises en garde paternelles — dont elle ignorait toujours les raisons —, il aurait paru inconvenant, sinon grossier, de refuser de recevoir le visiteur alors qu'il la savait présente à la maison.

Aujourd'hui, il portait un sobre costume d'homme d'affaires, une chemise bleu pâle, une cravate bleu marine, mais il semblait aussi arrogant dans ces vêtements stricts que dans son smoking.

Après le dernier commentaire dont il l'avait gratifiée au gala de charité, la jeune femme avait eu la certitude qu'il se manifesterait à un moment ou à un autre. Sans envisager, un seul instant, qu'il viendrait à l'appartement londonien de son père, où elle avait emménagé après son divorce.

— Asseyez-vous, je vous en prie, monsieur Gambrelli…

Elle désigna l'un des somptueux fauteuils du salon assortis au canapé sur lequel elle lisait avant son arrivée.

— Merci.

Une fois assis, le visiteur produirait un impact moins fort

sur elle, avait pensé Robin en formulant l'invitation. Elle s'était trompée. Même quand il ne la dominait pas de sa haute taille, la formidable aura de virilité qui émanait de lui l'enveloppait tout entière, réveillait ses sens d'une manière outrageuse. Et elle avait senti ses seins se dresser sous la soie claire du chemisier qu'elle portait avec un pantalon noir.

Peut-être était-ce à cause des yeux noirs qui pesaient sur sa poitrine, sur ses hanches ?

Quelle qu'en soit la raison, cet homme la troublait autant qu'il l'avait fait une semaine auparavant, il excitait son imagination… N'avait-elle pas l'impression de percevoir le contact de ses doigts sur sa peau, de sa bouche sur sa chair… ?

Elle s'installa au bord du canapé et regarda le visiteur.

— Que puis-je faire pour vous, monsieur Gambrelli ?

« Beaucoup de choses », reconnut-il secrètement en la considérant, un sourire entendu aux lèvres.

Cette femme dont la beauté était aussi rayonnante, aujourd'hui, avec ses cheveux couleur miel répandus librement sur les épaules, avait un corps capable de conduire tout homme qui le posséderait aux frontières de la folie.

Mais pas Cesare, bien sûr. *Lui* conserverait toujours le contrôle des relations qu'il pourrait avoir avec Robin Ingram. Et peu importait la nature de ces relations.

— Et si, pour commencer, vous m'appeliez Cesare… ? suggéra-t-il en guise de réponse.

Il la vit rougir.

Non pas comme une vierge effarouchée, car à vingt-sept ans, divorcée, elle ne jouait plus dans cette catégorie ! Comme une femme riche d'une expérience sexuelle, que la présence d'un homme excitait.

Cet éclat dans les yeux violets ne trompait pas. Malgré son attitude modeste, les mains sagement nouées sur les genoux, Robin Ingram — l'inaccessible Robin Ingram — le désirait avec une férocité qu'elle ne parvenait pas à dissimuler.

Ce qui devrait rendre les quelques minutes suivantes beaucoup plus simples pour tous les deux.

La situation se révélait affreuse. Robin était consciente qu'à la seule vue de cet homme son corps s'embrasait. S'il se déshabillait, là, en face d'elle, révélant son corps bronzé, musclé, dans sa glorieuse nudité, elle aurait probablement un orgasme sur-le-champ !

— Eh bien… Cesare, finit-elle par dire. Vous vouliez voir mon père, n'est-ce pas ?

— Non. C'était vous que je voulais voir. J'ai demandé à voir votre père parce que je savais qu'il n'était pas là.

Robin considéra le visiteur, déconcertée.

— Je ne comprends pas.

— Je sais, répliqua-t-il. Mais je puis vous assurer que vous comprendrez bientôt.

La menace décelable dans le ton de sa voix suscita un frisson d'appréhension le long de l'épine dorsale de la jeune femme.

Elle se leva brusquement, les joues brûlantes de colère, à présent.

— J'ignore à quel jeu vous jouez, monsieur Gambrelli, mais je peux vous assurer…

— Il ne s'agit pas de jeu.

Le regard de Cesare luisait d'un éclat mauvais. Ses traits, sa mâchoire crispée exprimaient le mépris.

— Asseyez-vous, ordonna-t-il froidement.

— Comment osez-vous… ?

— J'ai dit : asseyez-vous, Robin, répéta-t-il.

— Dois-je vous rappeler que vous êtes un invité dans ma maison, monsieur Gambrelli ? Un invité indésirable. Sachez aussi que je ne reçois d'ordres de personne.

— Quand vous serez assise, nous parlerons, dit Cesare d'un ton calme. Ou plutôt, je parlerai et vous écouterez. Et quand votre père sera rentré, plus tard, dans l'après-midi, vous lui annoncerez que vous avez décidé de devenir ma femme.

— Votre… votre…, bégaya Robin, aussi stupéfaite

qu'outragée. Pourquoi ferais-je cela ? Vous vous sentez bien, monsieur Gambrelli ? Voulez-vous que j'appelle un médecin ?

— Je me sens parfaitement bien, affirma-t-il. Rassurez-vous, je suis sain d'esprit et de corps.

La jeune femme continuait de le regarder, la mine inquiète. Il ne subsistait en elle aucune trace d'excitation sexuelle, remarqua-t-il, amusé.

Aucune importance. Elle aurait tout le temps pour lui témoigner son désir lorsqu'elle serait son épouse. N'avaient-ils pas, devant eux, une vie entière, pour satisfaire l'envie qu'ils avaient l'un de l'autre ?

Une fois qu'ils seraient mariés…

Pendant ces six derniers jours, Cesare avait mené une enquête approfondie sur Robin Ingram — ex-Mme Robin Bennett — et il connaissait, maintenant, la taille exacte de son soutien-gorge, parmi d'autres éléments la concernant qu'il était probablement le seul à savoir.

Ainsi, il avait appris la véritable raison pour laquelle son mari avait demandé le divorce. Une raison qui n'avait rien à voir avec l'« incompatibilité » invoquée officiellement. A cette pensée, la bouche de Cesare se pinça.

Beaucoup de choses changeraient pour Robin, quand il lui aurait passé la bague au doigt. Elle deviendrait la mère de Marco, naturellement. Mais Cesare voulait aussi qu'elle lui donne d'autres enfants. Celle qui deviendrait Mme Cesare Gambrelli passerait les quelques années suivantes pieds nus et enceinte !

Ce ne serait que justice, pensait-il. Le frère de cette femme n'avait-il pas causé la mort de sa propre sœur, Carla, privant Marco de sa mère ?

Sans doute Robin ne verrait-elle pas les choses sous le même angle que lui. Mais peu importaient les objections qu'elle formulerait. Il avait d'autres arguments pour la soumettre à sa volonté, si nécessaire. Et, à en juger d'après l'expression rebelle de son joli visage, il y avait fort à parier que ce serait le cas.

— Asseyez-vous avant que vous ne vous écrouliez, ordonna-t-il.

Son appréhension, sa peur étaient-elles si évidentes ? se demanda-t-elle.

Question stupide ! Quelle femme ne serait pas nerveuse en présence d'un homme assez arrogant pour s'introduire chez elle et l'informer de leur prochain mariage ?

— Je préfère rester debout, merci, répondit-elle d'un ton ferme. Et maintenant, j'aimerais vraiment que vous partiez. Vous vous faites des illusions, si vous pensez que je souhaite vous épouser et…

Avec un rire dénué d'humour, Cesare l'interrompit :

— Permettez-moi de vous assurer que je ne me fais aucune illusion en ce qui vous concerne, Robin. Vous êtes la fille gâtée, choyée, capricieuse, d'un homme qui n'a aucun contrôle sur ses enfants…

— Sortez immédiatement !

— … et la sœur de l'homme responsable de la mort de *ma* jeune sœur.

Elle fixa Cesare. Ses yeux violets exprimaient le désarroi. Son teint était devenu livide.

Gambrelli… !

Ce nom avait résonné familièrement à ses oreilles, lors de la soirée caritative. Aujourd'hui, elle comprenait pourquoi.

Son frère Simon avait été tué dans un accident de voiture près de Monaco, trois mois auparavant. La conductrice du véhicule qu'il avait heurté de plein fouet avait aussi perdu la vie dans la collision. Elle s'appelait Carla Gambrelli.

La sœur de Cesare Gambrelli… ?

Le traumatisme avait été rude pour les deux familles. Mais, Robin en avait la certitude, une fois que son père se fut un peu remis du choc, il avait envoyé une lettre de condoléances aux proches de Carla. A Cesare Gambrelli… ?

Elle hocha la tête.

— Comme mon père l'a écrit à l'époque, nous sommes

tellement désolés pour la perte de votre sœur, monsieur Gambrelli — comme nous le sommes pour celle de mon frère...

— Je ne veux pas de vos excuses !

Cesare se leva. De nouveau sa puissante présence domina la pièce. Ses yeux féroces plongèrent dans ceux de la jeune femme.

— Aucune excuse ne me rendra ma sœur.

— Ni mon frère Simon, rappela Robin avec calme.

Les Gambrelli avaient-ils réagi à la lettre de son père ? Il n'en avait jamais fait mention. Cependant, la manière dont Cesare Gambrelli se comportait en cet instant laissait supposer que son mot était resté sans réponse.

— Votre frère était un propre à rien et un joueur. Un homme sans honneur. Un homme dont la mort n'est pas une grande perte. Tandis que...

L'accusation fit à Robin l'effet d'un coup porté au plexus.

— Comment pouvez-vous dire cela ? murmura-t-elle d'un ton incrédule.

— Je le dis parce que c'est la vérité. Votre frère avait tout perdu au jeu. Il était le déshonneur de sa famille...

— C'est à mon père et à moi d'en décider.

L'émotion étreignait le cœur de Robin.

— Ecoutez, continua-t-elle, je comprends que la mort de votre sœur vous bouleverse, monsieur Gambrelli. Et je partage votre émotion, sincèrement. Mais votre sœur et Simon sont entrés en collision dans un virage, sur une route étroite de montagne. Vous ne pouvez sérieusement attribuer la responsabilité de la mort de votre sœur à Simon...

— Je le peux et je le fais, assura Cesare farouchement.

La rage qui l'avait saisi en apprenant comment Carla était morte l'étreignait de nouveau.

Elle était tout pour lui. Sa naissance avait coûté la vie à leur mère. Et, à la disparition de leur père — disparition prématurée due à l'alcool —, c'était à lui qu'on avait confié la charge d'élever sa jeune sœur. Elle avait onze ans à l'époque, Cesare vingt-deux.

Il l'avait aimée profondément, il l'avait protégée. Et Simon Ingram l'avait tuée !

— Votre frère avait passé toute la soirée au casino avant que l'accident ne se produise, poursuivit-il. Plusieurs témoins ont confirmé qu'il était très perturbé par ses pertes d'argent, qu'il était belliqueux, agressif. Qu'il s'était même bagarré avec un des clients avant de quitter le casino.

Cesare marqua une pause, puis il reprit :

— Quant à Carla, elle avait dîné avec des amis, à Nice, ce soir-là. J'ai parlé à Pierre et Clarisse Dupré. Ils ont confirmé tous les deux que Carla était heureuse et gaie quand elle les a quittés. Ma sœur était prudente au volant, Robin. A votre avis, lequel des deux est le plus susceptible d'avoir provoqué l'accident ?

L'émotion de Robin était presque palpable. La pâleur de son visage, l'expression de désolation de ses yeux violets, la moue désabusée de sa bouche légèrement tremblante la rendaient encore plus belle, nota Cesare.

— Le rapport de police n'apportait aucune conclusion quant à la cause de l'accident…, commença-t-elle.

Il ne la laissa pas terminer sa phrase.

— Je sais ce que le rapport disait, Robin. Je demandais qui des deux, à *votre* avis, était responsable.

Ne sachant que répondre, elle détourna la tête pour échapper au regard accusateur de son visiteur.

Son père et elle connaissaient la passion de Simon pour le jeu. Ils n'ignoraient pas ses réactions agressives quand il perdait. Ce qui arrivait la plupart du temps.

Mais de là à croire les allégations de cet homme…

Quoi qu'il en soit, elle ne comprenait toujours pas pourquoi, partant de ses accusations, Cesare Gambrelli la demandait en mariage.

Elle redressa les épaules, leva le menton, osa de nouveau l'affronter en face.

— L'accident a été une tragédie pour nos deux familles, monsieur Gambrelli, dit-elle d'une voix douce. Je ne pense pas que le fait de jeter le blâme sur l'un ou l'autre nous aidera à mieux supporter la situation. Cela ne nous rendra ni mon frère ni votre sœur.

— Ni la mère de Marco.

Robin hésita. Depuis plusieurs minutes, elle trouvait la conversation surréaliste. A présent, elle n'arrivait plus à la suivre.

— Marco ? répéta-t-elle.

Cesare la considéra, un sourire mauvais aux lèvres.

— Encore quelque chose que vous refusez de reconnaître ? demanda-t-il. Ou n'êtes-vous vraiment pas au courant ?

— Au courant de quoi ?

— Que Carla a laissé un fils. Un bébé qui avait trois mois au moment de sa mort !

Les genoux de Robin fléchirent légèrement. La nausée monta à sa bouche. Elle s'effondra sur le canapé.

Carla Gambrelli avait laissé un petit orphelin de trois mois ? Perdre Simon avait été une tragédie pour son père et elle. Mais l'épreuve subie par Cesare Gambrelli prenait une dimension terrible.

Elle le regarda.

— Où est le bébé… votre neveu… maintenant ?

— Marco est avec moi, naturellement.

— Mais je… et son père ?

— Il n'y a pas de père.

Evidemment, il y avait un père. Il devait y en avoir un ! Même si, comme Cesare semblait le suggérer, il refusait de reconnaître son fils…

— Il n'a personne d'autre que moi. C'est pourquoi Marco est, aujourd'hui, mon fils adoptif. Un fils qui a besoin d'une mère.

Robin fronça les sourcils. Etait-ce la raison pour laquelle

cet homme lui demandait d'être sa femme ? Pour remplacer la mère de Marco, dont Simon aurait causé la mort ?

C'était ridicule !

Dément, même.

Cesare ne pouvait pas penser sérieusement qu'elle accepterait…

Il le pensait, à l'évidence. Elle en prit conscience en voyant l'expression de son visage, dure et sans concession.

— Je suis désolée, reprit-elle. Je ne savais pas. Mais cela ne change pas le fait que votre proposition de mariage est une idée grotesque.

— Il ne s'agissait pas d'une *proposition* de mariage, Robin, mais d'une déclaration d'intention, rectifia Cesare, totalement impavide. Vous deviendrez ma femme dès que les formalités auront été accomplies.

— Vous ne pouvez m'obliger à vous épouser, monsieur Gambrelli.

— Nous avions décidé que vous m'appelleriez Cesare, je vous le rappelle.

— C'est vous qui l'avez décidé ! Et aucune pression de votre part ne me fera céder. Jamais je ne vous épouserai.

— Vraiment ? Eh bien, figurez-vous que je suis sûr du contraire.

La voix de Cesare était devenue douce comme du velours.

Robin leva les yeux vers lui, déconcertée, et lut dans son regard une implacable détermination.

Le plan initial qu'il avait élaboré pour mettre la famille Ingram à contribution n'impliquait pas le mariage, reconnut-il en son for intérieur. Mais depuis qu'il avait rencontré la fille de Charles, il avait décidé que c'était une solution beaucoup plus pratique. Ainsi, à la place de sa nourrice actuelle, Marco aurait la mère dont il avait si désespérément besoin. Une mère qui, en tant qu'épouse, apporterait à Cesare un plaisir appréciable.

Plaisir que Robin Ingram n'avait pas semblé dédaigner quelques instants plus tôt…

— Allons, Robin, reprit-il avec impatience, partager mon lit ne serait pas si… inenvisageable, n'est-ce pas ?

Partager son lit… Cette éventualité affola Robin.

Quelques minutes seulement auparavant, un seul regard porté à cet homme avait suscité en elle un désir jamais éprouvé. Néanmoins, ce désir l'avait désertée à l'instant où il lui avait fait part de son intention de se venger en l'épousant.

Son premier mariage s'était révélé un tel désastre qu'elle n'avait aucune intention de renouveler l'expérience. Surtout pas avec Cesare Gambrelli. Elle n'avait pas besoin d'en savoir davantage sur lui pour avoir la certitude qu'en unissant sa vie à la sienne, elle allait au-devant d'une catastrophe encore plus grande.

— Cette question ne mérite même pas une réponse, dit-elle d'un ton ferme.

Mais le visiteur avait franchi l'espace qui les séparait. Il l'obligeait à se lever, et la prenait quasiment dans ses bras.

— Que faites-vous ? protesta-t-elle.

— Je veux vous montrer…, murmura-t-il.

Sur ces mots, il inclina la tête, et ses lèvres emprisonnèrent celles de Robin. Elle voulut résister. Elle savait qu'elle devait résister, le repousser, lui ordonner une fois encore de s'en aller. Peut-être l'aurait-elle fait si elle n'avait perçu contre son ventre la puissance de sa virilité, si elle n'avait senti dans sa propre intimité naître le feu de la volupté, un feu de plus en plus intense à mesure que le baiser de Cesare s'approfondissait. Des spasmes de plaisir la surprirent et, lorsqu'ils cessèrent, elle ne put que regarder son compagnon, hagarde, tandis qu'il libérait sa bouche et la considérait d'un air de triomphe.

— Non, Robin, je ne pense pas que l'idée de partager mon lit soit tellement inenvisageable, à vos yeux, déclara-t-il.

Ses paroles et le ton de dédain dans sa voix produisirent sur Robin l'effet d'une douche froide. Elle n'eut pas à se débattre pour se dégager des bras de Cesare. Il l'avait déjà libérée de son étreinte.

— Espèce de sauvage ! s'écria-t-elle, le visage brûlant à la fois de la poussée de désir qu'il avait suscitée en elle et de la fureur qu'il lui inspirait à présent.

— Peut-être, admit-il tranquillement, mais vous m'épouserez, Robin. Et le plus tôt possible.

— N'y comptez pas ! se récria-t-elle. Jamais je ne vous épouserai.

— Oh, mais si…, Robin. Vous deviendrez ma femme. Et cela, sans difficulté, je vous l'affirme.

Avec quelle assurance il avait prononcé ces mots ! Elle le dévisagea, consciente, soudain, que quelque chose lui échappait.

— Qu'est-ce que vous ne m'avez pas encore dit ? s'enquit-elle.

— Aussi intelligente que belle, commenta Cesare, l'air narquois.

Malgré son apparent détachement, ce qui s'était passé quelques minutes avant ne l'avait pas laissé aussi indifférent qu'il l'aurait souhaité.

Robin Ingram possédait une sensualité à fleur de peau, un corps capable de répondre par un orgasme à un simple baiser.

Mais il n'avait pas l'intention de lui faire l'amour dans le salon de l'appartement de son père. Il voulait la prendre dans un lit où ils seraient nus tous les deux, où il pourrait toucher chaque parcelle de sa peau, et la regarder jouir sous ses caresses avant qu'elle ne lui procure le même plaisir.

— Ce que je ne vous ai pas encore dit ? poursuivit-il, un sourire cruel aux lèvres. Comme c'est astucieux de votre part, Robin, de vous douter que j'ai gardé le meilleur pour la fin !

— Oh, cessez vos sarcasmes et finissons-en ! s'impatienta-t-elle.

— La frustration sexuelle n'a pas amélioré votre caractère, on dirait.

— Vous avez exactement trente secondes pour me dire pourquoi vous êtes tellement sûr que je vous épouserai. Après quoi j'appellerai le majordome pour vous faire sortir — de force si nécessaire — de la maison de mon père.

— Cela m'étonnerait que vous en arriviez là, répliqua Cesare sans se troubler. Néanmoins, je veux bien satisfaire votre curiosité.

Après une pause, il poursuivit.

— En fait, il a toujours été dans mes intentions de vous dire exactement pourquoi vous n'avez pas d'autre choix que d'accepter de devenir ma femme.

— Je vous écoute, rétorqua Robin.

Elle ne souhaitait qu'une chose : voir cet homme s'en aller. Sortir non seulement de la maison, mais de sa vie !

Comme le regard du visiteur se posait sur ses seins, où il s'attardait, elle l'avertit :

— Il vous reste dix secondes.

En souriant, il fouilla dans la poche intérieure de sa veste, en sortit plusieurs feuilles de papier qu'il commença à déplier avec une lenteur exaspérante.

Tandis qu'elle le regardait, Robin eut l'impression d'être une mouche en train d'observer l'araignée dont la toile venait de l'emprisonner. A en juger d'après son attitude imperturbable — et quel que soit le contenu de ces documents —, Cesare devait savoir qu'elle n'était pas en mesure de refuser sa proposition de mariage.

Une proposition qui, en réalité, était une déclaration d'intention.

3

— Est-ce que le moment d'appeler le majordome n'est pas arrivé, Robin ? demanda Cesare Gambrelli. Je crois que les dix secondes que vous m'aviez allouées sont passées.

Oui, elles étaient passées. Elles s'étaient écoulées lentement, péniblement, tandis qu'il dépliait avec méticulosité les feuillets de papier qu'il avait sortis de sa poche.

Mais la curiosité de Robin était telle — comme il l'avait deviné, d'ailleurs — qu'elle n'avait pas l'intention d'appeler quiconque avant de savoir exactement ce que ces documents contenaient.

— Et je crois vous avoir dit d'en finir au plus vite avec ce sujet, rétorqua-t-elle d'un ton sec.

Il pinça les lèvres.

— Je n'ai d'ordre à recevoir ni de vous ni de personne.

— C'est la même chose en ce qui me concerne.

Cesare considéra la jeune femme, les paupières plissées, remarqua la pâleur de son teint, la tension de son corps, le léger tremblement de ses mains qu'elle tenait serrées l'une dans l'autre.

Autant de signes indiquant qu'elle n'était pas aussi calme qu'elle aurait souhaité le laisser croire.

Peut-être l'avait-il suffisamment déstabilisée pour l'instant ? Après tout, il avait des années devant lui pour prendre sa revanche.

— Très bien, concéda-t-il. Ces papiers…

Il les brandit devant elle.

— … je les ai rassemblés ces trois derniers mois… contiennent toutes les reconnaissances de dettes et les dettes que votre frère a accumulées dans les casinos, partout en Europe. Des comptes que je garde pour pouvoir…

— Je suis sûre que mon père sera trop heureux de veiller à ce que vous soyez remboursé…

— Mais je ne veux pas être remboursé, Robin, affirma Cesare. Du moins, pas avec de l'argent.

— Vous pensez que j'accepterai de vous épouser à cause de ces dettes ? demanda-t-elle, les yeux élargis de stupeur.

— Non seulement m'épouser, mais devenir aussi la mère de Marco.

La détermination de Robin faiblit légèrement à la nouvelle évocation du bébé orphelin. Imaginer cette tragédie était au-delà du supportable. Et, en dépit des protestations qu'elle avait formulées auparavant, elle n'était plus aussi certaine de l'innocence de son frère dans ce dramatique accident.

Les trois mois passés avaient été source de terribles traumatismes. Son père avait eu une crise cardiaque en apprenant la mort de Simon. Elle-même avait été brisée par le chagrin. Mais ces douloureuses circonstances leur avaient aussi permis de connaître exactement la situation financière du jeune homme. Aujourd'hui encore, les avocats se débattaient avec sa succession, alors que chaque jour apportait une nouvelle réclamation d'argent de la part d'un établissement ou d'un autre.

A l'évidence, Cesare Gambrelli ignorait ces dernières demandes, car leurs auteurs résidaient en Grande-Bretagne.

Son père rembourserait les sommes dues, Robin en était sûre. Il trouverait les fonds nécessaires. De toute façon, les dettes de Simon ne justifiaient pas qu'on l'oblige à devenir la mère du fils adoptif de Cesare Gambrelli. Ni à épouser ce dernier.

Rien ne ramènerait à la vie deux jeunes gens disparus prématurément, dont les familles respectives demeuraient en proie au même désespoir.

Cesare suivait, sur le beau visage de la jeune femme, les émotions qu'elle éprouvait — son incertitude, sa peine, son retour à sa détermination première.

Il était temps de mettre un terme à ce petit jeu du chat et de la souris, pensa-t-il. Et il lui tendit un des feuillets qu'il tenait.

— Les dettes et les reconnaissances de dettes sont sans importance. Des bagatelles, comparées à ceci.

D'une main légèrement tremblante, elle saisit le document. Dès qu'elle eut pris connaissance du contenu, le sang sembla se retirer de sa face.

— Comme vous pouvez le constater, poursuivit Cesare, impitoyable, le dernier acte de votre peu recommandable frère a été de jouer et de perdre les actions que votre mère lui avait laissées. Des actions dans la Ingram Publishing. Il en possédait trente pour cent. Elles sont maintenant entre les mains d'un mandataire.

Il lui remit une autre feuille de papier.

Robin n'arrivait pas à croire ce qu'elle lisait. Ce n'était pas vrai. Simon n'avait pas pu — il n'aurait jamais…

Non. Il s'agissait d'un cauchemar.

Sa passion du jeu était devenue une maladie, une dépendance sans égale. Robin savait qu'il avait tout perdu. Tout, avait-elle pensé, sauf ses parts dans la société d'édition de leur père, qu'il avait reçues à la mort de leur mère, il y avait cinq ans de cela…

— Cela ne peut être légal…, commença-t-elle.

— C'est parfaitement légal, je vous assure, affirma Cesare Gambrelli.

Elle jeta un nouveau coup d'œil au document.

— Mais l'argent que Simon a reçu en échange de ces actions est…

— Très au-dessous de leur valeur. Néanmoins, la transaction était parfaitement légale. Pour qu'elle le soit encore, il aurait suffi que votre frère ne perçoive rien de plus qu'un de vos pence anglais.

Un vertige saisit Robin. L'arrogant Sicilien ne serait jamais venu ici, imbu de sa personne comme il l'était, s'il n'avait eu la certitude absolue d'être dans la légalité.

— Je vous ferai cadeau avec plaisir de ces actions le jour de notre mariage, déclara-t-il avec satisfaction.

Elle le considéra, une lueur d'incrédulité dans les yeux.

Cet homme pensait user de chantage pour la contraindre à l'épouser, en lui faisant miroiter le retour des actions de Simon dans la société de son père…

Il osait ! Et cette manière qu'il avait de la défier du regard !

Elle hocha la tête.

— Mon père sera très heureux de vous racheter ces actions, j'en suis sûre. A leur juste valeur, naturellement.

— Elles ne sont pas à vendre. Quel que soit le prix que l'on m'en offre. Pour l'instant, étant donné qu'elles sont entre les mains d'un mandataire, comme je vous l'ai dit, je ne figure pas sur la liste des actionnaires de la société de votre famille. Cependant, si vous n'acceptez pas mes conditions, Robin, j'ai l'intention de les faire enregistrer sous mon nom et de tenir mon rôle dans le conseil d'administration. Un rôle très actif, croyez-moi.

Sur ce point, elle n'avait aucun doute ! Elle savait aussi que lorsque cet homme aurait pris ses fonctions au sein de la Ingram Publishing, il s'ingénierait à ruiner l'affaire familiale — et son père !

L'entreprise était tout pour Charles Ingram. Il l'avait fondée, avec sa femme, au début de leur mariage, et ils en avaient fait l'empire dont la prospérité n'avait cessé de croître jusqu'à ce jour.

Les Ingram étaient les seuls à posséder l'affaire et à en tenir les rênes. Robin elle-même y avait travaillé pendant six ans après avoir quitté l'université. En outre, ces deux dernières années, elle avait remplacé Simon — incapable d'assumer cette responsabilité — au poste d'assistant de direction.

— Votre père a été malade après la mort de votre frère, je crois… ? demanda Cesare Gambrelli d'une voix douce.

Robin cilla, consciente que la suavité de ce ton n'était qu'une ruse pour l'amadouer. Ou pour en savoir davantage sur l'état de santé de son père.

En fait, celui-ci aurait dû — selon l'avis des médecins — prendre les choses avec décontraction. Conseil difficile à suivre alors que, chaque jour, il découvrait un nouveau désastre causé par la passion funeste de Simon. Cet après-midi encore, il avait dû accepter un rendez-vous pour discuter du règlement de certaines dettes de son fils…

Elle hésita.

— Je n'ai pas envie de discuter de la santé de mon père avec vous…

— Je comprends, répliqua Cesare avec vivacité. D'ailleurs, ce n'est pas nécessaire. Vous imaginez, aussi bien que moi, le choc que votre père éprouvera en apprenant jusqu'où la passion du jeu a entraîné votre frère. Un choc qui pourra lui être fatal…

— Quelle sorte d'homme êtes-vous ? s'exclama Robin, dont le teint était devenu encore plus pâle.

— Je suis sicilien, répondit-il avec fierté. Dans mon pays, un conflit entre deux familles s'appelle une vendetta. Et une vendetta ne peut se régler que d'une seule manière. Par le sang, Robin.

Comme elle le considérait, effarée, il expliqua :

— C'est-à-dire soit par la mort, soit par le mariage entre les familles ennemies.

Son père lui avait recommandé de se tenir à l'écart de cet homme, et elle comprenait pourquoi, en cet instant. Mais comment avait-il appris que Cesare Gambrelli représentait une telle menace pour eux ? Aurait-il, finalement, reçu une réponse à sa lettre de condoléances ?

Sous le regard impavide du visiteur, Robin sortit de son mutisme.

— Mon père n'accepterait jamais que je vous épouse, dans ces circonstances…

— Ce n'est pas à votre père d'en décider. C'est à vous. Si

vous refusez de devenir ma femme, je ferai tout ce qui est en mon pouvoir pour détruire la Ingram Publishing.

Il ne s'agissait pas d'un avertissement vain. Robin avait hérité de sa mère vingt pour cent des actions de la société. Cesare détenait tous les atouts pour mener l'entreprise à la ruine. C'était ce qu'il avait eu l'intention de faire avant de la connaître. Après leur rencontre, il avait modifié son plan de vengeance. En la contraignant au mariage, c'était elle et non plus l'empire des Ingram qu'il mettrait à genoux.

— Mais je ne veux pas vous épouser ! protesta-t-elle.

Il haussa les épaules, l'air indifférent.

— Alors, je deviendrai actionnaire principal de la Ingram Publishing.

— Pourquoi faites-vous ceci ? demanda-t-elle, au bord des larmes. Vous n'avez pas plus envie de m'épouser que moi de devenir votre femme, j'en suis sûre. Alors, pourquoi… ?

Il l'interrompit :

— Mes propres désirs n'ont rien à voir dans cette affaire. Marco a besoin d'une mère, c'est la seule chose qui importe.

— Mais je suis votre pire ennemie, rappela Robin.

— Il se trouve que vous portez le nom de mon pire ennemi — Ingram, rectifia Cesare Gambrelli. Et, en tant que Sicilien…

— Un Sicilien froid, assoiffé de vengeance…

— Assoiffé de vengeance, peut-être, admit-il. Mais je ne suis pas toujours aussi froid que vous le dites, n'est-ce pas ? Vous non plus, d'ailleurs, en dépit de ce qu'on m'a raconté sur l'inaccessible Robin Ingram.

L'allusion à la manière dont elle avait répondu à son baiser était évidente. Robin rougit, furieuse qu'il évoque cet instant de faiblesse. Contrariée, aussi, à la pensée que les commérages concernant son actuel mode de vie — quasiment monacal — soient arrivés aux oreilles de cet homme. Même s'il ignorait la raison pour laquelle elle avait choisi d'éviter toute relation pouvant l'engager émotionnellement, depuis son divorce…

— Mon père n'acceptera jamais que je vous épouse pour les raisons que vous avez invoquées, répéta-t-elle.

Cesare Gambrelli haussa les épaules.

— Que votre père l'accepte ou non m'indiffère.

— Pas moi, rétorqua Robin. Et je le connais suffisamment pour savoir que l'idée de ce mariage lui sera odieuse.

Elle le connaissait trop bien, en effet, pour savoir que jamais il n'accepterait de sacrifier sa fille pour éviter la ruine.

— Alors, ce sera à vous de le convaincre, dit Cesare Gambrelli d'un ton ferme.

D'une voix radoucie, il ajouta :

— Je comprends parfaitement pourquoi vous êtes si attentive à ménager votre père…

— Même si vous vous moquez complètement de lui ? répliqua-t-elle, exaspérée.

Il la considéra, les yeux brillant d'une nouvelle lueur.

— Je ne suis pas complètement dépourvu de cœur, Robin… Et peu importe que vous puissiez penser le contraire ! Je ne vois aucune objection à ce que vous… *embellissiez* la vérité pour protéger votre père, si vous le souhaitez. Vous pourriez, par exemple, lui dire que nous sommes tombés follement amoureux l'un de l'autre. Que vous ne pouvez vivre sans moi et que votre plus grand désir est de m'épouser. Dites-lui ce que vous voulez, Robin. Mais, soyez-en certaine, vous deviendrez ma femme.

Il était si dur, si implacable, si sûr d'arriver à ses fins, qu'elle ne put réprimer un frisson.

Pouvait-elle vraiment révéler à son père ce que Simon avait fait ? Pouvait-elle le mettre au courant des exigences de Cesare Gambrelli ? Alors que les médecins l'avaient avertie : trop d'émotions risquaient de provoquer chez le malade une attaque fatale.

Trop d'émotions.

Au cours de ces trois derniers mois, elle l'avait vu s'enfoncer de plus en plus dans le désespoir, à mesure qu'il découvrait l'étendue des dettes de Simon.

Elle avait simplement besoin de temps…

De temps pour réfléchir à la manière de se sortir de cette situation désastreuse.

— Voilà ce que je vous propose…, dit Cesare Gambrelli.

Il avait replié soigneusement les feuillets et les avait remis dans la poche de sa veste.

— … Dînons ensemble ce soir. Nous pourrons ainsi conclure les arrangements. D'ici là, vous aurez eu le temps de vous habituer à l'idée de devenir ma femme.

— Vous pensez que quelques heures suffiront pour que je m'habitue à l'idée de ce mariage ? s'exclama Robin.

Cesare la regarda. Ses yeux parcoururent son corps, qu'elle avait redressé avec fierté. Le désir de le posséder sur-le-champ le submergea.

Il parvint, cependant, à maîtriser ses émotions.

— A quoi bon retarder l'inévitable ? demanda-t-il.

— Inévitable pour vous, pas pour moi ! se récria-t-elle.

Il esquissa un léger sourire.

— C'est maintenant que Marco a besoin d'une mère. Pas dans trois ou six mois.

Et lui, Cesare, voulait cette femme dans son lit. Si elle refusait de lui appartenir légalement, alors, il la prendrait sans cérémonie officielle. *Ensuite*, il lui passerait la bague au doigt.

— Je sais que vous avez déjà été mariée, dit-il, une pointe de dédain dans la voix.

La pensée qu'un autre homme avait tenu dans ses bras cette femme aussi passionnée que belle lui était intolérable.

— Et vous ? répliqua-t-elle, d'un ton méprisant. Vous avez déjà été marié ?

Il considéra pendant quelques longues secondes son joli visage que la colère embrasait, avant de répondre :

— Si j'avais été marié, Robin, je le serais encore. Je suis

farouchement opposé au divorce. Une fois marié, je resterai marié.

Au moins, à présent, les choses étaient claires : Robin s'abstiendrait d'imaginer qu'une fois en possession de ses actions, elle pourrait obtenir une séparation légale.

— *Vous* resterez mariée, ajouta-t-il.

Au cas où elle aurait eu le moindre doute sur la signification de ses paroles.

— Vous avez vingt-sept ans. J'en ai trente-sept. Nous avons tous les deux l'âge de raison, n'est-ce pas ? Donc, nous dînons ensemble ce soir. Je viendrai vous chercher ici, disons à… 7 h 30…

— Je n'ai pas encore accepté de dîner avec vous, protesta Robin, tremblante de colère.

Les choses allaient trop vite pour elle.

Elle reconnaissait, toutefois, que le souvenir de leur baiser l'habitait toujours. N'avait-elle pas l'impression de percevoir encore le contact de ses hanches contre son ventre, lorsqu'il l'avait étreinte ?

Le trouble qu'il suscitait dans sa chair compliquait une situation déjà assez difficile. Une situation à laquelle elle ne voyait pas d'issue possible. Pourtant, il existait forcément un moyen de sortir de cette impasse. Elle finirait par le découvrir. A condition qu'on lui en laisse le temps.

Cesare arqua les sourcils. Sa bouche esquissa un sourire narquois.

— Mais vous accepterez, n'est-ce pas ? demanda-t-il.

Son assurance tenait de l'insolence. Il jouait avec elle comme un chat joue avec une souris. Un chat très gros. Ou même un redoutable félin. Une panthère noire, peut-être…

« Oh, ressaisis-toi, Robin ! », s'ordonna-t-elle intérieurement. Cesare Gambrelli était en effet aussi dangereux que son père l'avait dit, mais elle n'avait pas l'intention de lui montrer à quel point ses menaces la perturbaient.

— Oui, acquiesça-t-elle, à contrecœur. Mais vous ne viendrez pas me prendre ici.

Si elle ne voulait pas être entièrement inféodée à l'arrogant Sicilien, elle devait s'octroyer un minimum de contrôle de la situation.

— Je vous retrouverai au restaurant.

Le sourire de Cesare s'estompa instantanément, se transformant en grimace de dérision devant ce qui était, à l'évidence, une manifestation délibérée d'indépendance.

Réaction qui ne lui posait aucun problème pour le moment : il pouvait accorder à Robin Ingram cette liberté. Il aurait le temps, une fois qu'il l'aurait épousée, de lui montrer qu'il ne recevait d'ordre de personne — surtout pas de la fille de son pire ennemi.

— Nous ne mangerons pas au restaurant, mais dans ma suite, à l'hôtel Gambrelli de Londres, précisa-t-il. Je pense que ce sera… plus intime, pour le genre de conversation que nous aurons.

Il lisait, sur le visage de Robin, les pensées que lui inspiraient ses propos. D'abord, de l'indignation. Ensuite, de l'inquiétude mêlée de trouble à l'idée qu'ils seraient seuls, tous les deux, chez lui. Et enfin, la prise de conscience que, malgré tout, il avait probablement raison.

Leur discussion serait aussi passionnée que leur discussion présente, il n'en doutait pas un seul instant. Comme il ne doutait pas que ni l'un ni l'autre n'avaient envie de se donner en spectacle dans un restaurant.

Simon, le frère de Robin, avait causé suffisamment d'esclandres en public pour toute la famille.

— Je vous attends à l'hôtel Gambrelli à 7 h 30, reprit Cesare.

Encore une fois, il s'agissait d'une assertion, non d'une demande, constata Robin.

Mais qu'il ne se fasse pas d'illusions. Elle se rendrait à son hôtel à l'heure qui lui conviendrait à *elle*. Non à lui.

Pure bravade de sa part, reconnut-elle. Cesare Gambrelli avait nettement spécifié que c'était lui qui tenait les cartes en main. Alors, à quoi servait de le contrarier ?

A lui donner l'impression de se sentir mieux, voilà tout !

Comme si quelque chose avait pu l'aider à se sentir mieux dans une situation aussi chargée d'émotions…

Quoi qu'il en soit, elle parlerait à son père ce soir, avant de sortir. Elle s'en fit la promesse. Non pour le mettre au courant de la visite de Cesare Gambrelli ou de ses menaces, mais pour savoir exactement le sens de l'avertissement qu'il lui avait donné au sujet de cet homme.

— 8 heures me conviendrait mieux, déclara-t-elle.

Il hocha la tête.

— C'est beaucoup trop tard.

— Trop tard pour quoi ?

— Pour Marco, naturellement, répondit Cesare avec flegme. A 8 heures, il est au lit, d'habitude.

Robin le considéra sans comprendre.

— Marco est ici, avec vous, à Londres ? finit-elle par dire d'une voix faible.

— Bien sûr, répliqua-t-il, les sourcils arqués d'un air de défi. Où pourrait-il être, sinon avec moi ?

Evidemment, songea-t-elle, atterrée. La perspective de dîner avec cet homme n'avait déjà rien de réjouissant, avant. Maintenant, elle virait au cauchemar.

— Je ne pense pas que ce soit une bonne idée que je rencontre Marco aujourd'hui…, commença-t-elle.

— Ni aujourd'hui, ni demain, ni jamais. Pour vous, ce ne sera jamais une bonne idée, n'est-ce pas ? Je sais que vous n'avez aucune expérience en matière d'enfants, Robin. Mais c'est une lacune que vous devrez combler. Et rapidement.

Le commentaire de Cesare la surprit. Aucune expérience en matière de… ? A l'évidence, étant la plus jeune de sa fratrie, elle n'avait pas eu l'occasion de s'occuper d'enfants, encore moins de bébés, mais elle aurait aimé en avoir un à elle.

— En fait, c'est vrai que l'expérience dans ce domaine m'a manqué..., reconnut-elle.

Il la considéra, l'air entendu.

— Votre mariage avec l'honorable Giles Bennett s'est terminé par une séparation et sans enfants. Ce qui est surprenant puisque, étant héritier du titre de son père, il avait besoin d'une descendance pour continuer la lignée. Peut-être a-t-il divorcé parce que vous avez refusé de lui donner cette satisfaction ? Peut-être, à l'instar de beaucoup de jeunes femmes, remettiez-vous sans cesse à plus tard une éventuelle grossesse, afin de jouir de votre liberté le plus longtemps possible ?

Cesare vit l'expression du visage de Robin changer.

— Mais il est temps que vous ayez une vie stable, maintenant, poursuivit-il. Vous oublierez vite vos besoins égoïstes lorsque vous deviendrez ma femme et la mère de Marco.

Il était dans sa culture et dans sa propre nature de vouer une véritable adoration aux enfants. Et il n'éprouvait aucune sympathie envers ceux qui ne leur accordaient pas la première place.

Après avoir découvert que la fille de Charles Ingram avait divorcé, sa détermination à faire d'elle son épouse et la mère de ses enfants s'était encore raffermie.

Même s'il n'avait pas prévu une telle résistance de la part de Robin à la perspective de rencontrer Marco...

Certaines femmes mettaient plus de temps que d'autres à s'habituer à leur statut de mère. Cela, il l'acceptait. Mais il ne pensait pas que l'ardente Robin Ingram appartenait à cette catégorie.

A l'évidence, elle avait profondément aimé son frère aîné. En outre, elle adorait son père. Peut-être sa crainte de la grossesse et de l'accouchement prenait-elle ses racines dans l'affection qu'elle leur portait ?

Quelles que soient les raisons pour lesquelles elle refusait d'avoir des bébés, elle les surmonterait.

Parce que Cesare attendait d'elle non seulement qu'elle devienne la mère de son neveu, mais qu'elle donne à Marco un frère ou une sœur dès la première année de leur mariage…

4

— Vous êtes très en beauté, ce soir, Robin, dit Cesare courtoisement.

L'ascenseur privé de l'hôtel venait de les déposer dans l'entrée de sa suite. Il était exactement 7 h 45.

Robin le considéra avec détachement. Elle avait délibérément adopté un profil de femme froide, inaccessible. Pour cela, elle avait choisi de porter une simple robe noire qui la couvrait de la gorge jusqu'au-dessus des genoux, et coiffé ses cheveux en chignon net. Des boucles d'oreilles en or et un bracelet assorti constituaient sa seule parure. Quant à son maquillage, il se limitait à un léger fond de teint, un peu de mascara, un soupçon de rouge à lèvres.

Après tout, avait-elle songé en regardant son reflet dans le miroir avant de quitter la maison, elle n'allait pas à un rendez-vous amoureux. Cette soirée se résumerait probablement à une autre conversation tendue avec Cesare Gambrelli.

Et lui offrirait l'occasion de connaître Marco…

Elle aspira profondément.

— Vous n'attendez pas que je vous retourne le compliment, j'espère ?

Pourtant, il l'aurait mérité, reconnut Robin, malgré elle. Avec sa chemise de soie noire, son pantalon sombre, il était d'une séduction insolente.

Ignorant sa remarque, il s'effaça pour la laisser passer.

L'appartement, fastueux, occupait la totalité du dernier étage du bâtiment.

Comment s'en étonner ? Cesare Gambrelli ne figurait-il pas parmi les hommes les plus riches du monde ? Il pouvait facilement s'offrir le luxe de réserver pour ses résidences privées les derniers étages de tous les hôtels qu'il possédait dans chaque continent, si cela lui chantait. Ce qu'il faisait probablement.

Cesare suivit Robin jusqu'au salon, remarquant qu'elle avait recouvré son sang-froid après le trouble qu'elle avait manifesté quelques heures plus tôt. Sa beauté, l'aisance, la grâce de ses gestes l'emplissaient d'admiration. Lorsqu'elle se fut postée devant l'une des immenses fenêtres qui dominaient la capitale éclairée par la lumière chaude du soleil couchant, il sortit du seau à glace la bouteille de champagne qu'il avait préparée.

— On boit ?

— Du champagne, Cesare ? répondit-elle d'un ton ironique. Votre… célébration n'est-elle pas un peu prématurée ?

— Vraiment ?

L'air détaché, il servit le liquide rose pétillant dans deux flûtes, puis se dirigea vers elle. Elle accepta celle qu'il lui tendait.

— De toute façon, je ne bois que du champagne, déclara-t-il.

— C'est merveilleux d'être aussi privilégié, commenta-t-elle.

Cesare lui sourit lentement.

— Pas du tout. J'ai seulement découvert que c'est le seul vin qui ne me donne pas la migraine.

Son assurance exaspérait Robin au plus haut point. Elle parvint pourtant à siroter son champagne avec un calme apparent.

Aborder le sujet de Cesare Gambrelli avec son père quand celui-ci était rentré à la maison, ce soir-là, n'avait pas été facile. En fait, dès qu'elle avait prononcé son nom, Charles lui avait réitéré son conseil de se tenir à l'écart de cet homme. Sans autre explication. Malgré les questions dont elle l'avait harcelé. Quoique… dans son semi-mutisme, il avait tout de même consenti à dire que Cesare Gambrelli se montrait complètement impitoyable en affaires.

Dans quelle mesure se montrerait-il encore plus impitoyable envers la famille qu'il tenait pour responsable de la mort de sa sœur ? s'était interrogée Robin, en écoutant son père.

Bien sûr, elle s'était abstenue de lui parler de la visite de Cesare Gambrelli. Comme elle s'était gardée de préciser qu'il était « l'ami » avec lequel elle dînait ce soir.

— A quoi buvons-nous, Robin ?

La voix de Cesare arracha la jeune femme à ses pensées.

— Voulez-vous que ce soit à une heureuse conclusion de notre conversation précédente ? poursuivit-il, avec un sourire moqueur.

Elle le regarda.

— Dans ce cas, il n'y a que vous qui puissiez porter le toast, fit-elle remarquer.

— J'ai l'impression que nous serons amenés à faire beaucoup de choses sur lesquelles nous ne serons pas d'accord, dans un avenir proche, Robin. Autant commencer tout de suite, non ? Buvez.

Au lieu d'obtempérer, elle se détourna, traversa la pièce, s'arrêta près de la porte.

Prête à fuir, c'était évident. Elle pouvait toujours essayer, il la rattraperait. Et elle deviendrait sa femme.

Les yeux de Cesare parcoururent le corps de Robin. Elle avait choisi de porter cette robe noire pour dissimuler ses courbes délicieusement féminines. Il en avait la certitude. Elle avait aussi délibérément caché la beauté sauvage de ses cheveux couleur miel sous ce chignon austère.

Malheureusement pour Robin, la simplicité de sa tenue produisait sur lui l'effet inverse. Au lieu de tuer son désir, la robe chaste, la coiffure modeste l'excitaient, lui donnaient l'envie de dénuder chaque parcelle de son corps, de libérer ses cheveux et de les voir se répandre sur sa chair pâle.

Si seulement il cessait de la regarder de cette manière…

songeait la jeune femme. Sous le poids des yeux scrutateurs, elle se sentait totalement vulnérable. Comme s'il l'avait dépouillée de tout ce qu'elle portait. Et elle n'avait, sous la robe, qu'une minuscule culotte noire et des bas de soie.

Elle bougea, mal à l'aise, consciente que, malgré elle, ses sens répondaient à la caresse virtuelle de Cesare. Ses seins se tendaient, une chaleur intense naissait entre ses cuisses, se répandait dans son bas-ventre.

Pourquoi réagissait-elle ainsi devant cet homme ? Dieu savait pourtant qu'au cours de ces douze derniers mois, elle avait obtenu le label « inaccessible ». Pourtant, chaque fois qu'elle se trouvait près de Cesare Gambrelli, elle avait l'impression de le connaître intimement.

— J'ai demandé que l'on serve le dîner à 8 h 30, annonça-t-il d'un ton léger, tout en continuant à siroter son champagne et à fixer la jeune femme.

Que l'on serve le dîner à 8 h 30 ou à 10 heures, Robin s'en moquait. Elle n'était pas sûre de pouvoir avaler quelque chose. La seule présence de cet homme lui coupait l'appétit.

— Très bien, dit-elle.

Réponse de pure courtoisie. Car, au fond d'elle-même, elle se demandait ce qu'ils allaient faire durant les quarante-cinq minutes suivantes.

Cesare n'avait tout de même pas l'intention de consacrer tout ce temps à son neveu ?

— Vous avez l'air un peu… tendue, ce soir, Robin, remarqua-t-il.

Tendue ? L'anxiété la rongeait tellement que son corps entier souffrait, que ses doigts serraient la flûte de champagne au risque de briser le fin cristal !

— Après la manière dont vous m'avez menacée, comment voudriez-vous que je me sente, Cesare ?

Il pinça les lèvres. Bien sûr qu'il avait menacé cette femme, reconnut-il en son for intérieur. N'était-elle pas la sœur de celui qui avait causé la mort de Carla ?

Les sourcils de Cesare se froncèrent.

— Peut-être aimeriez-vous que je vous donne une autre démonstration du plaisir que vous apportera notre mariage ? proposa-t-il d'une voix suave.

L'expression d'inquiétude qu'il perçut dans les yeux violets le réjouit secrètement.

— Je n'ai pas encore accepté de vous épouser, rappela Robin avec vivacité. Alors, toute sorte de *démonstration* de votre part est totalement inutile.

Cesare voyait les pulsations rapides à la base du cou de la jeune femme, les lents mouvements de ses seins qui se soulevaient et s'abaissaient sous la robe noire. Il devinait l'affolement de ses sens.

— C'est peut-être en effet inutile, Robin, reconnut-il, mais, pour ma part, je trouve cette démonstration inévitable.

Sur ces mots, il marcha vers elle, lui retira des mains la flûte qu'elle tenait, la posa avec la sienne sur la table basse. Puis, sans qu'elle proteste, il l'attira contre lui et l'embrassa.

La bouche de Robin avait le goût du champagne et du miel, ses lèvres douces réagissaient sous les siennes avec passion.

Il fallait que cela cesse, se dit-elle.

Oui, il le fallait.

Mais, elle n'avait pas la force de lutter contre l'assaut de la langue chaude, moite, dont la caresse profonde exacerbait le désir qu'elle avait de lui.

Elle désirait Cesare comme elle n'avait jamais désiré aucun homme auparavant — pas même Giles, son ex-époux. Celui qui s'était débarrassé d'elle, après trois ans de mariage, parce qu'elle n'entrait plus dans ses projets d'avenir…

Sa bouche se déroba, soudain, à l'emprise de la bouche de son compagnon.

— Non ! Je ne veux pas…

Robin respirait avec peine, tandis qu'il la tenait serrée contre son ventre dur.

— Non ? demanda-t-il, une lueur trouble dans les yeux.

— *Non*, répéta-t-elle d'un ton ferme.

Cesare remarqua le léger tremblement de sa lèvre inférieure, et sut aussitôt qu'elle mentait — qu'elle avait envie de faire l'amour avec lui.

Tout comme il avait envie de faire l'amour avec elle.

Elle avait raison, cependant, reconnut-il. Ce n'était pas le moment. Plus tard, peut-être, une fois que Mario serait endormi…

Il la libéra de son étreinte brusquement et s'écarta d'elle.

— Il est temps que vous rencontriez Marco.

— Maintenant ?

— Oui, maintenant. Je vais le chercher. Il est dans la chambre d'enfant.

— Oh… Est-ce que je ne pourrais pas simplement vous accompagner et lui dire bonne nuit là-bas ? suggéra-t-elle. Ce serait dommage de le réveiller, s'il est déjà couché.

A l'évidence, elle tentait tout pour éviter de se trouver en face du bébé, devina Cesare.

— Il n'est pas encore dans son berceau, affirma-t-il. D'ailleurs, même s'il y était, je suis certain que, comme tous les enfants, il serait ravi de cette diversion.

Cette fois, il n'y avait aucune échappatoire, reconnut Robin. Elle esquissa une grimace. Après le charivari suscité dans ses sens par le baiser de Cesare, elle ne tentait même pas de cacher que la rencontre avec son neveu représentait une épreuve dont elle se serait volontiers passée.

— J'en ai juste pour une minute, dit-il.

Dès qu'il fut sorti, elle prit sa flûte de champagne avant d'aller se poster de nouveau devant la fenêtre. Les yeux fixés sur le panorama magnifique, elle avala nerveusement quelques gorgées.

A quoi ressemblerait l'enfant ? s'interrogea-t-elle. S'il tenait un tant soit peu de son oncle, ce devait être un beau bébé…

En fait, il était la réplique *exacte* de Cesare en miniature, constata-t-elle en se retournant lorsqu'elle l'entendit revenir, le bambin dans les bras.

Mêmes boucles soyeuses sombres, mêmes iris noirs. Sa jolie frimousse plissée par l'excitation, il observait l'espace autour de lui avec curiosité. Lorsqu'il la vit, sa bouche s'épanouit en un sourire qui découvrit deux petites dents blanches fièrement plantées dans sa gencive inférieure.

Pour un bébé de six mois, il paraissait très grand, dans sa grenouillère brodée d'oursons et de chatons.

Rien qu'à le regarder, Robin se sentit fondre de tendresse.

— Allons dire bonjour à Robin, Marco, murmura Cesare d'un ton encourageant.

Il traversa la pièce jusqu'à elle. D'un mouvement involontaire, elle recula d'un pas. Son dos toucha la vitre derrière elle. Le contact froid la fit frissonner.

La bouche de Cesare se pinça. Pourquoi cette femme réagissait-elle ainsi ? Pourquoi la proximité de Marco la mettait-elle dans un tel état ? Lui-même n'avait pas l'habitude des bébés — il s'était seulement occupé de Carla —, mais dès qu'il avait posé les yeux sur son neveu, à sa naissance, il en était devenu fou. Et il ne parvenait pas à croire qu'on ne puisse pas éprouver le même sentiment pour ce petit être.

Robin ne donnait plus l'impression de vouloir s'enfuir. Elle paraissait avoir le diable lui-même à ses trousses !

— Il ne mord pas, Robin.

— Non ? Pourtant, ces dents disent le contraire.

De toute évidence, elle affichait une fausse légèreté.

Cesare nota la manière dont elle se tenait à l'écart, comme si la seule perspective de toucher Marco la révulsait.

Mais à l'évidence, le bébé avait d'autres idées. Il tendait ses menottes vers elle tout en émettant des cris joyeux.

Robin eut un nouveau mouvement de recul.

— Les chats font la même chose, dit Cesare.

— Quoi… ? demanda-t-elle, sans lui accorder un regard, son attention entièrement concentrée sur l'enfant.

— Ils ont un instinct infaillible pour aller au-devant des gens qui ont de l'aversion à leur égard.

Tandis que son oncle donnait ces explications, Marco se pencha vers la jeune femme, manifestement certain qu'elle le prendrait dans ses bras.

Ce qu'elle finit par faire, à contrecœur. En s'ingéniant, toutefois, à tenir le bébé légèrement éloigné d'elle lorsqu'il saisit une mèche de ses cheveux.

Cesare les considérait tous les deux, la mine songeuse.

Carla avait été une maman totalement à l'aise avec son bébé, dès la naissance. Alors que Robin avait l'air de porter une bombe à retardement dans les bras — une bombe prête à exploser à tout moment.

Marco, de son côté, souriait innocemment à la jeune femme, tout en tordant une longue mèche des cheveux couleur miel entre ses poings minuscules, et en tenant un discours que lui seul était en mesure de comprendre.

Les sourcils froncés, Cesare les observait, prêt à se saisir du bébé au cas où Robin s'évanouirait, même si elle ne montrait aucun signe de faiblesse physique.

Et si elle faisait semblant ? S'il s'agissait d'un simulacre de sa part, destiné à le contraindre à abandonner son idée de mariage ? Il n'avait pas caché l'affection profonde qu'il vouait à Marco. Et Robin était suffisamment intelligente pour savoir qu'il ne confierait jamais son neveu à une mère qui répugnait à le toucher, à rire, à jouer avec lui.

Utilisait-elle l'amour qu'il portait à l'enfant comme une arme contre lui ?

Si c'était le cas, elle allait au-devant d'une belle désillusion !

— Je vais remettre Marco au lit, annonça Cesare froidement.

Elle le regarda, surprise. Toute son attention focalisée sur son neveu, elle avait complètement oublié sa présence.

— Il a l'air très heureux là où il est, dit-elle, l'air contrarié.

— Peut-être, mais l'heure à laquelle il se couche est passée.

Sur ces mots, Cesare essaya de prendre le bébé, qui s'agrippait désespérément aux boucles de la jeune femme et poussait des cris de protestation.

— Peut-être vaudrait-il mieux que j'aille à la chambre d'enfant avec vous… ? suggéra-t-elle.

— Peut-être, acquiesça-t-il.

Il avait réussi à vaincre la résistance du bébé, à le prendre dans ses bras, sans toutefois parvenir à lui faire lâcher les cheveux de Robin. Celle-ci n'avait donc d'autre choix que de le suivre, si elle ne voulait pas être scalpée.

Ses doigts toujours refermés sur la longue mèche, Marco lui souriait par-dessus l'épaule de son oncle. Maintenant qu'elle se savait à l'abri du regard de Cesare, Robin lui rendit son sourire.

En réalité, son mariage avec Giles n'avait pas pris fin parce qu'elle avait évité d'être enceinte.

Elle n'avait rien fait pour l'éviter.

Elle n'avait pas été capable — elle n'*était* pas capable de donner à son mari les enfants qu'il souhaitait pour perpétuer le nom des Bennett.

Au début, le fait que le bébé se fasse attendre n'avait pas trop inquiété Robin. Cependant, après de longs mois, elle avait décidé de consulter un spécialiste. Puis d'autres.

Deux années d'examens avaient suivi.

Toujours pas de bébé.

Les tests avaient montré que la fertilité de Giles et de Robin n'était pas en cause. Simplement, pour quelque raison inexpliquée, leur union n'avait abouti à aucune grossesse. On leur avait conseillé l'adoption. Il arrivait parfois, leur avait-on expliqué, que dans des cas similaires au leur, la femme, débarrassée de toute pression, se retrouve enceinte tout à fait naturellement. Mais Giles avait refusé d'entendre parler de cette solution. Il préférait ne pas avoir d'enfant du tout, plutôt que d'en avoir un qui ne soit pas de son sang.

Sa seconde épouse lui avait donné ce bonheur — un fils — il y avait seulement deux mois…

Et Robin avait eu la certitude, alors, qu'elle portait seule la responsabilité de l'échec de leur couple.

Leur divorce signifiait, à ses yeux, qu'elle ne serait jamais enceinte, et qu'elle était vouée à une vie solitaire. Sans époux, sans enfants. Car quel homme accepterait de faire d'elle sa femme, sachant qu'elle ne lui donnerait jamais d'héritier ?

Sauf que Cesare, tout en l'ignorant, lui offrait le mariage et le bébé qu'elle ne pouvait avoir.

Un petit garçon qu'elle avait aimé dès le premier regard !

5

— Est-ce que je peux… me rafraîchir avant le dîner ? demanda Robin.

Cesare se retourna pour la regarder. Ils venaient de laisser Marco dans la chambre d'enfant et regagnaient le salon.

Il avait pensé la prendre au dépourvu en lui présentant son neveu de cette manière, et c'était lui que cette rencontre avait déstabilisé…

Il n'arrivait pas à comprendre pourquoi le bébé avait manifesté une telle attirance envers la jeune femme. Sans doute, d'une façon ou d'une autre, l'avait-elle encouragé ?

Lorsqu'il l'avait couché dans son berceau, Marco avait pleuré, ses petits bras tendus vers Robin. Mais celle-ci était restée parfaitement indifférente, se contentant de les observer tous les deux, tandis qu'il installait le bambin sous les couvertures, avec son ours en peluche préféré sur l'oreiller.

Cesare se jura de lui faire changer d'attitude, quand ils seraient mariés. Parce que, malgré sa froideur, il avait toujours l'intention de l'épouser. Et sans tarder !

— Vous pouvez utiliser la salle de bains, là-bas.

Il désigna une des portes donnant sur le couloir, puis poursuivit son chemin vers le salon, se disant qu'il avait besoin d'une autre flûte de champagne.

Dès que Robin vit le reflet de son visage dans le miroir

au-dessus du lavabo, elle s'aperçut que ses yeux brillaient d'un éclat neuf.

Ce qui n'avait rien d'étonnant : elle était amoureuse.

Non pas de Cesare Gambrelli.

Ni d'un autre homme.

Elle était amoureuse d'un bébé de six mois dont la grâce lui avait ravi le cœur au premier regard.

Elle s'assit au bord de la baignoire, s'efforçant de respirer profondément pour calmer son pouls affolé.

Marco était un délicieux petit d'homme. Et quelle volupté elle avait éprouvée quand elle l'avait tenu dans ses bras ! C'était exactement le bébé qu'elle avait rêvé d'avoir pendant si longtemps.

Qu'allait-elle faire, à présent… ?

Cesare Gambrelli avait la ferme intention de l'épouser. Il attendait aussi d'elle qu'elle devienne la mère de Marco.

Robin débordait d'affection pour l'adorable bambin. Tout aurait été facile, si l'oncle de ce dernier n'avait considéré leur mariage comme une manière de régler ce qu'il appelait une vendetta. Accepterait-elle de payer un prix aussi exorbitant pour connaître les joies de la maternité ?

Oui, sans nul doute.

Cesare ne le savait pas, mais il lui faisait don d'une chose qu'elle avait pensé ne jamais connaître — une félicité qu'elle croyait à jamais inaccessible pour elle. Maintenant qu'elle avait senti la chaleur de Marco, qu'elle avait reçu son beau sourire, elle ne refuserait pas la chance qu'on lui offrait.

Bien sûr, elle ne montrerait pas à Cesare à quel point cet enfant avait éveillé ses émotions. Parce que, s'il apprenait qu'il comblait son désir le plus cher, il mettrait tout en œuvre pour la soumettre totalement à son arrogante volonté.

Oui, maintenant qu'elle avait vu Marco, qu'elle l'avait serré contre elle, elle était prête à épouser son oncle — en lui imposant, toutefois, ses propres conditions…

— Je pense qu'il est temps d'aller dîner, annonça Cesare.

Robin venait de le rejoindre dans le salon. Elle avait remis de l'ordre dans ses cheveux et présentait de nouveau l'image de la femme glaciale, détachée, qui était entrée dans son appartement il y avait un peu plus d'une demi-heure.

— Bien, dit-elle avant de le précéder dans la salle à manger qu'il lui indiquait.

Dès qu'il se fut installé en face d'elle à la petite table intime dressée selon ses ordres, il demanda sans préambule :

— Avez-vous décidé de ce que nous dirons à votre père, au sujet de notre prochain mariage ?

Robin le considéra avec méfiance.

— Je crois vous avoir dit que rien n'a encore été réglé concernant un mariage entre vous et moi.

Cesare esquissa un sourire sarcastique.

— Que vous le vouliez ou non, Robin, ce mariage *aura* lieu.

Grâce au Ciel, elle ne s'était pas trahie, songea-t-elle avec soulagement. Et, affectant un ton indifférent, elle admit :

— Peut-être.

Evitant le regard intense fixé sur elle, Robin déplia sa serviette sur ses genoux, puis reporta son attention sur le plateau de fruits de mer posé sur la table.

— Pour en revenir à mon père, reprit-elle, je ne pense pas qu'il acceptera jamais l'idée d'un mariage qui ne soit pas un mariage d'amour.

Cesare écarquilla les yeux.

— Je vous avais dit que je me rallierais aux explications que vous voudrez bien lui donner, rappela-t-il. Mais sérieusement, vous me voyez me comporter en amoureux transi rien que pour lui faire plaisir ?

— C'est au-delà de vos forces ? lança-t-elle, piquée au vif par l'incrédulité de son ton. Ou est-ce totalement incompréhensible pour vous ? Parce que vous n'avez jamais connu l'amour ? C'est cela ?

— L'amour ? Mon père aimait tellement ma mère que

lorsqu'elle est morte il s'est mis à boire, ce qui l'a envoyé dans l'autre monde prématurément. Carla aimait le père de Marco — et il l'a abandonnée en apprenant qu'elle attendait leur enfant. Quant à votre mari, au contraire, il n'a plus voulu de vous parce que vous avez refusé d'assurer sa descendance. Je n'ai pas besoin d'avoir connu l'amour pour savoir que c'est un sentiment destructeur.

L'évocation de son propre mariage déstabilisa Robin. Elle avait aimé Giles, quand elle l'avait épousé. Et elle avait pensé qu'il l'aimait aussi. Mais cet amour n'avait pas été assez fort pour survivre à la déception de Giles, lorsqu'elle ne lui avait pas donné l'héritier qu'il désirait…

Et elle savait déjà que tomber amoureuse de Cesare Gambrelli serait pure folie. Pour *n'importe quelle* femme.

Elle se contenterait donc de chérir Marco et de porter le nom de son oncle. Puisque c'était le prix à payer pour être mère.

— Vous avez raison, reconnut Robin. Néanmoins, pour le bien de mon père, je pense vraiment que si ce mariage doit avoir lieu, nous devrons nous comporter pendant quelques semaines comme si nous étions amoureux l'un de l'autre.

Il inclina la tête, l'air arrogant.

— Dans ce cas, dit-il, je suggère que nous commencions à faire semblant dès ce soir. Vous ne dormirez donc pas chez lui comme prévu. Ainsi, il comprendra que vous avez pris un amant, sans même que vous ayez à lui donner d'explication.

Elle s'adossa à sa chaise, le considérant avec admiration.

— Un bon point pour vous, Cesare. Personne ne peut vous accuser de perdre le contrôle d'une situation, n'est-ce pas ?

Perdre le contrôle de n'importe quelle situation n'avait jamais figuré dans les plans de Cesare Gambrelli.

Il avait emmené nombre de femmes dans son lit et s'était comporté en amant attentif tant que son intérêt pour ces femmes durait. Mais il avait toujours gardé le contrôle de ses relations et n'avait jamais engagé ses émotions. Hormis le désir.

Il n'en serait pas autrement avec Robin. Même si, devant son père, il devait jouer le rôle d'amoureux éperdu.

— Voilà ce que je suggère, dit-il. Une fois que nous aurons fini de dîner, vous téléphonerez à votre père et vous l'informerez que vous ne rentrez pas ce soir.

Charles en tirerait les conclusions lui-même. Robin le savait. Elle savait aussi qu'il se réjouirait de la voir mettre enfin un terme à sa vie de recluse. Jusqu'au moment où il apprendrait que l'amant en question n'était autre que Cesare Gambrelli.

Elle réglerait ce problème plus tard. Pour l'instant, elle devait se concentrer sur ce qu'elle avait à faire ici et maintenant.

Robin considéra alors son hôte, sur ses gardes.

— Je n'ai pas l'intention de partager votre chambre cette nuit, Cesare, annonça-t-elle d'un ton déterminé.

Il arqua les sourcils.

— Je ne vous l'ai pas demandé.

— J'ai vite appris que vous ne demandez pas : vous vous contentez de prendre.

— Je vous assure qu'il n'est pas dans mes intentions de vous garder dans ma chambre cette nuit.

Cesare prit la fourchette près de son assiette et poursuivit :

— Allons, Robin, mangeons et parlons d'autre chose. Est-ce que le gala de charité a été un succès, la semaine dernière ?

A son tour, elle saisit sa fourchette, sans pour autant se départir de sa méfiance.

— Un grand succès, finit-elle par répondre. En fait, un bienfaiteur anonyme — qui, étrange coïncidence, n'était pas resté pour le repas — nous a laissé un don de cinquante mille livres.

Et elle décocha à Cesare un regard plein de sous-entendus.

Il sourit.

— C'était pour une bonne cause.

Elle opina de la tête.

— Les enfants malades, confirma-t-elle.

— Vous me jugez aussi dépourvu de charité que votre père le prétend ?

Robin ne savait vraiment plus que penser de cet homme. A l'évidence, c'était lui, le donateur anonyme. Et son amour pour Marco était sincère. Pourtant, il était capable, par vengeance, de contraindre une femme qu'il n'aimait pas et qui ne l'aimait pas à l'épouser.

A ses yeux, il représentait une énigme.

Etait-ce la raison pour laquelle il la fascinait ? Car, elle devait le reconnaître, elle s'était surprise à penser à lui plus qu'elle n'aurait dû, ces derniers jours.

— Seulement envers ceux qui s'appellent Ingram, répondit-elle.

— Alors, c'est aussi bien que vous changiez votre nom contre celui de Gambrelli, non ?

Elle considéra Cesare pendant quelques secondes avant de répondre :

— Vous avez raison, nous ferions mieux de manger.

Ils dégustèrent les fruits de mer presque en silence, se contentant d'échanger quelques propos concernant la fraîcheur des huîtres, la saveur des langoustines. Mais, après qu'on eut apporté le plat principal et que le maître de maison eut servi les minces tranches de bœuf et les légumes, Robin revint au sujet qui la préoccupait.

— Peut-être est-il temps que nous discutions des conditions de cet *éventuel* mariage…, commença-t-elle.

— J'ai déjà accepté de ménager la… sensibilité de votre père concernant l'attitude que nous devrons adopter l'un envers l'autre, répondit Cesare. Je ne pense pas que vous soyez en position de me dicter d'autres conditions, Robin.

Même s'il admirait le sang-froid de la jeune femme, il n'avait aucune sympathie pour ses sentiments.

— Malgré tout, si j'accepte de vous épouser — j'ai bien dit *si* —, j'ai l'intention de donner mon avis personnel sur la… nature de ce mariage, affirma-t-elle d'un ton ferme.

Il ne put s'empêcher de sourire, certain de savoir exactement à quoi elle faisait référence.

— Continuez, répliqua-t-il avant de porter à sa bouche une portion de nourriture.

Robin redressa le menton. Une lueur de défi brillait dans ses yeux violets.

— Si vous quittiez l'air moqueur que vous arborez chaque fois que je dis quelque chose, peut-être pourrais-je continuer ! rétorqua-t-elle, furieuse.

Le sourire de Cesare s'élargit.

— Ce n'est tout de même pas ma faute si je trouve vos commentaires amusants.

— Je ne vois pas ce qu'il y a de drôle dans la situation.

— Je ne me moque pas de vous, Robin. Ecoutez, si nous remettions cette conversation à plus tard ? Quand nous aurons fini de manger…

— Je n'ai pas faim.

Robin repoussa son assiette. Son corps entier était raidi par la colère.

Il aimait la voir ainsi, les joues en feu, les seins dressés contre le mince tissu de la robe, les épaules crispées, indignée qu'il ne la prenne pas au sérieux.

Mais il voulait la prendre *sérieusement*. Dans un lit. Sentir sa chair nue contre la sienne.

A son tour, il repoussa son assiette. Lui non plus n'avait pas faim. Du moins, son appétit s'était-il dirigé vers quelque chose de plus… tactile que la nourriture, à présent.

— Ne faites pas l'enfant, Robin, conseilla-t-il.

— Je fais l'enfant ? rétorqua-t-elle avec vivacité. C'est ce que vous croyez ?

— Je le pense, en effet.

— Et si le grand Cesare Gambrelli le pense, alors, ce doit être vrai.

Il l'observa un long moment en silence, puis il demanda :

— Pourquoi provoquez-vous délibérément une scène entre nous, Robin ?

— Moi, je vous provoque ?

— Vous le savez parfaitement.

Elle savait qu'elle le désirait. Et qu'elle ne voulait pas le désirer. Elle savait aussi que Cesare Gambrelli avait envie d'elle comme elle avait envie de lui. Elle l'avait lu dans ses yeux noirs juste avant qu'il n'ait masqué la flamme qui les animait.

— Pardonnez-moi, dit-elle sans même tenter de cacher son sarcasme. A l'évidence, je deviens un peu belliqueuse quand un homme utilise le chantage pour m'attirer dans son lit.

— Quand nous serons mariés, j'attends de vous que vous soyez à la fois la mère de Marco et ma maîtresse.

— Je ne veux pas devenir votre maîtresse.

— De toute évidence, vous pensez exactement le contraire, ma chère Robin.

— Espèce de sauvage ! s'écria-t-elle, piquée au vif par l'assurance de Cesare. Sauvage, sauvage, sauvage !

Elle se leva, lui décocha un regard haineux.

— Je vous déteste intensément, Cesare Gambrelli…

— Peut-être devriez-vous me montrer encore une fois à quel point vous me détestez, Robin, suggéra-t-il.

Sur ces mots, il se leva à son tour, se déplaçant pour la rejoindre.

Trop loin. Elle était allée trop loin, reconnut-elle en reculant pour s'éloigner de lui.

Il la rattrapa, la prit dans ses bras. Sa bouche emprisonna la sienne dans un baiser torride, dont la sensualité ne laissait aucune chance à Robin.

Elle entrouvrit les lèvres, reçut la caresse profonde de sa langue avide, impatiente, tandis que ses mains plongeaient dans l'épaisseur des cheveux noirs, et qu'elle pressait son corps frémissant contre ce corps viril.

Du feu, songea Cesare. Cette femme était de la lave en

fusion. Et il voulait se perdre dans ses flammes. Comme il voulait la voir se perdre dans le brasier qui le consumait.

Tout en l'embrassant, il lui défit son chignon, libérant les boucles si douces sous ses doigts. Puis il releva la robe noire jusqu'en haut des cuisses. La respiration de Robin devint rauque lorsqu'il toucha la chair nue au-dessus des bas et que sa main s'aventura sous la soie de la petite culotte, atteignant le creux de sa féminité.

Elle était humide, délicieusement humide... et prête à l'accueillir.

Sans cesser de l'embrasser, il fit glisser la fermeture Eclair depuis le haut du dos jusqu'aux reins. La robe tomba en un petit tas sur le sol, aux pieds de la jeune femme. Elle ne portait pas de soutien-gorge. Il fut donc facile à Cesare d'enfermer le globe de son sein dans sa paume, d'en agacer la pointe du bout du pouce, arrachant à Robin des gémissements de plaisir.

Tout s'était joué dès le premier contact de leurs deux bouches. Robin n'avait pas eu la volonté de combattre la passion volcanique qui avait couvé entre eux toute la soirée. Elle crut défaillir quand il abandonna ses lèvres pour capturer le bourgeon de son sein gonflé de désir et qu'elle perçut ses caresses au cœur de sa féminité en feu.

Elle ondulait contre Cesare, consciente qu'il partageait la même émotion. Puis, plus rien n'exista pour elle que son propre plaisir. Bientôt, des vagues de convulsions qui semblaient devoir ne jamais cesser emplirent son corps d'une volupté indicible.

6

Existait-il un moyen de se sortir dignement de cette situation ? s'interrogea Robin avec un douloureux embarras, quelques minutes plus tard, alors qu'elle recouvrait lentement ses esprits.

Il n'en existait aucun, décida-t-elle, se maudissant pour avoir manqué de contrôle d'une manière aussi éhontée. Sa gêne augmenta encore lorsqu'elle prit conscience que, pour tout vêtement, elle n'avait que sa petite culotte, ses bas, ses sandales à talons hauts, tandis que Cesare était encore habillé.

Non que sa tenue fût intacte… Sa chemise de soie noire, déboutonnée, laissait deviner la passion avec laquelle elle avait caressé son torse, ses cheveux en désordre témoignaient de l'affolement de ses propres mains lorsqu'elle les avait enfouies dans leur épaisseur. Robin remarqua aussi que le désir enflammait encore ses pommettes.

Un désir insatisfait.

Qu'*elle* n'avait pas satisfait.

Certes, il y avait déjà quelque temps qu'elle n'avait pas eu de relations intimes avec un homme, mais elle n'avait jamais été une maîtresse égoïste. Pas une fois Giles n'avait pu l'accuser de ne pas prendre en considération le plaisir de son partenaire.

Même si elle ne se souvenait pas d'avoir, au cours de leur brève vie conjugale, réagi aux étreintes de son mari comme elle avait réagi à celles de Cesare…

N'était-il pas un peu trop tard, à présent, pour apaiser la faim toujours présente qu'il avait d'elle ?

— A quoi pensez-vous ? demanda-t-il, brisant le silence lourd qui s'était installé entre eux.

Robin hésita une seconde avant de répondre avec sincérité :

— C'est le moment le plus embarrassant de toute ma vie.

— Embarrassant ?

Cesare recula légèrement pour la regarder. Tout, en elle — ses cheveux ébouriffés, ses yeux trop brillants, sa bouche gonflée, ses seins dressés, la langueur de ses membres —, évoquait les baisers, les caresses, le plaisir qu'il lui avait donnés.

— Vous êtes belle, Robin. En fait, une fois que nous serons mariés, je voudrais que vous me haïssiez de cette manière chaque nuit de notre vie conjugale.

— Vous êtes vraiment sûr, après… après ce qui vient de se passer… que je vous épouserai, n'est-ce pas ? lança-t-elle, l'air indigné.

Elle ramassa sa robe sur la moquette, la tint contre sa poitrine nue.

Une fois encore, elle le provoquait délibérément, songea Cesare. Mais son désir inassouvi torturait trop son corps pour qu'il se sente d'humeur à discuter.

Il inclina la tête.

— Je suggère que vous avertissiez votre père : nous nous marierons dès que nous aurons obtenu une licence spéciale.

— Oh… Vous *suggérez*, vraiment ?

Il l'observa tandis qu'elle enfilait sa robe et tirait sur la fermeture Eclair.

— Oui… je suggère, répéta-t-il d'un ton déterminé.

Se mettre au lit ensemble, terminer ce qu'ils avaient commencé : voilà ce qu'ils auraient dû faire, maintenant. Hélas, il suffisait de voir l'expression rebelle de Robin pour savoir que cela n'arriverait pas.

Peu importait. Il avait, devant lui, une vie commune entière pour satisfaire son besoin de cette femme dotée d'une sensualité à damner un moine. Un délai de quelques jours — de quelques semaines, peut-être — rendrait la concrétisation de son désir encore plus délectable…

— Reconnaissez, au moins, que j'ai assez de bon sens pour ne pas vous en donner l'ordre, dit-il doucement.

— Je ne reconnais rien du tout, Cesare.

— Même pas que je suis un amant exceptionnel ?

— Expérimenté, vous voulez dire !

Le souvenir de son manque de contrôle embrasait les joues de Robin autant que la colère.

— J'ai eu d'autres maîtresses, oui, admit Cesare. Comme vous avez connu d'autres hommes.

— Un seul, rectifia-t-elle. Je n'aurais jamais… Ce qui vient de se produire ne serait jamais arrivé si… Bon, il faut que j'y aille, maintenant.

La soirée se déroulait autrement qu'il ne l'avait prévu. Mais après ce qui s'était passé, il était plutôt enclin à laisser Robin partir.

Avant, sans aucun doute, de traverser une nuit solitaire et sans sommeil. Adoucie, cependant, par le fait de savoir que la jeune femme n'avait pas connu d'autre homme que son ex-mari.

— Très bien, Robin, je vous permets de…, commença-t-il.

Elle l'interrompit d'un ton exaspéré :

— Vous n'avez pas à me *permettre* de faire quoi que ce soit, Cesare. Mon Dieu, quelle arrogance ! Je ne m'en vais pas parce que vous m'y autorisez. N'imaginez pas — n'imaginez *jamais* — que vous aurez de l'ascendant sur moi par le plaisir physique, Cesare. Parce que vous n'y arriverez pas.

Avait-il eu cette intention ? Quoi qu'il en soit, le plaisir qu'ils venaient de connaître ensemble n'était pas une arme qu'il comptait utiliser, mais dont il voulait jouir.

Robin ignorait-elle vraiment que les moments comme ceux qu'elle avait vécus étaient beaucoup plus rares qu'on ne le croyait généralement ? Que nombre de femmes arrivaient au terme de leur existence sans avoir jamais connu l'extase dans les bras de leur amant ? La volupté, oui. Mais pas forcément l'orgasme profond qu'elle lui avait offert si librement il y avait quelques instants.

Il n'allait pas refuser ce don, encore moins le lui renvoyer à son joli visage.

— Partez, Robin, dit-il. Avec votre accord, nous nous reverrons demain soir…

— Dans un restaurant, cette fois, répliqua-t-elle avec vivacité, les yeux luisant de colère.

— Dans un restaurant, cette fois.

Avec un sourire dénué d'humour, Cesare ajouta :

— Et n'imaginez pas non plus que *vous* aurez de l'ascendant sur *moi* par le plaisir physique, Robin.

Elle écarquilla les yeux brièvement, avant de froncer les sourcils. Ensuite, elle tourna les talons et sortit de la pièce.

Quelques secondes plus tard, Cesare entendit les portes de l'ascenseur s'ouvrir puis se refermer.

La nuit prochaine serait à eux, songea-t-il. Ainsi que la nuit suivante. Et toutes les autres nuits, jusqu'à la fin de sa vie…

— Hier soir, tu as dîné avec *qui* ?

Charles, qui prenait son petit déjeuner avec sa fille, la considéra avec incrédulité.

— Oh, papa, répondit-elle d'un ton taquin. Comme je sais que tu n'as aucun problème d'audition, je suis sûre que tu as très bien entendu ce que j'ai dit.

En fait, elle n'avait pas exactement dîné avec Cesare — du moins n'avaient-ils pas terminé leur repas, rectifia-t-elle secrètement. Et, en se rappelant ce qui s'était passé, elle éprouva la même gêne que la veille au soir.

Jusque-là, jamais il ne lui était arrivé quelque chose de ce genre.

Certes, l'aspect physique de son mariage avec Giles s'était révélé assez satisfaisant, au début… Cependant, le désir s'était émoussé à mesure que se succédaient les examens médicaux, les prises de température, autant d'épreuves auxquelles ils avaient dû se soumettre dans l'espoir de concevoir un enfant. L'enfant qu'elle avait souhaité autant que son mari.

Elle n'avait pas eu ce bébé. Mais elle aurait Marco. Si elle épousait Cesare Gambrelli. Maintenant qu'elle avait rencontré le petit garçon, l'idée de cette union ne la révulsait plus. Au contraire, elle la souhaitait de tout son cœur.

Elle s'était éveillée, ce matin — dans son propre lit, Dieu merci —, emplie d'une délicieuse langueur. Qu'elle devait aux caresses de Cesare.

Et cette langueur qui la faisait se sentir tellement femme, ajoutée à la perspective de devenir la mère de Marco, l'avait encouragée à parler de son prochain mariage à son père.

— Je… Mais… Cesare Gambrelli… Robin, bredouilla Charles, stupéfait. Je ne savais pas que tu connaissais cet homme !

— C'est toi qui nous as présentés, samedi dernier, au gala de charité. Tu te souviens, papa ?

— Eh bien, oui, mais…, répondit-il.

Il hocha la tête.

— Quand vous êtes-vous revus ?

— Il m'a rendu visite à la maison.

Délibérément, Robin s'abstint de préciser que cette visite datait seulement de la veille.

— Pour m'inviter à dîner. Et j'ai accepté.

— Il est venu ici ?

Charles était devenu très pâle.

— Oui.

Robin inclina la tête d'un côté.

— Pourquoi ? Je n'aurais pas dû ?

Son père se leva, et commença à arpenter la pièce. Comme c'était samedi, qu'il n'avait pas à se rendre à son travail, il était encore en robe de chambre.

— Peut-être aurais-je dû t'en parler plus tôt, Robin, reconnut-il. Mais je n'aurais jamais imaginé que Gambrelli et toi vous

vous reverriez après le gala de charité. Bon sang, *j'espérais* que vous ne vous reverriez plus jamais. Tu sais, Robin, l'autre personne, impliquée dans l'accident de Simon…

Avec calme, Robin l'interrompit :

— Etait la jeune sœur de Cesare, Carla. Oui, je sais.

— Tu le sais ?

Charles s'immobilisa.

— Cesare et moi en avons parlé…

— Vous en avez parlé ?

— Papa, nous ne progresserons pas beaucoup dans cette conversation si tu répètes tout ce que je dis. Et oui, Cesare et moi avons parlé de l'accident, de la mort de Simon et de Carla. Curieusement, cela n'a fait que renforcer l'idée que nous avions déjà : que nous étions destinés à nous rencontrer…

Elle en faisait un peu trop, elle le savait. Mais elle devait convaincre son père que sa relation avec Cesare était fondée sur l'amour.

— Papa, poursuivit-elle, est-ce que ce ne serait pas merveilleux si quelque chose de positif pouvait sortir d'une tragédie ?

— Eh bien, oui, naturellement, ce serait merveilleux…, admit-il distraitement. Mais j'ai écrit à Gambrelli après l'accident, tu sais. La lettre m'est revenue, dans une autre enveloppe, une semaine plus tard. Déchirée en quatre morceaux.

Avec une grimace, Charles ajouta :

— J'ai eu la nette impression qu'il aurait préféré me planter un couteau dans la gorge.

Ainsi, Cesare *avait* reçu sa lettre de condoléances, et il l'avait de toute évidence lue, avant de la retourner d'une manière qui ne pouvait être perçue que comme une menace.

Comment s'étonner que son père lui ait recommandé de se tenir à l'écart de cet homme ! songea Robin.

Elle eut un sourire contrit.

— Cesare peut se montrer un peu… excessif. C'est le sang latin qui parle en lui. Mais je peux t'assurer qu'il n'est plus du tout en colère contre notre famille.

Charles la considéra, l'air sceptique.

— En es-tu absolument *certaine* ?

— Absolument, affirma-t-elle.

Pour le rassurer complètement, elle posa sa tasse sur la table, se levant pour aller le serrer dans ses bras. Sans l'affection profonde qu'elle lui vouait et le désir qu'elle avait de le ménager, jamais elle n'aurait pu mentir avec une telle assurance ni afficher une telle sérénité.

— Maintenant, ne fais plus cette tête et réjouis-toi pour moi. Très bientôt, il se peut que je te présente Cesare comme ton futur gendre.

— Tu vas *épouser* cet homme ?

Charles n'en croyait pas ses oreilles.

— S'il me le demande, répondit Robin. Et je pense qu'il le fera.

— Mais tu as dit que tu ne te remarierais jamais. Qu'aucun homme ne voudrait de toi parce que tu ne pourrais pas lui donner d'enfant... Bien que je n'aie jamais cru une telle chose, naturellement.

— C'est justement ce qu'il y a de merveilleux, avec Cesare. Il y a déjà un héritier pour perpétuer son nom et sa fortune. Alors, cela ne lui posera aucun problème, si nous n'avons pas d'enfant ensemble.

Robin n'avait pas envie de fournir de plus amples explications sur l'enfant en question. Aussi s'empressa-t-elle de changer de sujet.

— Croise les doigts pour moi, papa, dit-elle gaiement.

A en juger d'après la manière dont il la regardait, on aurait pu croire qu'il aurait préféré l'enfermer à double tour dans sa chambre jusqu'à ce que Cesare Gambrelli ait disparu complètement de Londres.

— Sois prudente, Robin, finit-il par lui répondre.

Il tapota la joue de sa fille avec tendresse.

— Je ne suis pas certain que les motifs de Gambrelli soient dignes de confiance.

— Ne te fais pas de souci, papa.

Robin sourit, affichant une mine radieuse.

— Et, bien sûr, je serai prudente, affirma-t-elle, honteuse, au fond d'elle-même, de mentir avec autant d'aplomb à son père.

Mais avait-elle le choix ? S'il découvrait la vérité, s'il lui interdisait d'épouser Cesare, ce serait la fin de la Ingram Publishing, l'œuvre de sa vie…

Non, mieux valait que les choses se déroulent de cette manière, elle en avait la certitude.

— Vous avez bien dormi, la nuit dernière, Robin ?

Ils se trouvaient chez Gregori, le restaurant où ils s'étaient donné rendez-vous au cours d'une brève conversation téléphonique dans la journée, et Cesare venait de passer la commande.

— Très bien, merci, répondit-elle. Et vous ?

Tel un chat sauvage, il rageait intérieurement. En fait, il n'avait pas fermé l'œil de la nuit. Et Robin n'avait qu'à jeter un regard à ses yeux cernés, à ses traits crispés pour s'en apercevoir. En outre, elle était trop fine mouche pour ne pas deviner que son insomnie avait été causée par sa frustration sexuelle. Une frustration qu'une heure d'exercice dans la salle de gymnastique de l'hôtel, ce matin, n'avait pas réussi à apaiser.

De son côté, la jeune femme paraissait fraîche, alerte. Sa robe violette avait la couleur exacte de ses iris, ses cheveux dénoués tombaient en vagues souples sur ses épaules et frôlaient les immenses anneaux d'or qu'elle portait aux oreilles. Sa bouche pulpeuse soulignée par un rouge nacré était une invitation au baiser.

— Ne jouez pas avec moi, Robin, dit-il d'un ton glacial. Je ne suis pas d'humeur à jouer.

— Mon Dieu, la frustration sexuelle n'a pas amélioré vos manières, n'est-ce pas ? lança-t-elle d'un ton railleur, avant de décocher un sourire charmeur au serveur qui versait du champagne dans la flûte de Cesare.

Cesare prit une gorgée du liquide pétillant puis reposa le verre sur la table.

— Il sent le bouchon, bougonna-t-il. Apportez-en une autre bouteille, à la température correcte, cette fois.

— Oui, monsieur. Naturellement, monsieur.

Le serveur, surpris, saisit la bouteille, les deux flûtes, et s'empressa de disparaître. Dès qu'il fut parti, Robin fit remarquer :

— Ce n'était pas très aimable de votre part.

— Je ne suis pas quelqu'un d'aimable, rétorqua Cesare. Je croyais que nous en étions déjà convenus tous les deux.

Robin ne se souvenait pas d'être convenue de quelque chose de semblable avec lui. Néanmoins, il s'était comporté d'une manière vraiment discourtoise envers le serveur.

— Je lui laisserai un pourboire royal si cela peut vous être agréable, Robin.

— Que cela me soit agréable ou non, là n'est pas la question. Ce n'est pas à mon égard que vous avez été impoli.

— Je n'ai pas été impoli…

Cesare s'interrompit en voyant le serveur réapparaître près de leur table, et déboucher la bouteille qu'il était allé chercher. En réalité, la première ne méritait aucun reproche. Le pauvre homme n'avait fait que payer le prix du sourire dont Robin l'avait gratifié. Il avait droit à quelques paroles apaisantes.

— Ce n'est pas votre faute si la bouteille précédente était… inacceptable, affirma Cesare.

Sa réaction de jalousie l'étonnait. Il ne s'était jamais montré possessif envers ses maîtresses. Mais ses relations amoureuses ne duraient jamais plus d'un mois ou deux. Tandis que Robin était destinée à être son épouse. Ceci expliquait peut-être cela.

Une fois que le serveur fut reparti, rasséréné, Robin se tourna vers Cesare.

— Eh bien, vous voyez, cela ne fait pas trop mal, non ? demanda-t-elle.

— Je ne me suis pas excusé pour vous faire plaisir, rétorqua-t-il d'un ton dédaigneux. Je me suis simplement rendu compte que je n'avais pas été… poli avec lui, c'est tout.

Au moins, il le reconnaissait, songea Robin.

Comme on apportait l'entrée sur la table — pâté pour Cesare, saumon fumé pour elle —, elle s'adossa à sa chaise, consciente des regards admiratifs que les autres femmes présentes dans la salle jetaient à son compagnon.

Comment s'en étonner ? Vêtu d'un costume anthracite, qui mettait en valeur sa silhouette athlétique, ses cheveux bouclés frôlant le col de sa chemise gris clair, il émanait de lui un magnétisme auquel il était difficile de résister. Afin de conserver la tête froide, Robin s'imposa de garder les yeux sur son assiette lorsqu'elle demanda :

— Notre futur mariage — en admettant qu'il ait lieu — est-il censé être une relation exclusive, Cesare ? Ou attendez-vous de moi que j'ignore vos maîtresses ?

Il la considéra en fronçant les sourcils, la fourchette en l'air.

— Cela vous ennuierait si tel était le cas ?

Elle consentit à lever la tête et le fixa.

— Personne n'aime passer pour le dindon de la farce. Je pensais seulement qu'il vaudrait mieux que je sois avertie de… l'arrangement à l'avance, c'est tout.

Non, ce n'était pas tout, songea Cesare avec contrariété. S'il devait avoir une liaison quand ils seraient mariés, Robin s'octroierait sans doute la même liberté. Elle s'offrirait un amant. Ou des amants. Or, il n'avait jamais partagé une maîtresse. Pourquoi partagerait-il sa femme ?

— Il n'y aura pas de maîtresse, Robin, annonça-t-il. Pour quelle raison y en aurait-il, quand j'aurai une femme parfaitement désirable qui m'attendra à la maison ? Bon, maintenant, si nous faisions honneur à notre repas, sans risquer de souffrir d'indigestion comme hier soir ?

Au moins, sa frustration ne lui avait pas enlevé son sens de l'humour, songea Robin. Elle ne résista pas à l'envie de le provoquer.

— Je vous l'ai déjà dit : j'ai parfaitement bien dormi la nuit dernière.

Il la fixa un moment avant de se pencher vers elle et de murmurer :

— Je préfère vous avertir : en cet instant, cette table me paraît l'endroit idéal pour vous faire l'amour.

Les yeux violets restèrent rivés aux siens pendant quelques longues secondes. La tension sexuelle entre eux devint presque palpable.

— Parfait, reprit-il, satisfait du silence de Robin. Je vois que nous nous comprenons. Maintenant, pouvons-nous enfin manger ?

D'une main légèrement tremblante, elle prit sa fourchette et commença à manger son saumon fumé, sans même en apprécier la délicate saveur, tant le désir commençait à s'infiltrer dans ses veines.

Aucun homme jamais n'avait produit cet effet sur elle. Etait-ce une réaction spécifique à toutes les femmes privées de vie amoureuse pendant trop longtemps ?

— J'ai parlé de vous à mon père, ce matin, se risqua-t-elle à dire, une fois qu'ils eurent terminé leur entrée.

Comme Cesare l'interrogeait du regard, elle précisa :

— Je lui ai dit que nous nous étions revus depuis notre première rencontre et que… si vous me le proposiez, j'accepterais de vous épouser.

Il la gratifia d'un sourire légèrement moqueur.

— Et comment Charles réagit-il à l'idée de m'avoir pour gendre ?

— Mal, mais il reviendra à d'autres sentiments.

— J'admire votre optimisme.

Il était impossible de ne pas admirer cette femme, reconnut Cesare. Elle avait certainement encore ses menaces en tête. Malgré cela, elle avait abordé le sujet de leur relation avec son père. Ce qui n'avait pas dû s'avérer facile.

— Peut-être que si vous ne lui aviez pas renvoyé sa lettre de condoléances d'une manière aussi… agressive ? commença-t-elle.

— La mort de ma sœur était trop récente. Je ne me sentais pas disposé à l'indulgence envers quiconque. Encore moins envers un membre de la famille Ingram.

Il nourrissait des idées de meurtre, à l'époque. Carla était morte, laissant son fils sans mère. Mais Cesare n'avait pas renoncé à retrouver l'homme qui l'avait abandonnée au moment où elle avait le plus besoin de son aide ; il avait chargé un détective privé de découvrir qui avait été l'amant de sa sœur. Il finirait par connaître l'identité du père de Marco, et lorsqu'il aurait mis la main dessus…

— Mon père et moi nous étions aussi dans la peine, rappela Robin d'une voix enrouée par l'émotion.

Oui, Cesare s'en rendait compte, aujourd'hui. Il prit conscience qu'elle et son père n'avaient pas cessé d'aimer ce vaurien de Simon Ingram — malgré sa déchéance —, qu'ils avaient été meurtris par sa disparition autant qu'il l'avait été par celle de Carla.

Cependant, ce constat ne changeait rien.

Sa décision de faire de Robin sa femme restait inébranlable.

Et même, depuis la veille au soir, sa détermination à l'épouser s'était encore raffermie.

7

— Je ne suis toujours pas convaincue que ce soit vraiment une bonne idée.

— Vous avez peur, Robin ? demanda Cesare.

Nonchalamment adossé à la paroi de la cabine de l'ascenseur privé menant à son appartement, il la considérait, l'air moqueur.

— De vous ? Certainement pas, rétorqua-t-elle.

Ce n'était pas de lui qu'elle avait peur. Mais de sa manière à elle de réagir en sa présence.

— Je m'inquiète seulement au sujet de mon père. Comme il sait que je dînais avec vous ce soir, si je ne rentre pas à la maison, il en déduira que je passe la nuit chez vous. Et je me demande s'il est prêt à accepter…

— Vous avez vingt-sept ans…

— Mais je vis chez lui, en ce moment.

Cesare haussa les épaules.

— Vous avez encore le temps de changer d'avis.

C'était vrai, admit Robin. Elle n'avait pas encore téléphoné à Charles pour lui dire de ne pas l'attendre. Mais elle savait qu'elle ne changerait pas d'avis, malgré son incertitude concernant les intentions exactes de Cesare. Car elle avait l'espoir de revoir Marco, de le serrer de nouveau sur son cœur.

— Si cela peut vous rassurer, Robin, je pense qu'il est préférable que nous ne partagions pas la même chambre, cette nuit. La nourrice de Marco est encore là et, comme il est dans mes intentions de vous épouser… Oui, il est préférable de ne pas…

Cesare laissa sa phrase en suspens pour reprendre, quelques secondes plus tard :

— En tant qu'amant, ce n'est pas flatteur pour moi de vous voir l'air aussi soulagé à la pensée que vous ne partagerez pas mon lit.

L'arrêt de l'ascenseur évita à Robin l'embarras d'une réponse.

Cesare s'effaça pour la laisser sortir. Quand ils furent dans le hall, il se tourna vers elle.

— Je vais nous servir un verre de cognac pendant que vous téléphonez à votre père, dit-il.

Puis il la laissa et se dirigea vers le salon.

Elle le rejoignit quelques instants plus tard, la mine soucieuse.

— Je n'ai parlé qu'au majordome, expliqua-t-elle en prenant le verre de cognac que son hôte lui tendait. Il a dit que mon père était assez fatigué, ce soir, et qu'il s'était couché tôt.

— Vous pensez qu'il y a des raisons de s'inquiéter ? demanda Cesare, les sourcils froncés.

Elle lui décocha un regard noir.

— Comme si le sort de mon père vous concernait ! Allons, Cesare, épargnez-moi cette comédie. Je vous rappelle que, pas plus tard qu'hier, vous étiez prêt à ruiner sa société d'édition, quitte à le tuer par la même occasion.

— Puis-je vous rappeler, à mon tour, que si votre père est malade, ce n'est pas à moi qu'il le doit ?

En effet, admit Robin. L'attaque cardiaque dont son père avait été victime avait été provoquée d'abord par le souci causé par la passion de Simon pour le jeu, ensuite par le choc de sa mort. L'échec de son propre mariage n'avait sans doute pas arrangé les choses…

Elle avala une revigorante gorgée de cognac avant de répliquer :

— J'essaie de réfléchir au moyen de rendre les parts de la Ingram Publishing à mon père — après notre mariage, bien entendu — sans qu'il apprenne qu'elles n'appartenaient plus à la famille…

— Cesare la rassura d'un ton arrogant.

Ne vous faites pas de souci, Robin.

— Mais je me *fais* du souci, Cesare. A quoi cela servirait-il que j'accepte de vous épouser, si mon père devait savoir que Simon avait dilapidé ses parts dans des casinos ?

— Il n'y a aucune raison pour que votre père apprenne jusqu'où sa maudite passion a conduit votre frère. Simon a vendu ses parts pour pouvoir continuer de jouer. J'ai acheté ses actions au propriétaire du casino qui, par hasard, était une de mes connaissances. C'est mon courtier qui a négocié…

— Tiens ! Comme c'est pratique !

Les yeux de Cesare s'assombrirent.

— Je les ai achetées, répéta-t-il. Le jour de notre mariage, elles vous seront rendues. Et vous serez, alors, parfaitement libre de détruire toute preuve montrant qu'elles avaient été soustraites à votre famille.

— Vous avez élaboré tout cela à l'avance, n'est-ce pas, Cesare ? fit-elle remarquer.

Pas du tout, non, songea Cesare : il n'avait certainement pas prévu l'apparition de Robin Ingram, ni le désir que sa seule présence suscitait en lui.

Comme en cet instant.

— Peut-être est-il temps que nous allions dans nos chambres respectives, suggéra-t-il. Je dois assister à plusieurs réunions, demain matin, et j'ai des documents à consulter, ce soir, avant de me coucher.

La manière brusque dont il mettait fin à la soirée surprit Robin. Elle s'attendait plutôt à ce qu'ils fassent l'amour avant de se séparer.

Etait-elle déçue ?

Bien sûr que non !

Quoique… Peut-être un peu, admit-elle à contrecœur, en reposant son verre vide sur la table basse. Réaction stupide de sa part. Car il ne s'agissait pas d'une histoire d'amour. Elle n'acceptait la proposition de mariage de Cesare que *contrainte* et *forcée*.

— Quelle chambre m'avez-vous réservée ? demanda-t-elle d'un ton acide.

— J'avais pensé à celle qui est contiguë à la mienne, tout en sachant que ce choix pourrait être mal interprété.

Par qui ? Par elle ? Ou par la nourrice de Marco ?

Peu importait. C'était Robin, cette fois, qui risquait de passer une nuit blanche en imaginant un Cesare nu, à portée de main, elle le savait. Et, demain matin, elle serait d'une humeur aussi détestable qu'il l'avait été ce soir.

— Un chaste baiser pour se dire bonsoir est permis, toutefois, murmura-t-il d'un ton moqueur.

Il lisait ses émotions sur son visage comme dans un livre ouvert.

L'inaccessible Robin Ingram le désirait, il en avait la certitude.

— Un chaste baiser ! Non, merci, je m'en passerai. Indiquez-moi seulement quelle chambre je dois prendre, je trouverai mon chemin toute seule…

— Ne faites pas l'enfant, Robin.

— J'ai dit que je me passerais de votre chaste baiser, merci !

— Je faisais allusion au fait que vous me privez de la courtoisie de conduire une invitée à sa chambre, non à votre réaction concernant un chaste baiser pour se dire bonsoir.

Les joues de Robin s'embrasèrent de confusion. Ce dont Cesare prit note avec satisfaction.

— Une invitée, Cesare ? répéta-t-elle, incrédule. C'est ainsi que vous me considérez ?

— Ce soir, c'est exactement ce que vous êtes.

— Parfait.

Parfait ? songea-t-il. C'était loin d'être parfait. Mais il devait se contenter de cette situation, ce soir.

La nourrice de Marco, Catriona, originaire de leur Sicile natale, avait été engagée par Carla dès la naissance du bébé.

Comme Cesare espérait emmener Robin et l'enfant dans son pays, au moins pour les vacances, il ne voulait pas que la réputation de sa femme soit entachée par quelque commérage colporté par Catriona et sa famille. Partager son lit avec Robin avant le mariage lui paraissait inenvisageable. Même pour une nuit.

Il conduisit la jeune femme à l'une des quatre chambres de sa suite — les trois autres étant occupées par lui-même, par Catriona et par Marco. Là, tandis qu'ils se tenaient dans l'entrée, tout près l'un de l'autre, il déclara d'une voix rauque :

— Après tout, ce baiser n'est pas obligé d'être tout à fait chaste…

Sa proximité troublait Robin. Elle leva les yeux vers lui.

— Un baiser est chaste ou il ne l'est pas, répondit-elle. Je ne pense pas qu'il y ait des degrés dans la chasteté.

— Peut-être ai-je parlé un peu précipitamment…, dit-il.

En voyant la lueur gourmande des yeux noirs rivés sur sa bouche, elle sentit sa mauvaise humeur s'évaporer.

Elle croyait en sa sincérité, maintenant. Quand il avait affirmé ne pas vouloir scandaliser la nourrice de Marco, il ne s'agissait pas d'un prétexte pour lui faire payer sa frustration de la veille au soir, comme elle l'avait supposé. Il avait exprimé le fond de sa pensée.

— Non, vous aviez tout à fait raison, Cesare, dit-elle. Il est préférable que nous ne dormions pas ensemble, cette nuit.

— Qui a parlé de dormir ? rétorqua-t-il d'une voix rauque.

Elle rit doucement tout en le poussant vers la sortie. Puis, très vite, elle referma la porte derrière lui et s'adossa contre le chambranle, les jambes molles. De savoir que Cesare la désirait aussi rendait sa propre frustration encore plus intolérable…

Elle se sentit totalement désorientée lorsqu'elle s'éveilla. Il lui fallut quelques secondes pour se souvenir qu'elle se trouvait dans une chambre de la suite de Cesare.

Il faisait encore sombre, dehors. A l'évidence, on était au

milieu de la nuit. Qu'est-ce qui avait bien pu la tirer de son sommeil ?

Et soudain, elle comprit. Des bruits qui ne lui étaient pas familiers mais qu'elle identifia facilement troublaient le silence de la suite.

Marco !

Pendant quelques minutes, Robin ne bougea pas, se contentant d'écouter et se demandant si Catriona s'était levée pour aller le rejoindre ou s'il était seul. De toute façon, mieux valait aller s'en assurer.

Elle enfila sa culotte, sa robe, sans se soucier de mettre bas et chaussures. Pieds nus, elle marcha jusqu'à la chambre d'enfant, resta debout, l'oreille attentive, dans le couloir.

Il ne pleurait pas, en fait. Il babillait. Y avait-il quelqu'un avec lui ? En tout cas, on n'entendait pas d'autre voix.

Elle tourna la poignée avec précaution, puis se faufila dans l'entrebâillement de la porte. A la faible lueur de la veilleuse, elle distingua Marco dans son berceau. Dès qu'il la vit, le bébé se mit à bavarder de plus belle dans le langage qu'il était seul à comprendre, ses yeux noirs — si semblables à ceux de son oncle — brillant d'excitation.

Robin referma la porte, s'approcha du berceau.

— Chut, bébé… Chut… Ou tu vas réveiller tout le monde…, murmura-t-elle. Tu n'arrives pas à dormir, mon bonhomme ?

Elle sourit à l'enfant. Quand il lui rendit son sourire — un sourire rayonnant — en lui tendant les bras, elle sentit son cœur chavirer.

Le prendrait-elle ou non ? Elle hésitait. Il semblait pleinement éveillé. Maintenant qu'il l'avait vue, il était peu probable qu'il se rendorme. Mais comment Cesare réagirait-il, si elle sortait son neveu de son berceau au milieu de la nuit ?

Lorsqu'ils seraient mariés, elle n'aurait pas besoin d'autorisation pour câliner Marco chaque fois qu'elle en aurait envie !

Et c'était ce qu'elle avait envie de faire en cet instant. Tenir son petit corps chaud contre elle, le bercer. Des gestes qu'elle ne pourrait jamais accomplir avec un bébé né de sa propre chair.

Elle le souleva, alla s'asseoir avec lui dans un fauteuil. Le visage enfoui dans son cou, elle respira avec bonheur l'odeur de sa peau, si douce, si soyeuse. Une odeur de savon et de talc.

Le bambin gigotait sous le souffle de Robin, riait aux éclats en s'accrochant à ses cheveux.

Des larmes affluèrent aux paupières de Robin. En admettant qu'elle épouse Cesare — ou plutôt *quand elle l'aurait* épousé —, Marco serait à elle. Son bébé. Son fils.

Combien de temps resta-t-elle avec lui, à jouer, à bavarder ? Elle n'aurait su le dire. Il finit par s'endormir, sa tête reposant sur l'épaule de Robin, ses doigts minuscules encore agrippés à ses boucles.

Elle n'eut pas conscience de s'être assoupie à son tour. Mais la lueur du jour filtrait à travers les persiennes au moment où elle s'éveilla pour la seconde fois.

Il ne fallait pas que Cesare la découvre ainsi, avec Marco dans les bras. Il ne fallait pas qu'il devine les sentiments que lui inspirait l'enfant. L'ennemi juré de sa famille possédait encore la plus grande partie des actions de la Ingram Publishing. S'il connaissait l'attirance qu'elle éprouvait pour son adorable neveu, il se montrerait encore plus impitoyable.

Robin se leva pour aller remettre le bébé dans son berceau. A contrecœur, elle le coucha, borda les couvertures. Puis elle s'attarda à le contempler, si beau, si angélique, mourant d'envie de toucher ses joues délicates, ses boucles sombres, mais résistant à cette envie, de crainte que Cesare ne la surprenne. Elle finit pourtant par rompre ce moment exquis, sortit de la pièce, et referma la porte derrière elle avec précaution.

— Que faites-vous ici ?

Robin se retourna. Le maître de maison se tenait dans le couloir. Son regard noir plongea dans le sien, accusateur. Alors, elle redressa le menton et se défendit :

— Je croyais avoir entendu Marco pleurer.

Cesare scruta son visage, remarqua la pâleur de son teint, la lueur de défi dans ses yeux, l'expression entêtée de sa bouche.

Comme d'habitude, il avait quitté son lit à 7 heures, sachant qu'il lui restait une demi-heure pour se préparer avant que Marco ne se manifeste. Il prendrait ensuite son petit déjeuner avec son neveu puis se rendrait au travail. C'était ainsi que commençaient toutes ses journées.

En quittant sa chambre, il n'avait pas prévu de voir Robin — dont le peu de goût pour les enfants avait causé l'échec de son mariage — émerger de la chambre de Marco.

— Et il pleurait vraiment ? demanda Cesare.

Il ouvrit la porte, jeta un regard dans la pièce.

Le bébé dormait à poings fermés dans son berceau. Son oncle referma la porte doucement, puis reporta les yeux sur elle.

— Manifestement non, dit-il.

— Manifestement non, reconnut-elle.

Il la considéra, l'air inquisiteur. Devait-il croire les explications qu'elle avançait ? Il n'en était pas certain. Mais aucune autre hypothèse plausible ne lui vint à l'esprit.

— N'ayez pas peur, Robin, vous aurez tout le temps de mieux connaître Marco, une fois que nous serons mariés, dit-il d'une voix sarcastique.

— Je n'ai pas peur, Cesare, ni de vous ni de votre neveu.

Pourtant, il avait perçu dans les yeux violets quelque chose qui ressemblait à de la frayeur, juste à l'instant, quand il l'avait surprise…

La perspective de devoir s'occuper d'un bébé la terrorisait-elle vraiment ?

— J'ai l'intention de continuer à m'occuper de lui, affirma-t-il.

Elle le dévisagea, désemparée. N'avait-il pas déclaré, peu de temps auparavant, qu'il comptait sur elle pour prendre soin de Marco ? Que cela s'intégrait à son plan de vengeance…

Craignait-il qu'elle ne se comporte mal avec l'enfant ? A cette pensée, elle sentit son corps entier se révulser.

— Comme vous continuerez d'imposer vos règles avec

votre arrogance habituelle, je n'en doute pas, rétorqua-t-elle. Eh bien, vous pourrez toujours les imposer, Cesare. Mais cela ne veut pas dire que je leur obéirai. Maintenant, si vous voulez bien m'excuser, il est temps que j'y aille.

Sur ces mots, elle tourna les talons. Mais, d'une main ferme, il lui saisit le bras et l'obligea à lui faire face de nouveau.

— Que faites-vous ? protesta-t-elle.

— Vous dites que je suis arrogant ?

Elle émit un rire railleur.

— Je dis que… ? Vous *êtes* arrogant, Cesare. En fait, vous êtes l'homme le plus arrogant que j'aie eu le malheur de rencontrer.

— Le malheur, Robin ?

— Vous ne pensez tout de même pas qu'un petit baiser de votre part m'a rendue plus enthousiaste à l'idée de vous épouser, Cesare ?

Elle lui décocha un regard de pitié, puis elle poursuivit :

— Si vous le pensez, sachez que vous surestimez sérieusement vos capacités de persuasion sexuelle.

Il continua de la dévisager pendant quelques longues secondes avant de la libérer de l'étau de ses doigts et de s'écarter d'elle.

— Je suis fatigué d'attendre que vous fixiez la date de notre mariage, Robin, dit-il. Je prends en considération le fait que vous ayez le souci de ménager votre père…

— Vous ne pouvez pas faire autrement, parce que c'est la seule raison pour laquelle je suis ici.

La mine de Cesare s'assombrit.

— Vous recommencez à me provoquer délibérément, Robin. Mais cette fois, c'est une provocation que je préfère ignorer. Je viendrai chez votre père, ce soir, pour que nous puissions discuter de la date de notre mariage.

— J'ai vingt-sept ans et je suis divorcée, rappela-t-elle. Ne pensez-vous pas qu'il serait un peu déplacé de demander ma main à mon père ?

— Il n'était pas dans mes intentions de *demander* quoi

que ce soit à votre père, mais de lui dire quand nous devons nous marier.

— Avant de dire quoi que ce soit à mon père, ne croyez-vous pas que vous devriez d'abord me demander si je veux vous épouser ? Ou pensez-vous, étant donné la situation, que mon agrément vous est déjà acquis ?

— Il ne l'est pas ?

Avec quel flegme Cesare avait posé la question ! Robin l'aurait volontiers giflé pour son attitude dictatoriale. Tout cela, semblait-il, parce qu'il l'avait vue sortir de la chambre de Marco…

— Oh, je vous épouserai, Cesare, affirma-t-elle. Ne serait-ce que pour rendre votre vie aussi infernale que vous avez rendu la mienne.

L'émotion accélérait les battements de son cœur.

Cesare observait les mouvements de ses seins qui s'abaissaient et se soulevaient à un rythme rapide, sachant qu'elle ne portait pas de soutien-gorge. Ses jambes étaient nues, ses pieds aussi. Sans doute n'avait-elle sur elle que sa culotte et sa robe. Deux vêtements qu'il mourait d'envie de lui arracher avant de la prendre avec une sauvagerie hors de son contrôle.

Enfin… presque hors de son contrôle.

Il n'avait jamais forcé une femme à faire l'amour. Il ne commencerait pas avec Robin.

En outre, elle venait de lui concéder qu'elle deviendrait sa femme… Il s'agissait seulement de s'armer d'un peu de patience.

— Et si mon père suggère que nous attendions de nous connaître mieux avant de nous engager pour la vie, que ferez-vous ? demanda-t-elle.

— Le fait que vous soyez restée ici, avec moi, la nuit dernière, l'incitera à penser que nous nous connaissons suffisamment pour nous marier, j'en suis sûr. Et une fois que vous l'aurez assuré de vos sentiments pour moi, il sera heureux d'accepter votre décision.

— Mes sentiments pour vous, Cesare ?

Le sourire dont Cesare gratifia Robin manquait d'humour.

— Vous ne lui direz pas que c'est de la haine et non de l'amour que vous éprouvez à mon égard, je présume ?

Haïssait-elle cet homme ? s'interrogea-t-elle. Pouvait-elle à la fois le haïr et prendre un tel plaisir dans ses bras ?

Non. Cela paraissait impossible.

Toutefois, Cesare en arriverait peut-être à la haïr quand il saurait qu'elle ne lui donnerait jamais d'enfant.

Elle ne le mettrait au courant de sa stérilité que lorsqu'ils seraient mariés, et que les actions de la Ingram Publishing seraient en sa possession. Elle ne devait pas prendre le risque de les voir retomber entre les mains de Cesare quand il apprendrait que de son ventre ne sortirait aucun autre petit Gambrelli. Quoique, ce matin, elle avait une raison supplémentaire pour ne pas livrer son secret.

Marco…

Elle l'aimait. L'idée de ne plus le revoir lui était intolérable.

Robin inclina la tête.

— Je préviendrai mon père de votre visite ce soir. Et vous pourrez lui parler de notre mariage.

— Vous êtes sûre de vous, j'espère ?

— Absolument sûre. Mais croyez-moi, si je pouvais récupérer ces actions d'une autre manière, je le ferais.

Robin mentait. La perspective de devenir la mère de Marco était un attrait plus que suffisant pour la persuader d'épouser cet homme. Cependant, Cesare ne devait, à aucun prix, deviner son état d'esprit avant qu'elle n'ait récupéré les précieuses actions familiales.

— Dommage — pour vous — qu'il n'y ait pas d'autre moyen…, commença-t-il.

— C'est surtout pour vous que c'est dommage, rectifia-t-elle. D'en arriver à vouloir épouser une femme qui ne vous aime pas. Maintenant, si vous voulez bien m'excuser… Il faut que je rentre à la maison pour me changer avant d'aller travailler…

— Autant vous avertir tout de suite : vous ne travaillerez plus pour la Ingram Publishing, une fois que nous serons mariés.

— J'ai pourtant la ferme intention de continuer, affirma Robin avec force. Mon père a besoin de moi, Cesare.

— Marco et moi avons aussi besoin de vous.

— Vous et votre neveu vous vous êtes passés de moi jusqu'ici. Je suis sûre que vous pourrez continuer de le faire après notre mariage.

Quelle entêtée ! songea Cesare. Belle, mais entêtée. Désirable, mais entêtée. Loyale envers sa famille mais tellement entêtée !

— Nous discuterons de ce sujet plus tard, quand vous serez ma femme, concéda-t-il, l'air pincé.

— Nous en discuterons maintenant ! Je n'ai jamais été une femme au foyer. A quoi occuperais-je mon temps en restant à la maison ?

— Vous aurez vos bonnes œuvres…

— Et vous croyez que cela suffira… ?

— Vous aurez Marco.

— Je croyais vous avoir entendu dire que la très compétente Catriona continuera à s'occuper de lui ?

— Alors, je trouverai à Catriona un autre emploi ailleurs ! s'exclama Cesare, exaspéré.

Son statut d'homme d'affaires l'amenait à voyager beaucoup. Et il voulait que sa future épouse et Marco l'accompagnent dans tous ses déplacements. Ce que Robin ne ferait pas si elle continuait de travailler pour son père.

Il n'y avait même pas matière à discussion, songea-t-il, sans se douter qu'il venait d'offrir à Robin un merveilleux cadeau : la possibilité de s'occuper du bébé elle-même.

Bien sûr, Cesare n'avait aucune idée de la joie qui l'habitait, et qu'elle s'appliqua à masquer sous des airs de fausse hostilité.

— Je suppose que votre décision n'est pas négociable ? demanda-t-elle.

— Absolument.

— Encore une fois, donc, vous ne me laissez pas le choix. Bon, il faut vraiment que j'y aille, maintenant…

Sur ces mots, elle tourna les talons, et fila dans sa chambre prendre ses effets personnels.

En quittant la pièce, elle arborait un sourire radieux à la pensée que, bientôt, elle aurait Marco rien qu'à elle, chaque heure de chaque journée.

En fait, elle aurait presque pu aimer Cesare, en cette minute. Ne lui avait-il pas donné ce qu'elle désirait le plus au monde ?

Aimer Cesare ?

Non, éprouver de l'amour à l'égard d'un homme aussi tyrannique tenait de l'impossible, se dit-elle avec fermeté.

Du désir physique, oui.

Mais pas de l'amour…

8

Le soir, comme il l'avait annoncé, Cesare se présenta à l'appartement que Robin partageait avec son père depuis un an.

— Catriona m'a annoncé qu'elle voulait retourner en Sicile dès que nous serions rentrés de notre voyage de noces, dit-il sans préambule, alors qu'elle l'invitait à entrer dans le salon.

— Vous lui avez déjà parlé ? s'étonna-t-elle.

— En fait… non. C'est elle qui m'a parlé. Apparemment, sa sœur vient d'avoir un bébé et elle souhaite retourner au pays pour s'occuper de sa nièce.

— Vous avez dit « voyage de noces » ? demanda Robin, qui avait enregistré inconsciemment le commentaire de son hôte. Il n'a jamais été question de voyage de noces entre nous.

— C'est traditionnel, après un mariage, non ? rétorqua-t-il avec dédain.

Peut-être. Mais le leur n'aurait rien d'un mariage traditionnel.

Robin hocha la tête.

— Je ne pense vraiment pas qu'il soit nécessaire de pousser le simulacre aussi loin, Cesare…

— Nécessaire ou pas, on s'attendra à ce que ce voyage ait lieu.

— Qui ça, « on » ?

— Votre père, d'abord. A propos, je croyais qu'il serait ici, ce soir…

Cesare fronça les sourcils en regardant autour de lui : à

l'évidence, Charles Ingram était absent de la pièce. Puis son attention se reporta sur Robin.

Elle était merveilleusement belle dans sa robe crème qui s'alliait parfaitement à sa peau claire, à ses cheveux couleur miel qu'elle portait dénoués sur ses épaules. Elle avait les bras nus et ses jambes étaient gainées de la soie des bas qu'elle préférait aux collants. Ce qu'il appréciait, naturellement.

Plusieurs fois, au cours de la journée, il s'était surpris à penser à ces jambes dont il connaissait la douceur, au triangle secret entre les cuisses qu'il avait caressé, aux seins qu'il avait pris dans sa bouche, à la manière dont Robin s'était abandonnée jusqu'à la jouissance…

En cet instant encore, ces pensées emplissaient son propre corps de désir.

Alors, oui, il avait l'intention de vivre avec elle une véritable lune de miel. La solitude à deux, quelque part, très loin, pendant au moins une semaine…

— Papa a dû s'absenter pour prendre un appel téléphonique dans son bureau, expliqua-t-elle. Mais il sera là dans quelques minutes. Voulez-vous boire quelque chose en l'attendant ?

D'un geste, elle indiqua le choix de bouteilles exposées sur le bar.

Ce qu'il voulait, c'était mettre fin à toute cette comédie et lui faire l'amour sur-le-champ. Cependant, fort poliment, il répondit :

— Un whisky, s'il vous plaît.

Puis il alla s'asseoir dans l'un des fauteuils, d'où il suivit, les paupières mi-closes, chaque geste de Robin, s'émerveillant de la sensualité de ses doigts fins.

Une fois qu'il en aurait terminé avec cette rencontre formelle mais nécessaire avec Charles Ingram, il ramènerait Robin à sa suite de l'hôtel, il assouvirait la soif qu'il avait d'elle… Quitte à scandaliser Catriona et tout son personnel.

Cesare avait l'air vraiment distrait, ce soir, remarqua Robin en lui tendant le verre de whisky. Pourquoi ne disait-il rien ? Son silence commençait à l'énerver.

— C'était votre idée de venir ici, ce soir, rappela-t-elle sèchement.

Une lueur d'impatience anima les yeux noirs.

— Je ne m'inquiète pas le moins du monde au sujet de la réaction de votre père quand il apprendra nos projets de mariage précipité, si c'est ce que vous pensez, Robin.

Elle était loin de penser cela ! Les parts que le richissime Cesare Gambrelli possédait dans la Ingram Publishing faisaient de lui un homme à qui on ne refusait rien.

N'en était-elle pas la preuve vivante ?

Elle trouva, pourtant, l'audace de rétorquer avec aplomb :

— A votre place, je ne montrerais pas une si grande décontraction, Cesare. La fortune d'un homme compte très peu aux yeux de mon père, quand il est question du bonheur de sa fille unique.

Giles ne manquait pas d'argent. Ce qui n'avait pas empêché leur mariage de virer au désastre.

— Et vous, Robin ?

Cesare posa sur la table basse son verre intact avant de se lever.

— Qu'est-ce qui compte à vos yeux, quand il est question de votre bonheur ?

Elle se sentit légèrement déstabilisée par sa proximité. Maintenant qu'il se tenait debout, son extraordinaire magnétisme produisait sur elle un impact encore plus grand. Sous les vêtements élégants — costume sombre, chemise blanche —, elle devinait la vigueur, la chaleur du corps viril. Un corps qu'elle avait caressé.

— Vous ne répondez pas ? reprit-il en la dévisageant.

Comme elle restait muette, il tendit la main pour toucher la base de son cou, juste à l'endroit où il percevait les pulsations de son cœur affolé.

— Vous me désirez, Robin, murmura-t-il avec satisfaction.

— Je…

— Votre pouls bat très vite. Trop vite.

Le regard brûlant de Cesare fixa un long moment la bouche de Robin avant de venir se poser sur sa poitrine.

— Vos seins se dressent d'une manière insolente sous votre robe, continua-t-il. Je sais que vous mourez d'envie que je vous embrasse.

Et, sans attendre, il captura ses lèvres.

Spontanément, elle noua les mains sur sa nuque, s'abandonna à son baiser.

— Peut-être devrais-je revenir un peu plus tard ?

Dès qu'elle entendit la voix de son père, Robin s'écarta de Cesare et lui décocha un coup d'œil réprobateur, se demandant s'il ne l'avait pas embrassée dans la seule intention d'être pris sur le fait.

— Ne dis pas de sottises, papa…

Puis, le plus naturellement du monde, elle prit le bras de son visiteur pour l'entraîner vers le nouveau venu.

— Les présentations ne sont pas nécessaires, n'est-ce pas ? déclara-t-elle, affectant un ton léger.

— Bonsoir, Gambrelli.

— Bonsoir, Ingram.

Les deux hommes échangèrent une brève poignée de main.

Ils paraissaient tous les deux sur leurs gardes, remarqua Robin.

— Papa, Cesare est venu ici, ce soir, pour que nous puissions discuter tranquillement de nos projets de mariage, expliqua-t-elle.

Puis elle se tourna vers Cesare pour demander :

— Quand la cérémonie doit-elle avoir lieu, Cesare ?

— Naturellement, c'est à vous de décider, Robin.

— Vraiment ? rétorqua-t-elle, sidérée par cette réponse.

Etait-ce la prudence qui incitait son « fiancé » à se montrer aussi délicat envers elle ? Craignait-il que son père ne devine la tension, sous leur harmonie apparente ?

— Tant que le délai ne dépassera pas quelques semaines, précisa Cesare.

— Quelques *semaines* ? s'exclama Charles Ingram.

Il considéra sa fille, la mine incrédule.

Cesare inclina la tête d'un mouvement abrupt.

Robin elle-même resta un moment stupéfaite. Qu'attendait-elle d'autre, cela dit ? Cesare ne lui avait-il pas dit, ce matin, qu'il était fatigué d'attendre… ?

Elle demeura muette, partagée entre la joie de devenir bientôt la mère de Marco et la désolation d'épouser un homme pour lequel elle ne représentait qu'un objet de vengeance.

Quoique… sur ce dernier point, elle déformait un peu la réalité. A l'évidence, Cesare la désirait.

Autant qu'elle le désirait…

Mais, en cet instant, elle sentait monter en elle de la colère contre lui. Parce qu'il l'avait manipulée. Il l'avait embrassée juste avant l'arrivée de son père dans la seule intention de lui faire perdre tous ses moyens.

— C'est ridicule, reprit Charles. Vous ne vous connaissez que depuis quelques jours…

— Parfois, cela suffit, affirma Cesare tranquillement.

— Robin… ?

L'expression désemparée de son père bouleversa Robin. Il s'inquiétait pour elle, elle le savait. Cependant, en même temps, elle avait conscience qu'elle ne pouvait rien dire pour le tranquilliser. A moins de révéler la vérité. Ce qui n'était pas dans ses intentions. Elle se contenta donc de répéter les paroles de Cesare d'un ton morne.

— Parfois, cela suffit, papa.

— Mais…

— Je comprends votre inquiétude, Charles, assura le visiteur d'une voix douce. Mais Robin est une personne adulte. Elle est en âge de prendre ses propres décisions en ce qui concerne son avenir.

— Et d'assumer ses propres erreurs, rétorqua Charles avec impatience.

Robin vit Cesare se raidir et toiser son père de son air arrogant. En fait, il se moquait de son avenir. Et son attitude de fiancé soucieux du bonheur de sa future femme n'était qu'une façade, elle en avait la certitude en cet instant. Toutefois, elle parvint à sauver la face.

— Notre mariage ne sera pas une erreur, papa.

Elle lâcha le bras de Cesare, et resta debout près de lui. Mais sans le toucher.

— Nous nous aimons. Nous voulons nous marier le plus vite possible. Et nous… j'aimerais avoir ta bénédiction.

— Toutefois, sachez que, avec votre bénédiction ou sans, nous nous marierons, intervint Cesare.

Robin lui lança un coup d'œil furtif. Il avait la mâchoire crispée, les traits tendus. Des signes qui ne trompaient pas. Manifestement, l'implacable Sicilien n'était pas loin de perdre son légendaire sang-froid.

— Dans ce cas, il semble qu'il ne me reste guère de choix.

Charles ponctua ces paroles d'un soupir.

— Si c'est vraiment ce que Robin désire, alors, bien sûr, je vous souhaite tout le bonheur possible ensemble, ajouta-t-il.

La tristesse de Robin se transforma en véritable sentiment de détresse à la pensée qu'elle ne pouvait rien faire pour le libérer de son anxiété évidente. La vérité concernant Simon blesserait son père beaucoup plus que ce ridicule mariage précipité.

— C'est ce que je souhaite, papa, affirma-t-elle calmement.

A mesure que la conversation entre le père et la fille se déroulait, Cesare sentait monter en lui une gêne de plus en plus grande et qu'il ne savait expliquer. N'avait-il pas délibérément utilisé l'affection profonde qui unissait ces deux êtres pour obliger Robin à l'épouser ? Cela, sans état d'âme.

Seulement, il n'avait pas imaginé un instant que d'être la cause de leur désaccord créerait en lui un tel malaise.

— Je vais sonner Cameron et lui demander d'apporter du champagne…, commença Charles.

Cesare l'interrompit :

— Robin et moi ne pouvons pas rester. Nous sommes déjà pris.

Tandis que Robin le regardait, les yeux étonnés, il poursuivit :

— Nous avons d'autres obligations. Vous le comprenez, je suis sûr.

— Naturellement. Je… est-ce que tu rentreras, ce soir, Robin ?

Ce fut Cesare qui répondit d'un ton ferme :

— Non, elle ne rentrera pas.

— Je vois.

Les traits de Charles s'affaissèrent encore plus.

— Dans ce cas, je te parlerai demain, Robin, dit-il doucement.

Il ne fallait pas être devin pour savoir exactement de quoi il voulait parler à sa fille, songea Cesare, en entraînant la jeune femme vers la sortie.

— Aviez-vous besoin de vous montrer si… si buté ? demanda Robin.

Cesare haussa les épaules. Ils venaient de prendre place dans sa luxueuse voiture de sport noire.

— A quoi aurait servi que je laisse à votre père l'impression que notre mariage pouvait être remis à plus tard ?

A rien, effectivement. Robin l'admit avec tristesse. Quand ils l'avaient quitté, son pauvre père avait paru totalement assommé par la rapidité avec laquelle ils avaient décidé d'unir leurs destins.

Oh, Seigneur…

Elle allait passer le reste de sa vie avec cet homme ! Un homme si différent de Giles dont l'attention envers les autres, la courtoise, la politesse n'avaient jamais été prises en défaut. N'allait-il pas jusqu'à lui demander son autorisation avant de faire l'amour ! Un trait de caractère ennuyeux, en fait, mais un peu moins d'arrogance de la part de Cesare aurait été agréable, non ?

« Agréable » ?

Qui aurait jamais l'idée d'associer ce mot à Cesare Gambrelli ?

Robin tenta de se détendre, jugeant qu'il valait mieux changer de sujet.

— Au fait, quelles sont ces autres obligations dont vous avez parlé à mon père ?

En guise de réponse, Cesare lui jeta un regard enflammé. Un regard sans ambiguïté qui amena des couleurs aux joues de Robin.

— Je croyais que vous ne teniez pas à ce que nous partagions la même chambre avant notre mariage à cause de la nourrice de Marco, objecta-t-elle. Et elle est toujours là, n'est-ce pas ?

— J'ai décidé de ne plus tenir compte de ce que Catriona pense ou ne pense pas.

— Et moi ? Vous êtes-vous soucié de ce que je pensais ? Encore une fois, vous ne m'avez pas demandé mon avis.

— Pourquoi vous le demanderais-je, alors que je sais que vous en avez envie autant que moi ?

Sur ces mots, Cesare appuya à fond sur l'accélérateur. Son impatience de posséder Robin croissait de seconde en seconde. Elle atteignit son paroxysme lorsqu'il se gara dans le sous-sol de l'hôtel Gambrelli. La tension sexuelle entre eux était devenue si intense qu'il ne put attendre plus longtemps. A peine eut-il mis pied à terre et fait le tour du véhicule pour aider sa passagère à descendre qu'il sentit son sang-froid lui échapper.

Sa bouche captura celle de la jeune femme.

Spontanément, elle entrouvrit les lèvres, serra son corps contre le corps viril, plongeant les mains dans la chevelure noire, dense sous ses doigts. Et elle lui rendit son baiser avec une avidité sauvage.

Tandis que leurs langues exécutaient un ballet frénétique, Cesare adossa Robin au métal de la voiture, retroussa sa jupe jusqu'à la taille. Ses doigts se glissèrent sous la minuscule culotte, trouvèrent le creux de sa féminité, commencèrent à en caresser la texture moite, soyeuse.

— Pas ici, Cesare, protesta-t-elle dans un soupir, tandis que son corps entier tressaillait. On ne peut pas faire l'amour ici…

Il la regarda, à travers ses cils baissés, les yeux brillant d'une lueur sensuelle.

— Je vous veux tout de suite, Robin. Je ne suis pas sûr de pouvoir attendre que nous soyons arrivés dans mon appartement.

Elle percevait, contre son ventre, l'urgence de son désir. Un désir qu'elle partageait et qui lui donnait l'envie de s'offrir à lui — ici et maintenant.

— Moi aussi je veux faire l'amour avec vous, murmura-t-elle. Je veux vous toucher, vous caresser comme vous me touchez, comme vous me caressez. Je veux… Le plaisir que vous me donnez, je veux vous le donner aussi. Je veux… tout, vous comprenez ?

Les mains de Cesare, ces mains sensuelles, subtiles, généreuses, remontèrent jusqu'à son visage, qu'elles encadrèrent avec tendresse.

— Alors, vous aurez tout, Robin, chuchota-t-il.

Puis, la prenant par le poignet, il l'entraîna vers son ascenseur privé.

Une fois que la cabine se fut arrêtée au dernier étage et qu'ils eurent mis les pieds dans le hall de la suite, il conduisit Robin à sa chambre, refermant la porte derrière eux.

— Je suis à toi, dit-il.

Elle commença à le dévêtir avec fébrilité, en expliquant d'une voix rauque :

— Je veux te regarder.

Elle n'avait jamais déshabillé un homme auparavant. La découverte du corps de Cesare la ravissait de seconde en seconde. Il avait les jambes longues, musclées, ombrées de poils aussi bruns que ceux de son torse et de son bas-ventre.

Quand il fut entièrement nu, elle s'agenouilla devant lui,

caressa du regard sa virilité vigoureuse avant de la toucher et de la prendre dans sa bouche.

Son odeur d'homme, sa saveur la grisaient. Les plaintes qu'il laissait échapper, sa respiration de plus en plus haletante ajoutaient à son ivresse.

— Je veux te pénétrer, chuchota-t-il d'une voix à peine audible.

Et il la souleva pour la remettre debout.

Deux secondes plus tard, la robe de Robin gisait sur la moquette. Sa petite culotte, ses bas subirent le même sort. Les yeux de Cesare parcoururent, brûlants, le corps offert à sa vue, à sa faim.

— Tu es si belle, Robin…, dit-il en allongeant la jeune femme sur le lit. Je crains de manquer de douceur pour notre première fois. La prochaine fois, j'irai plus lentement, c'est promis.

Elle l'accueillit en elle, avec une impatience aussi grande que la sienne. Alors, il rectifia :

— La prochaine fois, nous irons tous les deux plus lentement.

Leurs lèvres étaient soudées, leurs langues entremêlées, leurs membres enchevêtrés. Jamais Cesare n'avait éprouvé un plaisir aussi intense. Jamais il n'avait désiré une femme comme il désirait Robin.

Agrippée à lui, les reins cambrés, le ventre tendu, elle lui labourait le dos, les épaules avec sauvagerie. Soudain, il l'entendit crier. Juste au moment où il atteignit lui-même l'extase. Leur jouissance explosa en un kaléidoscope de sentiments, d'émotions, de volupté qui semblaient ne devoir jamais cesser.

Une torpeur délicieuse alanguissait ses membres lorsque Robin recouvra ses esprits. Elle ne se souvenait pas d'avoir vécu des moments aussi intenses. Durant les années de son mariage, jamais elle n'avait atteint un tel degré de plaisir.

Et c'était Cesare qui lui avait offert ces instants divins de plénitude partagée.

Quel sens donner à cette révélation ?

Celui qui devait devenir son mari par obligation était-il un amant exceptionnel ?

Ou bien leur miraculeuse entente physique tenait-elle à autre chose ? Aux sentiments qu'elle éprouvait pour lui, par exemple ?

Se pourrait-il qu'elle soit tombée amoureuse de cet homme… ?

9

— Que se passe-t-il, Robin ?

Cesare se souleva sur un coude et regarda la jeune femme, conscient que son esprit était ailleurs.

— Robin, dis-moi ce qui ne va pas…

— Ce qui ne va pas ? répéta-t-elle, la voix lourde d'émotion. Je viens de… Nous venons de nous arracher mutuellement nos vêtements, de nous jeter l'un sur l'autre comme deux…

Saisissant aussitôt l'orientation qu'elle donnerait à la conversation, il l'interrompit :

— Ne t'inflige pas cela, Robin ! Tu me désirais comme je te désirais…

— Justement !

Elle se détourna de lui, atteignit le bord du lit où elle s'assit.

— Je ne me connaissais pas sous ce jour.

Comme elle enfouissait son visage dans ses mains, Cesare tendit le bras pour lui toucher le dos.

— Robin…

A son contact, elle se raidit.

— Je t'en prie, ne me touche pas.

Elle se leva.

— Il faut que je m'en aille, ajouta-t-elle. J'ai besoin de m'en aller.

Résolument, Robin se baissa pour ramasser ses vêtements. D'un geste prompt, il l'empêcha d'enfiler sa robe.

— Et moi, j'ai besoin que tu restes, déclara-t-il, les yeux

fixés sur elle. J'ai vraiment besoin que tu restes, Robin. Ne serait-ce que pour te montrer que ce que nous venons de faire n'est qu'une façon parmi beaucoup d'autres de trouver le bonheur ensemble.

Elle n'aurait pas dû le regarder, elle le savait. Elle n'aurait pas dû se laisser sombrer dans ces yeux noirs. Elle n'aurait pas dû fixer cette bouche sensuelle, prometteuse de tant de plaisir. Elle n'aurait pas dû répondre à l'appel muet de ces lèvres aussi avides que les siennes.

Parce que, en cet instant, elle *savait*. Elle avait conscience que, sans s'en apercevoir, elle était bel et bien tombée amoureuse de Cesare Gambrelli.

Et c'était cet amour qui la rendait si vulnérable en face de lui, incapable de dire non dès qu'il commençait à la caresser. Comme il le faisait en cet instant.

De nouveau, il l'allongea sur le lit, distribua une kyrielle de petits baisers sur ses seins, sur son ventre, s'attardant sur son nombril dont il humecta le creux avec délice. Puis sa main s'aventura plus bas, vers son pubis.

Le corps arqué, elle émettait des gémissements, des plaintes, tandis que la langue de Cesare suivait le chemin de ses doigts, suscitant dans sa chair une impatience douloureuse. Elle s'ouvrit, telle une fleur, et, dans un soupir, le supplia :

— Je t'en prie, je ne peux plus… Je ne peux plus attendre…

— Oh si, tu peux, affirma-t-il. Je veux que tu goûtes chaque facette du plaisir, je veux te toucher jusqu'à ce que je connaisse chaque parcelle de ton corps.

Lorsque sa langue plongea en elle, il la sentit tressaillir, perçut la succession de ses spasmes.

Les mains enfouies dans l'épaisseur des cheveux noirs, ivre de volupté, elle le tenait contre elle comme on s'accroche à une bouée, et ne consentit à relâcher son étreinte que pour l'accueillir, gonflé de désir, dans la moiteur de sa féminité comblée. Mais pas rassasiée.

Il vint en elle lentement, dompta encore son impatience en

lui imposant le rythme de son désir, la force de ses hanches sur les siennes, la vigueur de son ventre contre le sien. Dans les yeux de Robin brillait l'éclat du plaisir, sur ses lèvres entrouvertes se lisaient le trouble, la déraison, les frissons qui la parcouraient… Le regard de Cesare scintillait d'une lueur presque effrayante. La jeune femme y déchiffra le feu de l'orage, l'éblouissement de la volupté. Il parvint à retarder sa propre jouissance jusqu'à ce qu'il ait la certitude qu'elle était prête à le rejoindre. Le même cri s'échappa de leur bouche au même moment. Ils avaient atteint le nirvana ensemble.

— Dors, maintenant, murmura Cesare quelques minutes plus tard, quand il fut capable de parler. Dors, Robin. Nous discuterons demain matin.

Et, serrant le corps alangui de la jeune femme contre son flanc, il ferma les paupières.

Combien de temps avait-elle dormi ? Robin n'en avait aucune idée. L'espace près d'elle était vide, et la chambre éclairée par la lumière du jour.

Elle s'étira paresseusement. Son corps alourdi lui rappelait que la bouche, les mains de Cesare l'avaient comblée de caresses. La seule pensée de cette intimité partagée amena des couleurs à ses joues.

Ces couleurs s'évanouirent lorsque, aussitôt, elle se souvint des sentiments que son amant lui inspirait à présent. Elle était amoureuse de lui. Amoureuse de l'homme qui l'obligeait à l'épouser. Amoureuse de l'homme qui n'avait besoin d'utiliser aucune contrainte pour l'amener dans son lit. Et la conduire au septième ciel.

Qu'allait-elle faire ?

Pouvait-elle envisager un mariage avec Cesare, sachant qu'elle l'aimait, alors qu'il n'éprouvait à son égard qu'une attirance physique ? Et qu'en outre, il la considérait comme un instrument de vengeance contre sa famille ?

Avait-elle le choix ? Il ne lui en avait donné aucun. Il ne lui en donnait pas plus, aujourd'hui.

— A quoi penses-tu ?

Son amant venait de sortir, nu, de la salle de bains contiguë à la chambre. Elle le regarda, à travers ses cils baissés. Aussitôt, son cœur s'affola. Elle avait, devant elle, la perfection faite homme.

Révéler ce qu'elle pensait en cet instant ? Quand ce qu'elle avait à l'esprit la choquait par son indécence ? Il n'était pas question de se trahir.

Les yeux de Robin remontèrent vers le visage de Cesare lorsqu'il vint s'étendre près d'elle et tira le duvet sur leurs deux corps.

— Je pensais qu'il était temps que je m'en aille…, commença-t-elle.

Il l'interrompit :

— Sûrement pas avant le petit déjeuner.

Elle hocha la tête.

— Je ne pourrais rien avaler.

— La nourriture ne figure pas au menu.

D'un geste sensuel, Cesare caressa la bouche de Robin.

Elle s'interdit d'humecter ses lèvres sèches, consciente que ce mouvement mettrait sa langue en contact avec le doigt de son amant.

— Il n'est pas dans mes intentions de vivre la lune de miel avant le mariage, Cesare, dit-elle d'un ton qu'elle s'appliqua à rendre acerbe.

Et elle se leva.

Erreur de tactique, réalisa-t-elle aussitôt. Elle était nue. Ce qui ne la mettait pas en situation de sortir aussi dignement qu'elle l'avait souhaité.

Allongé sur le dos, les mains nouées sur la nuque, Cesare la regarda ramasser ses vêtements dispersés à travers la chambre.

A ses yeux, Robin représentait vraiment une énigme. Le chat sauvage qu'il avait tenu dans ses bras, cette nuit, et qu'il avait su dompter pour lui faire l'amour longuement, lentement, s'était transformé, ce matin, en femme prude, manifestement gênée par l'intensité de leurs étreintes.

Avait-elle dit la vérité lorsqu'elle avait déclaré n'avoir eu qu'un seul amant, son premier mari, avant lui… ?

Affirmation difficile à croire, venant d'une femme aussi belle, aussi sensuelle, dotée d'une capacité pour le plaisir qu'il n'avait jamais rencontrée chez une autre partenaire.

A la pensée des longues années qu'ils passeraient ensemble, il sourit.

— Puis-je savoir ce que tu trouves si drôle ? demanda Robin.

Elle avait enfilé sa robe mais tenait encore, entre les mains, sa culotte et ses bas.

Cesare hocha la tête.

— C'était un sourire de satisfaction, Robin. Sans un soupçon de moquerie.

Elle rougit.

— Un sourire de satisfaction plein de suffisance, sans doute, rétorqua-t-elle.

Il sentit aussitôt sa bonne humeur l'abandonner.

— Pourquoi persistes-tu à me provoquer délibérément chaque fois que nous sommes sur le point d'arriver à une bonne entente ?

Sur ces mots, il rejeta le duvet d'un geste nerveux pour sortir du lit.

— A une bonne entente ? répéta Robin, incapable de détourner les yeux du corps splendide, nu, debout devant elle. Je n'arriverai jamais à bien m'entendre avec un homme — *quel qu'il soit* — qui utilise la force à l'encontre d'une femme.

— Je ne t'ai pas forcée, cette nuit, Robin. C'est toi, je te le rappelle, qui n'as pas pu attendre que nous soyons dans la chambre pour me déshabiller !

— Je ne parlais pas de cela. Je parlais du fait qu'un homme puisse obliger une femme à l'épouser.

— Tu…, commença Cesare.

Il s'interrompit en entendant un coup frappé à la porte.

— Oui ? demanda-t-il.

— On vous demande au téléphone, *signor* Gambrelli.

Catriona, la nourrice de Marco, hésita — probablement parce qu'elle avait reconnu le son d'une voix féminine dans la chambre de son employeur — avant de poursuivre :

— Je ne vous aurais pas dérangé, *signor*, mais il a dit de vous dire que c'était le comte Gambrelli.

— Le comte Gambrelli ? répéta Robin, les sourcils froncés.

— Mon cousin, expliqua Cesare d'un ton où perçait l'agacement.

Puis, tout en prenant des vêtements propres dans son armoire pour s'habiller, il cria à l'adresse de la nourrice :

— Dites-lui que j'arrive dans un moment.

— Le comte Gambrelli ? insista Robin.

Jusque-là, elle avait pensé que Cesare et sa sœur Carla étaient les derniers représentants de la famille Gambrelli.

Son amant lui décocha un regard impatient.

— Je suis sicilien seulement par ma mère. Mon père était italien. C'était le plus jeune frère du comte Gambrelli et on l'avait déshérité. Parce qu'il avait épousé une femme que sa famille jugeait indigne de figurer dans l'arbre généalogique.

Cesare redressa sa haute silhouette, entièrement vêtu, maintenant, et passa les doigts dans son épaisse chevelure.

— Ne pars pas avant que je revienne, ajouta-t-il en se dirigeant vers la sortie.

— Je commence à comprendre d'où te vient ton arrogance, commenta Robin d'un ton ironique.

Il se retourna pour lui décocher un regard féroce, avant de quitter la chambre et de claquer la porte derrière lui.

L'expression moqueuse de Robin s'évanouit. Elle se rendit dans la salle de bains. Là, elle finit de s'habiller, puis se coiffa. Un coup d'œil au miroir la rassura. Elle était redevenue la froide et calme Robin Ingram. Celle qu'elle avait toujours été jusqu'au jour où Cesare était entré dans sa vie.

Lorsqu'elle l'entendit revenir, elle le rejoignit, et constata que son humeur ne paraissait pas s'être améliorée.

— Mon cousin…, commença-t-il.

Elle ne put s'empêcher de demander d'un ton ironique :

— Le comte ?

— Mon cousin, répéta-t-il, agacé, séjourne à l'hôtel. Il m'a appelé pour savoir s'il lui était possible de prendre son petit déjeuner avec moi.

Suggestion qui, à l'évidence, l'avait ébranlé, remarqua Robin en son for intérieur.

— Et alors ? questionna-t-elle.

— Je n'ai pas trouvé d'excuse pour lui dire non, bougonna-t-il.

Sa gêne perceptible amena un sourire aux lèvres de Robin.

— Ne te fais pas de souci, Cesare. Je serai partie quand il viendra. Tu n'as rien à craindre pour ta réputation.

Manifestement, son amant ne tenait pas à ce qu'elle rencontre son cousin. Et elle n'y tenait pas plus que lui.

En revanche, elle avait espéré voir Marco, ce matin, avant de partir. Mais, dans la situation présente, il y avait peu de chance pour que cela arrive. A moins qu'elle ne le demandât à Cesare. Ce qu'elle n'oserait pas faire.

— Je crains que cela ne soit pas possible, Robin. J'ai déjà informé Carlo que ma fiancée était ici.

— Carlo… ? répéta-t-elle, incrédule. Tu as dit : ta *fiancée*, Cesare ?

Elle le considéra, interloquée.

— C'est ce que tu es, n'est-ce pas ? rétorqua-t-il d'un ton catégorique.

La visite inattendue de son cousin, qu'il n'avait pas vu depuis des mois, était loin de plaire à Cesare.

Malgré leur similitude d'âge, les deux hommes n'entretenaient pas de rapports étroits. En fait, ils s'étaient rencontrés pour la première fois deux ans plus tôt, lorsque le père de Carlo était mort. Le cousin de Cesare avait alors hérité du titre de comte, et il avait décrété que les querelles familiales passées ne le concernaient pas.

En outre, Carlo figurait aussi sur la liste des play-boys les plus célèbres d'Europe.

Et Robin était l'une des plus belles femmes…

Cesare n'avait jamais connu d'accès de jalousie. Avec aucune de ses maîtresses. Mais Robin allait devenir son épouse. Sans compter que le si charmant Carlo avait, pour lui, l'avantage de ne pas être celui qui la contraignait au mariage.

— D'habitude, une fiancée porte une bague, Cesare, dit-elle. Je ne dis pas cela pour que tu m'en offres une, bien sûr. Notre… arrangement ne nécessite pas de bague de fiançailles.

— Peu importe, j'ai l'intention de te présenter à mon cousin comme ma future femme. D'ailleurs, il est très impatient de te rencontrer.

— Je crains qu'il ne soit déçu. Ce n'est vraiment pas le bon moment pour que je rencontre quelqu'un de ta famille, Cesare.

— Je suis sûr que tu trouveras Carlo charmant.

— Tiens ? Est-ce que ce serait une nouveauté chez un Gambrelli ? demanda Robin, persifleuse. Peut-être devrais-je rester pour le rencontrer, après tout ?

Cesare plissa les yeux.

— Ne pousse pas ma patience à bout, Robin…

— De quelle patience parles-tu, Cesare ? rétorqua-t-elle. Je n'en ai pas vu la moindre miette chez toi. Pas plus que de tolérance, d'ailleurs. Mais je suppose que, lorsqu'on est parfait soi-même, on n'a pas de temps à consacrer aux autres, ni d'indulgence pour leurs erreurs.

Sans doute faisait-elle allusion aux erreurs de son frère, songea-t-il. Mais il n'avait pas l'intention d'aborder de nouveau ce sujet.

— Je ne me considère pas comme quelqu'un de parfait, Robin. Loin de là, en fait.

Par chance — ou par malchance —, la sonnette de sa suite

retentit, annonçant la visite de Carlo, avant que Robin n'ait le temps de répliquer.

— Il faudra au moins que tu le salues avant de partir, ordonna Cesare en se dirigeant vers la porte de la chambre. Viens, je vais faire les présentations.

Elle consentit à attendre dans le salon tandis qu'il allait ouvrir à son cousin. Là, elle entendit les timbres chauds de leurs voix qui se rapprochaient.

Les sourcils de Robin s'arquèrent de surprise lorsque les deux hommes entrèrent dans la pièce. Elle eut l'impression d'avoir devant elle une photographie et son négatif. Carlo était aussi blond que Cesare était brun, mais ils avaient les mêmes yeux noirs, une taille et une corpulence identiques. Vêtu d'une tenue décontractée, le comte Carlo Gambrelli débordait d'une séduction égale à celle de Cesare.

— Mademoiselle Ingram… Ou puis-je vous appeler Robin, puisqu'il paraît que vous allez devenir ma cousine par alliance ?

Le visiteur la salua dans un anglais sans accent. Son regard, appréciateur, s'attarda sur elle avant qu'il ne se penche pour l'embrasser chaleureusement sur les deux joues. Robin remarqua que Cesare ne pouvait s'empêcher d'afficher une mine soupçonneuse.

— Naturellement, répondit-elle avec légèreté. Malheureusement, je ne puis rester pour partager votre petit déjeuner. Je suis obligée de vous laisser en tête à tête. Le travail m'appelle.

Maintenant qu'elle avait rencontré Carlo — deux Gambrelli dotés de la même époustouflante séduction étaient vraiment deux de trop ! —, elle était plus que jamais déterminée à s'esquiver.

— Quel dommage, murmura Carlo Gambrelli.

Et il continua de la contempler, l'air admiratif.

— N'est-ce pas ? approuva Cesare.

Il saisit le bras de Robin pour l'accompagner à l'ascenseur et, par-dessus son épaule, il ajouta :

— Je reviens tout de suite, Carlo.

— Prends tout ton temps, dit son cousin en se laissant tomber dans l'un des fauteuils. Si j'étais fiancé à Robin, je suis sûr que je ferais durer le moment des adieux.

Robin attendit que Cesare et elle soient dans le hall pour déclarer d'un ton moqueur :

— Tu devrais prendre quelques leçons de charme auprès de ton cousin, Cesare. Il sait parler aux dames.

— Carlo a une maîtresse à Paris et une autre à Milan, rétorqua-t-il.

Elle l'observa, le front plissé. Etait-il jaloux de l'attention que son cousin lui avait accordée ? Non, elle le connaissait trop bien pour savoir que Cesare Gambrelli ne s'embarrassait pas de ce genre de sentiments.

Et puis — cela, il l'ignorait, et elle priait le Ciel pour qu'il ne l'apprenne jamais —, elle était amoureuse de lui. Profondément. Irrévocablement.

— Alors, il y a probablement de la place pour une troisième à Londres, plaisanta-t-elle.

En réponse à son trait d'humour, il lui enserra le bras de ses doigts.

— Tu me fais mal, Cesare, riposta-t-elle.

— Je te ferai encore plus mal, si tu t'approches de mon débauché de cousin sans mon autorisation.

— Crois-moi, Cesare, un Gambrelli dans ma vie, c'est déjà un de trop !

Cesare la regarda, les yeux luisants, la mâchoire légèrement crispée.

— Tu n'avais pas l'air de penser cela, la nuit dernière, lui rappela-t-il doucement.

Elle sentit une bouffée de chaleur l'envahir.

— C'est typiquement masculin de tourner en dérision un moment de faiblesse physique, rétorqua-t-elle.

Et elle essaya de se dégager de son emprise.

Sans succès. Cesare l'attira contre son corps.

— Je ne voulais pas…, commença-t-il.

Il s'interrompit avant de reprendre :

— Je ne suis pas plus capable que toi de nier ce qui s'est passé entre nous cette nuit.

D'une voix radoucie, il poursuivit :

— Ce qui se serait passé de nouveau ce matin si nous n'avions pas été interrompus.

Il avait raison, Robin le savait. Sans l'arrivée de son cousin, ils auraient de nouveau fait l'amour.

Elle évita son regard.

— Tu devrais retourner auprès de ton cousin, lui conseilla-t-elle.

— C'est moi qui t'ai amenée ici en voiture, hier soir. Comment as-tu l'intention de rentrer chez toi ?

Cesare fronçait les sourcils comme si cette idée venait de lui traverser l'esprit.

Elle haussa les épaules, l'air indifférent.

— C'est un hôtel, ici. Je suis sûre qu'il y a une file de taxis en attente devant la porte.

Il hocha la tête.

— Je vais demander qu'une voiture soit mise gracieusement à ta disposition.

Naturellement, il lui suffisait d'un claquement de doigts pour qu'on lui obéisse, songea Robin. Une fois qu'elle serait devenue Mme Cesare Gambrelli, elle considérerait le luxueux style de vie de son mari comme allant de soi. Peut-être…

Elle acquiesça.

— D'accord. Maintenant, il faut vraiment que j'y aille.

— Pas avant que je ne t'aie embrassée…

Déjà, il joignait le geste à la parole. Pour Robin, plus rien n'exista, alors, que son baiser et les émotions qu'il suscitait dans sa chair.

Ce fut Cesare qui mit fin à cet instant d'éternité.

— Je t'appellerai plus tard, annonça-t-il. Nous nous arrangerons pour passer la soirée et la nuit ensemble.

— Un « s'il te plaît » ne serait pas de trop, murmura-t-elle d'une voix rauque.

Il la considéra, un sourire détendu aux lèvres, absolument certain, maintenant, qu'elle le désirait autant qu'il la désirait.

— C'est de toi que j'attends plus d'un « s'il te plaît », cette nuit, rétorqua-t-il.

Et il se réjouit de la voir rougir.

— D'ailleurs, la journée va me paraître bien longue jusque-là.

Un nouveau baiser ponctua ces paroles.

— A ce soir, dit encore Cesare lorsqu'il se fut arraché à ses lèvres.

Puis il la regarda entrer dans l'ascenseur, presser le bouton pour atteindre le hall. Quand les portes de la cabine se furent refermées, il retourna dans le salon où son cousin l'attendait.

10

— Je ne comprends vraiment pas pourquoi cette conversation ne pouvait attendre ce soir, Cesare.

Robin considérait son visiteur. Séparé d'elle par la largeur du bureau derrière lequel elle était assise, il se tenait debout, grand, athlétique, d'une élégance froide dans sa tenue d'homme d'affaires — costume sombre, chemise claire, cravate foncée — et tellement différent de l'amant qu'elle avait quitté deux heures auparavant.

Ici, au moins, à la Ingram Publishing, avait-elle pensé, elle serait à l'abri d'une intrusion de sa part. Mais il avait téléphoné, quelques minutes plus tôt, pour dire qu'il venait la voir immédiatement. Et elle avait accepté de le laisser marquer de son empreinte son lieu de travail.

— Elle ne pouvait attendre parce que je ne serai pas là ce soir, répondit-il en arpentant la pièce comme un tigre en cage.

— Où seras-tu ?

— Peu importe où je serai. Je voulais seulement que tu comprennes que je dois partir pour affaires. *Immédiatement.*

Robin inclina légèrement la tête.

— Tu n'aurais pas pu me le dire quand tu as appelé, tout à l'heure ? Cela t'aurait évité de venir jusqu'ici.

Cesare la regarda, frustré. Il n'aimait pas l'image qu'elle donnait d'elle-même, installée à son bureau directorial, vêtue d'un tailleur noir, d'un chemisier crème — si collet monté ! —, ses cheveux une fois de plus emprisonnés dans un chignon austère. Rien en elle ne rappelait la femme torride, terriblement désirable, qui avait partagé son lit la nuit précédente.

— J'ai jugé préférable de venir ici t'expliquer en face pourquoi je partais. Pour éviter tout malentendu entre nous.

Robin se redressa derrière le bureau, les joues embrasées d'une rougeur révélatrice.

— Mais, comme d'habitude, tu n'expliques rien, Cesare, tu ne fais qu'annoncer.

Elle soupira.

— Est-ce que ce départ soudain a quelque chose à voir avec la visite de ton cousin, ce matin ?

— Qu'est-ce qui te fait dire cela ?

— Cesare, cela fait à peine deux heures que nous nous sommes quittés, et voilà que, tout à coup, tu décides de partir pour affaires ! Cela me paraît logique de penser que Carlo...

Comme le front de Cesare se rembrunissait, Robin s'empressa de rectifier :

— ... le comte Gambrelli pourrait être pour quelque chose dans ta décision subite de quitter Londres.

Logique, peut-être. Correct, même, admit-il. Mais il n'avait pas l'intention de discuter maintenant de la raison de cette décision. En fait, il se pouvait que son voyage ne mène à rien.

Et si ce n'était pas le cas, alors, il aurait quantité de choses à raconter à Robin, à son retour...

— Peut-être, reconnut-il. Mais je ne pense pas rester absent longtemps. Vingt-quatre heures seulement, sans doute.

— Je vois, dit-elle lentement. Veux-tu qu'au cours de la journée j'aille voir si Catriona et Marco vont bien ?

Elle formula sa proposition d'un ton léger, car elle persistait dans sa détermination de ne pas montrer à Cesare à quel point elle mourait d'impatience de revoir le bébé, de l'entendre rire lorsqu'elle lui chatouillait le cou.

Quoi qu'il en soit, les yeux de son amant s'écarquillèrent de surprise.

— Je ne voudrais pas te déranger...

— Oh, cela ne me dérange pas. D'ailleurs, j'ai dû oublier mes boucles d'oreilles dans ta salle de bains. J'en profiterai pour les récupérer.

— Tu es sûre que… ?

— Cela ne me dérange pas du tout. Je n'aurai même pas de détour à faire. C'est sur mon chemin.

Cesare acquiesça d'un hochement de tête.

— Je vais téléphoner à Catriona pour lui annoncer ta visite.

— Si tu le juges nécessaire…

Comme il était toujours censé croire qu'elle n'éprouvait aucune attirance pour les enfants, elle ajouta :

— Mais tu n'as pas à redouter que je kidnappe Marco. Tu le sais, n'est-ce pas ?

— Bon, je dois y aller, maintenant, déclara-t-il, ignorant sa remarque et sans manifester la moindre hâte de s'en aller.

— Oui, acquiesça Robin d'une voix rauque.

Le regard sombre et énigmatique de Cesare, fixé sur elle, la troublait et la maintenait sous son emprise. Elle se sentait incapable de prononcer un mot de plus.

Après un long moment, il rompit le charme.

— Mon avion privé est prêt. Il n'attend que moi pour décoller. Je t'appellerai quand je serai arrivé.

— Ce sera gentil de ta part.

Robin esquissa un faible sourire. Pourquoi ne se décidait-il pas à partir ? Pourquoi n'en finissait-il pas avec ces adieux douloureux ? Plus tôt il la quitterait, plus tôt il reviendrait, pensa-t-elle, consciente que son absence lui serait insupportable.

Cesare savait qu'il fallait vraiment qu'il s'en aille tout de suite. Mais l'idée de se séparer de cette femme qu'il avait tenue dans ses bras toute une nuit lui paraissait intolérable.

— Viens avec moi, dit-il sous le coup d'une impulsion.

Aussitôt, il se réprimanda intérieurement. Il n'aurait pas dû faire cette proposition à Robin. D'abord, elle le distrairait de sa mission. Ensuite, ce qu'il avait à faire, il devait le faire seul.

Sans hésiter, elle répondit :

— Je ne pense pas que ce soit une bonne idée.

Lorsqu'elle vit une expression de doute sur le visage de Cesare, elle continua :

— Non, vraiment. J'ai un travail urgent à terminer ici, Cesare…

Le refus de Robin le désarma. Il demeura un instant silencieux, avant de déclarer d'un ton où perçait une émotion sincère :

— Dans mon pays, la coutume veut qu'on embrasse sa fiancée pour lui dire au revoir.

Elle lui adressa un sourire contrit.

— Je crois que nous avons déjà eu une conversation de fiancés aujourd'hui, Cesare…

— Et je suis sûr que nous en aurons encore avant notre mariage, répliqua-t-il.

Il contourna le bureau pour la tirer de son siège et la prendre dans ses bras.

— Peut-être même t'apercevras-tu que je te manque un peu, quand je ne suis pas là ?

Un peu ? Il lui manquait déjà… et il n'était pas encore parti !

— Peut-être…, murmura Robin.

— Et si je te donnais quelque chose à quoi tu pourras penser quand je ne serai pas là… ? suggéra-t-il avant d'emprisonner ses lèvres.

Elle répondit à son baiser avec une si grande ferveur qu'elle en oublia l'endroit où elle se trouvait.

— Robin, je…

La voix de son père interrompit leur étreinte. Lorsqu'il les vit s'écarter l'un de l'autre et se tourner vers lui, l'air coupable, Charles Ingram reprit :

— Finalement, je pense qu'il vaudrait mieux que vous vous mariiez le plus tôt possible. Ou alors, mettez une serrure à la porte. Dites-moi si je me trompe, mais il me semble que vous vous êtes quittés il y a à peine deux heures.

Les joues de Robin s'embrasèrent. C'était la deuxième fois

que son père était témoin de leurs effusions. Sans paraître pour autant convaincu de l'intensité de leur relation…

— Désolé, Charles, répondit Cesare. Je dois m'absenter pour une affaire urgente, et je voulais voir Robin avant de partir.

— C'est tout naturel, je reviendrai plus tard…

— Non, non, restez. De toute façon, il est temps que je parte. Je t'appellerai, Robin.

— N'oublie pas que je rentrerai à la maison assez tard, puisque je m'arrête à l'hôtel pour voir si Catriona et Marco n'ont pas de problèmes, dit-elle.

Cesare lui adressa un regard bref mais pénétrant. Puis, après un salut courtois de la tête à l'intention de son père, il sortit.

Un silence pesant suivit son départ, avant que Charles ne le brise.

— Catriona et Marco… ?

— Le neveu de Cesare et sa nourrice, expliqua la jeune femme. Ils vivent avec lui.

Elle retourna s'asseoir derrière son bureau, encore gênée d'avoir été une nouvelle fois surprise par son père dans une situation embarrassante.

— Le neveu de Cesare ? Est-ce que c'est l'héritier dont tu parlais hier ?

— Je ne t'ai pas dit que Marco était le neveu de Cesare ?

— Non. Et tu dis que ce neveu vit avec lui ?

— Oui.

— Quel âge a-t-il ?

— Environ six mois, répondit Robin lentement.

Où son père voulait en venir avec cette conversation, elle l'ignorait. Mais il avait certainement une idée en tête…

— Et Marco est le fils de la sœur de Cesare, qui est morte, Carla ?

— Oui. Où est le problème, papa ?

Robin serra ses mains l'une contre l'autre, si étroitement que ses ongles s'enfoncèrent dans les paumes. Son père était loin d'être stupide, et s'il ajoutait deux et deux…

— Quand Carla est morte, il est littéralement resté avec le bébé sur les bras. Et maintenant, il a adopté Marco, qui est devenu son fils.

— Est-ce la raison pour laquelle tu as accepté de l'épouser ?

Robin se sentit pâlir. Elle se félicita d'être assise. Sinon, elle se serait écroulée sur le sol.

— Que veux-tu dire ? demanda-t-elle d'une voix faible.

Son père se rapprocha du bureau pour scruter son visage.

— Robin, personne n'a compris mieux que moi ce que tu as éprouvé quand tu as pris conscience que tu n'aurais probablement jamais d'enfant, dit-il. Mais tu ne peux pas épouser un homme uniquement parce qu'il a déjà un bébé que tu pourras aimer comme si c'était le tien.

Il paraissait perplexe.

— Ecoute, ma chérie…

— Papa, comment peux-tu insinuer une telle chose ? se récria-t-elle. Alors que tu nous as surpris deux fois dans une situation qui ne laissait aucun doute sur…

Elle s'interrompit, confuse. Mais soulagée aussi. Pendant un moment, elle avait vraiment pensé que son père devinait le chantage que Cesare exerçait sur elle pour la contraindre à l'épouser. Ce qui se serait révélé désastreux.

— Mmm… c'est vrai, admit Charles après réflexion. Mais que vous soyez tombés amoureux l'un de l'autre de cette manière après… après ce qui est arrivé… Avoue quand même que c'est une curieuse coïncidence, non ?

En fait, c'était plus qu'une coïncidence — beaucoup plus. Cependant, il était important que son père croie qu'elle épousait Cesare parce qu'elle l'aimait. Et *seulement* parce qu'elle l'aimait…

— Je te l'ai dit, papa, cela devait arriver. Et tu adoreras Marco quand tu le verras. Il est magnifique.

— Un vrai Gambrelli, n'est-ce pas ? questionna son père, un sourcil arqué.

— Oui, répondit-elle. Il ne peut nier ses origines.

Un sourire radieux illumina son visage.

— Donc, c'est vraiment ce que tu veux, ma chérie ?

— C'est vraiment ce que je veux, papa.

La fermeté avec laquelle elle prononça ces paroles parut rassurer Charles.

— Dans ce cas, je me réjouis de te savoir heureuse de nouveau, Robin.

Etait-elle heureuse ? s'interrogea-t-elle après que son père fut sorti pour regagner son propre bureau.

Elle était amoureuse d'un homme qui ne l'aimait pas, mais qui allait l'épouser et la prendre dans son lit toutes les nuits.

La prendre dans *leur* lit toutes les nuits, rectifia-t-elle.

Néanmoins, que Cesare ne compte pas régner sur leur vie commune comme il l'entendait ! S'il attendait d'elle une soumission aveugle, il allait au-devant d'une belle déception…

Lorsqu'il ouvrit la porte de la chambre d'enfant, Cesare s'immobilisa, pétrifié, sur le seuil.

Son neveu dormait, niché dans les bras de Robin, endormie elle aussi dans un fauteuil.

Marco dormait dans les bras de *Robin*… !

Une femme dont le premier mari avait demandé le divorce parce qu'elle repoussait sans cesse le moment de lui donner les héritiers qu'il souhaitait…

Plus il contemplait ce tendre tableau, moins Cesare comprenait comment cela avait pu se produire.

Une fois son affaire à Nice conclue, il avait décidé de regagner la Grande-Bretagne le soir même, au lieu de rester en France jusqu'au lendemain matin. Il avait donc téléphoné chez Robin pour l'avertir de son changement de programme. C'était Charles Ingram qui avait répondu, expliquant que sa fille se trouvait toujours à l'hôtel Gambrelli.

La nouvelle l'avait étonné. Puis inquiété. Si son cousin Carlo n'avait pas encore quitté l'hôtel, peut-être s'étaient-ils rencontrés ?

Dans ce cas, ils avaient probablement dîné ensemble. Déjà, Cesare avait construit un scénario plus ou moins plausible, qui avait suscité en lui un vif sentiment de jalousie.

Et pendant qu'il ruminait ses idées noires, voilà où se trouvait Robin, se dit-il, assailli par le remords.

Il tourna les talons, prêt à sortir sur la pointe des pieds pour ne pas déranger la jeune femme et le bébé.

— Cesare ?

Il fit volte-face.

Robin évita son regard lourd d'étonnement et d'interrogations. Sachant exactement le genre de question qu'il se posait, elle se leva avec précaution, sans réveiller le bébé.

— Je couche Marco dans son berceau et je te suis, murmura-t-elle.

Après avoir installé l'enfant sous les couvertures, son ours en peluche près de lui, elle se redressa.

— Je suppose…

Cesare l'interrompit :

— Nous discuterons dans le salon, Robin.

Il s'effaça pour la laisser passer, et referma la porte derrière eux.

— Cognac ? demanda-t-il une fois qu'ils furent dans le salon.

— Oui, merci.

Robin s'assit dans un fauteuil, et tira nerveusement sur l'ourlet de sa jupe.

Elle avait passé une soirée merveilleuse avec Marco. Ils avaient joué ensemble, dîné ensemble, elle lui avait donné son bain, l'avait préparé pour la nuit. Mais, au lieu de le coucher dans son berceau, elle l'avait gardé dans ses bras, une fois encore, jusqu'à ce qu'il s'endorme sur son épaule. Et le sommeil l'avait également surprise.

C'était ainsi que Cesare les avait trouvés tous les deux !

— Merci, répéta-t-elle lorsqu'il lui tendit le verre d'alcool.

Puis, vite, avant qu'il ne lui pose des questions embarrassantes au sujet du bébé, elle enchaîna :

— Donc, ta réunion d'affaires s'est terminée plus tôt que tu ne le pensais ?

Il avala une gorgée de cognac.

— En effet. J'ai pu quitter Nice plus tôt que je ne l'avais prévu.

Nice ? Qu'avait-il de si urgent à faire à Nice ? s'interrogea Robin.

— Qu'est-ce que… ?

— Pourquoi… ?

Ils commencèrent à parler ensemble et s'interrompirent en même temps.

— Toi le premier, dit-elle avant de prendre, elle aussi, une gorgée d'alcool.

Son intuition lui dictait qu'elle en aurait besoin.

Au lieu d'obtempérer, Cesare la considéra pendant un long moment, encore médusé de l'avoir trouvée dans la chambre de Marco.

Il l'avait accusée d'avoir sans cesse retardé le moment d'avoir des enfants. En fait, il avait brandi cet argument comme une menace, lorsqu'il lui avait annoncé son intention de faire d'elle la mère de son neveu.

Mais elle n'avait pas cherché à nier ce qu'il avait avancé. Pas plus qu'elle ne l'avait contredit quand il avait affirmé que seul son égoïsme était responsable de la ruine de son premier mariage.

Il se souvenait, en outre, de son attitude effarouchée, le jour où il lui avait présenté Marco. A la voir, on aurait pu croire que les bébés la terrorisaient.

Or, il venait de la surprendre, tenant tendrement le fils de Carla dans les bras. Sans compter la délicatesse avec laquelle elle l'avait couché dans son berceau.

Il y avait quelque chose d'anormal.

Non pas que cela ait une réelle importance, à présent…

Une fois qu'il aurait révélé à Robin ce qu'il avait appris à Nice, aujourd'hui, elle comprendrait qu'il devait la laisser partir.

Et Cesare doutait fort qu'elle ait jamais envie de le revoir après ce soir…

11

— Alors…, reprit-elle, qu'est-ce qui t'a appelé d'une manière aussi urgente à Nice ?

— Auparavant, Robin, j'aimerais que tu me dises ce que tu faisais dans la chambre de Marco, répliqua Cesare.

Que répondre à cette question ? se demanda-t-elle, évitant son regard. Qu'elle aimait déjà Marco et qu'elle ne pouvait attendre d'être devenue sa mère pour le dorloter ? Non. Cette vérité, elle tenait à la garder pour elle.

Elle s'appliqua à afficher une mine indifférente pour expliquer :

— Catriona avait des coups de fil à donner, je lui ai donc proposé de mettre Marco au lit à sa place… Cela n'a pas été aussi facile que je le pensais. Mais il faut que je m'y habitue.

Cesare fit quelques pas dans la pièce. Puis, cessant de marcher, il l'observa, l'air énigmatique.

— Ce n'est pas l'exacte vérité, n'est-ce pas ? finit-il par demander doucement.

Elle se raidit.

— Je ne comprends pas ce que tu veux dire. Tu n'imagines tout de même pas que je lui ferais quelque chose de mal…

— Bien sûr que non.

Cesare soupira. Il traversa le salon pour revenir se placer en face de Robin.

— J'ai appris à te connaître. Je sais que tu es une sœur loyale. Une fille aimante. Une maîtresse généreuse — très généreuse. Je ne crois pas un instant que tu puisses faire du mal intentionnellement à qui que ce soit, ou à quoi que ce soit.

Robin but une autre gorgée de cognac.

Elle avait besoin de la chaleur réconfortante de l'alcool pour combattre le froid qu'elle sentait monter en elle sous le regard inquisiteur de Cesare.

— Allons, Robin, poursuivit-il, dis-moi la vraie raison pour laquelle tu as proposé de mettre Marco au lit.

— Je te l'ai déjà dit…, commença-t-elle.

Mais, déjà, il lui prenait son verre des mains, le posait sur la table basse à côté du sien, avant de la saisir par les bras et la contraindre à se lever.

— Cesare !

— Dis-moi pourquoi ton mari a demandé le divorce.

— Mais tu le sais…

— Je sais seulement ce que ton mari m'a dit. Je veux entendre la vérité de ta bouche, Robin.

Cette dernière cilla. Des larmes lui brouillaient la vue.

C'était donc *Giles* qui avait raconté à Cesare qu'elle repoussait sans cesse le moment d'avoir un enfant ? Comment avait-il pu faire cela ? Mentir… La blesser de cette manière… Après tout ce qu'elle avait subi — les tests, les examens — pour essayer de lui donner le bébé qu'il avait souhaité si désespérément…

Les larmes coulaient sur ses joues, maintenant.

— N'aurait-il pas été plus simple de commencer par me demander la vérité ? dit-elle.

Il la relâcha, plongea les mains dans les poches de son pantalon.

— Certainement admit-il. Mais je… je te la demande maintenant, Robin. S'il te plaît…

Elle le fixa, totalement désemparée.

— Que s'est-il passé à Nice, Cesare ?

Celui-ci serra les poings pour résister à la tentation de la prendre dans ses bras, de l'embrasser, de continuer à l'embrasser jusqu'à ce que ce cauchemar se termine.

Sauf qu'il savait la vérité, à présent, et qu'il lui était impossible de la dissimuler.

Même si cette vérité les séparait à jamais.

Leur mariage était censé régler la dette d'honneur entre leurs deux familles. Mais il n'y avait plus de dette à régler. Dans ces conditions, il ne pouvait plus contraindre Robin à l'épouser.

Elle sortirait de sa vie ce soir.

Cette réalité broyait le cœur de Cesare. Un cœur qu'il avait cru insensible aux souffrances d'autrui.

Il pinça les lèvres.

— Je veux d'abord que nous parlions de toi, Robin. Je t'en prie, dis-moi la vérité… Ton mariage s'est-il terminé par un divorce parce que tu refusais d'être enceinte ?

— Non, répondit-elle.

— Alors, pourquoi… ?

— Parce que je ne pouvais pas donner à Giles l'héritier qu'il souhaitait pour continuer la lignée des Bennett. Je ne *pouvais pas* lui donner d'enfant, Cesare. Voilà !

Robin osa plonger les yeux dans ceux de son amant.

— Es-tu content, maintenant ? reprit-elle d'un ton de défi. Je n'ai pas d'enfant. Je n'aurai jamais d'enfant. Parce que, après avoir essayé pendant des mois, des années, il semble que je ne sois pas capable d'être enceinte !

Sa voix se brisa sur ce dernier mot. Les larmes recommencèrent à rouler sur ses joues.

— Je ne voulais pas te le dire. Je ne voulais pas que tu le saches.

Cesare la fixait, tandis que la réalité de ce qu'elle avait dit le frappait avec la violence d'un coup de poing asséné en pleine poitrine.

Robin ne pouvait pas avoir d'enfant… ?

Ce corps, ce corps long, mince, admirable, fait pour donner et recevoir du plaisir, ne pouvait porter l'enfant d'un homme qu'elle aimait ? Et son mari avait divorcé pour cette raison ?

Comment avait-il osé lui infliger cette souffrance ?

A peine Cesare eut-il émis cette pensée qu'il s'admonesta. De quel droit se permettait-il de critiquer Bennett alors qu'il ne valait pas mieux que lui ? N'avait-il pas agi avec le même égoïsme, en imposant à Robin de l'épouser et de devenir la mère de ses enfants ?

Comme elle devait le haïr ! Comme elle devait les haïr tous les deux !

— Je suis désolé, Robin…, commença-t-il.

Elle l'interrompit, les yeux luisant de colère.

— Garde ta pitié, Cesare !

Puis elle traversa la pièce pour aller prendre sa veste qu'elle avait jetée sur un fauteuil en arrivant.

— Il faut que je parte, maintenant. Nous continuerons cette conversation demain.

— Assieds-toi, Robin. Assieds-toi.

Elle ne voulait pas s'asseoir. Elle voulait partir — elle avait besoin d'aller se cacher quelque part, comme un animal, pour lécher ses plaies.

— Je t'en prie, Robin… Je vais t'expliquer, te dire pourquoi je suis allé à Nice, aujourd'hui. Je te dois la vérité.

Robin s'appliqua à respirer profondément afin de recouvrer son calme. Elle n'avait pas vraiment envie de l'entendre parler de Nice. Néanmoins, elle savait que, dans l'intérêt de son père, elle devait écouter ce que Cesare avait à lui dire.

— Réponds d'abord à une question. Quand tu m'auras dit ce que tu as appris à Nice, aujourd'hui…

Robin s'interrompit pour ravaler ses sanglots, avant de poursuivre :

— … est-ce que tu persisteras à me demander de t'épouser ?

Une expression lugubre dans le regard, il répondit :

— Non. Non, je n'aurai plus le droit d'exiger quoi que ce soit de toi, Robin.

Elle n'était pas préparée à recevoir un coup d'une telle violence. Elle en prit conscience en se rasseyant dans le fauteuil. Le teint livide, elle considéra Cesare avec incrédulité.

Il avait, sur les lèvres, une moue désabusée.

— Ce serait un peu plus… flatteur pour mon ego d'amant, si tu paraissais moins soulagée à l'idée de ne pas être ma femme, déclara-t-il.

Soulagée ! Robin eut l'impression que le sol se dérobait sous ses pieds. Que l'air ne pénétrait plus dans ses poumons. Que l'avenir rose dont elle avait rêvé, un avenir partagé avec Cesare et Marco, venait d'être renvoyé au néant.

Ce qui n'était pas une impression, en fait. Mais la réalité.

Elle ne serait pas l'épouse de l'homme qu'elle aimait.

Ni la mère de Marco.

Elle ne passerait pas le reste de sa vie avec les deux êtres qui comptaient déjà le plus au monde pour elle…

Son cœur lui faisait mal. Il y avait un grand vide au fond d'elle. Comme si on venait de lui arracher tout sentiment, toute émotion.

— Manifestement, cette nouvelle te rend si heureuse qu'elle te laisse sans voix, fit remarquer Cesare.

Il se pencha pour prendre son verre de cognac, qu'il vida de son contenu d'une seule gorgée, avant de l'emplir de nouveau, d'une double ration, cette fois.

Lorsque Robin serait partie, il boirait jusqu'à l'ivresse.

Il s'était tellement trompé à son sujet… Il n'avait vu en elle qu'une femme égoïste, refusant d'avoir des enfants, alors qu'elle avait tout essayé pour combler le désir de son mari. Qui, de son côté, n'avait pas hésité à divorcer à cause de son incapacité à devenir mère.

Et lui-même, qu'avait-il fait, sinon se conduire en goujat ?

Il devrait vivre le restant de ses jours avec ce remords sur la conscience. Et avec le souvenir de leurs étreintes torrides…

Cesare se ressaisit, sachant que Robin n'avait qu'une idée en tête : mettre le plus de distance possible entre elle et lui.

— Tu te souviens que Carlo et moi avons pris le petit déjeuner ensemble, ce matin… ? demanda-t-il.

— Naturellement, répondit-elle, immobile et pâle, dans le fauteuil.

— Je n'avais pas vu Carlo depuis... depuis l'enterrement de Carla. Comme je te l'ai dit, nous avons fait connaissance il y a seulement quelques années, et nous avons tous les deux une vie très occupée, tu comprends ? Nous sommes une famille où on ne se rencontre pas souvent.

— Seulement aux mariages et aux enterrements ?

— Exactement, acquiesça Cesare.

Lors des funérailles de sa sœur, tout à son chagrin, il n'avait adressé la parole à personne, se rappela-t-il. S'il avait parlé à Carlo ce jour-là, rien de ceci — son désir de vengeance contre la famille Ingram, le chantage qu'il avait exercé sur Robin pour la contraindre à l'épouser — ne serait peut-être arrivé... Qui sait si le destin n'aurait pas mis tout de même cette femme splendide et malheureuse sur son chemin — à ce gala de charité, peut-être ? Leurs relations auraient pris alors une autre tournure...

Il était trop tard pour les regrets ! Trop tard, maintenant, pour faire autre chose que dire la vérité à Robin, avant de la laisser sortir de sa vie pour toujours...

— Donc, je n'avais pas vu Carlo depuis l'enterrement de ma sœur, poursuivit-il. Nous avons parlé de Carla, ce matin, naturellement. Il m'a exprimé sa sympathie et il m'a dit... Robin, il m'a dit qu'il avait vu Carla le soir précédant sa mort.

Robin plissa le front.

— Tu m'as déjà dit qu'elle dînait avec des amis, à Nice, ce soir-là...

— Justement, Carlo m'a dit que lorsqu'il avait vu Carla, elle dînait en tête à tête avec un homme. Un homme dont je sais maintenant qu'il s'appelle Pierre Dupré.

Les yeux de Cesare brillèrent d'une lueur féroce quand il prononça ce nom.

— Mais je croyais... Tu ne m'avais pas dit que Carla dînait avec Pierre Dupré *et* sa femme, Clarisse, la veille de sa mort... ?

— Ils ont menti ! Ils ont menti tous les deux. La femme pour protéger son mari.

Cesare commença à arpenter la pièce.

— Pendant toute sa grossesse, j'ai essayé de faire dire à Carla qui était le père de son bébé, mais elle a toujours refusé — affirmant qu'un jour, je connaîtrais son identité, qu'après la naissance tout rentrerait dans l'ordre. Elle se leurrait. En fait — j'en prends conscience aujourd'hui — Carla avait toujours cru qu'une fois l'enfant né, son amant quitterait sa femme pour elle.

Le cœur de Robin se serra à la pensée de cette jeune mère, amoureuse, pleine d'illusions, dont les rêves avaient été broyés cruellement…

Cesare esquissa une grimace.

— Le soir qui a précédé l'accident, ma sœur et Dupré ont dîné ensemble avant de se rendre à la chambre d'hôtel de Carla, expliqua-t-il. Je n'arrive pas à le croire…

Il respira profondément avant de poursuivre :

— Là, Dupré a annoncé à Carla qu'il n'avait jamais eu l'intention de quitter sa femme, qu'il ne voulait plus revoir Carla ni entendre parler de son fils.

— Oh, mon Dieu…, murmura Robin, bouleversée.

— Carla était désespérée. Mais aucun de ses arguments n'a pu attendrir Dupré. Robin, je sais, maintenant, que je me suis trompé, bien trompé quand je t'ai affirmé que ma sœur était heureuse et détendue lorsqu'elle a quitté Nice le matin de l'accident. En réalité, elle était aussi bouleversée que l'était ton frère Simon… Peut-être plus encore.

Cela, Robin pouvait l'imaginer sans peine.

— Peut-être est-ce elle qui est à l'origine de l'accident ? reprit Cesare.

— On ne le saura jamais, dit-elle avec tristesse.

— Non, mais tu vois, à présent, que cela change tout ?

Elle ne le voyait que trop bien.

— Qu'as-tu fait à Pierre Dupré, Cesare ? demanda-t-elle, inquiète, soudain.

Il arqua un sourcil, l'air hautain.

— Je ne lui ai rien fait. Pourquoi cette question ?

— Je suis bien placée pour savoir que tu es capable du pire quand il s'agit de venger ta famille. Alors, je suis en droit de m'interroger sur ta réaction…

— Un homme comme Dupré ne mérite ni ta pitié ni ta considération.

Cesare ne comprenait donc pas ? songea Robin. Ce n'était pas pour Pierre Dupré qu'elle se faisait du souci. C'était pour lui. Avec cet esprit de vengeance qui l'habitait, il en arrivait à en perdre tout bon sens. Ne voyait-il pas que rien ne pourrait jamais lui rendre Carla ?

— Et toi, Cesare ? demanda-t-elle d'une voix hésitante. Est-ce que tu mérites ma pitié ou ma considération ?

Les yeux de son amant s'embuèrent, sous l'emprise d'une émotion qu'il masqua rapidement.

— Non, marmonna-t-il. De ta part, je ne mérite que du mépris. Et sûrement pas ton pardon pour le tort que je vous ai causé, à toi et à ta famille.

— Tu peux toujours le demander, Cesare, suggéra-t-elle très doucement.

— J'aimerais tellement que tu me pardonnes, Robin. Mais, quoi que je fasse, quoi que je dise, je n'arriverai jamais à effacer le mal que…

Elle l'interrompit :

— Tu es pardonné, Cesare. Complètement.

Comment aurait-il pu en être autrement, quand elle l'aimait tant ?

Il hocha la tête.

— Cela ne se fait pas si facilement, Robin…

— Pour moi, si, affirma-t-elle.

Elle enfila sa veste, s'apprêta à partir, sachant que prolonger cette agonie ne servirait à rien. Leur histoire était terminée. Bel et bien terminée.

— Pourquoi n'essaies-tu pas, au moins une fois, Cesare ? Ce serait tellement mieux pour toi, et pour les autres, si tu apprenais à pardonner un peu.

— Dupré a abandonné Carla au moment où elle avait le plus besoin de lui. Pire encore, avec le soutien de sa femme, il l'a rejetée — elle et l'enfant qu'elle lui avait donné — et ils ont menti à ce sujet.

— Je comprends ton indignation, Cesare, dit Robin tristement. Mais l'esprit de vengeance est un sentiment tellement autodestructeur… C'est toi qu'il détruira plus qu'il ne détruira les autres.

Il la considéra avec plus d'attention.

— Est-ce ainsi que tu me vois ? A tes yeux, je ne représente rien de plus qu'un homme assoiffé de vengeance ?

— Bien sûr que non, assura-t-elle.

Elle n'avait pas l'intention de dévoiler ce qu'elle pensait vraiment de lui. Il était trop tard pour cela.

— Mais est-ce que tu ne peux pas comprendre, Cesare ? C'est *toi* qui auras la joie d'élever Marco. De le regarder grandir, devenir le beau jeune homme qu'il sera, j'en suis sûre…

La voix de Robin se brisa. Elle déglutit avant de poursuivre :

— Pierre Dupré ne le connaîtra jamais. Probablement ne verra-t-il jamais le fils qu'il a rejeté avant même sa naissance. Et le bonheur de Marco ne passe-t-il pas avant tout ?

— Marco compte pour toi ?

— Oui, répondit Robin simplement.

Parce qu'elle n'aurait jamais de fils à elle. Un sentiment de culpabilité accabla Cesare à la pensée du mal qu'il lui avait fait en la traitant avec une telle injustice.

— Marco pourrait encore être ton fils aussi, Robin, proposa-t-il. Si tu acceptais de m'épouser, malgré tout…

Elle esquissa un sourire nostalgique.

— Je te l'ai déjà dit : je ne veux pas de ta pitié, Cesare.

Qui parlait de pitié ? Il voulait que Robin devienne sa femme — il voulait être celui qui la protégerait d'autres douleurs, d'autres chagrins.

Seulement, il n'avait pas le droit, après ce qu'il avait dit et fait, de lui demander cela pour son propre compte.

— Je… Nous pourrions recommencer ? suggéra-t-il. Nous pourrions sortir ensemble. Tu verrais Marco…

— Non, répondit-elle d'un ton ferme, plus déterminée que jamais à ne pas accepter la commisération de Cesare.

Son amour, oui. Sa compassion, jamais ! Or, il ne l'aimait pas.

— Cela ne marchera jamais.

— Mais…

— Non, Cesare. Je… Nous ferions mieux de mettre un point final à cette histoire, maintenant. Nous ne saurons jamais ce qui s'est passé à Monaco il y a six mois. Tout ce dont nous sommes sûrs, c'est que nous avons tous les deux perdu un être cher. Restons-en là.

— Si c'est ce que tu souhaites…, dit-il à contrecœur.

Ce qu'elle souhaitait, elle ne pouvait l'avoir !

— C'est ce que je souhaite, confirma-t-elle d'un ton sec.

Elle avait hâte de partir, maintenant, avant de s'effondrer devant son amant encore une fois.

— Mais, avant de m'en aller, j'ai vraiment besoin de savoir ce que tu as l'intention de faire avec les parts que tu possèdes à la Ingram Publishing…

— Elles sont à toi. Tu…

Robin ne laissa pas son amant terminer sa phrase.

— Ne me dis pas que je les ai gagnées, Cesare, s'écria-t-elle, rouge de colère. Ne me dis *jamais* cela !

Il n'y avait qu'une seule manière dont elle aurait pu *gagner* ces actions, et cette nuit d'amour partagée avec Cesare lui était trop précieuse pour qu'elle accepte de la dévaloriser de cette façon !

Il fronça les sourcils.

— Ce n'est pas ce que j'allais te dire.

Elle le considéra, incrédule.

— Non ?

— Non. J'ai commis beaucoup d'erreurs avec toi, Robin. Je t'ai traitée d'une manière dont j'ai honte. Mais je ne t'aurais jamais insultée. La nuit dernière a été… Je ne t'oublierai jamais, Robin.

Elle ne l'oublierait jamais non plus. Elle l'aimait trop pour l'effacer de sa mémoire.

— Je voulais seulement dire que les parts de la Ingram Publishing t'appartiennent et que tu peux en faire ce que tu veux. Je les ferai transférer dès demain matin par courrier spécial.

Une fois cette formalité accomplie, le contact entre eux serait définitivement rompu. Cesare en avait conscience. Cette pensée lui broyait le cœur. Mais à l'évidence, la perspective de ne pas le revoir laissait Robin indifférente.

Qui aurait pu l'en blâmer ? Après la souffrance qu'il lui avait infligée…

— Acceptes-tu ma parole si je te promets que je le ferai ? reprit-il.

— Naturellement, Cesare.

Robin sourit légèrement.

— Si tu n'as pas d'autres qualités, tu as au moins celle d'être un homme de parole.

Si tu n'as pas d'autres qualités… Ces mots résonnèrent lugubrement aux oreilles de Cesare.

— Je te souhaite beaucoup de bonheur pour l'avenir, Robin, dit-il avec sincérité.

— Je te le souhaite également, Cesare.

Sur ces paroles, elle tourna les talons et s'empressa de sortir.

Ce fut la chose la plus difficile qu'il eût jamais faite au cours de sa vie : demeurer immobile, sur place, sans tenter de la retenir.

12

— J'espère que vous savez ce que vous faites, dit le comte Gambrelli.

Très élégant — smoking noir, chemise immaculée, nœud papillon bordeaux —, il distribuait sourires et signes de tête aux autres notables qui se pressaient dans la salle de réception.

— Absolument... pas ! répondit Robin joyeusement.

Et elle glissa son bras sous celui de Carlo.

— C'est bien ce que je pensais, murmura-t-il. Avez-vous conscience que vous pourriez être responsable d'un duel ? Qui sait si mon cher cousin n'exigera pas que nous nous affrontions au pistolet, à l'aube... ?

— Cela m'étonnerait, rétorqua Robin distraitement.

Son attention restait focalisée sur les énormes doubles portes où l'on annonçait le nom des nouveaux arrivants. A aucun prix elle ne voulait manquer l'entrée de Cesare.

Cela faisait trois mois qu'ils s'étaient rencontrés pour la dernière fois. Cependant, elle espérait le revoir enfin à ce bal de charité qu'elle avait aidé à organiser, et qui se tenait, d'une manière significative, à l'hôtel Gambrelli de Londres. Il avait accepté l'invitation qu'elle lui avait personnellement envoyée. Mais, elle ne le savait que trop bien, Cesare n'avait-il pas consenti à honorer de sa présence la précédente manifestation caritative pour s'en aller avant le repas ?

Il y avait toujours une chance pour qu'il n'apparaisse pas du tout ce soir !

— Vous pourriez vous préoccuper un peu plus de mon bien-être, Robin, lui dit Carlo d'un ton de reproche.

Il la taquinait, bien sûr.

— J'assimile ce que nous faisons à ce sport barbare qu'est le combat d'ours et de chiens, et nous savons tous ce qui arrive lorsque l'ours décide qu'on l'a appâté depuis assez longtemps !

— Il déchiquette son persécuteur en morceaux, dit Robin.

Elle avait appris à bien connaître Carlo Gambrelli depuis qu'elle l'avait contacté — il y avait une semaine — pour lui demander d'être son cavalier ce soir.

Elle n'avait pas voulu impliquer son père dans le plan qu'elle avait conçu pour rencontrer de nouveau son amant. Charles se tenait toujours sur ses gardes quand il était question de Cesare, même après la rupture brutale de leurs fiançailles.

Et Carlo n'avait été que trop heureux d'accompagner la jeune femme à ce bal. En fait, l'idée de faire sortir un peu son cousin de ses gonds le réjouissait.

— Exactement, acquiesça-t-il.

Avec un soupir exagéré, il poursuivit :

— Peut-être est-ce aussi bien que je me sois arrangé pour disparaître au cours de la soirée... Vous réalisez, j'espère, que si je vous aide, c'est uniquement parce que je suis fatigué de voir mon pauvre cousin parcourir rageusement l'Europe, offrant le visage du désespoir à tous ces infortunés — dont je fais partie — qui acceptent de dîner avec lui.

— Allons, Carlo, je ne suis pas dupe, rétorqua Robin en pouffant de rire. Je sais que vous mourez d'impatience d'être témoin de cette confrontation entre Cesare et moi !

Cependant, elle recouvra vite son sérieux. Malgré les apparences, la perspective de revoir Cesare l'angoissait.

Justement, on annonçait son arrivée.

— *Signor* Cesare Gambrelli.

Les doigts de Robin serrèrent le bras de son compagnon.

— Il est venu, murmura-t-elle.

— Bien sûr qu'il est venu. Il lui reste, maintenant, à me demander de venir me battre avec lui, à l'aube, au pistolet.

— Ou à l'épée, marmonna Robin.

Ses yeux scrutaient la foule, impatients de se poser après si longtemps sur l'homme qu'elle aimait.

— C'est réconfortant, commenta Carlo d'une voix sinistre.

— Robin…

La voix de Cesare, derrière elle, la fit sursauter. Tandis qu'elle le cherchait dans la salle bondée, il avait dû passer par le côté. Elle se retourna.

Elle était magnifiquement belle. Encore plus belle que dans son souvenir. Avec ses yeux brillants, son teint diaphane, ses cheveux couleur miel tombant en cascade sur ses épaules nues, elle irradiait un éclat intérieur qu'il ne lui connaissait pas. Sa robe mordorée laissait deviner les courbes de son corps plus qu'elle ne les soulignait. Surtout, elle paraissait épanouie, nota Cesare. En fait, il ne l'avait jamais vue aussi épanouie.

Il gratifia son cousin d'un sourire forcé.

— Carlo.

Celui-ci le salua à son tour.

— Cesare.

Puis Carlo chuchota à l'oreille de Robin :

— Voilà. Le combat d'ours et de chiens est terminé.

Avec flegme, il saisit le bras qu'elle avait glissé sous le sien, le plaça fermement sur le coude de Cesare avant d'ajouter malicieusement :

— Après cela, je pense avoir amplement mérité d'être garçon d'honneur au mariage.

Sur ces mots, il s'éloigna.

Cesare fronça les sourcils. Pourquoi son cousin avait-il lancé cette plaisanterie ? Il n'en avait aucune idée. Il avait seulement remarqué que Robin avait laissé son bras là où Carlo l'avait placé. Il percevait le parfum subtil de la jeune femme, sa chaleur, et il voulait absolument prolonger ce moment où leurs corps étaient si proches.

— Veux-tu danser ? proposa-t-il d'un ton courtois.

Elle sourit.

— Le bal commence seulement après le repas.

— Je sais. Mais il y a de la musique.

Un petit orchestre jouait dans un coin de la salle.

— Nous avons de la place pour danser. Et je meurs d'envie de danser avec toi, Robin.

On allait les prendre pour des fous, songea-t-elle. Se moquer d'eux, même. Mais quelle importance ?

Elle accepta.

— Je veux bien.

Déjà, Cesare l'enlaçait, l'attirait contre lui. Ils commencèrent à évoluer lentement au rythme de la musique, indifférents aux regards curieux des autres.

Après un moment, Robin pensa que, peut-être, elle devait s'expliquer.

— Si tu veux savoir pourquoi Carlo était ici…

Cesare l'interrompit :

— Non. Il y a trois mois, j'ai décidé de ne plus jamais émettre de suppositions, quelles qu'elles soient, à ton sujet.

Elle le considéra, étonnée.

— Tu as…

— Oui. Rappelle-toi ce qui est arrivé la dernière fois que je l'ai fait.

Robin hocha la tête.

— Tu m'as presque épousée.

Presque, songea Cesare. Il s'en était fallu de si peu pour que cette merveilleuse créature devienne sa femme. Pour de mauvaises raisons, certes. Cependant, les choses auraient pu évoluer après quelque temps… Au lieu de cela, par sa faute, Robin le haïssait.

— Comment va ton père ? s'enquit-il poliment.

— Oh, papa va très bien, répondit-elle d'un ton joyeux. Et Marco ? Comment va-t-il ?

— Il marche à quatre pattes. Il occupe tout mon temps, à présent… Tu travailles toujours à la Ingram Publishing ?

— Pour le moment.

— Pour le moment ?

Cesare se rappelait trop clairement combien la jeune femme tenait à poursuivre sa collaboration avec son père après leur mariage. Qu'était-il arrivé pour qu'elle change d'avis ?

Ou peut-être devrait-il se demander *qui*…

Elle n'était pas sûre que ce soit le bon moment ni le bon endroit pour lui annoncer la nouvelle. Mais elle n'était pas sûre non plus d'avoir jamais une autre opportunité pour le faire.

— J'ai l'intention de travailler encore quatre mois, expliqua-t-elle. Ensuite, je prends un congé de maternité.

Robin leva la tête afin de regarder Cesare droit dans les yeux. Elle y lut une expression de surprise, puis de choc, suivie d'une autre émotion qu'elle n'arriva pas à identifier.

— Robin… ? parvint-il à articuler enfin. Mais… je croyais que tu ne pouvais pas avoir d'enfant…

L'air radieux, elle rétorqua :

— Moi aussi. Mais, à l'évidence, ce n'est pas vrai.

— Robin, est-ce que tu es en train de me dire… ? Tu es… ? Il est… ?

D'une voix rauque, elle confirma ce qu'il ne semblait pas capable de formuler :

— Oui, je suis. Et oui, il est. Dans six mois, notre bébé va naître. Après tous les problèmes que j'ai eus par le passé, il a fallu que je subisse des tests, des examens, mais j'ai réussi à franchir le cap de la douzième semaine et… Cesare, qu'est-ce que tu fais ?

En riant, elle tenta de protester tandis que, d'une main ferme, il lui saisissait le bras et commençait à se frayer un chemin à travers la foule, en direction de son ascenseur privé.

Quand la porte de la cabine se fut refermée derrière eux,

il pressa sur le bouton du dernier étage. Puis il la regarda, l'air hébété.

— Je ne sais que dire…, murmura-t-il après un moment.

Le sourire de Robin s'évanouit. Lentement, cependant. Parce que, quoi qu'il arrive désormais, elle mettrait au monde le bébé de Cesare.

C'était un miracle. Un miracle inespéré. Auquel elle n'arrivait pas encore à croire tout à fait. Pourtant, il ne s'agissait pas d'un rêve. Son gynécologue — un de ceux qu'elle avait déjà consultés lorsqu'elle était mariée à Giles — s'était montré aussi surpris qu'elle en confirmant qu'elle était bel et bien enceinte.

Aucun des tests qu'elle avait subis autrefois n'avait réussi à donner une explication à sa stérilité apparente, mais comme le bébé désiré ne se présentait pas, elle avait fini par accepter le fait qu'elle ne serait jamais mère.

Il avait suffi d'une seule nuit d'amour passionnée avec Cesare pour que la destinée de Robin prenne un autre cours.

Elle était enceinte. Elle portait l'enfant de l'homme qu'elle aimait.

C'était d'ailleurs la raison pour laquelle elle avait tenu à le voir ce soir. A lui parler. A lui dire, au moins, qu'il allait devenir père.

— Tu n'es pas obligé de dire quelque chose, Cesare, affirma-t-elle avec chaleur. J'ai seulement pensé que tu avais le droit de savoir, c'est tout.

— C'est tout ? Robin, as-tu idée de… ?

Cesare s'interrompit. Les portes de l'ascenseur venaient de s'ouvrir.

Il s'effaça pour la laisser sortir, et la suivit dans le hall de l'appartement.

— Est-ce que Marco est avec toi ? demanda-t-elle.

— Naturellement, mais…

— Est-ce que je peux le voir ?

— Bien sûr. Je ne pense pas qu'il soit déjà au lit, mais…

— Oh, je t'en prie, Cesare, allons le voir avant qu'on ne le couche…

Elle mourait d'envie de revoir le petit garçon.

Cesare se plia à son désir. Debout, sur le seuil de la chambre d'enfant, il la regarda jouer avec Marco. Assise sur le plancher, sans se soucier de sa luxueuse tenue de soirée, elle le prenait dans ses bras, le chatouillait, le faisait rire aux éclats.

La cause de son rayonnement intérieur, de son épanouissement, sautait aux yeux de Cesare, à présent. Elle allait donner le jour au bébé qu'elle avait pensé ne jamais avoir.

Un bébé dont il était le père.

Il était allé en enfer et n'en était pas revenu, pendant ces trois derniers mois qui avaient suivi le départ de Robin. Et il avait de la peine à réaliser qu'elle était ici, encore moins qu'elle attendait leur enfant.

Un enfant conçu au cours d'une unique et mémorable nuit d'amour.

Robin se tourna vers lui, remarqua sa mine grave.

— Ne fais pas cette tête, Cesare, dit-elle, tout en tenant Marco dans ses bras. Je n'attends rien de toi, tu sais. Je pensais seulement qu'il valait mieux que tu saches, au sujet de ton bébé.

Elle n'attendait… ?

— Robin…

Il alla s'asseoir sur le plancher, près d'elle, lui prit Marco des bras, l'installa entre eux, sur le tapis.

— Je suis… submergé par la nouvelle…

— C'est normal, rétorqua-t-elle d'un ton léger. Je l'ai été aussi, au début. Mais, maintenant, je suis simplement… heureuse.

Elle accompagna ces mots d'un rire joyeux.

Cesare tendit la main, emprisonna le visage de Robin entre ses doigts, plongea le regard dans les yeux violets, ces yeux qui hantaient ses rêves depuis des mois.

— Tu es si belle, Robin. Je ne peux pas te dire combien… Robin, je t'aime. Je t'aime tellement qu'il n'existe pas de mots pour exprimer ce que je ressens.

Elle le fixa, osant à peine respirer ni bouger.

— Tu… Tu m'aimes ? parvint-elle enfin à demander. Parce qu'il y a le bébé ?

— Pas seulement parce qu'il y a le bébé, assura-t-il d'une voix ferme. Je t'aimais déjà, il y a trois mois, quand il n'y avait pas de bébé. Mais il fallait que je te laisse partir. Je t'avais déjà fait suffisamment souffrir… Robin, je t'aime plus que la vie. Plus que tout au monde. Ces trois derniers mois sans toi ont été…

Il s'interrompit, hocha la tête.

— Si tu savais combien tu m'as manqué, combien ton absence m'a été intolérable…

— Tu m'aimais déjà… ? parvint à articuler Robin en le dévisageant, incrédule.

Cesare esquissa un faible sourire.

— Je comprends que tu puisses avoir du mal à me croire après la manière dont je me suis comporté… Pourtant, c'est vrai, je t'aimais déjà. C'est d'ailleurs parce que je t'aimais que je devais te laisser partir. Je t'avais suffisamment fait souffrir avec mon désir de vengeance. Je ne te méritais pas.

Il s'interrompit, la considéra un instant, partagé entre le remords et l'espoir, avant de demander d'une voix presque suppliante :

— Mais ne peux-tu me donner une autre chance, Robin ? Une chance de te montrer combien je t'aime, combien je désire t'épouser et vivre avec toi le reste de ma vie.

— Mais… mais… je ne peux…, balbutia-t-elle, complètement abasourdie.

— Tu ne peux pas me pardonner ma conduite, n'est-ce pas ? Bien sûr. Pourquoi le ferais-tu ?

Cesare se leva.

— Je ne mérite pas une seconde chance, ajouta-t-il. Je ne te mérite pas. Bon, je te laisse, maintenant. Reste avec Marco aussi longtemps que tu le voudras.

Sur ces mots, il sortit.

Robin prit juste le temps de mettre le bébé dans son berceau avec plusieurs de ses jouets, avant de se précipiter hors de la chambre.

Quelques minutes plus tard, elle entrait en trombe dans le salon, se jetait dans les bras de Cesare, couvrait son visage de baisers.

— Mais… mais… Robin… ? bégaya-t-il, sous le choc de la surprise.

— Je t'aime, Cesare. Je t'aime, je t'aime, je t'aime !

— Tu… Oh, Dieu soit loué ! s'écria-t-il en la prenant contre lui. Tu m'aimes ?

Le visage enfoui dans la soie des cheveux couleur miel, il répéta :

— Tu m'aimes ? Tu m'aimes vraiment, Robin ?

— Depuis des mois et des mois.

— Des mois ? Tu m'aimais donc aussi quand… ? Mais, alors, pourquoi ne m'as-tu pas donné une autre chance, Robin ? Pourquoi es-tu partie ?

— Parce que je ne savais pas que tu m'aimais. J'avais l'impression que tu m'offrais seulement ta pitié…

— La seule personne dont j'avais pitié c'était moi, reconnut Cesare. Pour avoir été si stupide, si arrogant, si…

Robin l'interrompit :

— Hé là, tu es en train de parler de l'homme que j'aime !

Ils rirent tous les deux.

Cesare recouvra son sérieux le premier.

— J'ai réfléchi à ce que tu as dit, expliqua-t-il. J'ai suivi le conseil que tu m'as donné au sujet de Pierre Dupré. Tu avais raison. Il sera suffisamment puni en étant privé de la joie d'avoir Marco.

— Je suis contente, Cesare. Je suis contente pour toi.

Elle lui caressa tendrement la joue.

— Je ne veux pas que tu doutes une fois encore de mon amour, Robin. Je veux être avec toi pour toujours.

— Nous ne nous quitterons plus, Cesare, promit-elle. Plus jamais.

Il releva la tête.

— On se marie ? S'il te plaît, épouse-moi, Robin.

— Oui, murmura-t-elle avec conviction. Oui, oui, *oui*.

Cesare scruta ses traits.

— Est-ce que… est-ce que cela représente un danger pour toi ou le bébé si nous faisons l'amour ? Dans ce cas, je me contenterai de te mettre au lit et de te tenir dans mes bras. Et de ne jamais te laisser partir.

— Il n'y a aucun danger, Cesare.

Robin sourit. L'amour illuminait ses yeux quand le père de son enfant la souleva pour la porter jusqu'à la chambre. Là, il l'allongea délicatement sur le lit avant de s'étendre à côté d'elle.

— Je t'aime, Cesare Gambrelli, chuchota-t-elle en se nichant contre lui. Je t'aimerai toujours.

— Je t'aimerai toujours aussi, affirma-t-il d'un ton féroce.

Puis il se pencha et s'empara de sa bouche.

Ils étaient au paradis.

Épilogue

— Marco va être transporté de joie d'avoir une autre petite sœur, dit Cesare.

Il couvrit de baisers la main de Robin qu'il tenait, étroitement serrée dans la sienne. La main qu'il n'avait pas lâchée pendant tout le temps qu'avait duré le travail. Leur troisième fille était venue au monde il y avait seulement quelques minutes.

— Trois filles en quatre ans, Cesare.

La jeune maman rayonnait de bonheur. Bien qu'un peu fatiguée, elle avait hâte qu'on lui remette entre les bras son nouveau bébé, lavé, emmailloté. Elle avait juste senti le contact du minuscule corps nu contre son ventre, très brièvement après la naissance.

— La joie de Marco est une chose, Cesare, reprit-elle. Mais ce qui t'attend en est une autre. Comment t'y prendras-tu, une fois que nos filles auront toutes grandi et que les prétendants commenceront à leur tourner autour ?

Elle le taquinait, bien sûr. Elle savait combien son mari aimait leurs quatre enfants : Marco, Carla, Simone et, maintenant, leur adorable Anna.

— Carlo a suggéré que j'achète un fusil pour tenir leurs soupirants à l'écart, répondit-il d'un ton flegmatique. Personnellement, j'avais plutôt pensé à installer une clôture électrique.

Robin pouffa de rire.

— Je suis sûre qu'entre Marco et toi — et leur grand-père,

naturellement —, nos filles seront bien défendues, sans recourir au fusil ni à la clôture électrique !

Cesare recouvra son sérieux. Une lueur farouche animait ses yeux quand ils s'attardèrent sur le visage de son épouse.

— Je t'aime tellement, Robin… Les années que j'ai passées avec toi ont été les plus heureuses de ma vie. Tu *es* ma vie.

— Comme tu es la mienne, affirma-t-elle.

La même flamme brillait dans son regard.

Au fil de ces quatre années de mariage — riches de joies petites et grandes —, le sentiment qui les unissait s'était renforcé, approfondi au point qu'ils ne supportaient plus d'être séparés l'un de l'autre ne fût-ce qu'un bref moment.

Cela s'appelait l'amour.

CAROLE MORTIMER

Un troublant ange gardien

INTÉGRALE
LA SAGA DES GAMBRELLI

Traduction française de
ÉLISABETH MARZIN

SAGAS

HARLEQUIN

Titre original :
AT THE SICILIAN COUNT'S COMMAND

Ce roman a déjà été publié en 2015

1

— Je dois t'avouer que j'avais une arrière-pensée en t'invitant à passer le week-end ici, Carlo… Ah, je crois qu'Angel est arrivée, murmura Stephen Foxwood d'un air joyeux, tandis qu'une porte se refermait quelque part dans le manoir.

Les deux hommes dégustaient un verre de vin sur la terrasse, où l'air était doux par cette soirée d'été.

— Je t'expliquerai plus tard, poursuivit Stephen en se levant. Viens que je te présente ma… Angelica Harper.

Intrigué, Carlo Gambrelli se leva à son tour. Ami de Stephen depuis des années, il faisait également des affaires avec lui et il pensait avoir été invité à passer le week-end à la campagne pour célébrer un contrat qu'ils avaient signé dans la semaine. C'était curieux, songea-t-il en franchissant la porte-fenêtre du salon, Stephen ne l'avait pas prévenu qu'il avait une autre affaire à lui proposer. Ni que sa maîtresse du moment — Angel ? — serait présente.

Stephen avait été marié pendant plus de trente ans, mais son épouse, Grace, était décédée l'année précédente. Son mariage, ni très heureux ni totalement désastreux, ne l'avait jamais empêché d'avoir de multiples liaisons, sur lesquelles il avait cependant pris soin de rester discret. Mais à présent que Grace était morte, il estimait sans doute qu'il n'avait plus aucune raison de cacher ses maîtresses…

A la vue de la jeune femme que son ami embrassait tendrement sur la joue, à l'autre bout de la pièce, Carlo dut faire appel à son sang-froid légendaire pour rester impassible.

A en juger par le regard ébloui dont il la couvait, Stephen était subjugué. Ce qui se comprenait aisément ! Agée tout au plus de vingt-cinq ans, Angelica Harper en avait donc au moins trente de moins que Stephen… Et c'était sans conteste la femme la plus superbe qu'il avait jamais vue !

Carlo était d'autant plus impressionné qu'il avait rencontré — et connu intimement — d'innombrables femmes superbes, étant à trente-six ans l'un des célibataires les plus convoités d'Europe. Or, aucune femme de sa connaissance ne pouvait rivaliser avec Angelica Harper, songea-t-il, fasciné. Grande et élancée, elle avait un visage en forme de cœur, encadré par une épaisse chevelure noire qui flottait librement jusqu'à sa taille, et mangé par deux immenses yeux gris-bleu. Vêtue d'une robe bustier qui mettait en valeur ses courbes féminines, elle respirait la sensualité.

— Viens saluer Carlo, Angel, dit Stephen en passant un bras autour des épaules de la jeune femme.

— En fait, mon prénom est Angelica, rectifia-t-elle en tendant la main. Seul Stephen m'appelle Angel.

Au contact de ses doigts délicats contre les siens, Carlo fut comme électrisé.

— Bonsoir, Angelica, dit-il d'une voix rauque.

Cette femme était redoutable ! Jamais une simple poignée de main ne l'avait troublé à ce point… Dire qu'il avait prévu de profiter du week-end pour se détendre !

Carlo avait pensé qu'ils passeraient le week-end à savourer leur victoire au manoir de Stephen, situé dans la campagne anglaise à une cinquantaine de kilomètres de Londres. Et ils avaient de quoi être satisfaits : la signature du contrat avait été précédée de longues et difficiles négociations. Mais ils étaient parvenus à acheter conjointement un terrain en Floride pour y faire construire des résidences de luxe, dotées d'un immense terrain de golf. Cette prestigieuse station d'été s'ajouterait à la longue liste des opérations lucratives qui avaient fait de Carlo Gambrelli et de Stephen Foxwood deux des hommes d'affaires les plus riches d'Europe.

Mais visiblement, Stephen avait autre chose en tête… Etait-ce en rapport avec cette femme ? se demanda Carlo avec perplexité. Son ami tenait-il donc tant à lui présenter sa dernière maîtresse en date ?

Si seulement elle n'avait pas été aussi splendide…

— Angel, je te présente le comte Gambrelli, Carlo pour les amis, déclara Stephen, le regard brillant de joie.

A cinquante-huit ans, il était toujours extrêmement séduisant avec ses tempes grisonnantes. Resté très svelte, il avait fière allure dans son smoking noir.

— Bonsoir, comte Gambrelli.

Angelica se sentait décontenancée.

Pourquoi le comte ne lui lâchait-il pas la main ? Il la gardait dans la sienne bien plus longtemps que ne le dictait la courtoisie !

Elle avait entendu parler de lui, bien sûr. La presse relatait régulièrement ses exploits professionnels et sentimentaux… Carlo Gambrelli avait une réputation de séducteur, et il fallait reconnaître que ce n'était pas très étonnant, songea-t-elle, troublée malgré elle. C'était sans doute l'homme le plus beau qu'elle avait jamais rencontré.

Au lieu d'être noir de jais, conformément aux clichés concernant les Siciliens, ses cheveux mi-longs étaient d'un blond lumineux. Ce qui ne l'empêchait pas d'avoir le teint mat et les yeux bruns. Ses pommettes hautes, son nez droit et fin, sa mâchoire volontaire et sa bouche au dessin ferme, extrêmement sensuelle, composaient un visage d'une beauté saisissante.

Grand, svelte, il était vêtu d'un smoking noir sous lequel on devinait un corps musclé et svelte, un corps d'athlète.

Oui, Carlo Gambrelli était un homme particulièrement séduisant… Cependant, il semblait un peu trop conscient de son charme, se dit Angelica avec agacement. Et malgré son sourire courtois, il émanait de tout son être une dureté qui faisait froid dans le dos. Pas étonnant qu'il soit considéré comme un homme d'affaires redoutable. L'avoir comme adversaire devait être très inconfortable…

— Appelez-moi Carlo, je vous en prie, déclara-t-il d'une voix profonde.

Elle lui retira sa main sans rien dire.

Cette froideur délibérée exacerba le désir de Carlo. Bon sang, elle aurait mérité qu'il lui arrache sa robe, qu'il la renverse sur le tapis et qu'il la couvre de caresses et de baisers avides jusqu'à ce qu'elle le supplie de la prendre !

Toutefois, étant donné le bras possessif qu'avait passé Stephen autour des épaules de la jeune femme, c'était une très mauvaise idée…

Carlo observa Angelica avec perplexité. Pourquoi une femme aussi jeune et belle fréquentait-elle un homme tellement plus âgé qu'elle ? Certes, Stephen plaisait encore beaucoup. Mais tout de même… Trente ans de différence ! Convoitait-elle sa fortune ? A présent qu'il était veuf, espérait-elle faire un riche mariage ?

A en juger par l'air béat avec lequel il la couvait des yeux, elle avait des raisons d'y croire.

— Tu veux boire quelque chose, Angel ? demanda Stephen.

— Avec plaisir, merci. Etes-vous de passage ou bien comptez-vous rester quelque temps en Angleterre, Carlo ? demanda-t-elle d'un ton poli, tandis que Stephen prenait dans un seau à glace la bouteille de vin blanc que le maître d'hôtel avait apportée un peu plus tôt.

— Je ne sais pas encore, s'entendit répondre Carlo, incapable de détacher ses yeux des lèvres pulpeuses de la jeune femme.

Cette bouche était faite pour les baisers ! S'en emparer devait être un délice extrême.

Stephen tendit un verre de vin à Angelica avant de la prendre de nouveau par les épaules.

— Tu es particulièrement belle, ce soir, Angel, déclara-t-il en promenant sur elle un regard admiratif. Tu ne trouves pas, Carlo ?

La mâchoire de Carlo se crispa, tandis que les joues crémeuses d'Angelica s'enflammaient. Comment le nier ? Cette femme était d'une beauté hors du commun. Malheureusement, elle appartenait à un autre homme… Il était donc hors de question de satisfaire le désir qu'elle lui inspirait !

— Oui, tu as raison, répliqua-t-il en s'efforçant de prendre un air détaché malgré le feu qui le consumait.

Bon sang, que lui arrivait-il ?

Il avait connu des dizaines de femmes splendides. Blondes, brunes, rousses. Toutes plus belles les unes que les autres.

Alors, pourquoi n'avait-il plus qu'une envie : écarter brutalement Stephen — son ami ! —, la saisir par la taille, la hisser sur son épaule et l'emporter hors de la pièce comme un homme des cavernes ? Et pourquoi le seul fait d'imaginer ce qu'il lui ferait, une fois seul avec elle, éveillait-il en lui un désir si intense qu'il en était presque insupportable ?

Angelica jeta un coup d'œil perplexe à Stephen. Nul doute que s'il avait invité Carlo Gambrelli, c'était pour une raison bien précise… Il y avait maintenant plusieurs mois qu'elle passait le week-end chez lui quand leurs emplois du temps respectifs le leur permettaient, et elle avait acquis une certitude à son sujet. Il était très rare que Stephen agisse sans avoir à l'esprit un objectif précis.

Dans quel but avait-il invité le comte Gambrelli ?

A vrai dire, elle aurait nettement préféré passer le week-end en tête à tête avec Stephen comme à l'accoutumée. Car le regard pénétrant que le comte dardait sur elle était pour le moins perturbant. Elle avait la sensation d'être entièrement nue… et de longs frissons la parcouraient tout entière.

Ce qui était ridicule !

Il ne s'écoulait pas un seul mois sans que la presse people ne publie des photos du célèbre play-boy sicilien en compagnie d'une nouvelle maîtresse. Il était connu pour changer de femme aussi souvent que de draps…

Exactement le genre d'homme qu'elle fuyait comme la peste !

— Je crois qu'il est l'heure de passer à table, déclara-t-elle avec soulagement en voyant Holmes, le majordome, apparaître sur le seuil du salon.

Pendant ses études, elle avait partagé un appartement avec trois autres jeunes filles, après avoir passé son enfance avec ses deux sœurs dans le modeste pavillon de ses parents. Jamais elle n'avait eu de domestiques et jamais elle n'avait imaginé en avoir un jour. Si bien qu'elle avait un peu de mal à s'habituer au style de vie de Stephen. Elle avait bien tenté de lui expliquer que ce serait un plaisir pour elle de leur préparer de bons petits plats, mais il s'était montré intraitable. Aussi bien dans son hôtel particulier de Londres que dans son manoir, l'accès à la cuisine lui était formellement interdit.

— Peut-être pourrais-tu escorter Angel jusqu'à la salle à manger ? suggéra Stephen à Carlo. Je suis conscient qu'il serait très égoïste de ma part de l'accaparer.

— Avec plaisir, répondit Carlo d'un ton neutre.

Angelica jeta un nouveau coup d'œil perplexe à Stephen avant de prendre le bras que lui offrait le comte sicilien. Ce dernier avait manifestement des muscles d'acier. Quand trouvait-il le temps de faire du sport entre ses activités d'homme d'affaires et celles de séducteur ?

Et pourquoi ne pouvait-elle s'empêcher d'imaginer le corps d'athlète qui se dissimulait sous son smoking ? C'était vraiment ridicule !

Dès qu'ils arrivèrent dans la salle à manger, elle lâcha le bras du comte avec soulagement. Mais ce dernier fut de courte durée. Lorsqu'il lui avança sa chaise, Carlo Gambrelli se pencha sur elle et son souffle chaud lui caressa le cou.

Elle serra les dents, horripilée. A quoi jouait-il ? Il n'avait aucune raison de se pencher à ce point !

— Nous devrions organiser plus souvent des dîners, Angel, déclara Stephen, une fois qu'ils furent tous trois installés.

La perplexité d'Angelica s'accrut. Il y avait six mois qu'elle fréquentait régulièrement Stephen et ils n'avaient jamais reçu personne : ils avaient trop besoin de temps pour apprendre à se connaître. Carlo Gambrelli était la première personne que Stephen invitait au manoir alors qu'elle s'y trouvait.

— Il faut bien que je me décide à te partager au lieu de te garder jalousement pour moi, ajouta Stephen d'un ton léger. Tu n'es pas de mon avis, Carlo ?

Angelica observa le comte à travers ses cils. Le visage impénétrable, il resta silencieux un instant.

— A vrai dire, je ne suis pas certain que j'aurais envie de la partager, moi non plus, finit-il par répondre d'un ton crispé.

Quel hypocrite ! songea Carlo avec dérision. Il en était absolument certain ! Si cette femme avait été à lui, il ne lui serait jamais venu à l'esprit de la partager avec quiconque…

Et si c'était justement le fait qu'elle ne soit pas disponible qui rendait Angelica Harper aussi désirable ? se demanda-t-il soudain.

Non, sûrement pas. Il mettait un point d'honneur à ne jamais toucher aux femmes des autres hommes. Que ce soient des amis ou non. C'était une règle de base à laquelle il ne dérogeait jamais. La réputation de séducteur qu'il devait en grande partie à la presse n'était certes pas infondée, mais cela ne l'empêchait pas d'avoir des principes qu'il respectait en toutes circonstances.

Néanmoins, il lui suffisait de regarder les yeux gris-bleu d'Angelica Harper, ses épaules nues et ses seins moulés par le fin tissu de sa robe pour n'avoir qu'une envie. Envoyer au diable tous ces principes !

Stephen émit un petit rire rauque.

— Eh bien, au moins c'est une réponse honnête !

Honnête ? Carlo crispa la mâchoire. Si Stephen savait à quel point sa maîtresse le troublait ! Elle piquait sa curiosité, également. Il ne savait rien d'elle, à part qu'elle était la femme la plus belle et la plus sensuelle qu'il avait jamais rencontrée.

Et la maîtresse de son ami, bien sûr…

— Cesse de taquiner le comte Gambrelli, Stephen, intervint Angelica.

Stephen arqua les sourcils d'un air innocent. Elle lui lança un regard réprobateur avant de se tourner vers Carlo.

— J'espère que vous aimez le saumon fumé, comte ?

Le regard de convoitise qu'il fixa sur sa bouche coupa le souffle à Angelica. Instinctivement, elle s'humecta les lèvres et se le reprocha aussitôt. Les yeux bruns de Carlo Gambrelli suivaient le mouvement de sa langue… A son grand dam, elle sentit ses joues s'enflammer et baissa les yeux.

— Encore du vin, Carlo ?

La voix de Stephen la fit tressaillir.

Levant les yeux, elle vit Holmes, debout à côté de leur invité, la bouteille de vin blanc à la main.

Carlo adressa un bref hochement de tête au majordome, la mâchoire crispée. Une fois servi, il but une longue gorgée de vin.

Bon sang, c'était pathétique ! songea-t-il, exaspéré. Certes, Angelica Harper était splendide et il émanait d'elle une sensualité exceptionnelle. Mais de là à réagir comme un adolescent en manque chaque fois qu'il posait les yeux sur elle ! C'était insensé !

Il en avait même perdu l'appétit, constata-t-il en goûtant le saumon à contrecœur.

— De quelle région d'Italie êtes-vous originaire, comte Gambrelli ? demanda la jeune femme d'un ton courtois.

Ce n'était pas de la politesse qu'il attendait de la part de cette femme, songea-t-il avec humeur.

Mais bientôt, à son grand soulagement, la conversation devint plus générale. Chacun parla des pays qu'il avait visités, vantant leurs mérites ou soulignant ce qui lui avait déplu.

Progressivement, Carlo en apprenait un peu plus au sujet de la mystérieuse Angelica Harper.

Avant sa rencontre avec Stephen, un an auparavant, elle avait grandi dans le Kent, avec ses parents et deux sœurs jumelles plus jeunes qu'elle. Puis elle avait quitté cette famille très unie pour aller à l'université.

Après trois ans d'études, elle avait obtenu un diplôme de sciences politiques, qui lui avait permis de décrocher un poste d'assistante auprès du conseiller d'un député. Une fonction qu'elle appréciait beaucoup, à en juger par l'enthousiasme avec lequel elle l'évoquait.

Carlo l'écoutait avec perplexité. L'image qu'elle donnait d'elle ne cadrait pas avec celle d'une femme en quête d'un riche mariage. Mais il était vrai que si elle fréquentait Stephen par intérêt, elle ne risquait pas de s'en vanter !

— Cette vie doit vous manquer, à présent ? demanda-t-il avec une pointe d'ironie, alors qu'ils buvaient le café à la fin du repas.

— Pourquoi me manquerait-elle ? releva Angelica avec étonnement.

Elle se sentait sur des charbons ardents. Vivement que cette soirée prenne fin ! Pendant tout le repas, elle avait senti sur elle le regard brûlant de Carlo Gambrelli et il fallait bien reconnaître qu'elle avait de plus en plus de mal à l'ignorer. Si seulement elle arrivait à faire abstraction de la présence du comte ! Malheureusement, il était beaucoup trop séduisant pour qu'elle ait la moindre chance d'y parvenir…

— Vous n'avez pas dû quitter Londres et votre travail de gaieté de cœur, je suppose, répliqua-t-il d'une voix traînante.

Elle ouvrit de grands yeux. Comment en était-il arrivé à cette conclusion ?

— Je n'ai pas quitté Londres. Ni mon travail !

— J'aimerais beaucoup garder Angel en permanence auprès de moi, mais elle ne veut rien entendre, intervint Stephen avec une fierté manifeste. J'ai eu beau la supplier de me faire cet immense plaisir, elle refuse catégoriquement de quitter son appartement et son emploi.

— Bien sûr ! s'exclama-t-elle avec feu. J'aime vivre seule et mon travail me passionne. Si je restais toute la journée à ne rien faire, je mourrais d'ennui.

— Tu vois, Carlo, commenta Stephen en riant. Angel est une perle rare. Non seulement elle est belle, mais elle tient à son indépendance !

Une perle rare, en effet, songea Carlo, de plus en plus étonné. Contrairement à ce qu'il pensait, la jeune femme ne vivait pas aux crochets de Stephen. Serait-il possible qu'elle soit réellement amoureuse de lui ? Il n'avait aucun doute sur le pouvoir de séduction de son ami, certes. Mais tout de même, une femme qui avait trente ans de moins que lui !

Décidément, le mystère qui entourait cette femme s'épaississait.

Angelica était outrée. Comment Carlo Gambrelli avait-il pu supposer qu'elle avait renoncé à son indépendance après sa rencontre avec Stephen ? C'était extrêmement offensant !

Après avoir vécu en colocation pendant trois ans, elle appréciait particulièrement d'être seule chez elle. Et de toute façon, elle aimait beaucoup trop son travail pour envisager de le quitter. Ce n'était pas parce qu'elle passait de temps en temps le week-end chez Stephen qu'elle devait se faire entretenir par lui !

— Tu as été une hôtesse parfaite, ce soir, ma chérie. Merci, déclara Stephen.

— Ce fut un plaisir, répliqua-t-elle, soulagée que le repas soit enfin terminé. Je crois que je vais aller me coucher, si personne n'y voit d'inconvénient.

— Bien sûr, ma chérie. Moi-même j'aurais bien besoin de me coucher tôt.

Elle plissa le front.

— Est-ce que… ?

— Ne t'inquiète pas, Angel, tout va bien. Je suis juste un

peu fatigué, c'est tout. J'espère que tu ne nous en voudras pas de nous retirer si tôt, Carlo ? demanda Stephen à son invité.

S'efforçant de rester impassible, Carlo avait suivi l'échange entre ses hôtes avec exaspération. C'était vraiment grotesque ! Pourquoi était-il aussi irrité ? Il était parfaitement normal que Stephen et Angelica soient impatients de se retrouver seuls ! Et tant pis si les images très désagréables qui l'assaillaient à cette idée lui promettaient une nuit sans sommeil…

— Je ne suis plus aussi jeune que j'aimerais le croire, ajouta Stephen avec un sourire contrit.

— C'est le lot de tous, répliqua Carlo d'un ton qui se voulait désinvolte.

Nul doute que partager le lit d'une femme aussi sensuelle — et aussi jeune ! — devait être épuisant…

— Bonne nuit, comte Gambrelli, déclara Angelica en se levant. J'espère que vous dormirez bien.

Plissant les yeux, Carlo scruta son visage. Se moquait-elle de lui ? Se doutait-elle qu'il n'avait aucune chance de fermer l'œil parce que l'idée que ses longues jambes allaient se nouer autour des reins d'un autre homme ne lui laisserait aucun répit ?

Pourtant, il n'y avait pas la moindre trace d'ironie dans ses yeux gris-bleu, ni dans le sourire poli qui étirait ses lèvres sensuelles. Mais après tout, Angelica Harper était peut-être une actrice consommée !

— Ne vous inquiétez pas pour moi, je dors toujours comme un bébé, répliqua-t-il d'un ton pince-sans-rire.

Puis, dardant sur elle un regard étincelant, il ne put s'empêcher d'ajouter d'une voix rauque :

— Ce fut un immense plaisir de faire votre connaissance, Angelica.

— Merci. Tu viens, Stephen ?

— J'arrive dans quelques minutes, ma chérie.

Incapable de résister à la fascination qu'elle exerçait sur lui, Carlo suivit Angelica des yeux. Ses longs cheveux noirs ondulaient au creux de ses reins, soulignant ses courbes gracieuses. Cette démarche chaloupée était une véritable invitation à l'amour…

— Alors, comment la trouves-tu ? murmura Stephen.

Après que la jeune femme eut refermé la porte derrière elle, Carlo se tourna vers son ami. Devant son regard scrutateur, il se força à prendre un air dégagé.

— Comme tu l'as dit toi-même, elle est très belle. Où l'as-tu trouvée ?

— Figure-toi que c'est elle qui m'a trouvé ! J'ai une sacrée veine, non ?

— En effet.

— Il vaut mieux que j'y aille, sinon elle va s'inquiéter.

Stephen eut un sourire contrit.

— Excuse-moi de t'abandonner si tôt, mais j'ai vraiment besoin de me reposer. Nous discuterons demain, d'accord ?

— De l'arrière-pensée que tu avais en m'invitant ici pour le week-end ?

Heureusement que cette discussion était remise à demain, songea Carlo. Pas plus que Stephen, il n'avait l'esprit aux affaires pour l'instant… Dire qu'il avait passé la soirée à s'interroger au sujet d'Angelica Harper ! Il n'avait cessé d'être assailli par des images d'elle et de Stephen… et cela ne risquait pas de se calmer. Quelle situation impossible !

Dormait-elle nue ? Ou bien portait-elle un déshabillé affriolant destiné à exciter son amant vieillissant ?

S'il continuait à l'imaginer allongée sur un lit, ses seins ronds et fermes partiellement masqués par ses longs cheveux noirs et le reste de son corps entièrement dénudé, il allait finir par devenir fou !

— Oui, en effet, confirma Stephen en soupirant.

Une grande lassitude semblait s'être emparée de lui.

— Je suis désolé de différer cette discussion, mais je…

Il secoua la tête.

— Nous en parlerons demain.

Lorsqu'il gagna sa chambre, quelques minutes plus tard, Carlo était trop agité pour songer à se déshabiller. Que faisait-il là ? Il n'était pas en état de se coucher ! Mieux valait redescendre. Dans la bibliothèque il trouverait du cognac. Pourquoi ne pas s'enivrer un peu ? Peut-être cela l'empêcherait-il de penser à Angelica dans le lit de Stephen ? Il poussa un profond soupir. C'était peu probable, mais il pouvait toujours essayer…

Au moment où il quittait sa chambre, il vit la jeune femme sortir d'une pièce à l'autre bout du couloir. La chambre de Stephen ? Si c'était le cas, elle n'était pas restée longtemps avec son amant ! Ce dernier était monté dix minutes plus tôt, à peine…

Se dissimulant dans l'embrasure, Carlo observa Angelica en retenant son souffle.

Vêtue d'un peignoir de soie gris pâle qui moulait son corps sublime, elle frappa doucement à la porte de la chambre située en face de celle qu'elle venait de quitter.

Stephen ouvrit presque aussitôt et la fit entrer.

Tourmenté par des images de plus en plus perturbantes, Carlo laissa échapper un soupir.

Cognac ou non, il n'avait plus la moindre chance de fermer l'œil de la nuit !

2

— Dire que je ne croyais plus aux sirènes depuis longtemps !

Au son de cette voix sarcastique — et déjà familière — Angelica tressaillit et se retourna dans l'eau.

Debout au bord de la piscine, Carlo Gambrelli dardait sur elle un regard pénétrant.

La piscine couverte de Stephen faisait partie des luxes auxquels elle était incapable de résister. Lorsqu'elle séjournait au manoir, elle descendait chaque matin à 6 h 30 pour nager.

Cependant, d'ordinaire elle était seule. Stephen restait dans son bureau pour répondre aux mails et aux fax arrivés pendant la nuit.

En Bikini rouge, les cheveux plaqués en arrière après ses cinquante longueurs de bassin, elle se sentait mal à l'aise devant Carlo Gambrelli, vêtu d'un pantalon noir et d'une chemise à manches courtes de la même couleur, qui mettaient en valeur sa carrure athlétique et ses longues jambes.

— Bonjour, comte Gambrelli.

— Bonjour, Angel.

Elle serra les dents. Comment osait-il l'appeler ainsi ? Il savait pourtant que ce surnom était réservé à Stephen !

— Si vous cherchez Stephen…

— Non, je ne le cherche pas, coupa-t-il d'une voix rauque.

Dans ce cas, que faisait-il là ? se demanda-t-elle avec perplexité. Etant donné sa tenue, il n'était manifestement pas venu pour nager.

— Le petit déjeuner est servi dans la salle à manger, si vous…

— Je n'ai pas faim.

Il s'accroupit et lui tendit la main.

Elle regarda avec circonspection ses longs doigts fins. Elle n'avait aucune envie de sortir de l'eau pour s'exhiber dans son minuscule Bikini. Et encore moins de mettre sa main dans celle de Carlo Gambrelli !

Ce qui était stupide. Après tout, ce genre d'homme lui déplaisait souverainement. Elle n'avait donc aucune raison d'être troublée.

Elle prit la main du comte et il la hissa sans effort sur le bord.

Elle avait raison de vouloir rester dans l'eau, se dit-elle aussitôt. Non seulement elle était à présent beaucoup trop près de Carlo Gambrelli, mais le regard qu'il promenait sur elle était particulièrement déstabilisant. Comment osait-il la détailler ainsi ?

Elle serra les dents. Ce séducteur invétéré avait décidément tous les défauts qu'elle détestait le plus chez un homme !

Mais dans ce cas, pourquoi était-elle aussi troublée ?

— Si vous voulez bien m'excuser, j'ai l'habitude de me délasser dans le Jacuzzi après avoir nagé.

D'un geste vif, elle prit sa serviette posée sur un transat et s'enveloppa dedans.

— Vous êtes tout excusée, déclara Carlo d'une voix traînante.

Lorsqu'il l'avait vue seule dans la piscine en revenant du jardin, où il était allé faire un tour avant le petit déjeuner, il n'avait pu résister à la tentation de la rejoindre.

La serre dans laquelle se trouvait la piscine était décorée de statues, représentant pour la plupart des déesses antiques à la beauté altière. Cependant, aucune n'était aussi splendide qu'Angelica. Tandis qu'elle glissait souplement dans l'eau, il avait été fasciné par la grâce de ses mouvements et la perfection de son corps d'albâtre. Quant à son visage en forme de cœur, il était encore plus beau dénué de fard…

Il la suivit jusqu'au Jacuzzi, qui était abrité des regards indiscrets par une cascade de verdure.

Soudain, il fut assailli par des images de la jeune femme faisant l'amour dans l'eau avec Stephen. Décidément, son imagination refusait de le laisser en paix ! Au point de lui avoir fait passer une nuit blanche…

Le manque de sommeil ne lui posait aucun problème. En revanche, le désir lancinant que lui inspirait cette femme était de plus en plus perturbant… Et après l'avoir vue entrer dans la chambre de Stephen, il ne pouvait plus avoir aucun doute sur la nature de leurs relations !

Elle s'assit dans l'eau bouillonnante et renversa la tête en arrière contre le rebord du Jacuzzi.

— Vous devriez aller nager, comte Gambrelli, déclara-t-elle en s'efforçant de prendre un ton léger. Ça fait un bien fou !

— Je préfère vous regarder, répondit-il.

Puis il s'accroupit pour enrouler autour de ses doigts une mèche de son épaisse chevelure noire, qu'elle avait rejetée en arrière à l'extérieur du bassin.

Ne pouvait-il donc la laisser seule ? se demanda Angelica, le souffle court. Et comment osait-il se permettre un geste aussi familier ?

— Vous l'aimez ?

Elle tressaillit. La mâchoire crispée, le comte fixait sur elle un regard inquisiteur.

— Pardon ?

Il continua de jouer avec ses cheveux.

— Je vous ai demandé si vous aimiez Stephen. C'est une question à laquelle il est facile de répondre, je suppose ?

Devant son silence, il ajouta :

— Un simple « oui » ou « non » suffira.

Elle déglutit péniblement. Non, justement… Ce n'était pas aussi simple. Sa relation avec Stephen était assez complexe. Ils en étaient encore au stade où ils apprenaient à se connaître. Et même si elle était attachée à lui, elle n'était pas certaine d'accepter la façon dont il avait vécu au cours des trente dernières années.

Le silence se prolongea et le regard de Carlo devint glacial. Ses doigts se crispèrent sur la mèche de cheveux d'Angelica, tandis qu'il baissait les yeux sur ses seins. A son grand dam, elle sentit leurs pointes se hérisser.

Carlo serra les dents. Bon sang ! S'il ne se retenait pas, il lui arracherait le haut de son Bikini. Il avait trop envie de voir ses seins, de savoir si leurs mamelons étaient brun foncé ou rose pâle… de les caresser, de les cueillir entre ses lèvres pour la faire gémir de plaisir…

— Vous me faites mal !

Le cri de protestation d'Angelica coupa court à ses divagations érotiques.

Plissant le front, il constata qu'il lui tirait les cheveux sans s'en rendre compte.

Que lui arrivait-il ? Serait-il en train de perdre la raison ? Irrité contre lui-même, il s'empressa de lâcher les cheveux de la jeune femme. Puis il se redressa et enfouit les mains dans les poches.

— Stephen est manifestement en adoration devant vous.

— Je ne pense pas que cela vous regarde, comte Gambrelli.

— Pour ma part, je trouve… surprenant qu'une femme aussi jeune et belle que vous puisse se donner à un homme par intérêt.

Angelica lui adressa un regard interloqué.

— « Se donner » ?

Il eut une moue sarcastique.

— Je vous ai vue entrer dans la chambre de Stephen, cette nuit. Il est donc inutile de faire l'innocente.

Angelica en eut le souffle coupé.

— Nous auriez-vous espionnés, comte Gambrelli ?

Furieuse, elle se leva et sortit du Jacuzzi. Après s'être enveloppée dans sa serviette, elle se tourna vers lui, rouge de colère.

— Eh bien ? insista-t-elle devant son silence.

Carlo se maudit intérieurement, écœuré par sa propre attitude. Pas de doute, il avait perdu la tête ! Son désir irrépressible pour cette femme lui faisait oublier les règles de savoir-vivre les plus élémentaires.

— Bien sûr que non ! répliqua-t-il avec vivacité. J'avais décidé de redescendre pour boire un cognac…

— Et par le plus grand des hasards, vous vous êtes trouvé dans le couloir à l'instant précis où je me suis rendue dans la chambre de Stephen ? coupa-t-elle d'un ton méprisant. Je vous répète que ma relation avec Stephen ne vous regarde pas.

— Stephen est mon ami…

— On n'espionne pas ses amis !

— Je ne vous espionnais pas !

— Je ne vous crois pas.

Carlo soupira, excédé.

— Même si le fait que mon ami se soit manifestement entiché de vous a tout lieu de me préoccuper, je ne me permettrais jamais de…

— Les sentiments que Stephen et moi éprouvons l'un pour l'autre ne vous regardent pas, coupa Angelica d'une voix vibrante d'indignation. Combien de fois faut-il vous le répéter ?

— Désolé, mais je ne peux pas m'empêcher de m'inquiéter pour lui en le voyant se ridiculiser avec une femme assez jeune pour être sa fille.

Les joues en feu, Angelica baissa les yeux pour masquer son trouble.

Si Carlo Gambrelli avait su… Elle n'était pas la maîtresse de Stephen, comme il semblait le croire, mais sa fille. Une fille illégitime, à qui Kathleen Singer avait donné le jour vingt-six ans plus tôt, huit mois après la fin de sa liaison avec Stephen Foxwood, déjà marié à l'époque.

Elle avait cinq ans lorsque sa mère avait épousé Neil Harper et elle avait toujours su que ce dernier n'était pas son père. Cependant, elle n'en avait jamais souffert, parce que Neil l'avait toujours traitée comme les jumelles qu'il avait eues avec Kathleen, Saffron et Rosemary.

Plus tard, elle avait demandé à sa mère le nom de son vrai père. Celle-ci le lui avait révélé en lui racontant les circonstances de sa rencontre puis de sa rupture avec Stephen Foxwood. Sachant que ce dernier était marié, elle n'avait pas cherché à prendre contact avec lui lorsqu'elle avait appris qu'elle était enceinte. Ni plus tard.

Et puis, un an auparavant, Angelica avait vu dans le journal l'avis de décès de Grace Foxwood. Elle avait également appris que malgré leurs trente années de mariage, Stephen et Grace n'avaient pas eu d'enfants. Alors, elle avait eu envie de connaître ce père qu'elle n'avait jamais vu et qui ignorait tout de son existence.

Elle avait fait part de ses intentions à sa mère et à son beau-père. Comme elle s'y attendait, ils l'avaient encouragée et assurée de leur soutien.

Sa première rencontre avec Stephen avait été très émouvante.

Ensuite, ils s'étaient revus plusieurs fois, et au bout de six mois, elle avait accepté de passer de temps à autre le week-end chez lui. Depuis, progressivement, ils apprenaient à mieux se connaître et à nouer des liens plus étroits.

Et voilà qu'aujourd'hui, ce Carlo Gambrelli, ce comte sicilien d'une arrogance sans bornes, se permettait de porter un jugement sur une relation dont il ignorait tout ! Comment pouvait-il manquer de tact à ce point ?

La vie privée de Stephen ayant toujours été largement commentée dans la presse people, il n'était pas difficile d'imaginer comment serait exploitée l'apparition de sa fille illégitime. D'un commun accord, ils avaient donc décidé de garder leur relation secrète, au moins pendant un certain temps. De toute évidence, Stephen n'avait même pas mis dans la confidence son ami Carlo Gambrelli.

Ce qui n'excusait en rien la conduite de ce dernier. Son indiscrétion était inqualifiable ! Pensait-il vraiment qu'elle allait le croire lorsqu'il prétendait que sa curiosité était due à sa sollicitude pour Stephen ? S'imaginait-il qu'elle n'avait pas remarqué les regards brûlants dont il l'avait couverte pendant toute la soirée ? Et de nouveau ce matin…

Malheureusement pour lui, cet intérêt n'était pas partagé. Car elle savait, sans l'ombre d'un doute, que Carlo Gambrelli était le même genre d'homme que son père. Or, si elle était capable de pardonner à Stephen sa vie tumultueuse — parce qu'il était son père et qu'elle commençait à s'attacher à lui — elle n'était pas stupide au point d'avoir une liaison avec un homme aussi peu fiable que lui sur le plan sentimental !

La voix crispée de Carlo rompit le silence.

— Vous n'avez rien à dire pour votre défense ?

S'exhortant au calme, elle lui adressa un regard glacial.

— N'étant pas coupable, je n'ai aucune raison de me défendre.

— Vous jouez avec les sentiments d'un homme qui est mon ami et mon asso…

— Stephen est un grand garçon, coupa-t-elle sèchement. Je ne pense pas qu'il ait besoin de votre protection. A présent, si vous voulez bien m'excuser, je vais vous laisser. Je trouve l'atmosphère un peu… oppressante, ici.

Carlo serra les dents. Pourquoi s'être mis dans cette situation impossible ? Après avoir passé la nuit à penser à cette femme, à l'imaginer nue et brûlante de désir dans les bras d'un autre, il n'aurait jamais dû la rejoindre lorsqu'il l'avait vue dans la piscine.

Et encore moins s'enferrer dans cette conversation !

C'était le meilleur moyen de trahir son attirance pour elle !

Et à présent, il était obligé de faire un effort surhumain pour ne pas l'empêcher de partir. Il n'avait qu'une envie : la prendre dans ses bras et l'embrasser avec sauvagerie jusqu'à ce qu'elle accepte de quitter Stephen pour lui…

Décidément, il était pathétique ! Dire qu'il se targuait d'ordinaire de ne pas être possessif avec les femmes…

Profondément déstabilisé, il regarda Angelica s'éloigner.

Nul doute qu'elle allait s'empresser de raconter à Stephen qu'il venait de se conduire avec elle comme le dernier des mufles ! Non seulement il s'était ridiculisé, mais il venait de détruire une amitié et une association vieilles de plusieurs années…

Une heure plus tard, lorsqu'ils s'assirent tous les trois à la table du petit déjeuner, Stephen était aussi amical et détendu qu'à l'accoutumée. Visiblement, Angelica ne lui avait rien dit, songea Carlo avec soulagement.

Il étudia la jeune femme à la dérobée. Elle avait lavé sa longue chevelure et l'avait relevée en un chignon souple, qui mettait en valeur ses pommettes hautes et le contour délicat de son visage. Pour tout maquillage, elle avait appliqué sur ses lèvres une fine couche de rouge assorti au T-shirt qu'elle portait avec un jean délavé, et dont l'encolure profonde dévoilait un décolleté sublime…

La voix enjouée de Stephen le fit tressaillir.

— Que dirais-tu de faire une promenade à cheval avec Angelica ce matin, Carlo ?

— Pardon ?

— J'ai pensé que vous pourriez faire une promenade à cheval, Angelica et toi.

— Stephen, je ne pense pas…

— Oh, voyons, Angel, coupa Stephen d'un ton gentiment réprobateur. J'ai malheureusement une conférence téléphonique ce matin, et tu sais bien que je n'aime pas que tu partes seule à cheval. Angel a appris à monter récemment, précisa-t-il à l'attention de Carlo.

Angelica était aux cent coups. Carlo Gambrelli était la dernière personne avec qui elle avait envie de passer la matinée !

Stephen aurait pourtant dû s'en douter ! Quelques minutes plus tôt, elle lui avait demandé de révéler au comte qu'elle était sa fille, en lui expliquant qu'elle se sentait mal à l'aise avec lui parce qu'il semblait la prendre pour sa maîtresse. Bien sûr, elle aurait pu être plus explicite et rapporter à Stephen les propos du comte. Cependant, elle n'avait pas envie de ternir l'amitié entre les deux hommes. Stephen lui avait assuré qu'il avait l'intention de révéler la vérité à Carlo au cours du week-end. Mais apparemment, le moment n'était pas encore venu…

— Je suis sûre que le comte Gambrelli a mieux à faire, déclara-t-elle en adressant un regard implorant à Stephen.

Subir de nouvelles insultes sans réagir risquait d'être au-dessus de ses forces… Dire que cet odieux personnage l'avait accusée à mots couverts de fréquenter Stephen par intérêt ! Alors qu'elle avait au contraire refusé l'aide que ce dernier lui avait proposée pour sa carrière, et l'argent qu'il avait voulu lui donner.

Et elle aurait agi de même si elle avait été sa maîtresse !

— Tu n'as rien de prévu ce matin, n'est-ce pas, Carlo ? demanda Stephen.

Quelque chose clochait, songea Carlo. Stephen ne semblait pas inquiet le moins du monde à la perspective de le voir partir pour la matinée en compagnie d'Angelica. Bien sûr, son ami le connaissait suffisamment pour savoir qu'il ne toucherait jamais à sa maîtresse, mais tout de même…

Par ailleurs, pourquoi Angelica n'avait-elle pas rapporté à son amant qu'il s'était conduit comme un goujat avec elle ? C'était pour le moins surprenant.

— Non, je n'ai rien de prévu, répondit-il d'un ton léger. Je me ferai un plaisir d'accompagner Angelica.

— Parfait ! s'exclama Stephen. Qu'elle soit en bonnes mains me tranquillise.

Carlo réprima une moue de dérision. Si Stephen avait su à quel point il avait du mal à garder le contrôle de ses mains lorsqu'il était en compagnie de la jeune femme, il se serait senti beaucoup moins rassuré !

3

Lorsqu'il rejoignit Angelica devant les écuries, une demi-heure plus tard, Carlo se maudit. Pourquoi avait-il accepté de l'accompagner ? Elle était beaucoup trop désirable ! Son pantalon de cheval mettait en valeur sa taille fine et ses jambes interminables. Par ailleurs, le fin tissu blanc de son chemisier soulignait plutôt qu'il ne cachait les courbes fermes de ses seins…

— J'espère que vous ne vous faites pas trop d'idées à mon sujet, comte Gambrelli, déclara-t-elle en le foudroyant du regard, après qu'un palefrenier l'eut aidée à se hisser sur la jument noire qui avait été sellée pour elle.

Bon sang ! Elle l'avait surpris en train de la dévorer des yeux comme un adolescent en manque, songea Carlo, de plus en plus irrité contre lui-même. Jamais il ne s'était comporté de manière aussi stupide avec une femme !

— Ne vous inquiétez pas, je ne m'en fais aucune… Angel, répliqua-t-il d'un ton suave en prenant des mains d'un autre palefrenier les rênes d'un cheval pommelé. Tout ce que je souhaite, c'est que Stephen soit aussi lucide que moi.

Angelica serra les dents. Quel goujat ! Et il persistait à l'appeler Angel… Décidément, il se croyait tout permis ! Mais lorsque Stephen lui révélerait la nature de leur relation, elle aurait sa revanche. Il se sentirait ridicule… et elle n'aurait pas la moindre compassion pour lui !

Certes, il était superbe en pantalon de cheval, chemise

blanche et bottes noires. Et à en juger par l'aisance avec laquelle il enfourchait son cheval, c'était sans nul doute un cavalier accompli. Mais cela ne le rendait pas moins odieux !

L'impertinence de Carlo Gambrelli était intolérable. Il méritait qu'on le remette à sa place.

— Merci, Tom.

Elle adressa un sourire reconnaissant au palefrenier, qui l'aidait à chausser ses étriers.

— Prêt ? lança-t-elle d'un air de défi en voyant que Carlo l'observait attentivement.

Oui, cet homme méritait mille fois l'humiliation qu'il subirait lorsque Stephen lui révélerait qu'elle était sa fille !

— Après vous, répliqua-t-il d'un air pincé.

Elle dut talonner sa jument à plusieurs reprises pour que celle-ci se mette en mouvement et se dirige vers la piste cavalière que Stephen et elle empruntaient d'ordinaire. Il lui fallut également quelques minutes pour se sentir bien en selle. Il y avait plusieurs semaines qu'elle n'était pas venue au manoir et qu'elle n'avait pas eu l'occasion de monter.

Elle n'avait jamais pris de leçons d'équitation lorsqu'elle était plus jeune, et Stephen avait décidé de combler cette lacune. Désormais, elle était capable de se maintenir en selle sans avoir peur de tomber. Même si elle restait plus nerveuse qu'elle ne l'aurait souhaité !

En tout cas, elle était loin d'avoir l'assurance du comte Gambrelli. Il semblait ne faire qu'un avec sa monture, constata-t-elle en lui jetant un regard en biais. Sa chevelure dorée flottant dans la brise d'été, il contrôlait le cheval pommelé sans effort apparent.

Dommage qu'il soit aussi exécrable ! Il y avait très longtemps qu'elle n'avait pas été aussi attirée par un homme.

Non… En réalité, c'était la première fois.

Elle avait déjà eu des petits amis, bien sûr. Cependant, il fallait reconnaître qu'aucun d'eux ne l'avait troublée à ce point. L'élégance désinvolte de Carlo Gambrelli, son aisance naturelle, la virilité à couper le souffle qui émanait de tout son être lui donnaient un charme irrésistible.

— Si vous me montriez ce que vous savez faire ?

La voix du comte la fit tressaillir. Il venait de faire prendre le trot à son cheval, constata-t-elle.

— D'accord.

Tandis qu'elle incitait à son tour sa monture à partir au trot, la brise plaqua son chemisier sur ses seins, dont les pointes apparurent sous le tissu transparent.

Pour la millième fois, Carlo se demanda pourquoi cette femme gâchait sa jeunesse auprès d'un homme tellement plus vieux qu'elle ? Avait-elle choisi Stephen en pensant qu'un homme mûr serait plus à même d'apprécier sa beauté ? Qu'il ne risquerait pas de se lasser d'elle ni de lui être infidèle ? Si c'était le cas, elle avait mal choisi. Stephen n'avait jamais été fidèle à son épouse, qu'il avait pourtant aimée sincèrement, ni à aucune de ses multiples maîtresses !

— Comment vous êtes-vous rencontrés, Stephen et vous ? demanda-t-il d'un ton désinvolte.

Elle semblait naturellement douée pour l'équitation, reconnut-il intérieurement en l'observant à la dérobée. Elle tenait les rênes d'une main souple et épousait avec grâce les mouvements de sa monture.

— Que vous a-t-il dit ?

Carlo réprima un soupir. Ce qu'il attendait, c'était une réponse, pas une autre question !

— Il ne m'a pas donné de précisions. Il m'a seulement dit que c'était vous qui l'aviez trouvé et non l'inverse.

Le sourire d'Angelica révéla des dents d'une blancheur éclatante.

— C'est vrai.

— Vous êtes consciente que Stephen n'est pas particulièrement réputé pour sa fidélité ? demanda-t-il avec une pointe d'agressivité.

Le sourire d'Angelica s'estompa. Relevant le menton d'un air de défi, elle rétorqua d'un ton vif :

— Vous non plus, il me semble.

Il serra les dents.

— Ce n'est pas de moi que nous parlons.

— Peut-être devrions-nous.

Elle darda sur lui un regard noir.

— Etant donné votre réputation, vous êtes mal placé pour faire des commentaires sur la fidélité de Stephen !

Angelica bouillait de rage. Carlo Gambrelli dépassait les bornes !

Il la toisa d'un air hautain.

— Ne me dites pas que vous croyez tout ce qu'on peut lire dans la presse à scandale.

Elle laissa échapper un petit rire méprisant.

— Vous niez être un séducteur invétéré ? Mais… que faites-vous ? Lâchez mes rênes ! protesta-t-elle alors qu'il attirait son cheval plus près du sien.

A en juger par sa réaction, la jument noire n'appréciait pas plus qu'elle cette manœuvre, constata-t-elle avec appréhension.

— A cause de vous, mon cheval va me démonter !

Malgré son manque d'expérience, elle n'était jamais tombée de cheval… et elle s'en passait très bien !

— Je vous ai demandé de lâcher mes rênes ! insista-t-elle, alors que sa monture se rebiffait.

Au comble de l'exaspération, elle donna un coup sur la main de Carlo avec l'extrémité des rênes. Surpris, il desserra brièvement les doigts. Elle en profita pour lancer la jument au galop.

Elle entendit aussitôt derrière elle le martèlement des sabots du cheval pommelé, qui gagnait rapidement du terrain.

Elle talonna de nouveau sa jument avec vigueur. C'était la première fois qu'elle galopait à une telle vitesse et elle ne contrôlait plus tout à fait sa monture. Mais tant pis. Il fallait absolument qu'elle se débarrasse de cet homme ! Elle ne supportait plus ses remarques insultantes.

— Arrêtez ! Ne soyez pas stupide ! cria-t-il d'un ton impatient.

Trop occupée à se maintenir en selle, elle l'ignora. Mais tout à coup, son cœur fit un bond dans sa poitrine. Seigneur ! La jument fonçait tout droit vers la clôture qui bordait le champ ! Terrorisée, elle tira frénétiquement sur les rênes. En vain. La jument poursuivit sa course folle.

Puis tout se passa très vite. La jument estima-t-elle que la clôture était trop haute pour elle ? Ou bien décida-t-elle brusquement d'obéir aux injonctions de sa cavalière ? Angelica n'eut pas le temps de s'interroger. L'animal s'arrêta net et elle se sentit projetée en avant. L'espace d'un instant, elle eut l'impression de s'envoler, puis elle retomba lourdement sur le dos. Le choc fut si violent qu'elle en eut le souffle coupé. Tout se mit à tournoyer autour d'elle et elle ferma les yeux.

Affolé, Carlo n'attendit pas que son cheval se soit complètement immobilisé pour sauter à terre et courir vers Angelica. Mon Dieu ! Elle ne bougeait pas. Pourvu que…

— Vous êtes folle ! cria-t-il d'une voix rauque en s'agenouillant à côté d'elle.

Les yeux fermés, elle était d'une pâleur mortelle. Il l'attira contre lui, l'estomac noué. Sa queue-de-cheval se dénoua et il sentit ses cheveux soyeux ruisseler sur son bras.

— Angel ? murmura-t-il d'une voix rauque. Angel… ? Angel !

Dieu soit loué ! En la voyant remuer la tête, il fut submergé par un immense soulagement.

— Pour l'amour de Dieu, ouvrez les yeux et regardez-moi ! supplia-t-il.

Pourvu qu'elle ne se soit rien cassé !

Elle déglutit péniblement et murmura :

— Si ça ne vous dérange pas, je préférerais éviter.

— Eviter quoi ?

Etait-elle en train de délirer ? Pourvu qu'elle n'ait pas un traumatisme crânien !

— Je n'ai pas envie d'ouvrir les yeux, répondit-elle. La situation est déjà assez embarrassante, inutile d'en rajouter.

— Embarrassante… ? répéta-t-il avec perplexité en resserrant les bras autour d'elle. Angel, si vous n'ouvrez pas les yeux immédiatement et si vous ne m'assurez pas que vous n'avez rien de cassé, je vais vous secouer de toutes mes forces !

Elle ouvrit lentement les paupières. Dieu merci, le monde ne tournoyait plus, constata-t-elle avec soulagement.

A la vue de la mine défaite de Carlo, elle ne put s'empêcher de sourire.

— Je ne pense pas que me secouer soit très indiqué ! dit-elle sur le ton de la plaisanterie.

Elle bougea avec précaution les jambes et les bras. Non, apparemment elle n'avait rien de cassé. Son dos lui faisait mal, mais c'était une douleur très supportable. Et ses dents étaient toutes en place, vérifia-t-elle en passant la langue dessus.

Son regard rencontra alors celui de Carlo. Fascinée, elle vit ses pupilles s'élargir, tandis qu'il fixait sa bouche.

Carlo Gambrelli allait l'embrasser !

Elle le comprit une fraction de seconde avant qu'il ne se penche sur elle et ne s'empare de sa bouche.

Elle était trop désorientée pour avoir le réflexe de résister. Elle noua les bras sur sa nuque et répondit à son baiser. Comme c'était bon ! Elle avait de nouveau l'impression de s'envoler… Avec délectation, elle enfonça les doigts dans les épais cheveux du comte.

Elle frissonna tandis qu'il la couvrait de caresses. Puis il déboutonna son chemisier et referma la main sur un sein. Encore étourdie par sa chute et mal remise de sa frayeur, Angelica était privée de toute volonté.

Envahie par les sensations exquises qui la traversaient,

elle laissa échapper des petits gémissements, alors que Carlo parsemait son cou de baisers, puis descendait lentement vers un sein, dont il lécha le bourgeon frémissant du bout de la langue, avant de l'aspirer entre ses lèvres.

Elle se cambra et poussa un cri étranglé. Une chaleur délicieuse naissait entre ses cuisses et se répandait dans tout son corps.

Mais tout à coup, la bouche de Carlo s'arracha à son sein. Il se redressa et la regarda d'un air atterré.

— Non ! s'exclama-t-il en se levant d'un bond, les poings crispés.

L'esprit embrumé et le corps en feu, Angelica cligna les paupières. Que se passait-il ?

— C'est contraire à mon sens de l'honneur… à tous mes principes… Pour l'amour de Dieu, couvrez-vous ! intima-t-il.

Effarée par son ton cinglant et par son regard méprisant, Angelica reboutonna son chemisier et se releva tant bien que mal. Lui tournant le dos, elle rejoignit la jument, qui paissait tranquillement quelques mètres plus loin. Les jambes en coton et les mains tremblantes, elle flatta l'encolure de l'animal.

Quelle idiote ! Mais quelle idiote ! Comment avait-elle pu se conduire de manière aussi stupide ?

Certes, elle était trop affaiblie par sa chute pour résister au baiser impérieux de Carlo Gambrelli. Mais de là à lui répondre… à réagir avec une telle intensité à ses caresses… De là à exprimer son plaisir sans retenue, à pousser des gémissements extatiques… Que lui avait-il pris ?

Elle détestait ce mufle ! Elle ne voulait aucun lien avec lui ! Comme Stephen, c'était le genre d'homme à fréquenter une femme juste le temps de lui briser le cœur, avant de se mettre en quête d'une nouvelle aventure.

Sans compter que la manière dont elle avait réagi à ses caresses n'avait dû qu'accroître son mépris pour elle ! Désormais, il ne la prenait plus seulement pour la maîtresse d'un homme qui avait trente ans de plus qu'elle, mais pour une femme infidèle !

Il était grand temps de mettre les choses au point.

— Carlo, il faut que vous sachiez que Stephen est…

— Un idiot, coupa-t-il d'un ton mordant. Tout comme moi, d'ailleurs ! Dire que je me suis laissé prendre à vos ruses !

Abasourdie, elle ouvrit de grands yeux.

— Vous insinuez que je suis délibérément tombée de cheval pour vous inciter à m'embrasser ? Vous avez perdu la raison !

Carlo serra les poings. Malheureusement, elle n'avait pas tout à fait tort. Il était en train de devenir fou ! Jamais il n'avait éprouvé un désir aussi insurmontable pour une femme… D'ailleurs, il était encore obligé de faire appel à toute sa volonté pour ne pas se jeter de nouveau sur elle.

Pourquoi ? Pourquoi avait-il transgressé pour la première fois de sa vie la règle sacrée qui lui interdisait de toucher la femme d'un autre homme ? La femme d'un ami !

Il pinça les lèvres.

— Je n'ai jamais dit que…

— Vous ne l'avez pas formulé clairement, mais vous l'avez sous-entendu ! le coupa Angelica, hors d'elle.

Mon Dieu ! Elle ne savait pas contre qui elle était le plus irritée. Contre lui pour sa goujaterie ou contre elle-même pour sa stupidité ? Elle était encore toute vibrante de ses caresses… C'était insensé !

— Vous êtes vraiment ignoble ! Vous avez lâchement profité du fait que j'étais étourdie par ma chute, et à présent c'est moi que vous accusez d'être responsable de ce qui vient de se passer ? Comment osez-vous ?

Elle secoua la tête.

— Décidément, vous méritez largement l'humiliation qui vous attend. J'ai hâte de voir votre tête le moment venu !

Carlo fronça les sourcils.

— Que voulez-vous dire ?

— Désolée, mais étant donné votre attitude révoltante, je n'ai aucune intention d'en dire davantage. Sachez seulement que lorsque vous connaîtrez enfin la vérité, vous me présenterez vos excuses à genoux.

Il eut un rictus sarcastique.

— Vous rêvez !

— Très bientôt, vous verrez que j'ai raison.

Pourquoi semblait-elle aussi sûre d'elle ? se demanda Carlo avec agacement. A quelle vérité faisait-elle allusion ?

— Pour l'instant, je rentre, ajouta-t-elle en approchant la jument de la clôture et en prenant appui sur celle-ci pour se mettre en selle. Et j'apprécierais que vous gardiez vos distances jusqu'à la fin de votre séjour !

Sur ce point, elle pouvait être rassurée, songea-t-il sombrement. Après ce qui venait de se passer, il avait bien l'intention de ne plus jamais passer une seule seconde en tête à tête avec elle !

D'ailleurs, il n'avait pas non plus l'intention de s'attarder au manoir…

4

— Qu'as-tu envie de faire après le déjeuner ?

Angelica était déjà obligée de se forcer pour manger. La question de Stephen acheva de lui couper l'appétit. Surtout rien qui implique la présence de Carlo Gambrelli auprès d'elle ! pria-t-elle intérieurement.

Elle n'avait qu'une hâte : voir disparaître ce goujat !

A son retour au manoir, elle avait pris un long bain chaud, dans l'espoir d'atténuer les douleurs et les courbatures consécutives à sa chute de cheval. Dans l'ensemble elle avait réussi, même si son dos restait un peu douloureux.

En revanche, elle n'avait pas trouvé de prétexte valable pour se soustraire au déjeuner sans alarmer Stephen. Elle ne voulait surtout pas qu'il s'inquiète pour elle à cause de sa chute.

Depuis le début du repas, Carlo et elle évitaient soigneusement de s'adresser la parole. Chacun ne parlait qu'à Stephen, mais ce dernier ne semblait pas s'en apercevoir. De toute évidence, il avait l'esprit ailleurs.

— Pour ma part, il faut que je reparte pour Londres immédiatement après le déjeuner, déclara Carlo. Mon cousin m'a téléphoné tout à l'heure pour m'annoncer que sa femme avait donné naissance à une petite fille ce matin. Je veux aller les voir.

Angelica le regarda avec stupéfaction. Jamais elle n'aurait imaginé que Carlo Gambrelli pouvait s'intéresser aux bébés !

Manifestement conscient de sa surprise, il eut une moue de dérision.

— Vous pensiez que je n'avais pas de famille ?

— Je dois dire que je ne m'étais pas posé la question, répondit-elle avec franchise.

— Celle-ci est composée de ma mère, de mon frère, Luc, et de mon cousin, Cesare.

— J'en suis heureuse pour vous, mentit-elle.

Elle se moquait éperdument de la famille de Carlo Gambrelli. Et encore plus de Carlo Gambrelli lui-même !

— Cesare vient d'avoir une fille ? Le pauvre ! Il a toute ma compassion ! releva Stephen en plaisantant.

Carlo leva les sourcils d'un air perplexe.

— Pourquoi ?

— Dans vingt ou vingt-cinq ans, lorsqu'elle partira avec un autre homme, il en aura le cœur brisé. Crois-moi, aucun ne trouvera grâce à ses yeux.

Angelica se leva.

— Je vais demander qu'on nous serve le café sur la terrasse.

Stephen lui saisit la main lorsqu'elle passa près de lui.

— Tu sembles fatiguée, ma chérie. Tout va bien ?

La jeune femme était pâle, constata Carlo. Pourvu que sa chute n'ait pas provoqué des lésions invisibles… En tout cas, elle n'en avait apparemment pas parlé à Stephen.

— Angelica est tombée de cheval, ce matin…, commença-t-il.

— Pourquoi ne m'as-tu rien dit, Angel ? coupa vivement Stephen en se levant. Tu es blessée ? Que s'est-il passé ?

Angelica lança un regard réprobateur à Carlo avant de répondre d'un ton apaisant.

— Rien de grave. Je vais très bien, je t'assure, déclara-t-elle avec un large sourire.

— Il vaudrait mieux que je t'emmène aux urgences pour qu'on t'examine. On n'est jamais assez prudent. Si jamais il t'arrivait quelque chose…

— C'est inutile, Stephen. Je n'ai pas besoin d'un médecin. Seule ma fierté a été blessée.

A son grand dam, Carlo sentit son estomac se nouer. A en

juger par le ton sur lequel elle lui parlait, Angelica était très attachée à Stephen… Pourquoi en était-il aussi contrarié ?

Depuis qu'elle l'avait laissé seul, il s'efforçait d'oublier ce qui s'était passé entre eux. C'était un coup de folie passager. Une fois de retour à Londres, il oublierait la perfide Angelica Harper, se répétait-il.

Mais il se faisait des illusions, comprit-il en percevant la note de tendresse — d'amour ? — dans la voix de la jeune femme, tandis qu'elle s'efforçait de rassurer Stephen. Que cela lui plaise ou non, cette femme n'était pas près de quitter ses pensées. Ce qui était une très mauvaise nouvelle… Etre obsédé par la maîtresse de son ami n'entrait pas dans ses projets !

— S'il vous plaît, rassurez-le, Carlo, demanda Angelica d'un ton implorant. Dites-lui que je me suis relevée et que je suis remontée en selle presque aussitôt…

Presque aussitôt…

Carlo crispa la mâchoire. C'était justement ce « presque aussitôt » qui l'avait décidé à rentrer à Londres plus tôt que prévu. Certes, Cesare lui avait vraiment téléphoné pour lui annoncer la naissance de sa fille, et il avait bien l'intention de rendre visite à la mère et au bébé dans la soirée. Mais cela ne l'obligeait nullement à partir dès la fin du déjeuner…

Ce qui le poussait à quitter le manoir au plus vite, c'était elle, Angelica. Il fallait absolument mettre le plus de distance possible entre cette femme et lui…

— Je peux te garantir qu'Angelica ne souffre d'aucune blessure consécutive à sa chute, déclara-t-il d'un air délibérément ambigu.

Que voulait-il dire ? se demanda aussitôt Angelica avec irritation. Qu'en revanche elle avait été blessée par ses propos ? Comme si les accusations sans fondement de Carlo Gambrelli pouvaient l'atteindre ! Mais peu importait. L'essentiel était de rassurer Stephen.

— Tu vois ! s'exclama-t-elle en se tournant vers ce dernier. Je vais bien, je t'assure.

Apparemment, il n'était pas convaincu…

— Allons prendre le café sur la terrasse, ajouta-t-elle d'un ton enjoué. Carlo doit partir bientôt.

— Tu aurais dû me parler de ton accident plus tôt, Angel, insista Stephen d'un ton inquiet, tout en la suivant.

— Je t'assure que ce n'est rien du tout. A part le fait que ma culbute n'avait rien de gracieux ! ajouta-t-elle avec un petit rire contrit.

— J'ai du mal à croire que tu puisses manquer de grâce, même en tombant de cheval, répliqua Stephen affectueusement en lui prenant la main et en nouant ses doigts aux siens.

Carlo, qui les suivait, fut beaucoup plus contrarié qu'il ne l'aurait voulu par ce geste. Décidément, il était temps qu'il s'en aille… Il ne supporterait pas d'être témoin plus longtemps de la tendresse qui unissait ces deux-là !

— Je crois que je vais me passer de café, déclara-t-il d'un ton crispé. Il faut que je range mes affaires.

— Allons, tu as bien le temps de boire un café avec nous, Carlo ! protesta Stephen avec un large sourire. Je ne doute pas que la fille de Cesare soit charmante, mais elle ne se vexera pas si tu arrives un peu plus tard que prévu ! Par ailleurs…

Il fit une pause avant de poursuivre.

— Je sais que j'ai retardé ce moment à plusieurs reprises…

Il eut une moue contrite.

— Mais il y a quelque chose dont je voudrais te parler avant que tu t'en ailles.

Carlo jeta un coup d'œil à Angelica. Avait-elle rapporté ce qui s'était passé entre eux à Stephen ? Etait-ce de cela dont ce dernier voulait lui parler ?

Non, son ami s'était comporté comme d'habitude pendant le déjeuner. Il n'avait pas fait preuve de la moindre agressivité à son égard. Sans doute faisait-il tout simplement allusion à la mystérieuse arrière-pensée dont il lui avait parlé au début du week-end. En tout cas, plus vite cette discussion serait terminée, mieux cela vaudrait. Il n'avait aucune intention de passer le reste de la journée sur des charbons ardents.

Ce matin, il avait manqué à tous ses principes et trahi par la même occasion la confiance de son ami. L'attitude la plus sage était de se retirer pour éviter toute nouvelle tentation.

— Ce n'est pas une discussion d'affaires, j'espère ? intervint Angelica en s'asseyant à table et en servant le café. Tu m'as promis qu'à part la conférence téléphonique de ce matin, tu ne travaillerais pas ce week-end.

Stephen adressa un sourire complice à Carlo.

— C'est très agréable d'avoir de nouveau quelqu'un qui me reproche de trop travailler. Tu devrais essayer un de ces jours !

Carlo garda le silence. Il avait toujours soigneusement évité de se trouver dans cette situation et il avait bien l'intention de continuer pendant encore au moins dix ans !

— Comte Gambrelli ?

Angelica tendit une tasse à Carlo en évitant soigneusement de le regarder et d'effleurer ses doigts.

Elle déglutit péniblement. Dire que ces mains l'avaient couverte de caresses quelques heures plus tôt…

Comme chaque fois qu'elle repensait à ce qui s'était passé après sa chute de cheval, elle fut submergée par une honte cuisante. Comment avait-elle pu se laisser embrasser par un homme qui représentait tout ce qu'elle détestait le plus au monde ? Un homme qui prenait ce dont il avait envie au moment où il en avait envie, en se moquant éperdument des conséquences.

Comme Stephen. Qui avait fait un enfant à une de ses maîtresses sans même le savoir.

Certes, Carlo n'était pas marié, mais ce n'était pas une raison pour tomber dans le même piège que sa mère. Pas question d'être attirée par un homme réputé pour ses multiples liaisons !

— De quoi veux-tu me parler ? demanda Carlo à Stephen.

Il affectait la désinvolture, mais une certaine crispation était perceptible dans sa voix, constata-t-elle. Comme s'il redoutait cette conversation. Il ne s'imaginait tout de même pas qu'elle avait raconté à Stephen ce qui s'était passé entre eux ?

Elle n'était pas stupide à ce point. Elle connaissait suffisamment Stephen, à présent, pour savoir qu'il ne manquerait pas de la taquiner avec cette histoire. Nul doute qu'il trouverait très amusant qu'elle se soit laissé déstabiliser par un homme qui lui ressemblait autant.

Car il était parfaitement conscient qu'elle désapprouvait la façon dont il vivait lorsqu'il était marié. Dès le début, ils étaient convenus que s'ils devaient nouer une relation, celle-ci devait être fondée sur l'honnêteté.

Le sourire de Stephen s'estompa.

— Je remets cette discussion à plus tard depuis le début de la semaine, mais… mardi matin, j'entre en clinique. J'aimerais pouvoir dire que je n'ai rien de grave, mais ce serait mentir.

Il eut une moue de dérision.

— Pendant des années, j'ai cru que je n'avais pas de cœur, mais il se trouve que je me trompais. J'en ai un et il a décidé de se manifester. Il faut que je me fasse opérer pour corriger un petit problème.

La gorge nouée, Angelica refoula ses larmes. Malgré les efforts que faisait Stephen pour prendre un ton désinvolte, il était très angoissé, elle le savait. L'intervention qu'il allait subir était très délicate.

Son problème cardiaque avait été diagnostiqué quelques mois après leur première rencontre. Il avait d'abord nié la gravité de son état et refusé de se faire opérer immédiatement, prétextant qu'il voulait passer le plus de temps possible avec elle avant de prendre le risque d'une intervention.

S'il avait finalement consenti à entrer en clinique, c'était parce qu'il n'avait plus le choix. S'il ne se faisait pas opérer rapidement, il ne survivrait pas.

Mais en quoi son état de santé concernait-il le comte Gambrelli ? se demanda-t-elle avec perplexité.

Bien sûr, les deux hommes étaient associés dans de nombreuses affaires. Peut-être Stephen estimait-il qu'il devait la vérité à son ami ?

Elle se tourna vers ce dernier et se figea. A en juger par le regard noir qu'il dardait sur elle, il la tenait pour responsable de l'état de Stephen. Sans doute jugeait-il qu'une maîtresse aussi jeune avait épuisé son ami !

Carlo serra les poings. Angelica n'était manifestement pas surprise par la maladie de Stephen. Elle était donc déjà au courant. Ce qui soulevait une foule de questions…

— Quel est le pronostic ? demanda-t-il à Stephen avec son franc-parler coutumier.

— Il y a cinquante chances sur cent que l'opération échoue. Mais si je ne me fais pas opérer, je mourrai à coup sûr dans les six mois.

— Stephen ! s'exclama Angelica.

Stephen se pencha vers elle pour lui prendre la main.

— Nous en avons déjà discuté, Angel. Je n'ai pas peur de mourir. En fait, si tu n'étais pas là, je pense que je ne prendrais pas la peine de me soigner. C'est parce que tu es entrée dans ma vie il y a un an et que j'ai envie que tu y restes encore très longtemps que j'ai pris la décision de me faire opérer, conclut-il avec un sourire affectueux.

De plus en plus mal à l'aise, Carlo changea de position dans son fauteuil. L'affection qui les unissait était plus évidente que jamais. Et à présent qu'il savait son ami malade, il se sentait encore plus coupable d'avoir embrassé Angelica…

— Qu'attends-tu de moi ? demanda-t-il à Stephen.

Ce dernier eut un sourire reconnaissant.

— Je savais que tu comprendrais, Carlo. Je m'inquiète pour Angelica. S'il devait m'arriver quelque chose…

— C'est une hypothèse peu probable et de toute façon, je ne vois pas quelle aide pourrait m'apporter le comte Gambrelli ! protesta Angelica avec véhémence.

— C'est là que tu te trompes, Angel, insista Stephen. Mes affaires sont si compliquées que seul un autre homme d'affaires peut les comprendre. Et de toute façon, Carlo est mon associé dans une bonne partie d'entre elles.

Carlo crispa la mâchoire. Angelica était visiblement atterrée à l'idée de devoir compter avec lui au cas où le pire arriverait à Stephen. Parce qu'elle craignait qu'il tire les conclusions qui s'imposaient sur sa liaison avec un homme peut-être sur le point de mourir ? Ou bien parce qu'elle avait mauvaise conscience d'avoir répondu à ses baisers, ce matin ?

Stephen soupira.

— Je t'avais prévenu que je t'avais invité avec une arrière-pensée, Carlo. Je voulais que tu fasses la connaissance d'Angel. Nous sommes amis depuis des années. Je te considère pratiquement comme mon fils et, si tu y consens, j'aimerais te nommer exécuteur testamentaire, conjointement avec mon notaire. Si je devais mourir, il vaut mieux qu'Angel n'ait pas à se préoccuper de ce genre de choses. D'autant plus qu'étant mon unique héritière, elle ne peut pas devenir elle-même exécuteur…

— Arrête, je t'en prie, Stephen ! s'exclama Angelica. Je t'ai dit dès le début que je ne voulais rien de toi…

— Je n'ai personne d'autre à qui laisser mes biens, ma chérie.

— Ce n'est pas une raison.

Angelica déglutit péniblement. Inutile de regarder Carlo Gambrelli pour sentir qu'il l'observait avec un mépris grandissant. Il était facile de deviner ce qu'il pensait d'elle à présent…

Mais il était vrai qu'avant même de savoir que Stephen voulait lui léguer sa fortune, il la considérait déjà comme une aventurière qui jouait avec les sentiments d'un vieil homme pour mettre la main sur son argent !

— Tu ne vas pas mourir, Stephen, déclara-t-elle avec force. Je t'en empêcherai !

Il eut un petit rire indulgent.

— J'aimerais tellement que ce soit aussi simple, ma chérie. Mais tu sais aussi bien que moi que ce n'est malheureusement pas le cas. Et je veux que ton avenir soit assuré après ma disparition. Carlo est l'homme idéal pour s'occuper de ce problème.

Stephen se tourna vers son ami.

— Je suis conscient de te confier une lourde responsabilité. Acceptes-tu de faire ça pour moi ?

— J'espère surtout que cela ne sera pas nécessaire…

— L'espoir ne suffit pas. D'ailleurs, même si l'opération réussit, Angel va avoir besoin de quelqu'un de solide sur qui s'appuyer pendant quelques semaines…

— Pas Carlo ! s'écria Angelica.

Consciente de la véhémence de sa réaction, elle s'empourpra.

— Nous ne nous connaissons même pas, reprit-elle d'un ton plus calme en évitant délibérément le regard de Carlo.

Le visage de Stephen s'adoucit.

— Ma chérie, c'est justement la raison pour laquelle j'ai voulu que vous vous rencontriez ce week-end.

Carlo serra les dents. La gravité de l'état de Stephen était perturbante… Mais la perspective de servir de soutien à Angelica l'était tout autant !

Il avait déjà trahi son ami ce matin. Passer plusieurs semaines au côté de sa maîtresse pendant sa convalescence n'était tout simplement pas envisageable… Mais comment refuser de rendre ce service à Stephen ? Ce dernier n'avait aucune famille et ils étaient amis depuis de longues années. Etant donné les circonstances, il était normal qu'il fasse appel à lui.

— Pourquoi ne m'as-tu pas parlé plus tôt de ta maladie ? demanda-t-il.

Stephen haussa les épaules.

— Etre obligé de reconnaître qu'on devient vieux n'est pas particulièrement agréable.

Carlo réprima une moue de dérision. Surtout lorsqu'on a trente ans de plus que sa maîtresse !

Etait-ce cela, la vérité à laquelle Angelica avait fait allusion ce matin ? Pensait-elle vraiment que la maladie de Stephen pouvait améliorer l'opinion qu'il avait d'elle ? Quelle erreur ! Cette nouvelle avait l'effet inverse, au contraire !

— Par ailleurs, je ne voulais pas alarmer les actionnaires, poursuivit Stephen. Si tu prends la barre pendant mon… absence, il ne devrait pas y avoir de remous.

Stephen avait raison, songea Carlo. Et dans ce domaine il était prêt à lui apporter toute son aide.

En revanche, servir de soutien à Angelica lui posait un problème beaucoup plus épineux ! Car il avait beau lutter, il était irrésistiblement attiré par cette femme. Or, il était exclu que l'incident de ce matin se reproduise : il ne pouvait pas se permettre de trahir son ami de manière aussi abjecte !

Angelica suivait le dialogue entre les deux hommes avec une appréhension croissante. C'était donc pour cette raison que Stephen avait invité Carlo Gambrelli à passer le week-end avec eux… Bien sûr, il était la personne la plus indiquée pour gérer ses affaires en son absence. Le désigner comme exécuteur testamentaire était également un choix logique.

Mais pourquoi le charger de veiller sur elle ? C'était un comble ! Elle n'avait qu'un souhait : que cet homme disparaisse à tout jamais de sa vie !

Pourquoi ? lui souffla une petite voix. Parce qu'il était odieux avec elle ? Ou bien parce qu'il l'avait embrassée ?

Elle devait bien reconnaître que c'était pour cette dernière raison… Jamais elle n'avait réagi avec une telle intensité aux caresses et aux baisers d'un homme. Jamais elle n'avait été submergée par un désir aussi brûlant…

Pourquoi fallait-il que cela lui arrive avec un homme aussi détestable ?

— Stephen, j'estime sincèrement que c'est trop demander au comte, plaida-t-elle.

Stephen se tourna vers Carlo.

— C'est vrai ?

Carlo se leva et se dirigea vers le bord de la terrasse. Contemplant sans les voir les pelouses parfaitement entretenues et les massifs de fleurs multicolores, il crispa les doigts sur la balustrade.

Etant donné l'attirance qu'il éprouvait pour Angelica, la requête de Stephen le mettait dans une situation impossible. Mais d'un autre côté, comment refuser d'y accéder ? Après tout, il avait maintes fois prouvé sa capacité à garder son sang-froid en toutes circonstances. Au nom de son amitié pour Stephen, il devrait parvenir à maîtriser son désir pour Angelica.

Il prit une profonde inspiration. Ce serait sans doute un combat difficile, mais l'honneur lui imposait de subir cette épreuve. Pour son ami.

— J'avoue que ce que tu viens de m'annoncer m'a causé un choc, dit-il à Stephen en regagnant son siège. Je suis prêt à faire tout ce que tu me demanderas.

Conscient de la consternation d'Angelica, il évita soigneusement de la regarder.

— Merci, répondit Stephen en lui serrant la main avec chaleur. Je savais que je pouvais compter sur toi.

Carlo hocha brièvement la tête.

— Et je ferai tout ce qui sera en mon pouvoir pour aider Angelica pendant cette période difficile.

— Tu ne peux pas savoir à quel point je suis soulagé ! Il faudra la protéger des journalistes lorsqu'elle viendra me voir à la clinique. A force de fouiner, ils ne manqueront pas de découvrir la vérité à son sujet.

Carlo fronça les sourcils.

— La vérité ?

— Oui. Nous avons délibérément gardé le secret sur notre relation à cause de la presse. Justement… Carlo, j'ai encore une chose à te dire… Cette femme superbe, cette femme merveilleuse…, c'est ma fille. La fille dont je n'aurais jamais osé rêver, déclara Stephen d'une voix vibrante d'émotion.

Angel, la fille de Stephen ?

Muet de stupeur, Carlo eut toutes les peines du monde à rester impassible.

Il se remémora rapidement les dernières vingt-quatre heures. Bien sûr… La fierté de Stephen, le fait qu'il était en adoration devant la jeune femme… Ce sentiment qu'il avait pris pour une folle passion était en réalité de l'amour paternel !

L'amour d'un père qui, un an plus tôt, ne connaissait pas l'existence de sa fille.

C'était donc ça, la vérité dont avait parlé Angelica. Une vérité qui l'obligerait selon elle à implorer son pardon à genoux…

Mais en réalité, c'était plutôt elle qui lui devait des excuses.

Pourquoi ne l'avait-elle pas détrompé ?

5

— Vous êtes venu me présenter vos excuses, comte Gambrelli ? demanda Angelica d'un ton narquois en ouvrant la porte de sa chambre.

Après avoir bu son café, elle avait laissé les deux hommes discuter des aspects strictement professionnels de leur arrangement. Sa présence sur la terrasse n'était plus nécessaire et elle avait eu besoin de se retrouver seule pour tenter d'accepter le fait que Carlo Gambrelli allait faire partie de sa vie pendant au moins une semaine.

Le comte avait réussi à masquer sa surprise lorsque Stephen lui avait révélé qu'elle était sa fille. Malgré tout, il avait dardé sur elle un regard étincelant, qui semblait lui promettre des représailles plutôt que des excuses…

— Pas exactement, non, répondit-il en l'obligeant à reculer pour pénétrer dans la chambre.

Il referma la porte derrière lui et s'y adossa.

— Je ne me souviens pas vous avoir invité à entrer, protesta-t-elle.

Elle avait beau s'efforcer de parler d'un ton ferme, son cœur battait à grands coups. Et ses mains tremblaient ! constata-t-elle avec dépit en les nouant derrière son dos.

Il eut une moue dédaigneuse.

— Lorsque vous avez quitté la terrasse, vous saviez pertinemment que je monterais dans votre chambre à la première occasion, répliqua-t-il sèchement. En fait, c'était sans doute même ce que vous espériez.

Abasourdie, elle ouvrit de grands yeux.

— Non !

— Si.

Les poings serrés, Carlo avait le plus grand mal à contenir sa colère.

— Dites-moi, Angel, vous vous êtes bien moquée de moi, n'est-ce pas ?

— Pas du tout ! Et je vous rappelle que Stephen est le seul à m'appeler Angel…

— Vous étiez parfaitement consciente que je vous désirais, depuis le premier instant où je vous ai vue.

— Non !

— Oh si…, insista-t-il d'une voix suave. Et me voir combattre ce désir au nom de mon amitié pour Stephen vous amusait au plus haut point !

Tant qu'il était resté avec Stephen sur la terrasse, Carlo avait réussi à contenir sa colère. Cependant, celle-ci avait continué de monter en lui, et à présent, elle était sur le point d'exploser.

— Or je découvre subitement que ce combat n'avait pas lieu d'être…

La saisissant par les bras, il la plaqua contre lui.

— Arrêtez ! protesta Angelica d'une voix étranglée.

Electrisée par ce contact, elle crut défaillir lorsqu'il plaqua son bassin contre le sien, comme s'il voulait lui prouver l'intensité de son désir.

— Stephen et moi avions convenu dès le début de ne dévoiler notre lien de parenté à personne. Je n'avais pas le droit de trahir ce secret sans son accord !

Se penchant sur elle, Carlo s'empara soudain de sa bouche dans un baiser agressif. Elle voulut résister, mais très vite elle fut submergée par un désir intense.

Il la serra encore plus étroitement contre lui. Nouant les bras sur sa nuque, elle enfonça les doigts dans ses cheveux et l'encouragea à approfondir son baiser. Une invitation à laquelle il répondit aussitôt avec fougue.

Un instant plus tard, il s'arracha brutalement à ses lèvres.

— Pas ici, Angel, déclara-t-il en l'obligeant à dénouer ses bras et à le lâcher. Et certainement pas maintenant. Quand je vous ferai l'amour, ce sera dans un endroit et à un moment que j'aurai choisis.

— *Quand* vous me ferez l'amour ? répéta-t-elle en s'efforçant d'ignorer les battements effrénés de son cœur et son envie irrépressible de sentir de nouveau le corps de Carlo contre le sien. Vous semblez très sûr de vous. N'est-ce pas un peu présomptueux de votre part ?

Elle releva le menton d'un air de défi tout en se maudissant pour sa faiblesse. Pourquoi était-elle incapable de maîtriser l'attirance que cet homme exerçait sur elle ?

Ce matin elle avait cru que ses réactions s'expliquaient par le choc dû à sa chute et à sa frayeur. Elle s'était convaincue qu'elle n'aurait pas été aussi sensible à ses caresses si elle avait été en pleine possession de ses moyens.

Malheureusement, elle venait d'avoir la preuve du contraire !

— Vous croyez vraiment ? répliqua-t-il d'un ton narquois. Vous n'aimez pas que je fasse ça ?

Il se pencha de nouveau sur elle et lui caressa lentement les lèvres du bout de la langue.

— Et ça non plus ?

Il posa la main sur son sein et en caressa le bourgeon hérissé.

Envahie par une vive chaleur, Angelica se cambra en gémissant.

Il la toisa d'un air satisfait.

— Oui, apparemment, vous détestez que je vous touche… A tel point que vous mourez d'envie que je recommence !

Pourquoi semblait-il prendre plaisir à l'humilier ? se demanda-t-elle avec désarroi.

— Vous vous faites des illusions ! lança-t-elle en s'écartant vivement de lui.

— Vraiment ?

— Oui ! Vous représentez tout ce que je déteste chez un homme !

Il plissa les yeux.

— Vraiment ?

— Oui ! Vous n'êtes qu'un séducteur ! Un don Juan ! Un homme qui…

— Exactement comme votre père, coupa-t-il, irrité par cette description.

— En effet, oui ! J'ai appris à aimer Stephen en dépit de ses défauts. Je l'aime parce qu'il est mon père. Mais vous… qui vous conduisez exactement comme lui avec les femmes… vous, je n'ai aucune raison de vous aimer ! Et si vous vous imaginez que vous allez pouvoir m'ajouter à la longue liste de vos conquêtes, vous vous trompez lourdement. D'ailleurs, je ne veux plus vous voir !

Carlo crispa la mâchoire. Il était vrai qu'il avait eu beaucoup de maîtresses. Cependant, celles-ci n'avaient jamais eu à se plaindre de lui. Il s'était toujours montré honnête et ne leur avait jamais promis plus qu'il ne pouvait leur donner.

Il eut un sourire narquois.

— Dommage pour vous que j'aie promis à Stephen de veiller sur vous en son absence…

Angelica serra les dents. Il n'était pas difficile de deviner de quelle manière il avait l'intention de veiller sur elle !

— Comte Gambrelli, est-ce que l'amitié que vous prétendez avoir pour Stephen…

— Cette amitié est bien réelle, la coupa-t-il sèchement. Et elle remonte à de nombreuses années !

— Dans ce cas, ne vous impose-t-elle pas de traiter sa fille avec un minimum de respect ?

— Peut-être…

Il la fixait d'un air arrogant.

— Mais qu'est-ce qui me prouve que vous êtes bien sa

fille ? Après tout, vous avez peut-être inventé cette fable pour des raisons… évidentes.

Outrée, elle resta sans voix pendant un instant.

— Ce n'est pas une fable ! C'est un fait !

— Et depuis combien de temps connaissez-vous ce « fait » ?

— Depuis que j'ai demandé à ma mère de me dire qui était mon père, lorsque j'avais douze ans.

Le regard de Carlo se durcit.

— Et pourtant, vous avez attendu jusqu'à l'année dernière pour prendre contact avec lui ?

— Oui, parce que jusqu'à l'année dernière, il avait une épouse que mon existence aurait pu blesser !

Il hocha la tête.

— C'est vrai… Dites-moi, Angel, ce qui vous a poussée à nouer des liens avec Stephen après la mort de Grace, c'est uniquement la curiosité ou bien le fait qu'il n'avait pas d'héritier ?

A son grand dam, Angelica sentit ses joues s'empourprer.

Un an plus tôt, elle avait hésité à prendre contact avec Stephen, précisément par crainte de ce genre d'insinuation. Elle savait que certaines personnes la soupçonneraient d'être intéressée. Après les accusations que Carlo lui avait lancées lorsqu'il la prenait pour la maîtresse de Stephen, elle aurait dû se douter qu'il en ferait partie…

Elle darda sur lui un regard dédaigneux.

— J'ai toujours refusé d'accepter quoi que ce soit de la part de Stephen.

— Cela ne vous empêche pas d'être sa légataire universelle.

Les yeux gris-bleu d'Angelica étincelèrent.

— Je l'ai appris il y a quelques minutes.

Il eut une moue de dérision.

— Mais vous deviez vous en douter ! Une fois Grace disparue, Stephen n'avait plus aucune famille… à part une fille qui surgit subitement dans sa vie !

Angelica était tellement indignée qu'elle avait du mal à parler.

— Je crois que vous feriez mieux de quitter ma chambre,

déclara-t-elle enfin froidement. J'ai assez entendu d'insultes depuis que je vous connais !

— Qu'y a-t-il d'insultant à noter que vous deviendrez une femme très riche à la mort de Stephen ? Que ce soit très prochainement ou dans plusieurs années…

— Sortez tout de suite ! s'exclama-t-elle d'une voix tremblante.

Mon Dieu ! Elle ne pouvait pas envisager que Stephen puisse mourir…

— Je vais expliquer à mon père que nous ne nous entendons pas du tout et que…

— Il n'en est pas question ! la coupa-t-il. Je suppose que vous êtes consciente de la gravité de son état ?

— Oui, confirma-t-elle d'une voix étranglée.

— Il faut éviter à tout prix qu'il s'inquiète pour vous. S'il vous pose la question, vous devez lui assurer que l'arrangement qu'il a prévu vous convient parfaitement.

Angelica se mordit la lèvre. Il fallait reconnaître que sur ce point, Carlo Gambrelli avait raison. Mieux valait éviter de donner un sujet de préoccupation supplémentaire à Stephen. Sa santé était une source d'inquiétude amplement suffisante.

— Ne faites pas cette tête, Angel, reprit Carlo d'un ton narquois. Etant donné que vous me considérez comme un horrible séducteur et que de mon côté, je vous soupçonne de n'être qu'une vulgaire aventurière, nous devrions passer des moments intéressants ensemble, vous ne croyez pas ?

Elle serra les dents. Non, ce n'était pas du tout son avis !

Parce qu'il voulait la protéger, Stephen l'avait mise dans une situation intenable. Mais malheureusement, il était impossible de le lui expliquer…

Carlo observait la jeune femme avec attention. Apparemment, elle se résignait à accepter la situation pour le bien de Stephen. Mais de toute évidence, ce n'était pas de gaieté de cœur.

Quelle ironie ! Depuis toujours, il avait l'habitude de séduire sans aucun effort toutes les femmes dont il avait envie. Ce qui rendait le manque d'enthousiasme d'Angel particulièrement excitant…

Il eut un sourire sarcastique.

— Stephen et moi avons discuté des modalités de notre cohabitation pour la semaine prochaine.

Atterrée, Angelica ouvrit de grands yeux.

— Notre… *cohabitation* ?

Le sourire de Carlo s'élargit.

— Il est prévu que vous vous installiez chez Stephen à Londres, n'est-ce pas ?

— Son hôtel particulier est beaucoup plus près de la clinique que mon appartement, reconnut-elle à contrecœur.

— Eh bien, nous avons décidé qu'il était préférable que j'y loge également, plutôt que de rester dans ma suite de l'hôtel Gambrelli, à l'autre bout de la ville.

— C'est ridicule ! J'ai vingt-six ans, et je n'ai pas besoin d'une baby-sitter !

Le sourire de Carlo se fit plus moqueur encore.

— Rassurez-vous, je n'ai pas l'intention de vous traiter comme une gamine, Angel.

— Je vous ai déjà demandé de ne pas m'appeler comme ça !

Carlo observa attentivement la jeune femme. Ressemblait-elle à Stephen ?

Les cheveux de son ami avaient été aussi noirs que les siens autrefois. Cependant, ses yeux étaient turquoise et pas gris-bleu. Par ailleurs, Angel avait le visage en forme de cœur et pas lui. Peut-être y avait-il une similarité dans la forme des sourcils et dans la manière de relever le menton…

— Par ailleurs, poursuivit-elle d'une voix ferme, si nous sommes vraiment obligés de cohabiter la semaine prochaine…

— Oh, oui, nous sommes obligés, confirma-t-il d'une voix suave.

— Dans ce cas, comte Gambrelli, je vous serais reconnaissante d'éviter de m'insulter à tout propos. En fait…

Carlo éclata de rire et elle s'interrompit, mortifiée.

— Je ne vois vraiment pas ce qu'il y a de drôle dans ce que je viens de dire ! reprit-elle en le foudroyant du regard.

Il haussa les épaules.

— Vous avez peut-être perdu votre sens de l'humour.

Elle serra les poings de rage. Pour sa part, elle n'avait pas du tout envie de rire lorsqu'elle se trouvait avec cet homme. Il la mettait hors d'elle… et il l'électrisait. Mais il n'y avait absolument rien chez lui qui la fasse rire !

Dès le début il s'était montré insultant avec elle. Et depuis qu'il savait qu'elle était la fille de Stephen, il était encore plus soupçonneux !

Comment pouvait-elle être aussi attirée par lui ?

Elle releva le menton.

— Puisque nous devons cohabiter…

— Je vous confirme que nous n'avons pas le choix.

— Dans ce cas, j'estime que nous devons établir certaines règles qui…

— Entièrement d'accord ! Tout d'abord, à partir de maintenant, nous nous tutoierons. Tu m'appelleras Carlo et moi je t'appellerai Angel… Pas de discussion ! s'exclama-t-il alors qu'elle ouvrait la bouche pour protester. L'objectif est de rassurer Stephen. Plus nous aurons l'air de bien nous entendre, plus il aura l'esprit en paix.

Elle pinça les lèvres.

— Je ne vois pas l'utilité que vous m'appeliez Angel. Si j'étais une aventurière, comme vous le soupçonnez, croyez-vous vraiment que j'attacherais de l'importance à un détail de ce genre ?

Le regard de Carlo se durcit.

— Ça ne prouve rien. Mais de toute façon, tant que Stephen est malade, je te conseille de continuer à jouer le rôle de la fille aimante et dévouée. C'est compris, *Angel* ?

Son ton menaçant fit pâlir Angelica.

— Et vous, quel rôle allez-vous jouer, comte Gambrelli ? lança-t-elle d'un air dédaigneux.

— Moi ?

Il eut un sourire moqueur.

— En présence de Stephen, je resterai l'ami bienveillant et attentionné que j'ai toujours été.

— Et lorsque nous serons seuls ?

— Je n'ai pas encore pris de décision à ce sujet.

Il s'avança lentement vers elle. Malgré une furieuse envie de reculer, Angelica resta immobile. Il s'arrêta à quelques centimètres d'elle et plongea son regard dans le sien. Des paillettes dorées parsemaient ses pupilles sombres, constata-t-elle en s'efforçant de maîtriser son trouble.

Elle prit une profonde inspiration.

— Je ne suis pas celle que vous croyez…

Il eut un sourire froid et haussa les épaules.

— Seul le temps dira si c'est vrai ou non… Mais il me semble que tu voulais établir certaines règles pour la période où nous allons vivre ensemble ?

Angelica serra les dents. Pas question de répondre à la provocation. Ils n'allaient pas « vivre ensemble » au sens où il l'entendait… Seulement cohabiter. Et vu qu'à Londres Stephen habitait un hôtel particulier de douze pièces, ils ne seraient même pas obligés de se croiser ! Elle ferait d'ailleurs tout son possible pour éviter Carlo Gambrelli.

— Lorsque nous serons chez Stephen, moins nous nous verrons, mieux cela vaudra pour tous les deux, déclara-t-elle d'une voix ferme.

Les joues de la jeune femme étaient pâles, nota Carlo. Ses lèvres sensuelles frémissaient et elle avait manifestement du mal à respirer… Il baissa les yeux sur ses seins et l'image de leurs pointes rosées s'imposa à lui. Aussitôt, sa virilité s'éveilla. Quel plaisir sublime il avait éprouvé à savourer ces bourgeons délicatement hérissés !

Bon sang, garder ses distances avec une femme qui lui inspirait un tel désir s'annonçait extrêmement difficile !

— Quoi d'autre ? demanda-t-il d'un ton vif.

— Je ne pense pas que d'autres règles soient nécessaires si nous respectons celle-ci.

— Dans ce cas, Angel…

— Sauf une ! Je ne peux pas accepter que vous utilisiez le surnom affectueux réservé à Stephen !

Il arqua les sourcils d'un air narquois.

— Tu ne me crois pas capable d'affection ?

Elle réprima un soupir.

— Je ne sais pas… En revanche, je ne crois pas que vous ayez été amoureux d'aucune des femmes que vous avez fréquentées !

Le visage de Carlo se ferma.

— Si je l'avais été, nous n'aurions pas cette conversation en ce moment.

Elle le regarda avec perplexité.

— Que voulez-vous dire ?

Il eut un sourire sans joie.

— Les hommes de ma famille — du moins ceux qui sont encore célibataires — appellent ça « la malédiction des Gambrelli ».

— Je ne comprends pas…

— En deux mots, Angel, si j'étais tombé amoureux d'une femme, aujourd'hui je serais marié avec elle, et nous aurions au moins une dizaine d'enfants comme preuves de cet amour.

— Je ne comprends toujours pas.

— Les hommes de ma famille n'aiment qu'une seule fois dans leur vie. Eperdument. D'une passion exclusive et éternelle.

Elle le fixait avec perplexité.

— C'est…

— C'est un fait établi. Chez les Gambrelli, quand on aime c'est pour la vie. Mon grand-père est tombé amoureux de ma grand-mère alors qu'ils étaient encore enfants. Après soixante-dix ans de mariage, il lui était toujours aussi dévoué. Mon père a rencontré ma mère à cinquante ans, alors qu'elle n'en avait que vingt-cinq. Cet amour a duré jusqu'à la fin de ses jours. Un amour si profond que ma mère, bien qu'encore jeune et séduisante, est toujours seule après dix ans de veuvage. Quant à mon oncle Carlo, le père de mon cousin Cesare, il est tombé éperdument amoureux d'une domestique il y a quarante ans, et l'a épousée malgré l'opposition de toute la famille. Elle est morte quand Cesare et sa sœur étaient encore enfants et mon oncle a bien failli se tuer en noyant son chagrin dans l'alcool. Et aujourd'hui, mon cousin Cesare aime sa femme, Robin, d'un amour aussi entier.

— Et vous pensez que cet amour le rend malheureux ?

Sur les photographies de Cesare Gambrelli et de son épouse qu'elle avait vues dans la presse, le jeune couple semblait nager dans le bonheur, se rappela Angelica.

— Pas du tout, reconnut Carlo. A vrai dire, je ne l'ai jamais vu aussi heureux. Mais depuis qu'il a rencontré Robin, il n'est plus le même homme.

Angelica réprima une moue de dérision.

C'était plutôt rassurant ! Cesare Gambrelli, tel que le décrivait la presse avant son mariage, était un homme froid et dur qui ne vivait que pour le prochain contrat à signer et la prochaine femme à mettre dans son lit.

Comme Carlo…

— Donc, pour répondre à ta question, non, je n'ai jamais été amoureux, poursuivit ce dernier. Depuis trente-six ans, je fais tout pour l'éviter.

Eh bien, elle non plus n'avait pas envie de tomber amoureuse, songea-t-elle. Surtout de Carlo Gambrelli !

— A propos de votre cousin, ne deviez-vous pas aller voir son bébé ? rappela-t-elle.

C'était une manière détournée de lui dire de s'en aller, comprit Carlo.

— A présent que j'ai discuté avec Stephen, je ne suis plus aussi pressé…

Il darda sur elle un regard brûlant. A sa grande satisfaction, la jeune femme s'empourpra.

A vrai dire, depuis qu'il savait qu'elle était la fille de Stephen et non sa maîtresse, la perspective de veiller sur elle ne lui déplaisait plus du tout ! La cohabitation avec une femme sur laquelle il lui suffisait de poser les yeux pour s'embraser promettait d'avoir un certain piquant…

— Que vous soyez pressé ou non, je vous demande de quitter ma chambre, comte Gambrelli.

— C'est bien ce que j'avais cru comprendre…

— Que… que faites-vous ? s'exclama-t-elle, tandis qu'il lui prenait le menton.

Sans répondre, il scruta longuement son visage.

Cette femme était-elle vraiment, comme elle le prétendait, le fruit d'une liaison que Stephen avait eue avec sa mère, vingt-sept ans plus tôt ?

Ou bien était-elle une aventurière, comme il le craignait ?

Quelle que soit la réponse à cette question, il la désirait. Il brûlait d'envie de s'emparer de sa bouche, de couvrir son corps de caresses, de le sentir nu contre le sien…

Avec un effort surhumain, il la relâcha. Ce n'était pas le moment de céder à la tentation.

— Il a été convenu avec Stephen que j'arriverai chez lui demain à l'heure du dîner. D'ici là, je te conseille de ne pas le perturber en lui faisant part de tes réserves à mon sujet. Essaie aussi de t'habituer à l'idée de me tutoyer et de m'appeler Carlo. D'accord, *Angel* ?

Angelica déglutit péniblement. Une fois de plus, il avait failli l'embrasser… La lueur qui s'était allumée dans ses yeux bruns était révélatrice. Heureusement qu'il s'était ravisé !

Seigneur, qu'allait-elle devenir ? La perspective de vivre sous le même toit que cet homme lui était insupportable. Odieuse même !

Mais malheureusement, elle n'avait pas le choix. Il était hors de question de contrarier Stephen avant son opération… Et puisqu'il avait manifestement confiance en Carlo Gambrelli, puisqu'il l'avait choisi pour la protéger…

Mais si elle s'embrasait chaque fois qu'elle posait les yeux sur lui, qui allait la protéger de Carlo Gambrelli ?

6

— Comment trouves-tu Stephen ?

Les doigts d'Angelica se crispèrent sur la balustrade de la terrasse. Pourquoi fallait-il que Carlo Gambrelli lui gâche jusqu'à cet instant de paix ?

Elle était avec Stephen dans le salon de son hôtel particulier londonien lorsque Carlo était arrivé, une demi-heure plus tôt. Dès qu'elle l'avait pu, elle avait laissé seuls les deux hommes, en expliquant qu'elle devait monter dans sa chambre se changer pour le dîner. Ce qui était à la fois la vérité et un excellent prétexte pour fuir la présence du comte.

Mais en arrivant sur le palier du premier étage, elle avait entendu des rires d'enfants provenant du parc situé de l'autre côté de la rue. La tentation avait été trop forte. Elle était sortie sur la terrasse pour regarder les enfants jeter du pain aux cygnes et aux canards qui s'ébattaient sur le bassin.

— Comment je le trouve ? répéta-t-elle.

Inutile de se retourner, elle savait déjà que Carlo était toujours d'une beauté à couper le souffle dans sa chemise ocre et son pantalon marron... Sa seule présence suffisait à faire battre son cœur à toute allure !

Carlo réprima une moue de dérision. Il connaissait suffisamment les femmes pour savoir qu'en ce moment même Angelica faisait tout son possible pour réprimer l'attirance qu'elle éprouvait pour lui.

Elle était vêtue d'un T-shirt vert et d'un jean délavé qui

épousaient ses courbes féminines. Ses épais cheveux noirs étaient noués en queue-de-cheval, et des petites mèches folles effleuraient sa nuque délicate.

Quel tableau charmant !

Soudain, elle pivota sur elle-même et plongea dans le sien un regard étincelant. Deux taches rouges coloraient ses joues pâles. De l'irritation ? Ou bien autre chose… ?

— Comment croyez-vous que Stephen se sente ce soir ? demanda-t-elle d'un ton agressif. Demain il va subir une intervention qui peut le sauver…

Elle déglutit péniblement avant d'ajouter d'une voix à peine audible :

— … ou le tuer.

Relevant le menton, elle reprit d'un ton plus ferme.

— Je ne suis pas arrivée depuis très longtemps, mais il est évident qu'il est nerveux, tendu… Si vous voulez vraiment le savoir, je trouve qu'il ressemble à un homme qui vit peut-être sa dernière journée !

La voix d'Angel vibrait d'émotion, constata Carlo. Elle était manifestement au bord des larmes.

— Raison de plus pour faire en sorte qu'il passe une bonne soirée, fit-il valoir d'un ton apaisant.

Elle lui lança un regard soupçonneux.

— Ce qui veut dire ?

— Je suggère que nous fassions une trêve, au moins ce soir… pour Stephen.

— Comme à Noël dans les tranchées, pendant la Première Guerre mondiale ?

Carlo ne put s'empêcher de sourire.

— Je n'envisage pas que nous nous battions à mort à partir de demain, mais sinon, oui, c'est cela.

Une lueur étrange venait de s'allumer dans les yeux d'Angelica, constata-t-il. Comme si la perspective de le tuer lui paraissait alléchante !

— D'accord pour une trêve, approuva-t-elle d'un ton crispé.

A présent, si vous voulez bien m'excuser, comte Gambrelli, il faut vraiment que j'aille me changer.

Carlo, qui se tenait dans l'embrasure de la porte-fenêtre, ne bougea pas. Lorsqu'elle passa à côté de lui, son bras effleura le sien.

Electrisée par ce contact, elle sentit les pointes de ses seins se hérisser. Parcourue d'un long frisson, elle rencontra le regard brûlant de Carlo et baissa aussitôt les yeux. Malgré elle, elle fut hypnotisée par le spectacle de sa bouche sensuelle.

Déglutissant péniblement, elle s'humecta les lèvres. Mais aussitôt, elle se maudit. A en juger par l'étincelle qui venait de s'allumer dans les yeux bruns de Carlo, elle aurait mieux fait de s'abstenir… A son grand dam, il fit de même sans la quitter des yeux. Seigneur ! Cet homme était redoutable… Elle avait l'impression que c'était sur ses lèvres à elle qu'il promenait la langue…

Envahie par une chaleur intense, elle cambra involontairement les reins.

L'estomac noué, Carlo vit le désir d'Angelica assombrir ses prunelles gris-bleu. Il se pencha lentement vers elle, mais elle s'écarta de lui.

Il serra les poings de frustration.

— Je croyais que tu devais me tutoyer et m'appeler Carlo ? Tu te souviens ?

Elle réprima un soupir. Mieux valait ne pas discuter. Elle n'en avait pas la force…

— Comment va la fille de votre… de ton cousin ? demanda-t-elle pour masquer son embarras.

— Bien… merci.

— C'est leur premier enfant, n'est-ce pas… ?

— Oui, mais ils ont également un fils adoptif qui s'appelle Marco, répondit Carlo.

Un sourire éclaira son visage.

— Il est encore petit. Robin risque d'être un peu débordée,

mais comme elle a cru pendant des années qu'elle n'aurait jamais d'enfants, je ne pense pas qu'elle s'en plaindra.

Carlo était manifestement très attaché à son cousin et à sa femme, songea Angelica. Son air attendri le métamorphosait...

— Qu'as-tu fait, aujourd'hui ?

Elle arqua les sourcils avec circonspection.

— Pourquoi ?

— Tu as dit que tu n'étais pas là depuis longtemps. Je me demandais comment tu avais passé la journée.

— Je suis allée dans le Kent voir ma famille.

— Ah, oui... ta mère, ton beau-père et tes deux sœurs. Eh bien, pour ma part, j'ai passé l'après-midi dans le bureau du notaire de Stephen.

Pourquoi ce ton narquois ? se demanda Angelica, agacée.

— Et alors ?

— Comme convenu, je suis à présent exécuteur testamentaire conjoint, et j'ai eu la confirmation que tu étais la légataire universelle de Stephen.

— Je ne veux pas entendre parler de cet héritage.

— Que tu le veuilles ou non, tu en es pourtant la seule bénéficiaire.

Angelica serra les dents. A en juger par son regard accusateur, Carlo la soupçonnait toujours d'avoir pris contact avec Stephen par intérêt !

Elle releva le menton.

— Cela ne veut pas dire que je l'accepterai.

Manifestement incrédule, Carlo eut un sourire moqueur.

— Tu envisages de céder la fortune de Stephen à des œuvres de charité ?

— Pourquoi pas ?

De toute façon, elle ne saurait pas quoi faire de tout cet argent. Elle n'avait jamais rêvé d'être riche.

A en juger par ce qu'elle savait des milliardaires qu'elle connaissait — à savoir Stephen et Carlo — le proverbe disait vrai : l'argent ne faisait pas le bonheur. Le mariage de Stephen n'avait pas été heureux, et toutes ses aventures éphémères n'avaient pas comblé son manque d'amour. Quant à Carlo, malgré ses nombreuses liaisons, il menait une vie solitaire. Bien sûr, l'un et l'autre vivaient dans le luxe et ils pouvaient s'offrir tout ce dont ils avaient envie. Mais pour sa part, elle avait été élevée dans un foyer où l'amour était plus important que l'argent.

Carlo considérait Angelica avec ironie. Même si elle envisageait réellement de renoncer à la fortune que Stephen avait accumulée au cours de sa vie, nul doute qu'elle changerait d'avis le moment venu.

Cependant, il fallait espérer que ce moment était encore lointain…

— De toute façon, je ne veux pas parler de ça ! s'exclama Angelica d'une voix mal assurée. Surtout pas !

Ses pensées avaient pris la même direction que les siennes, comprit Carlo.

— Je suis certain que tout se passera bien. Peter Soames est l'un des meilleurs chirurgiens d'Europe.

— Tu t'es renseigné ?

— Bien sûr.

Carlo réprima une moue de dérision. Pour qui le prenait-elle ? Sa réputation de don Juan, pouvait laisser croire qu'il n'était qu'un vulgaire play-boy superficiel, mais s'il réussissait aussi bien en affaires, ce n'était pas un hasard…

— Il faut que j'aille me changer pour le dîner, déclara Angelica d'une voix qui tremblait toujours légèrement. Stephen va se demander ce qui me retarde.

Carlo la saisit par le bras.

— Stephen t'aime beaucoup. J'espère sincèrement qu'il ne se trompe pas à ton sujet, déclara-t-il d'un ton menaçant.

— Comme je te l'ai déjà dit, ce que Stephen et moi nous ressentons l'un pour l'autre ne te regarde pas !

— Et ta famille ? Que pense-t-elle de cette situation ?

— Comment ça ?

— Il n'a sûrement pas échappé à ta mère ni à ton beau-père qu'un jour ou l'autre tu deviendras très riche…

— Comment oses-tu ?

Au comble de l'indignation, Angelica fixa sur lui un regard méprisant.

— Tu es la preuve vivante que l'argent exerce une influence pernicieuse sur l'esprit des gens. Tu ne juges les autres que par rapport à l'argent et tu les soupçonnes systématiquement de cupidité. C'est odieux !

D'un geste vif, elle dégagea son bras.

— Ma mère, mon beau-père et mes deux sœurs ne sont pas plus intéressés que moi par la fortune de Stephen !

Si seulement il pouvait en être certain ! Carlo réprima un soupir. Et si seulement il pouvait désirer un peu moins cette femme…

— J'espère que c'est vrai.

— Bien sûr que oui !

— Je te préviens, Angel. Si tu fais souffrir Stephen, je ne te le pardonnerai pas.

— Je n'en ai pas l'intention !

— Je l'espère. Et je maintiens ce que j'ai dit tout à l'heure.

Elle lui lança un regard interrogateur. Il avait dit tellement de choses depuis dix minutes qu'elle ne risquait pas de deviner à quoi il faisait allusion !

— J'aimerais, pour Stephen, qu'il y ait une trêve entre nous ce soir.

Il venait de l'insulter… une fois de plus !

Il avait failli l'embrasser… une fois de plus !

Et il fallait qu'elle soit aimable avec lui pendant toute la soirée !

Elle serra les dents.

— Pour Stephen, je vais faire tout mon possible pour me comporter comme si je t'appréciais.

— Je suis certain que tu seras parfaite.

— Et toi ? Es-tu capable de feindre que tu m'apprécies ?

Carlo promena sur elle un regard gourmand, qui s'attarda sur ses seins.

— Ne t'inquiète pas, je t'apprécie beaucoup, Angel, murmura-t-il d'une voix rauque. Et en ce qui concerne ton corps, « apprécier » est même un mot faible.

Après l'avoir fusillé une dernière fois du regard, Angelica pivota sur elle-même et s'éloigna.

Trois heures… C'était environ le temps qui lui restait à passer aujourd'hui en compagnie de l'odieux Carlo Gambrelli. La soirée s'annonçait interminable !

— Je te prends huit cartes, Carlo ! s'exclama Stephen avec un rire triomphant, en jetant sur la table un valet de cœur.

Angelica ne put s'empêcher de sourire. Si on lui avait prédit un an plus tôt qu'un soir elle jouerait aux cartes après le dîner avec Stephen Foxwood et Carlo Gambrelli, deux des séducteurs les plus célèbres de la planète, elle n'aurait jamais voulu le croire !

Et pourtant, c'était exactement ce qu'elle venait de faire… Comme ils n'étaient pas assez nombreux pour jouer au bridge ou à un autre jeu traditionnel, elle avait été obligée de fouiller dans sa mémoire pour se rappeler les règles de ceux auxquels elle jouait avec ses parents et ses sœurs lorsqu'elle était enfant.

A sa grande surprise, les deux hommes avaient paru s'amuser beaucoup, aiguillonnés par une rivalité bon enfant.

Toutefois, découvrir ce nouveau visage de Carlo était troublant. Il devenait plus attirant que jamais… Elle avait l'impression que son rire rauque courait sur sa peau comme une caresse. Et lorsqu'il la regardait, la lueur qui brillait dans ses yeux bruns l'électrisait.

Mais l'essentiel c'était d'avoir réussi à distraire Stephen et de lui avoir fait oublier, l'espace de quelques heures, la perspective de l'opération. Il n'y avait plus chez lui la moindre trace de nervosité.

— La partie est terminée ! annonça-t-elle en jetant sa dernière carte. Il est l'heure d'aller se coucher.

— Tu as raison, ma chérie, approuva Stephen.

Carlo se leva.

— Je vais vous laisser seuls. Vous devez avoir envie de discuter un moment, déclara-t-il avant de quitter la pièce.

Angelica le suivit des yeux. Il s'était changé pour le dîner. Vêtu d'un smoking noir, d'une chemise blanche et d'un nœud papillon rouge, il était encore plus élégant qu'à l'accoutumée. Et encore plus troublant…

— Carlo est un homme bien, Angel, dit Stephen lorsque son ami eut quitté la pièce.

Elle se tourna vers son père, le visage impassible. « Un homme bien » n'était pas l'expression qu'elle aurait utilisée pour définir Carlo Gambrelli !

— Tu as sûrement raison, répliqua-t-elle d'un ton neutre.

Inutile d'entamer un débat avec Stephen à propos d'un homme qu'il considérait comme son meilleur ami, mais que pour sa part elle voyait comme le séducteur le plus dangereux qu'elle ait jamais rencontré…

Stephen lui prit la main.

— Tu peux lui faire confiance, Angel. Pourtant, tu ne parais pas convaincue, je me trompe ?

Devant l'air inquiet de Stephen, Angelica déglutit péniblement. Elle n'avait aucune envie de mentir à son père, mais il n'était pas non plus question de le contrarier. Il devait à tout prix rester détendu.

— Nous ne nous connaissons pas encore très bien, éluda-t-elle.

Et s'il ne tenait qu'à elle, ils ne feraient jamais plus ample connaissance !

Stephen eut un sourire malicieux.

— Je suis sûr que ce que tu sais de lui — ou plutôt ce que tu as lu à son sujet dans la presse — ne joue pas en sa faveur !

Il pouffa.

— Mais moi qui le connais bien, je peux t'assurer que Carlo vaut beaucoup mieux que cette image de play-boy que les journalistes aiment donner de lui.

Reprenant son sérieux, il poursuivit d'un ton grave.

— C'est un bon fils pour Alethea. Un frère très attentif pour Luc. Et un excellent ami pour moi depuis des années. Comme il le sera pour toi, si tu lui en laisses l'occasion.

— Je suis sûre que tu as raison, acquiesça Angelica d'un ton apaisant. Mais c'est plutôt de toi que nous devrions parler. Tu n'appréhendes pas trop la journée de demain ?

Il lui pressa doucement la main.

— Je suis aussi prêt que je peux l'être… c'est-à-dire pas du tout !

Il eut une moue de dépit.

— Je n'ai jamais aimé les médecins ni les hôpitaux. Si ce n'était pas pour toi, je n'aurais pas le courage d'affronter tout ça. Mais je m'en sortirai. Sachant que tu m'attendras à mon réveil, j'ai toutes les raisons de survivre à l'opération. Et même si ce n'est pas le cas…

— Ne dis pas ça, s'il te plaît ! Je ne supporterais pas qu'il t'arrive quelque chose.

Angelica avait toutes les peines du monde à surmonter son angoisse. Leur relation était très récente, mais si Stephen venait à disparaître, il laisserait un vide immense dans sa vie.

Il lui adressa un sourire ému.

— Quoi qu'il arrive, l'année que j'ai passée auprès de toi aura été la plus heureuse de ma vie.

La gorge nouée, elle s'efforça de refouler ses larmes. Pas question de pleurer devant Stephen. Pour lui, il fallait absolument qu'elle soit forte.

— Nous avons encore de nombreuses années à passer ensemble, déclara-t-elle d'une voix mal assurée.

— Je l'espère. Maintenant, va te coucher. J'ai quelques derniers problèmes à régler avant de monter moi aussi.

Angelica quitta la pièce et gagna sa chambre, le cœur lourd.

Comme elle se sentait seule, tout à coup ! Si seulement elle avait sa famille auprès d'elle… Mais étant donné les circonstances, c'était impossible.

Sa mère n'avait plus aucun lien avec Stephen depuis longtemps et ses sœurs n'en avaient jamais eu. Ce qui signifiait qu'elle devait…

Elle tressaillit. Carlo était dans le couloir, devant la porte de sa chambre. Que voulait-il ? L'attendait-il pour lui lancer de nouveaux avertissements ? De nouvelles menaces ? Si c'était le cas…

— Je voulais m'assurer que tout allait bien avant d'aller me coucher, déclara-t-il comme s'il lisait dans ses pensées. Je voulais être certain qu'il n'y avait pas eu… de problèmes de dernière minute.

Elle arqua les sourcils, de plus en plus circonspecte. Visiblement conscient de sa méfiance, Carlo eut un petit sourire contrit.

— Nous avons décidé une trêve pour ce soir, tu te souviens ?

Nullement convaincue par son ton malicieux, elle releva le menton.

— Je pensais que c'était valable uniquement en présence de Stephen.

— Vraiment ? Tu préférerais que nous reprenions les hostilités dès maintenant ?

A vrai dire, il ne savait pas trop pourquoi il l'avait attendue, reconnut intérieurement Carlo. Mais alors qu'il montait l'escalier, quelques minutes plus tôt, il s'était dit que si les sentiments de la jeune femme pour Stephen étaient sincères — ce qui restait à vérifier — elle serait sans doute bouleversée après avoir pris congé de lui pour la nuit. Or n'avait-il pas promis à Stephen de veiller sur elle et de lui apporter son soutien ?

— Non, bien sûr que non, répondit-elle d'un ton las. C'est juste que… Tout cela est si…

Fermant les yeux, elle baissa la tête pour masquer les larmes qui roulaient sur ses joues.

Il s'approcha d'elle.

— Il faut être forte, Angel, dit-il d'une voix douce. Pour Stephen et pour toi-même.

— Mais s'il ne survit pas à l'opération ? s'exclama-t-elle, incapable de lutter plus longtemps contre l'émotion. Si… si le pire arrivait ?

Elle éclata en sanglots. Carlo la prit dans ses bras et elle se blottit contre lui. La tête appuyée contre son torse, elle noua les bras autour de sa taille.

— S'il lui arrive quelque chose, je ne sais pas si je pourrai le supporter ! avoua-t-elle d'une voix étranglée.

Malgré tous ses efforts, Carlo ne parvenait pas à rester insensible à cette douleur. Son sens de l'honneur et sa propre anxiété l'en empêchaient.

Il la laissa pleurer un moment avant de dire d'une voix rassurante :

— Il n'arrivera rien à Stephen. Tout va bien se passer.

Elle secoua la tête et des mèches de cheveux lui chatouillèrent le menton.

— Nous n'en savons rien…

— C'est vrai. Mais nous pouvons au moins avoir la certitude que tout sera fait pour le mieux.

— Je sais.

Elle poussa un profond soupir.

— C'est juste que…

— Il ne faut pas que Stephen te voie dans cet état, déclara-t-il en ouvrant la porte de sa chambre. Viens. Il risque de monter d'un instant à l'autre. Il ne faut pas rester dans le couloir.

Entrer dans la chambre d'Angel n'était sans doute pas une bonne idée, pensa Carlo, mais tant pis…

7

En entendant la porte se refermer derrière elle, Angelica reprit ses esprits. Elle se trouvait dans sa chambre… en compagnie de Carlo Gambrelli !

Ce n'était pas parce qu'il se montrait compatissant avec elle qu'il avait changé d'opinion à son sujet. Il ne lui faisait aucune confiance et la soupçonnait d'être entrée dans la vie de Stephen par intérêt.

Mais malheureusement, en dépit des soupçons qu'il nourrissait à son égard, elle était de plus en plus sensible à son charme !

Elle s'écarta de lui.

— Merci pour ta… sollicitude, Carlo. Mais nous avons tous une rude journée qui nous attend demain et je pense qu'il est temps de nous coucher. Chacun dans sa chambre, précisa-t-elle devant son sourire malicieux.

— Curieusement, je me doutais un peu que tu ne m'inviterais pas à dormir ici avec toi.

Elle releva le menton.

— Tant mieux ! Comme ça, tu n'es pas déçu.

En ce qui la concernait, leur trêve était terminée ! Cet homme était beaucoup trop dangereux lorsqu'il se montrait attentionné avec elle.

Carlo s'efforça de rester impassible. Comme elle était belle ! Même les yeux rougis, elle était superbe… Sa robe grise mettait admirablement en valeur son teint pâle, ses cheveux noirs qui flottaient librement sur ses épaules, et ses yeux gris-bleu, dont les prunelles étaient assombries par l'émotion.

Hier matin aussi, elles étaient assombries. Mais par le désir. Sa bouche mêlée à la sienne, la pointe de son sein frémissant sous sa langue, ses petits gémissements de plaisir… Tout cela ne cessait de le hanter.

Il ne connaissait pas encore assez bien cette femme pour savoir si ses sentiments pour Stephen étaient sincères ou non. Cela semblait de plus en plus probable, mais il ne pouvait être sûr de rien pour l'instant.

Malgré tout, une chose était certaine. La méfiance qu'il éprouvait à son égard ne l'empêchait pas d'être irrésistiblement attiré par elle.

— Déçu, non. Mais je suis convaincu que c'est regrettable, répliqua-t-il d'une voix suave.

Les joues en feu, Angelica darda sur lui un regard noir.

— Ce n'est pas parce que nous avons décidé une trêve pour ce soir qu'il faut laisser ton imagination vagabonder.

— L'imagination est pourtant une chose fantastique, Angel. Par exemple, depuis hier matin, je n'arrête pas d'imaginer que nous…

— Il est vraiment tard et j'ai sommeil, coupa-t-elle précipitamment.

Pas question de revenir sur ce qui s'était passé entre eux hier matin ! Elle voulait l'oublier à tout prix. Même si elle avait beaucoup de mal…

Par ailleurs, elle en avait plus qu'assez de lui répéter qu'elle ne voulait pas qu'il utilise le surnom qu'elle réservait à Stephen… surtout quand il le prononçait de cette voix caressante !

— Dommage, répliqua-t-il. Puisque tu y tiens, je vais te laisser seule.

Il gagna la porte et s'immobilisa, la main sur la poignée.

— Si jamais tu changes d'avis…

— Aucun risque ! Les relations éphémères ne m'intéressent

pas. Et comme ce sont les seules qu'un homme comme toi peut offrir…

La voix d'Angelica s'éteignit. Apparemment, sa franchise n'était pas du goût de Carlo…

— Il est vraiment tard, insista-t-elle.

Carlo serra les dents. « Un homme comme toi. » Un homme comme Stephen, voulait-elle dire. Son père. L'homme marié qui avait eu une aventure avec sa mère vingt-sept ans plus tôt et qui avait fait un enfant sans le savoir.

Il y avait pourtant de grandes différences entre Stephen et lui.

A cause de circonstances indépendantes de sa volonté, Stephen s'était retrouvé piégé dans un mariage qui ne le satisfaisait pas sexuellement. Il aimait sa femme, mais après plusieurs fausses couches celle-ci avait développé une phobie du sexe. Ils éprouvaient une profonde affection l'un pour l'autre, mais ils ne formaient pas un vrai couple.

Alors que pour sa part, il ne s'était jamais marié. Il ne l'avait même jamais envisagé. Si cela devait lui arriver un jour, ce serait avec une femme qu'il aimerait sincèrement et avec laquelle il s'engagerait pour la vie. Or il n'était pas pressé d'être frappé par la malédiction des Gambrelli. Et il n'avait jamais laissé aucune de ses maîtresses nourrir de faux espoirs à ce sujet.

Toutefois, étant donné la force de ses préjugés, il y avait peu de chances pour qu'il réussisse à convaincre Angel qu'il n'était pas aussi immoral qu'elle le pensait.

Mais quelle importance ?

Aucune. C'était juste agaçant d'être considéré avec dédain.

— Je te souhaite une bonne nuit, Angel, dit-il d'un ton brusque avant de quitter la pièce.

Une bonne nuit ? songea Angelica en regardant la porte fermée. Son inquiétude pour Stephen lui garantissait déjà un sommeil agité, mais après cette conversation, elle était absolument certaine de ne pas fermer l'œil !

Dès leur rencontre, elle s'était forgé une opinion de Carlo. Elle l'avait jugé égoïste, superficiel et très désinvolte dans ses relations avec les femmes. Mais apparemment, elle s'était trompée. Il venait de lui prouver qu'il était capable de se montrer attentionné…

A vrai dire, ce n'était pas exactement une bonne nouvelle… Il ne manquerait plus qu'elle se mette à apprécier Carlo Gambrelli !

C'était déjà assez perturbant de se consumer de désir chaque fois qu'elle le voyait !

— Emmène Angel boire un café, Carlo, conseilla Stephen le lendemain matin en voyant sa fille pâlir.

L'infirmier qui devait l'emmener au bloc opératoire venait d'arriver.

— Allez faire un tour dans le parc, n'importe où. Eloigne-la d'ici pendant quelques heures, insista-t-il, alors qu'elle refusait de lui lâcher la main.

— Non, je ne…

— Stephen a raison, Angel, intervint Carlo en la prenant par le bras. Peter Soames ne pourra rien nous dire avant plusieurs heures. Il vaut mieux ne pas attendre ici.

Stephen avait raison, songea Carlo. Il valait mieux éviter qu'Angel tourne en rond pendant des heures à la clinique.

Lorsqu'elle les avait rejoints au petit déjeuner, un peu plus tôt dans la matinée, elle avait une mine épouvantable. Son maquillage ne suffisait pas à masquer les cernes qui creusaient ses yeux. De toute évidence, elle n'avait pas fermé l'œil de la nuit. Les traits tirés, elle avait refusé de manger quoi que ce soit, se contentant d'une tasse de café.

Carlo réprima un soupir. Peut-être l'avait-il mal jugée. Peut-être avait-il eu tort de la soupçonner d'être intéressée… De toute évidence ses sentiments pour Stephen étaient sincères. Et dans ce cas, certaines de ses remarques avaient dû la blesser profondément.

— A tout à l'heure, Stephen, dit-il en priant pour que ce soit vrai.

Stephen et lui étaient amis depuis si longtemps… Il était impossible de concevoir le monde sans lui.

Une lueur reconnaissante s'alluma dans les yeux de Stephen.

— Oui, à tout à l'heure, répondit-il en serrant la main de Carlo avant d'embrasser Angelica.

La jeune femme le serra dans ses bras.

— Je t'aime, déclara-t-elle d'une voix vibrante d'émotion.

C'était la première fois qu'elle faisait cet aveu à son père, et elle était sincère. Lorsqu'elle avait décidé de prendre contact avec lui un an plus tôt, elle ne savait pas à quoi s'attendre. Elle n'avait qu'une seule certitude : il avait le droit de savoir qu'il avait une fille.

Son amour pour elle avait été immédiat et inconditionnel. Il l'avait accueillie avec une joie touchante et lui avait tout de suite donné la première place dans sa vie.

Risquer de le perdre sans lui avoir dit qu'elle l'aimait était inconcevable.

— Moi aussi je t'aime, Angel, répliqua-t-il, manifestement très ému.

Puis il adressa à Carlo un regard suppliant.

Angelica ne résista pas quand ce dernier la prit fermement par les épaules. Ensemble, ils suivirent des yeux le lit roulant, que l'infirmier poussait hors de la chambre.

Le visage inondé de larmes, elle ne résista pas non plus lorsqu'il la serra contre lui. Et elle n'émit aucune objection lorsque, quelques minutes plus tard, un bras autour de ses épaules, il l'entraîna hors de la clinique.

Plus tard, elle ne devait garder qu'un très vague souvenir de ces heures passées dehors pendant que Stephen se faisait opérer. Sur l'insistance de Carlo, elle se força à boire un café et à manger un sandwich.

Mais lorsqu'ils regagnèrent la clinique, son estomac était si noué qu'elle regretta de lui avoir cédé.

Carlo, qui s'efforçait de bavarder de tout et de rien depuis des heures, avait lui-même de plus en plus de mal à garder un air serein. Pour autant, il n'était pas question de laisser paraître son anxiété. Il avait promis à Stephen de soutenir Angel et il ne faillirait pas à sa mission. D'autant plus qu'il était à présent persuadé d'avoir mal jugé la jeune femme. Oui, il s'était trompé à son sujet. Si elle avait décidé de prendre contact avec Stephen après la mort de Grace, ce n'était manifestement pas par intérêt.

Quel idiot ! Dire qu'il n'avait cessé de l'insulter et de l'accuser de duplicité ! Il avait rarement été aussi peu fier de lui…

Malheureusement, tout cela n'atténuait en rien le désir qu'il ressentait pour elle depuis le premier instant. Au contraire ! Depuis qu'il la savait sincère et sensible, il se sentait encore plus vulnérable devant sa beauté.

Lui qui était si attaché à sa liberté, si heureux d'avoir réussi pendant toutes ces années à échapper à la malédiction des Gambrelli ! Etait-il possible qu'il éprouve pour Angel autre chose que du désir physique ? Non. C'était impensable.

Il ouvrit la porte de la clinique.

— En principe, le chirurgien devrait pouvoir nous donner des nouvelles, déclara-t-il d'un ton neutre.

Ou non, songea Angelica en ralentissant. Seigneur ! Elle était si angoissée qu'elle préférerait presque rester dans l'incertitude ! Elle n'osait pas imaginer ce qu'elle ferait si l'opération n'avait pas été un succès…

— Angelica !

Au son de cette voix familière, elle tressaillit. Stupéfaite, elle regarda sa mère se précipiter vers elle.

— Maman… ?

— Je me suis dit que je ne pouvais pas te laisser affronter cette épreuve toute seule, déclara sa mère en la serrant dans ses bras. Après en avoir discuté, Neil et moi, nous avons décidé que malgré l'étrangeté de la situation…

La mère d'Angelica eut un sourire contrit.

— … ma place était auprès de toi, ce matin. Mais quand je suis arrivée, les infirmières m'ont dit que le comte Gambrelli t'avait emmenée faire un tour.

Elle regarda Carlo avec une curiosité non dissimulée, et Angelica sentit ses joues s'enflammer. Sa mère se demandait sans aucun doute pourquoi elle ne lui avait jamais parlé de lui… La veille, lorsqu'elle avait rendu visite à sa famille, elle s'était bien gardée de mentionner Carlo.

D'ailleurs, qu'aurait-elle pu dire ? Que le plus proche ami de Stephen, le célèbre Carlo Gambrelli, avait été chargé de veiller sur elle pendant quelques jours ? Ses sœurs l'auraient aussitôt assaillie de questions. Des questions auxquelles elle n'aurait eu aucune envie de répondre…

Carlo observait attentivement la mère d'Angelica. Ainsi donc, cette femme avait été la maîtresse de Stephen vingt-sept ans plus tôt.

La ressemblance avec Angel était frappante. Mêmes cheveux noirs — coupés au carré à hauteur des épaules pour la mère —, mêmes yeux gris-bleu et même visage en forme de cœur, d'une beauté à couper le souffle.

— Bonjour, madame Harper, déclara-t-il en tendant la main. Carlo Gambrelli. Je suis un ami de Stephen. Il m'a demandé de tenir compagnie à Angelica aujourd'hui.

— Enchantée, comte Gambrelli, répliqua Kathleen Harper d'une voix grave, semblable à celle d'Angelica. Vous ne pouvez pas savoir à quel point je vous suis reconnaissante pour votre soutien.

Sans doute aurait-elle dû faire elle-même les présentations, songea confusément Angelica. Mais elle se sentait si…

— Mademoiselle Harper… ?

Elle pivota sur elle-même et regarda avec anxiété le chirurgien, qui se tenait à quelques mètres d'elle.

A la vue de son sourire rassurant, elle sentit son cœur se gonfler de joie. L'opération avait réussi !

Carlo resta en retrait, tandis qu'Angel tombait dans les bras de sa mère. Les deux femmes riaient, pleuraient et s'embrassaient simultanément…

Pas de doute, il avait commis une grave erreur de jugement, se dit-il, irrité contre lui-même. L'émotion des deux femmes ne pouvait pas être feinte. Les sentiments d'Angel pour Stephen étaient sincères.

Ce qui ne risquait pas d'atténuer l'attirance qu'il éprouvait pour elle…

8

— Que fais-tu ? demanda Angelica d'une voix endormie en sentant deux bras puissants la soulever.

Cette journée avait été trop riche en émotions. Elle était épuisée…

Lorsque Stephen avait été ramené dans sa chambre, elle n'avait pu s'empêcher de verser de nouvelles larmes de joie. Encore sous l'effet de l'anesthésie, il avait eu juste le temps de leur adresser des sourires joyeux, à Carlo et à elle, avant de sombrer dans un profond sommeil.

Sa mère, qui avait préféré rester discrètement dans la salle d'attente, avait quitté la clinique peu de temps après, rassurée par la présence de Carlo auprès de sa fille.

Mais pour sa part, depuis que le sort de Stephen ne lui causait plus d'inquiétude, Angelica trouvait de nouveau cette présence très perturbante.

— Que fais-tu ? répéta-t-elle alors que Carlo la gardait dans ses bras après l'avoir soulevée du fauteuil dans lequel elle s'était endormie, près du lit de Stephen.

Elle avait catégoriquement refusé de retourner à l'hôtel particulier lorsque Carlo le lui avait suggéré quelques heures plus tôt. Elle avait insisté pour passer la nuit au chevet de son père. Comprenant qu'il ne parviendrait pas à la faire changer d'avis, il s'était installé dans le fauteuil situé de l'autre côté du lit.

Troublée par sa présence et par le regard qu'elle sentait peser sur elle, elle avait eu du mal à se détendre. Mais apparemment, la fatigue avait fini par prendre le dessus, puisqu'elle s'était endormie…

— Ce que je fais ? C'est pourtant évident, répliqua-t-il en traversant la chambre. Tu ne peux pas dormir correctement dans un fauteuil. Et comme tu sembles déterminée à passer la nuit ici, j'ai demandé qu'on mette la chambre contiguë à notre disposition.

Dans l'après-midi, la chambre en question était occupée par une patiente, se rappela Angelica. Mais bien sûr, lorsque l'on s'appelait Carlo Gambrelli, on ne se laissait pas arrêter par un détail aussi insignifiant…

Elle tendit le cou pour jeter un coup d'œil à Stephen. Il dormait toujours, malgré la perfusion et les moniteurs qui émettaient des bips réguliers dans le silence de la nuit.

— Je vais laisser la porte entrouverte, précisa Carlo devant son air anxieux. Si Stephen se réveille et t'appelle, tu l'entendras. Mais si tu veux lui être d'un quelconque secours demain, il faut absolument que tu dormes correctement.

Une minute plus tôt, installer Angelica dans la chambre voisine afin qu'elle puisse se reposer plus confortablement lui avait paru une bonne idée, songea Carlo avec dérision. Mais en réalité, c'était peut-être une des idées les plus stupides qu'il avait jamais eues !

Il aurait au moins fallu éviter de porter Angelica… La tenir dans ses bras et sentir son parfum délicat menaçait de lui faire perdre son sang-froid.

Il la déposa délicatement sur le lit. Comme il était tentant de s'allonger à côté d'elle !

D'ailleurs, il allait être incapable de résister, comprit-il, tandis qu'elle poussait un petit soupir. Ces lèvres entrouvertes allaient le rendre fou…

Il avait passé toute la journée auprès d'elle, terriblement conscient de ses seins nus qui pointaient sous son T-shirt et de ses fesses rondes, mises en valeur par son jean moulant. A présent, il fallait qu'il la touche, qu'il l'embrasse…

C'était plus fort que lui.

S'allongeant sur le lit, il la prit dans ses bras et s'empara de sa bouche avec une douceur infinie.

Angelica était trop détendue, trop lasse pour tenter de résister à ce baiser. La délicatesse avec laquelle Carlo goûtait sa bouche l'électrisa. Tandis que sa langue lui prodiguait des caresses exquises, une évidence s'imposa à elle. Elle avait envie de lui.

Cependant, il ne fallait pas oublier qu'ils se trouvaient dans une clinique… Dans le couloir, on entendait de temps à autre des bruits étouffés de pas. Sans doute des infirmières qui vaquaient à leurs occupations.

A mi-voix, elle fit part de ses scrupules à Carlo.

— J'ai verrouillé la porte.

— Vraiment ?

— Oui, ne t'inquiète pas, murmura-t-il avant de s'emparer de nouveau de sa bouche.

Angelica noua les mains sur sa nuque et enfonça les doigts dans ses cheveux, tandis qu'il approfondissait son baiser avec un gémissement de satisfaction. Submergée par des sensations délicieuses, elle sentit ses seins se hérisser et une chaleur naître entre ses cuisses.

Carlo quitta ses lèvres pour parsemer son cou de baisers, s'attardant sur la veine qui y battait frénétiquement. Il posa la main sur un sein et en caressa doucement la pointe du bout du pouce, tout en continuant de tracer un sillon de baisers sur sa peau. Cambrant les reins, Angelica retenait son souffle.

Lorsqu'il referma la bouche sur la pointe hérissée de son sein, à travers le tissu de son T-shirt, elle crispa les doigts sur sa nuque en gémissant.

Il aspira le mamelon entre ses lèvres tout en l'honorant du bout de la langue. Puis il le mordilla doucement, arrachant un petit cri à Angelica. Le corps en feu, elle ne s'appartenait plus.

Sans cesser de la soumettre à cette torture délicieuse, Carlo plaqua son bassin contre sa cuisse, lui prouvant à quel point il partageait son désir. Puis il leva la tête et remonta le

T-shirt de la jeune femme. Ebloui par la vue des deux globes crémeux, surmontés de leurs bourgeons rose pâle durcis par le désir, il s'immobilisa.

— Carlo… ?

Il leva les yeux et promena un regard étincelant sur les lèvres entrouvertes d'Angelica, des lèvres gonflées par ses baisers, sur les cheveux répandus sur l'oreiller, sur les yeux gris embués de désir…

Puis il se pencha sur l'autre sein pour lui faire subir le même supplice, suçant, léchant et mordillant tour à tour sa pointe hérissée.

Laissant échapper des gémissements extatiques, Angelica ondulait des hanches. Sans cesser d'honorer son sein, il déboutonna son jean et glissa la main entre ses cuisses. A travers la soie de sa culotte il sentit sous ses doigts le témoignage de son désir.

Tout en la caressant doucement, il quitta son sein pour s'emparer de nouveau de sa bouche. L'ardeur avec laquelle Angelica répondit à son baiser l'encouragea à glisser un doigt sous le fin tissu. Il l'enfonça dans le cœur de sa féminité.

Etourdie de plaisir, Angelica s'abandonna sans retenue à ses caresses. Lorsqu'il quitta ses lèvres pour lui enlever son jean et sa culotte, elle cambra les reins pour lui faciliter la tâche.

Parcourue de longs frissons, elle sentit ses mains se poser sur ses hanches et sa bouche couvrir son ventre de baisers. Puis il parsema de baisers l'intérieur de ses cuisses, avant d'honorer du bout de la langue sa fleur secrète en insistant sur le bouton gorgé de désir.

Elle enfonça les doigts dans ses cheveux et s'engloutit dans un océan de sensualité en poussant de longs gémissements modulés. Carlo referma les mains sur ses fesses et lui souleva le bassin pour pouvoir approfondir son exploration. Emportée dans une spirale de feu, elle crut défaillir sous les assauts fougueux de sa langue.

Conscient qu'elle approchait du point de non-retour, il l'y

maintint en équilibre précaire pendant un long moment. Puis ses doigts prirent le relais de sa langue avec une dextérité redoutable. Il referma l'autre main sur un sein et la fit basculer dans le gouffre de la volupté.

Elle s'y abîma avec un cri rauque, submergée par des vagues de plaisir d'une violence inouïe.

Un long moment plus tard, elle reprit peu à peu ses esprits. Sur ses lèvres, elle sentit le goût salé de ses larmes. Des larmes de pur plaisir. Un plaisir fantastique, fruit d'une générosité sans bornes.

Dire qu'elle avait accusé cet homme de n'être qu'un vulgaire séducteur sans cœur !

A présent, elle savait qu'il avait un cœur. Et même s'il n'avait pas l'intention de succomber à la malédiction des Gambrelli en donnant celui-ci à une femme, il était capable de donner tout le reste.

Avec un désintéressement absolu…

Allongé à côté d'elle, il la serrait dans ses bras et elle sentait son cœur battre à grands coups dans sa poitrine.

— Carlo…

— Ne dis rien, Angel.

— Mais je… Tu n'as pas…

— Ne t'inquiète pas pour moi, assura-t-il d'une voix douce. Je suis comblé. Je ne veux rien de plus. Ce qui vient de se passer était merveilleux… Ne gâchons pas le souvenir de cette nuit par des mots inutiles.

Peut-être avait-il raison, se dit-elle. Avec quels mots lui exprimer sa gratitude ? Elle avait déjà fait l'amour, mais jamais elle n'avait ressenti un plaisir aussi dévastateur. D'ailleurs, tout son corps en vibrait encore…

Quant à Carlo, il n'arborait même pas l'air supérieur du mâle satisfait de son habileté… Pourtant, il ne pouvait avoir aucun doute sur l'efficacité de ses caresses !

— Ce n'était rien d'autre qu'une façon de célébrer la vie, insista-t-il.

Bien sûr, elle serait stupide de se bercer d'illusions et de donner une autre signification à cet épisode, songea-t-elle. Alors pas question d'attendre autre chose que du plaisir physique de la part de Carlo. Pas question de se raconter des histoires. Elle ne commettrait pas l'erreur de s'imaginer que pour lui, elle était différente des autres femmes qu'il avait tenues dans ses bras.

Ne venait-il pas de lui dire qu'il était comblé et qu'il n'attendait rien d'autre d'elle ?

Elle se blottit contre lui sous le drap qu'il avait remonté sur eux et appuya la tête contre son épaule. Son cœur battait toujours aussi vite, constata-t-elle.

Comment allait-elle réussir à le regarder en face demain matin ? Elle n'en avait aucune idée. Mais il serait toujours temps de s'en préoccuper…

Pour l'instant, elle avait juste envie de dormir dans ses bras.

— Bonne nuit, Carlo, murmura-t-elle d'une voix endormie.

— Dors, Angel, répondit-il.

Avec un petit soupir d'aise, elle ferma les yeux.

Angel s'était endormie, comprit Carlo quelques instants plus tard, en sentant son corps se détendre et sa respiration prendre un rythme régulier.

Sans la lâcher, il roula doucement sur le dos et fixa le plafond.

Il n'avait pas été tout à fait honnête avec elle. Oh, bien sûr, l'abandon avec lequel elle s'était offerte à ses caresses le comblait. C'était vrai.

Mais il le terrifiait bien davantage !

Il avait connu beaucoup de femmes — tellement qu'il ne pouvait pas se souvenir de chacune d'elles…

Et il savait déjà qu'Angel était différente.

Si différente qu'il avait préféré éviter qu'ils fassent l'amour !

Parce que, avec Angel, le plaisir ne serait pas seulement physique. Il le sentait. Il le savait.

D'ailleurs, il fallait bien reconnaître qu'ils étaient déjà liés par un sentiment bien plus profond que tout ce qu'il avait connu jusque-là.

Or, c'était justement ce qu'il voulait éviter à tout prix !

9

Angelica émergea lentement du sommeil et promena un regard perplexe autour d'elle. Où se trouvait-elle ? Très vite, le murmure des voix de Stephen et de Carlo provenant de la chambre voisine lui rafraîchit la mémoire.

Elle se trouvait à la clinique et Stephen était sauvé !

Oh, Seigneur ! Et au cours de la nuit, dans ce lit, Carlo l'avait embrassée, caressée, et rendue folle de plaisir… Comment avait-elle pu le laisser faire ?

Et comment se comporter avec lui, ce matin ?

Pouvait-elle espérer qu'il mettrait sa conduite sur le compte du soulagement dû au succès de l'opération ?

En tout cas, ce n'était pas en restant couchée qu'elle trouverait les réponses à ces questions !

Elle rabattit le drap et s'assit au bord du lit. Son jean et sa culotte étaient soigneusement pliés et posés dans le fauteuil voisin, constata-t-elle en s'empourprant. Or, Carlo les avait jetés par terre après les lui avoir enlevés…

Elle se hâta de les remettre. Mieux valait arrêter de penser à ce qui s'était passé au cours de la nuit. L'essentiel, c'était de s'assurer que Stephen allait bien.

Pourquoi Carlo ne l'avait-il pas réveillée ?

Lorsqu'elle rejoignit les deux hommes une minute plus tard, ils interrompirent leur conversation et se tournèrent vers elle.

Stephen, visiblement tout joyeux de la voir, lui adressa un

sourire radieux. En revanche, à en juger par son air distant, Carlo était beaucoup moins ravi…

Détournant les yeux, elle s'avança vers Stephen pour prendre la main qu'il lui tendait. Puis elle le serra dans ses bras du mieux qu'elle put malgré tous les appareils auxquels il était relié.

Tandis qu'Angelica et Stephen discutaient à mi-voix, Carlo, qui s'était levé à l'arrivée de la jeune femme, resta en retrait. L'émotion du père et de la fille était palpable et il avait un peu le sentiment d'être un intrus.

Cependant, ce n'était pas la seule raison de son embarras, reconnaissait-il intérieurement. Pour la première fois de sa vie, il ne savait pas du tout comment affronter la situation.

Le souvenir du corps d'Angel frémissant sous ses doigts et ses lèvres, l'abandon total dont elle avait fait preuve, l'intensité de son plaisir… Tout cela le déstabilisait au plus haut point.

Il était resté éveillé pendant des heures à côté d'elle à se demander quelle attitude adopter.

Son instinct lui disait de fuir au plus vite. Malheureusement, dans l'immédiat, c'était impossible. Il avait promis à Stephen de veiller sur Angel pendant son hospitalisation. Il n'était pas question de manquer à cette promesse.

Carlo fronça les sourcils. Il ne parvenait pas non plus à oublier la façon dont Angel s'était endormie dans ses bras… La tête sur son épaule, la main sur son torse, elle était restée blottie contre lui toute la nuit… Bien sûr, il n'avait pas fermé l'œil, trop occupé à chercher comment se sortir de cet imbroglio !

— Emmène Angel à la maison pour qu'elle puisse manger quelque chose et se reposer un peu… Carlo ?

La voix de Stephen le fit tressaillir.

— Excuse-moi, j'étais ailleurs. Que disais-tu ?

— Je te demandais d'emmener Angel à la maison pour qu'elle puisse manger et se reposer. Tu veux bien ?

Allons bon. Chez Stephen, en dehors des domestiques, il serait seul avec Angel…

Ce qu'il voulait éviter à tout prix !

— Il est inutile que Carlo m'accompagne, intervint Angelica, irritée par la mine peu enthousiaste de ce dernier. Je suis parfaitement capable de rentrer seule quand je serai prête. Ce qui n'est pas le cas, précisa-t-elle d'un ton ferme alors que Stephen s'apprêtait à protester.

Non, elle n'était pas encore prête à se retrouver seule avec Carlo. Et il n'était pas certain qu'elle le soit un jour !

L'homme qui, cette nuit, lui avait donné un plaisir fabuleux, cet homme avait disparu ce matin. Carlo Gambrelli était redevenu le comte sicilien arrogant qui la regardait d'un air froid.

Elle en arrivait presque à se demander si elle n'avait pas rêvé ce qui s'était passé ! Et elle savait de moins en moins quelle attitude adopter…

Stephen lui pressa la main.

— Je veux que tu rentres à la maison quelques heures, Angel, insista-t-il d'un ton bourru. De toute façon, je vais faire un somme. Autant que tu en profites pour manger quelque chose de chaud, prendre une douche et te changer.

Elle lui adressa un sourire malicieux.

— Est-ce une manière courtoise de me dire que je ne suis pas présentable ?

— Bien sûr que non ! répondit-il en riant. Mais je veux que tu te reposes un peu. Vous n'avez pas dû beaucoup dormir tous les deux.

A son grand dam, Angelica sentit ses joues s'enflammer.

— S'il te plaît, Angel, fais-le pour moi, insista Stephen.

— Bon, d'accord. Mais il n'est pas nécessaire que Carlo m'accompagne.

— Moi aussi j'ai besoin de prendre une douche et de me changer, intervint ce dernier. Stephen a raison.

Angelica s'efforça de masquer son trouble.

— Bon, allons-y. Mais je reviens très vite, déclara-t-elle à Stephen en prenant son sac. Je n'ai pas besoin de dormir.

— Quelle tête de mule ! commenta son père d'un ton

affectueux, tandis qu'elle se penchait sur lui pour l'embrasser. Merci, ma chérie… Savoir que tu serais là m'a permis de me réveiller après l'opération, tu sais.

Oui, elle le savait. Et un jour, elle dirait à Stephen que sa mère était venue également. Il avait le droit de savoir que Kathleen avait été suffisamment inquiète — et pas seulement pour sa fille — pour venir jusqu'à Londres et rester à la clinique jusqu'à ce qu'elle soit certaine qu'il était hors de danger.

Peut-être qu'un jour, Stephen, sa mère et Neil pourraient devenir amis. Après tout, des choses plus étranges étaient déjà arrivées…

Par exemple, que Carlo Gambrelli la fasse gémir de plaisir !

Elle s'efforça de chasser ce souvenir de son esprit, tandis que Carlo la prenait par le bras pour l'entraîner hors de la chambre. Ils longèrent le couloir dans un silence tendu.

Au bout d'un moment, elle prit une profonde inspiration.

— Carlo…

— Pas maintenant, Angel, coupa-t-il sèchement sans lui jeter un regard.

Le visage fermé, il accéléra le pas.

Elle soupira.

— Je voulais juste dire qu'il valait sans doute mieux oublier ce qui s'est passé cette nuit.

Oublier ? Carlo crispa la mâchoire.

Comment pourrait-il l'oublier, alors que le simple fait de la tenir par le bras, de sentir de nouveau sous ses doigts sa peau satinée, lui faisait revivre ce qui s'était passé ? Comment pourrait-il oublier avec quelle fougue elle avait répondu à ses caresses ?

— Considère que c'est oublié, répliqua-t-il d'un ton sec en continuant de regarder droit devant lui.

Un seul coup d'œil vers elle et ce serait sa perte. En ce moment même il n'avait qu'une envie : la reprendre dans ses bras et terminer ce qu'ils avaient commencé. Jamais il n'avait été en proie à une telle frustration !

Elle lui jeta un regard aigu.

— Vraiment ?

Il hocha la tête.

— Oui.

Il sentit son bras se raidir sous ses doigts. Etait-elle irritée par sa réaction ? Ou bien blessée ? Peu importait. Il n'avait aucune envie de connaître la réponse ! Cette femme avait sur lui un pouvoir redoutable. Elle avait réussi à percer la carapace qui protégeait son cœur et c'était très désagréable.

Extrêmement désagréable…

Au début, elle lui avait inspiré la plus profonde méfiance. Mais hier, devant son soulagement à l'annonce du succès de l'opération, il avait eu la preuve que ses sentiments pour Stephen étaient sincères. Pourquoi avait-il été aussi déstabilisé par cette découverte ? Tout à coup, pour la première fois de sa vie, il s'était senti désarmé en face d'une femme. Et depuis, il était en proie à une confusion tout à fait inhabituelle.

Il ne parvenait pas à savoir ce qu'il ressentait pour Angel. Et à vrai dire, il n'avait aucune envie de le savoir !

Encore quelques jours, — une semaine tout au plus — et Stephen rentrerait chez lui. Alors il serait délivré de sa promesse.

Et il pourrait enfin sortir de la vie d'Angel !

Une heure plus tard, nue devant le miroir de sa chambre après avoir pris sa douche dans la salle de bains attenante, Angelica étudiait son reflet. Son corps avait-il changé depuis la dernière fois qu'elle s'était regardée dans cette glace ?

Vingt-quatre heures seulement s'étaient écoulées, mais ces heures avaient été les plus fertiles en émotions de sa vie.

Jamais auparavant elle n'avait connu un plaisir aussi prodigieux. Jamais elle n'avait permis à un homme de prendre les libertés que Carlo s'était arrogées comme si elles allaient de soi.

Et il fallait bien reconnaître qu'elle ne se sentait plus tout à fait la même. Lorsqu'elle s'était savonnée sous le jet de la douche, son corps lui avait semblé beaucoup plus sensible. Comme s'il vibrait à la perspective de recevoir de nouveau les caresses d'un amant. Les caresses de Carlo…

Elle étudia avec attention ses seins, son ventre, ses hanches, le triangle de sa féminité.

Non… Son corps ne portait pas de traces visibles du plaisir que Carlo lui avait donné.

Toutefois, elle se sentait différente. Ses seins lui semblaient plus lourds, et leurs pointes plus sensibles. Et puis il y avait cette chaleur entre ses cuisses, qui ne demandait qu'à se raviver…

Des coups frappés à la porte la firent tressaillir.

— Une minute ! cria-t-elle en se dirigeant vers le lit, où était posé son peignoir.

Elle se figea au milieu de la pièce en voyant la porte s'ouvrir.

Le souffle coupé, Carlo s'immobilisa sur le seuil de la chambre.

La nuit précédente, c'était dans la pénombre qu'il avait embrassé et caressé les courbes sensuelles d'Angelica. Seuls ses doigts et ses lèvres lui avaient dit à quel point elle était désirable. Mais à présent qu'elle était nue devant lui en pleine lumière…

La splendeur de son corps dépassait tout ce qu'il avait imaginé.

Ses seins surmontés de leurs pointes roses se dressaient fièrement, véritables invitations aux caresses. Ses hanches s'incurvaient délicatement, soulignant la finesse de sa taille, tandis qu'en haut de ses cuisses, le triangle noir de sa féminité incitait à partir à la découverte du trésor qui s'y nichait. Des jambes parfaites et des cuisses fuselées parachevaient ce tableau admirable.

Et il dévorait ce corps splendide des yeux comme un homme affamé attablé devant un festin ! Il ferait mieux de se ressaisir…

Il serra les dents, mais il ne put se résoudre à détourner les yeux.

— J'ai cru que tu m'avais dit d'entrer…

— Eh bien non, pas du tout ! répliqua-t-elle d'un ton crispé.

Elle prit son peignoir sur le lit et l'enfila. Les doigts tremblants, elle noua étroitement la ceinture sur sa taille avant de lever vers Carlo un regard de défi.

— Que puis-je faire pour toi ?

Avait-elle vraiment envie qu'il réponde avec franchise à cette question ? Carlo réprima une moue de dérision. L'éveil flagrant de sa virilité était une réponse en soi.

Il pénétra dans la chambre et referma la porte derrière lui. Ce n'était sans doute pas très prudent, mais il valait mieux éviter qu'un des domestiques de Stephen puisse surprendre leur conversation.

Son regard fut irrésistiblement attiré par les seins de la jeune femme, qui pointaient sous la soie de son peignoir.

Angelica s'efforçait de masquer son embarras. Pas question de réagir comme une collégienne maladroite. Il ne fallait pas que Carlo devine à quel point elle était troublée par sa présence. Mieux valait qu'il continue de la prendre pour une aventurière plutôt que pour…

— Je suis venu te voir parce que j'estime que je te dois des excuses, déclara-t-il enfin.

Elle sentit ses joues s'enflammer.

— Je croyais que nous avions décidé d'oublier ce qui s'était passé la nuit dernière.

— Ce n'est pas de cela que je parle, mais de tes sentiments pour Stephen ! s'exclama-t-il avec impatience. Hier, j'ai compris que je m'étais sans doute trompé sur ton compte…

Il ne la prenait plus pour une aventurière ?

— « Sans doute » ? répéta-t-elle d'un ton sarcastique.

— Je me suis trompé, rectifia-t-il en crispant les poings.

Elle inclina la tête d'un air moqueur.

— En effet.

Après toutes les horreurs dont il l'avait accusée, elle n'éprouvait pas la moindre compassion pour lui. Il était manifestement très embarrassé et il méritait de l'être !

— Je me suis également trompé au sujet de ta famille, ajouta-t-il, toujours aussi tendu. L'anxiété de ta mère était manifeste. Et ce n'était pas seulement pour toi qu'elle s'inquiétait.

Eh bien ! Carlo Gambrelli était vraiment en pleine crise d'autocritique ! Angelica réprima une moue de dérision.

Il était temps !

Mais de toute évidence, reconnaître ses torts lui était très pénible.

Tout en le regardant d'un air interrogateur, elle s'assit sur le lit et croisa les jambes.

La gorge sèche, Carlo vit le peignoir s'ouvrir et dévoiler ses genoux. Il fallait absolument éviter de penser au corps nu qui se cachait sous cette fine enveloppe de soie… Il fixa le visage d'Angelica.

— Eh bien ? demanda-t-elle.

Il eut une moue contrite.

— Tu veux que je m'en aille, c'est ça ? Je te laisse…

— Ce que je veux, ce sont des excuses, Carlo ! Reconnaître ses torts ne suffit pas.

D'accord… Elle avait décidé de se montrer impitoyable. Mais pourquoi ne le serait-elle pas ? Après la grossièreté et l'injustice dont il avait fait preuve à son égard, lui présenter des excuses était la moindre des choses.

Carlo prit une profonde inspiration.

— Je suis désolé pour toutes les remarques insultantes que je t'ai adressées au cours du week-end.

Elle continua à le regarder en silence.

— Que veux-tu que je te dise de plus ? s'exclama-t-il avec exaspération.

Elle eut un sourire énigmatique.

— Rien. Je savourais juste le moment.

Il crispa les poings. S'il ne se retenait pas…

Comment osait-elle se réjouir de sa confusion et se moquer ouvertement de lui ?

Elle aurait mérité qu'il l'embrasse sauvagement pour effacer ce sourire narquois de ses lèvres et l'obliger à reconnaître que ses baisers la rendaient folle de désir !

Non. Il fallait éviter à tout prix de succomber à la tentation…

Après avoir passé la nuit dernière à imaginer qu'il faisait l'amour à cette femme, qu'il se perdait dans sa chaleur déjà palpitante de plaisir, la toucher serait une erreur fatale. Il perdrait aussitôt toute retenue et son sang-froid légendaire serait réduit à néant.

Il n'en était pas question !

— Je vais te laisser t'habiller, dit-il enfin.

— C'est très aimable à toi.

Mieux valait ignorer son sourire malicieux, décida-t-il.

— Je crois que la cuisinière nous a préparé un brunch, ajouta-t-elle.

— Je le lui ai demandé, en effet.

Il n'y avait rien d'autre à dire, songea Carlo. Il avait présenté ses excuses à Angel, et à présent, il fallait sortir de sa chambre.

Malheureusement, ses jambes refusaient de lui obéir !

— Y a-t-il autre chose, Carlo ?

— Non ! Non, répéta-t-il en s'efforçant de prendre un ton moins agressif. Rien d'autre.

Alors pourquoi restait-il planté là ?

— Je n'ai pas l'intention de dire à Stephen ce qui s'est passé entre nous la nuit dernière, si c'est ce qui te tracasse, déclara-t-elle, les joues en feu.

Il darda sur elle un regard noir.

— Je te promets que cela ne se reproduira plus.

Angelica plissa le front. Pour sa part, elle n'était pas sûre de pouvoir faire une telle promesse !

La seule présence de cet homme dans sa chambre suffisait à la faire vibrer de désir. Il était si beau dans son pantalon noir et son polo blanc, avec ses cheveux encore humides…

Et elle avait beau faire tout son possible, elle ne pouvait s'empêcher d'admirer ses mains aux longs doigts fins. Ces mains qui avaient exploré son corps avec une habileté diabolique…

Elle reporta son regard sur le visage de Carlo. Et cette bouche…

Cette bouche sensuelle qui l'avait fait gémir de plaisir…

Mais cet homme, c'était le comte Gambrelli, se rappela-t-elle avec fermeté. Un séducteur invétéré. Il n'était pas étonnant qu'elle ait connu un tel plaisir dans ses bras. C'était un expert en la matière et il connaissait le corps des femmes mieux que les femmes elles-mêmes !

Elle releva le menton.

— Je suis heureuse de te l'entendre dire.

Il fronça les sourcils.

— Vraiment ?

— Oui. A présent, si ça ne te dérange pas, j'aimerais m'habiller et manger rapidement pour pouvoir retourner à la clinique dès que possible.

— Bien sûr.

Pivotant sur lui-même, il quitta la pièce.

Angelica continua de fixer la porte pendant un moment, après que Carlo l'eut refermée.

Ses excuses ne représentaient qu'une bien maigre victoire. Il avait malgré tout eu le dernier mot.

Il lui avait promis de ne plus la toucher…

Et malheureusement, elle n'était pas sûre que cette promesse ne soit pas une cruelle déception…

10

Au cours de la semaine qui suivit son opération, le rétablissement de Stephen fut spectaculaire, à la grande joie d'Angelica.

En revanche, les moments passés en compagnie de Carlo lui semblèrent interminables. Devant Stephen, ils étaient très aimables l'un envers l'autre, mais lorsqu'ils se retrouvaient en tête à tête — la plupart du temps pendant les trajets en voiture entre la maison et la clinique — il régnait entre eux un silence pesant.

Carlo passait ses soirées dans le bureau de Stephen à travailler.

Fidèle à sa promesse, il veillait cependant sur Angelica. Le lendemain de l'opération, il esquiva habilement les questions des journalistes, à l'affût devant la clinique.

Malgré tout, le jour suivant, à la lecture des journaux, elle eut une mauvaise surprise. Si le lien qui l'unissait à Stephen restait secret, elle était en revanche considérée comme la dernière maîtresse en date du comte Gambrelli !

Cependant, Carlo ne parut pas y attacher d'importance et Stephen trouva cette méprise très amusante.

Mieux valait la prendre elle aussi à la légère, décida-t-elle.

La veille du jour où Stephen devait sortir de clinique, elle dîna avec Carlo à l'hôtel particulier. Assise en face de lui à la table de la salle à manger, elle l'observait à la dérobée. Très bientôt, Carlo Gambrelli sortirait enfin de sa vie, ce qui couperait court aux rumeurs.

De toute façon, il était temps que Stephen et elle cessent de cacher leur lien de parenté.

Dire que demain, il serait de retour ! Quel soulagement !

— Je tiens à te remercier pour le soutien que tu nous as apporté, à Stephen et à moi, pendant toute cette semaine, déclara-t-elle.

Carlo fronça les sourcils. Angel lui signifiait la fin de sa mission… Pourquoi en était-il aussi irrité ?

C'était d'autant plus ridicule qu'il attendait ce moment avec impatience et que depuis une semaine, il évitait le plus possible de rester seul avec elle. Le désir qu'elle lui inspirait était toujours aussi intense, et il n'avait aucune intention de succomber à la tentation !

Cependant, l'attitude d'Angel était tout de même un peu vexante. Elle prenait le même soin que lui à éviter les tête-à-tête !

Il n'était pas vaniteux — du moins il ne s'était jamais considéré comme tel — mais il fallait reconnaître que la réserve de la jeune femme l'agaçait prodigieusement !

Et plus elle se montrait distante, plus il était à l'affût de ses moindres gestes !

Comme en ce moment même…

Pourquoi fallait-il qu'elle soit aussi sublime ? Elle portait une robe bleu ardoise qui mettait admirablement en valeur ses yeux gris-bleu, et dont la coupe sobre soulignait la rondeur de ses seins fermes, tout en dénudant ses bras délicats et ses jambes interminables. Ses cheveux dénoués, qui ruisselaient jusqu'à sa taille, auréolaient d'un nuage soyeux son beau visage dénué de fard, à l'exception d'une fine couche de brillant à lèvres pêche.

Carlo réprima un soupir. Oui, elle était sublime.

C'était la première fois qu'ils dînaient ensemble. D'ordinaire, Holmes lui apportait un plateau dans le bureau de Stephen et il mangeait en se consacrant aux affaires de son ami. Mais à la veille de son retour chez lui, Stephen avait décidé de se replonger dans ses dossiers, le privant du même coup de son excuse habituelle pour ne pas passer la soirée avec Angel.

— J'ai été ravi de pouvoir me rendre utile, répliqua-t-il d'un ton crispé aux remerciements de la jeune femme.

Une lueur malicieuse s'alluma dans les yeux gris-bleu.

— Vraiment ?

— Bien sûr.

— Tu dois pourtant être impatient de reprendre tes activités habituelles, non ?

Il fallait reconnaître que Carlo avait été particulièrement consciencieux, songea Angelica. Pour tenir sa promesse et veiller sur elle, il avait mis purement et simplement sa vie entre parenthèses. Pas une seule fois il n'était sorti le soir. Même s'ils s'étaient très peu vus en dehors des visites à la clinique, elle avait été consciente de sa présence permanente — et rassurante — dans la maison.

Pourtant, il devait y avoir quelque part une femme qui attendait avec impatience que Carlo Gambrelli revienne dans son lit…

— Je suis certaine que cette semaine a été une épreuve pour toi, poursuivit-elle avant qu'il ne puisse répondre.

— Pas du tout. Elle nous a permis de passer du temps ensemble.

Angelica faillit s'esclaffer. Il était resté si distant pendant toute la semaine qu'ils ne s'étaient pratiquement pas vus !

Ce dont elle se réjouissait, d'ailleurs, tant elle était sensible au charme dévastateur de Carlo Gambrelli… Ce soir encore, il était superbe dans son costume noir taillé sur mesure…

En fait, elle était de plus en plus attirée par lui !

Il suffisait qu'elle le voie pour que son cœur se mette à battre à grands coups, que son sang bouillonne dans ses veines et qu'une chaleur intense l'envahisse tout entière. A tel point qu'elle se demanda soudain si elle n'éprouvait pas pour lui autre chose que du simple désir physique…

Elle se serait attachée à un homme qui abandonnait les femmes les unes après les autres ? C'était ridicule !

De toute façon, elle n'avait pas l'intention d'ajouter son nom à la liste de ses innombrables maîtresses. Par conséquent, si elle éprouvait des sentiments pour lui, elle devait absolument les réprimer…

— C'est bien ce que je disais, insista-t-elle avec une ironie appuyée. Une rude épreuve pour toi.

— Pas du tout.

Carlo observa attentivement Angelica. Son air moqueur était une façade. Que cherchait-elle à cacher ?

Il voulut poser la main sur la sienne, mais elle eut un mouvement de recul.

— Qu'y a-t-il ? demanda-t-il d'un ton brusque.

— Rien.

Baissant les yeux, elle feignit d'arranger sa serviette sur ses genoux.

— Si, insista-t-il, frappé par la pâleur de son visage. Angel…

— Arrête de m'appeler comme ça ! coupa-t-elle avec exaspération.

Carlo était de plus en plus intrigué. Pourquoi avait-elle un air égaré, tout à coup ? Ses joues étaient en feu, sa respiration hachée, les bourgeons hérissés de ses seins pointaient de manière révélatrice sous le fin tissu de sa robe…

Peut-être n'était-elle pas aussi indifférente qu'elle avait voulu le lui faire croire pendant toute la semaine… Peut-être s'était-elle tout simplement efforcée, comme lui, de réprimer son trouble.

— Pourquoi ? demanda-t-il d'une voix douce.

— Parce que je ne veux pas ! s'écria-t-elle, les yeux étincelants de colère. Ce n'est tout de même pas compliqué de m'appeler Angelica !

— Si tu veux…

Il fixa ses seins pendant un moment avant de relever subitement les yeux pour surprendre l'expression sur le visage de la jeune femme.

Ce qu'il vit lui coupa le souffle. Pas de doute, c'était son désir pour lui qui empêchait Angel de respirer normalement ! Un désir de toute évidence aussi violent que celui qu'elle lui inspirait.

Il eut un sourire narquois.

— Je croyais avoir gagné le droit de t'appeler Angel la nuit où tu as perdu la tête dans mes bras…

— Comment oses-tu ?

Elle se leva d'un bond.

— Je croyais que nous avions décidé d'oublier ce qui s'était passé ! De toute façon, j'avais attendu dans l'angoisse pendant des heures le pronostic du médecin et j'avais encore les nerfs à fleur de peau. Je n'étais pas dans mon état normal !

— Cette indignation n'est qu'une façade, Angel, commenta Carlo, conforté dans son opinion.

Si elle ne le désirait pas, elle n'aurait pas réagi avec une telle véhémence…

— Une façade pour masquer ce que tu ressens, précisa-t-il.

Elle se troubla.

— Comment peux-tu savoir ce que je ressens ?

— Comment ?

Il fit mine de réfléchir.

— Voyons voir… Ah, oui. Pendant toute la semaine, tu m'as à peine adressé la parole, mais en réalité tu ne souhaitais qu'une chose : retrouver ce que je t'ai fait vivre l'autre nuit !

— C'est faux, protesta-t-elle d'une voix étranglée.

— Vraiment ? Je suis prêt à prouver le contraire.

Elle le regarda avec méfiance, le cœur battant à tout rompre. Que voulait-il dire ?

Soudain, elle reconnut la lueur familière dans les yeux bruns.

— Non ! s'écria-t-elle en s'écartant de la table. Je… je ne veux pas… Je ne veux pas de toi !

— Petite hypocrite…

Il se leva.

Elle s'enfuit en courant.

Affolée, elle quitta la pièce, traversa le hall, monta l'escalier quatre à quatre et courut jusqu'à sa chambre.

Ce fut en se retournant pour fermer la porte qu'elle se rendit compte qu'il était sur ses talons. Debout sur le seuil, il la fixait d'un regard étincelant.

— Non, Carlo !

Secouant frénétiquement la tête, elle recula.

Il en profita pour entrer et fermer la porte derrière lui.

— Si, Angel… Nous en avons rêvé l'un et l'autre toute la semaine, répliqua-t-il en avançant lentement vers elle.

Les yeux écarquillés, elle recula encore, buta contre le lit et tomba dessus.

Il se pencha au-dessus d'elle, en appui sur ses mains placées de chaque côté de ses épaules, et il pressa son bassin contre le sien. Au contact de sa virilité pleinement éveillée, Angelica sentit une chaleur intense naître entre ses cuisses et se diffuser dans tout son corps.

Carlo avait raison, reconnut-elle avec dépit. Elle le désirait. Pendant toute la semaine, elle avait tenté de se persuader du contraire, mais il fallait se rendre à l'évidence. Elle avait tellement envie de lui qu'elle risquait de s'évanouir de frustration s'il ne lui faisait pas très rapidement l'amour !

Nouant les bras sur sa nuque, elle l'attira vers elle. Alors, avec un gémissement de satisfaction, il s'empara de sa bouche.

Bon sang, comme elle était chaude ! songea Carlo. Sa peau était brûlante et ses seins, nus sous sa robe, pointaient contre son torse, durcis par le désir…

Roulant sur le dos, il l'entraîna avec lui. Sans interrompre leur baiser fiévreux, il ouvrit lentement la fermeture Eclair de sa robe.

Surtout, pas de précipitation… Il voulait savourer chaque seconde de leur affrontement. Et il avait bien l'intention de mettre Angel au supplice. De la faire crier de plaisir.

Elle continua de répondre avec ardeur à son baiser pendant qu'il faisait glisser les bretelles de sa robe sur ses épaules.

Il s'était trompé, constata-t-il. Un fin caraco de soie recouvrait ses seins. Il les prit dans ses mains à travers le tissu et caressa leurs pointes durcies.

Le souffle coupé, Angelica s'arracha à sa bouche et se redressa en gémissant, les mains crispées sur ses épaules, la tête rejetée en arrière.

Avec des gestes fébriles, Carlo fit glisser les bretelles de son caraco. Celui-ci tomba sur la taille d'Angelica, offrant à son regard ébloui les deux globes crémeux gorgés de désir. Il en prit un entre ses mains et referma les lèvres sur le bourgeon frémissant.

Le léchant d'abord du bout de la langue, il le mordilla ensuite avec douceur et finit par l'aspirer goulûment. Ondulant des hanches, Angel murmurait son prénom entre deux gémissements.

Il referma les mains sur ses fesses et plaqua son sexe dressé contre elle.

Haletante, Angelica sentait qu'elle ne s'appartenait plus. Pourquoi la soumettait-il à cette torture ? Sentir tout ce tissu entre eux allait la rendre folle ! Elle ne voulait pas d'obstacles entre eux. Aucun !

Elle voulait Carlo en elle !

Comme en réponse à ses gémissements, il la fit rouler sur le côté et reprit possession de sa bouche tout en glissant les doigts sous l'élastique de sa culotte.

Cambrant les reins, elle s'offrit à ses caresses expertes. Emportée dans une spirale de feu, elle perdit très vite conscience de tout ce qui n'était pas ce plaisir inouï qui déferlait en elle, vague après vague, tandis que la langue de Carlo se mêlait à la sienne et que ses doigts accompagnaient l'explosion qui la secouait et semblait se prolonger à l'infini.

Allongée sur le dos, à bout de souffle, elle flottait dans un océan de volupté. Refermant les bras sur les épaules de Carlo, penché sur elle, elle l'attira plus près encore et s'empara de sa bouche dans un baiser fervent, à la fois tendre et passionné.

Etait-elle encore sur terre ? Non, c'était impossible. Elle était morte et elle venait d'entrer au paradis…

S'arrachant un instant à sa bouche, Carlo se débarrassa prestement de ses vêtements et reprit sa place dans ses bras. Enfin ! Quel délice de sentir sa peau satinée contre la sienne…

— Pas encore, murmura-t-elle lorsqu'il se glissa entre ses cuisses.

Elle brûlait d'envie de s'unir à lui, mais elle voulait d'abord lui rendre un peu du plaisir qu'il lui avait donné.

Se mettant à genoux, elle le repoussa sur le dos.

— J'ai envie de toi maintenant, protesta-t-il.

— Bientôt, plaida-t-elle d'une voix rauque en se penchant sur son torse pour le parsemer de baisers.

Peu à peu, elle descendit jusqu'à son nombril, sur lequel elle s'attarda un instant.

Carlo agrippa les draps, tandis qu'elle reprenait sa descente et traçait un sillon de baisers humides jusqu'à sa virilité fièrement dressée entre ses cuisses. Elle avait décidé de le rendre fou !

Oui, elle voulait le faire sombrer dans la folie, songea-t-il de nouveau lorsqu'elle referma les lèvres sur son membre frémissant de désir pour l'honorer avec un mélange de douceur et de fermeté, accompagnant de la langue et des doigts les mouvements démoniaques de ses lèvres.

— Ça suffit, Angel ! protesta-t-il d'une voix étranglée en lui saisissant les poignets et en l'obligeant à se redresser.

Puis il l'allongea sur lui et lui prit le visage à deux mains.

— Je veux me perdre en toi. Au plus profond de toi, murmura-t-il en l'enveloppant d'un regard fiévreux.

Il la fit rouler sous lui, se glissa entre ses cuisses et entra en elle d'un mouvement souple.

— Au plus profond de toi, répéta-t-il en s'enfonçant au cœur de sa moiteur brûlante.

Assaillie par des sensations inouïes, Angelica s'abandonna

au rythme enivrant qu'il imprimait à ses reins. Bientôt, elle fut de nouveau emportée dans une spirale de sensualité. Laissant échapper des gémissements modulés, elle enfonça les ongles dans les épaules de Carlo, l'invitant à accélérer la cadence.

Il dut faire appel à tout son sang-froid pour modérer son ardeur, alterner nonchalance et fougue pour la faire vaciller au bord du gouffre sans la laisser y sombrer.

Lorsqu'elle noua les jambes sur sa taille en enfonçant les doigts dans ses fesses avec des gémissements implorants, il plongea enfin au plus profond d'elle et contempla son visage transfiguré par le plaisir, tandis qu'un nouveau raz-de-marée la submergeait. Paupières closes, joues en feu, lèvres entrouvertes, elle se laissa couler dans cet océan de volupté.

— Regarde-moi, Angel, murmura-t-il quelques secondes plus tard. Je veux que tu me regardes comme je viens de te regarder.

Elle ouvrit lentement les paupières sur son visage métamorphosé par le désir. Il plongea son regard dans le sien et reprit son va-et-vient au cœur de sa féminité, tandis qu'elle promenait ses doigts sur ses épaules et son dos musclé.

Quelques secondes plus tard, il s'abandonna en elle. Elle eut juste le temps de voir les marques du plaisir se répandre sur son visage avant d'être emportée par le tourbillon de feu au sein duquel ils ne formaient plus qu'un seul être.

11

Carlo ouvrit les yeux dans la pénombre. Il avait dû s'endormir… Non, ils s'étaient tous les deux endormis. La respiration d'Angel, allongée à côté de lui, était régulière.

Ils s'étaient endormis dans le lit d'Angel.

Où ils avaient fait l'amour. Comme jamais il ne l'avait fait auparavant…

Jamais encore il n'avait fusionné aussi intimement avec une femme, dans un tourbillon de tendresse et de passion mêlées. Jamais il n'avait sombré dans un plaisir aussi intense, au-delà des mots, au-delà de la pensée.

Au-delà de frontières qu'il s'était promis de ne jamais franchir…

Il regarda la femme qui dormait à son côté, la tête sur son épaule, une main sur son torse. Le clair de lune dessinait des ombres sur son beau visage aux traits délicats, auréolé de la masse sombre de ses cheveux.

Pourquoi pour la première fois de sa vie avait-il envie de s'attarder dans le lit d'une femme ? D'attendre qu'elle se réveille pour repartir avec elle dans un long voyage qui les amènerait de nouveau au bord de la folie.

Au bord de la folie ?

Non, en plein cœur ! Ils avaient atteint des profondeurs mystérieuses qu'il n'avait jamais explorées auparavant.

Et c'était terrifiant !

Il dégagea avec précaution le bras sur lequel reposait la

jeune femme, il démêla ses jambes des siennes et s'assit au bord du lit. Après avoir enfoui brièvement son visage dans ses mains, il se leva et commença à s'habiller.

Dans son sommeil, Angelica sentit que Carlo s'écartait d'elle. Ouvrant lentement les paupières, elle attendit que ses yeux s'accoutument à la pénombre. A l'autre bout de la pièce, de dos, Carlo boutonnait sa chemise.

Elle s'apprêtait à lui parler lorsqu'il se retourna. A la lueur de la lune, elle vit son visage fermé, les lèvres pincées, la mâchoire crispée et les yeux étincelants.

Son cœur se serra douloureusement. Ce n'était pas le visage d'un amant comblé... De toute évidence, il n'avait qu'une envie. S'en aller au plus vite.

S'efforçant de refouler ses larmes, elle garda le silence. Dire que pour elle leur union avait été une révélation... Elle savait à présent qu'elle l'aimait.

Eperdument.

Pour lui, en revanche, ce n'était visiblement qu'un épisode de plus dans sa vie tumultueuse. Sans doute réjouissant, parce qu'il avait réussi à conquérir une femme qui n'avait jamais caché son mépris pour sa réputation de don Juan.

Oui, nul doute que sa capitulation était flatteuse pour lui.

Elle continua de l'observer à travers ses paupières mi-closes. Si par hasard il lui jetait un coup d'œil, il la croirait endormie.

Mais il ne lui jeta pas de coup d'œil.

Pas un seul.

Après avoir ramassé sa veste par terre, il quitta la pièce à pas feutrés et referma la porte derrière lui en prenant bien soin de ne pas faire de bruit.

Angelica laissa échapper un sanglot étouffé.

Elle aimait Carlo !

Il n'y avait aucun doute, aucune échappatoire. Elle l'aimait et elle s'était donnée à lui de toute son âme.

Mais Carlo ne l'aimait pas.

Carlo ne l'aimerait jamais.

Elle s'enfouit sous le drap et donna libre cours à ses larmes.

Dans la limousine qui les conduisait à la clinique, Carlo observait Angel à la dérobée.

Les joues pâles, le visage indéchiffrable, elle était vêtue d'un corsage crème et d'un pantalon noir. Son épaisse chevelure noire — dans laquelle il avait enfoui son visage la nuit précédente — était attachée sur sa nuque par un ruban noir.

Elle n'avait pas pris son petit déjeuner avec lui et ne l'avait rejoint qu'au dernier moment dans le hall pour partir à la clinique.

Et à présent, il régnait entre eux un silence tendu. Pour la première fois de sa vie, il ne savait pas du tout quoi dire, constata-t-il avec autodérision. « Merci pour la nuit dernière, j'ai beaucoup aimé. »… « Tu es la maîtresse la plus douée que je connaisse. »… « Nous pourrions peut-être recommencer un de ces jours… dans un millier d'années, par exemple ? »

Non, décidément, il ne voyait pas quoi dire…

Bon sang, ce silence était insupportable !

Angel avait vingt-six ans et il n'était pas son premier amant, alors où était le problème ? Pourquoi avait-il l'impression qu'elle lui en voulait ?

Bien sûr, il l'avait suivie dans sa chambre malgré ses protestations. Mais si elle avait été vraiment réticente, il n'aurait pas insisté. Or elle ne l'avait pas été. Bien au contraire ! Alors, pourquoi se sentait-il aussi mal à l'aise ?

Il fallait absolument rompre ce silence avant qu'ils arrivent à la clinique, songea Angelica, le cœur lourd. Avant que Stephen, qui était particulièrement fin, comprenne qu'il s'était passé quelque chose entre sa fille et son meilleur ami pendant la nuit.

Elle déglutit péniblement.

— Il n'y a pas trop de circulation, ce matin, commenta-t-elle en regardant par la vitre.

— Non, en effet, répliqua Carlo d'un ton crispé.

— Nous devrions arriver à l'heure.

— Oui.

— Espérons qu'il n'y aura pas trop de journalistes devant la clinique.

— Oui.

— Peut-être que…

— Bon sang, Angel, tu parleras du temps qu'il fait plus tard ! coupa Carlo, excédé. Parlons plutôt de ce qui s'est passé la nuit dernière.

— Non.

Angelica jeta un coup d'œil au chauffeur. L'homme était peut-être discret, mais certainement pas sourd !

Carlo se pencha en avant et s'adressa à ce dernier à voix basse.

La cloison de verre qui séparait l'avant et l'arrière du véhicule s'abaissa lentement. Angelica déglutit péniblement. Allons bon ! A présent, l'air crépitait d'électricité…

— Je n'ai rien à te dire, déclara-t-elle d'une voix tendue.

— Moi si.

Elle pinça les lèvres. Vu la manière dont Carlo avait quitté son lit au petit matin — ou plutôt s'était enfui de son lit — ce qu'il avait à lui dire n'était certainement pas agréable !

Elle accrocha à ses lèvres un sourire qui se voulait narquois.

— C'est une habitude de disséquer tes exploits avec tes maîtresses, le lendemain matin ? Tu attends peut-être que je te décerne les félicitations ? A moins que tu aies l'intention de me promettre que ça ne se reproduira plus ?

— En effet, acquiesça-t-il d'un ton rogue.

Elle émit un petit rire moqueur.

— Il me semble que tu me l'avais déjà promis !

Carlo réprima un soupir. Oui, elle avait raison. Mais cette fois, il était déterminé. Il ne pouvait pas se permettre de renouveler l'expérience de la nuit précédente.

Il n'avait aucune envie de perdre la raison.

Ni sa liberté !

— Cette fois tu peux me croire, parce que je m'en vais cet après-midi.

Il avait pris cette décision après avoir regagné sa chambre au milieu de la nuit. Incapable de fermer l'œil, il avait arpenté la pièce en s'efforçant de chasser de son esprit le souvenir de ce qu'il venait de vivre avec Angel. Et il avait décidé de partir.

Stephen était complètement rétabli et il comprendrait aisément qu'après une semaine d'absence, il avait de nombreuses affaires à régler.

Quant à Angel, elle serait ravie de le voir s'en aller.

— C'est une décision soudaine, non ? commenta-t-elle en s'efforçant d'ignorer les battements affolés de son cœur.

Carlo s'en allait ?

Cet après-midi ?

Dans quelques heures ?

Il n'avait pas besoin de préciser qu'elle ne le reverrait plus jamais parce qu'à l'avenir, il prendrait toutes les précautions nécessaires pour ne plus la croiser chez Stephen. Son visage fermé était très éloquent…

— Non, pas particulièrement, répondit-il en haussant les épaules. J'ai tenu mes engagements envers Stephen. A présent, il est temps que je reprenne ma vie.

Le cœur d'Angelica se serra. Bien sûr… Il était temps pour lui de retourner auprès des maîtresses qui l'attendaient un peu partout dans le monde.

Puisqu'il avait tenu ses engagements…

— C'est normal. Ta vie doit te manquer, dit-elle d'un ton qu'elle espérait désinvolte et en refoulant ses larmes.

— Oui, c'est vrai. J'espère que tu me préviendras si ce qui s'est passé cette nuit devait avoir des conséquences…

— Il n'y en aura pas, coupa-t-elle précipitamment, profondément blessée par le ton froid de Carlo.

— Bien sûr… Dans ce cas, je crois qu'il n'y a plus rien à dire.

Il se tourna ostensiblement vers la vitre.

Angelica l'observa un moment, le cœur lourd, avant de se détourner elle aussi.

Quelle horreur ! Jamais elle n'avait éprouvé une telle détresse… Bien sûr, après la façon dont Carlo s'était éclipsé en pleine nuit, elle ne s'attendait pas à ce qu'il se comporte comme un amant comblé. Mais de là à se montrer aussi glacial et à prendre ses jambes à son cou…

Etait-elle donc une maîtresse si décevante ?

Certes, elle était consciente d'être une novice. Ce dont Carlo n'avait pas l'habitude. Mais tout de même… Ses réactions, son enthousiasme… Tout cela n'aurait-il pas dû compenser son manque d'expérience ? De toute évidence non. En tout cas, pas pour un homme comme lui…

Comment allaient-ils réussir à arriver au bout des quelques heures qui leur restaient à passer ensemble ? Surtout devant Stephen ?

Au grand soulagement d'Angelica, ce fut justement la présence de Stephen qui rendit les heures suivantes supportables. Sa joie d'être de retour chez lui éclipsa la tension qui régnait entre Carlo et elle.

Cependant, après leur conversation dans la limousine, ils ne s'étaient plus adressé la parole.

— Bien… L'un de vous deux aurait-il l'obligeance de m'expliquer quel est le problème ? s'exclama soudain Stephen en s'asseyant sur le canapé du salon après le déjeuner.

Angelica jeta un bref coup d'œil à Carlo. Son visage était toujours fermé…

— Le problème ? répéta-t-elle d'un ton léger.

— Oui, répliqua-t-il d'un ton ferme en lui adressant un regard réprobateur, avant de se tourner vers Carlo qui était debout, dos à la fenêtre.

Comme il était beau ! songea Angelica, le cœur serré. Sa

chevelure dorée brillait sous les rayons du soleil et son corps athlétique était mis en valeur par son polo moulant et son jean taille basse.

Si seulement elle parvenait à chasser de son esprit le souvenir de ce corps, nu contre le sien !

Elle secoua la tête.

— Je ne vois pas du tout ce que…

— La… nervosité d'Angelica et ma propre… distraction sont dues au fait que je pars dans quelques heures, intervint Carlo. Angelica est consciente que je ne sais pas comment te l'annoncer et elle craint que cette nouvelle te contrarie.

Il l'avait appelée Angelica, nota-t-elle en s'appuyant contre la cheminée. Le message était clair ! Après avoir persisté toute la semaine à l'appeler « Angel » malgré ses protestations, il estimait que le moment était venu de prendre ses distances.

Le jeu était terminé. La nuit dernière, elle avait capitulé. Désormais, il n'avait plus aucune raison de chercher à la troubler.

— Pourquoi hésiterais-tu à m'annoncer ton départ, Carlo ? demanda Stephen, manifestement surpris. Je comprends parfaitement que tu aies hâte de reprendre ta vie. Et je te suis très reconnaissant de nous avoir consacré autant de temps.

Carlo réprima un soupir. Son explication n'était certes pas très convaincante, mais il n'avait rien trouvé de mieux.

Il fallait reconnaître que loin de s'apaiser, la tension qui régnait entre Angel et lui n'avait fait que s'accentuer tout au long de la matinée. Jusqu'à en devenir absolument insupportable !

— Je suis heureux d'avoir pu me rendre utile, assura-t-il à son ami. Mais Cesare et moi avons un contrat à négocier et il faut absolument que je m'en occupe.

Stephen lui lança un regard aigu.

— Quelque chose qui pourrait m'intéresser ?

Carlo réprima une moue de dérision. Ce contrat étant une pure invention, il ne risquait pas de présenter le moindre intérêt pour Stephen !

— Non, pas à ce point des négociations. Mais je te tiendrai au courant.

— Dommage, commenta Stephen. En tout cas, même si je comprends que tu doives partir, sache qu'Angel et moi nous allons te regretter.

Carlo jeta un coup d'œil à Angel. Au contraire, il était certain qu'elle avait hâte de le voir disparaître !

A son grand dam, il ne parvenait plus à détacher son regard de la jeune femme. Après avoir évité pendant des heures de poser les yeux sur elle, il se sentait presque en manque ! Le soutien-gorge de dentelle qui se devinait sous le fin tissu de son corsage faisait naître dans son esprit les images qu'il avait tenté de refouler pendant toute la matinée. Ses seins, gonflés de désir, il voulait les revoir, les reprendre dans ses mains, savourer de nouveau leurs pointes hérissées…

Bon sang ! Il brûlait d'envie de la soulever de terre, de la porter dans sa chambre, de lui arracher ses vêtements et de plonger en elle !

Son désir était si intense qu'il en devenait douloureux… Crispant les poings, il les enfonça dans ses poches.

— Tu sais…

Stephen s'interrompit pour se tourner vers le majordome, qui venait d'apparaître sur le seuil du salon.

— Oui, Holmes ?

— M. et Mme Gambrelli demandent à vous voir, monsieur.

Cesare ? Cesare et Robin étaient là ? Allons bon !

Carlo serra les dents. Dire qu'il avait inventé un contrat en négociation avec son cousin pour pouvoir s'éclipser au plus vite !

Il imaginait déjà l'air interloqué de Cesare si Stephen y faisait allusion !

12

Angelica avait vu des photos de Cesare Gambrelli dans des magazines mais elle ne s'attendait pas à une telle ressemblance entre les deux cousins. Ils pouvaient passer pour des frères.

Robin Gambrelli, qui tenait son bébé dans ses bras, était une femme magnifique, avec des cheveux blonds comme les blés et de fantastiques yeux violets. Dix jours après son accouchement, elle était d'une sveltesse étonnante, et le sourire chaleureux qu'elle adressa à Stephen accrut encore sa beauté rayonnante.

Cesare s'avança vers Carlo.

— Bonjour, cher cousin. Ton filleul veut que tu le prennes dans tes bras, dit-il alors que le petit garçon d'une quinzaine de mois qu'il portait tendait les mains vers Carlo. Je ne savais pas que tu serais là aujourd'hui.

L'accent italien de Cesare était plus prononcé que celui de son cousin, constata Angelica. Mais lorsqu'ils étaient côte à côte, leur ressemblance était vraiment impressionnante.

Aussi grands et athlétiques l'un que l'autre, ils avaient le même pouvoir de séduction redoutable.

Deux Gambrelli dans la même pièce, c'était presque trop !

— Cesare, Robin, merci d'être venus, déclara Stephen en tendant la main à Angelica pour qu'elle le rejoigne. J'aimerais vous présenter ma fille.

Un soir où ils étaient seuls à la clinique, ils avaient eu une longue discussion, au cours de laquelle Angelica avait révélé à

Stephen la visite de sa mère, le jour de l'opération. Ce soir-là, ils avaient décidé qu'après le retour de Stephen chez lui, ils dévoileraient à tous la vraie nature de leur relation.

Mais jamais elle n'aurait imaginé que les premières personnes à qui elle serait présentée seraient le cousin de Carlo et son épouse ! songea-t-elle.

Cesare fut le premier à se remettre de sa surprise.

— Enchanté de faire votre connaissance, mademoiselle Foxwood.

Prenant la main d'Angelica avec un large sourire, il s'inclina pour y déposer un baiser.

— Mon nom est Harper, rectifia-t-elle en souriant. Mais appelez-moi Angelica.

— Je suis enchantée de faire votre connaissance, déclara Robin avec la même chaleur que son mari. J'espère que vous nous pardonnerez d'arriver à l'improviste. Nous voulions rendre visite à Stephen à la clinique mais les enfants n'étaient pas admis. Or il n'était pas question pour Marco de ne pas venir avec nous voir oncle Stephen !

« Oncle » Stephen… Décidément, depuis son opération, elle découvrait un nouvel aspect de la vie de son père, songea Angelica. Elle avait été agréablement surprise par le nombre de visites qu'il avait reçues à la clinique. Jamais elle n'aurait imaginé qu'il avait autant d'amis. De toute évidence, il était très aimé. Et apparemment, il était également apprécié des enfants.

— Comme vous pouvez le constater, je suis en pleine forme, assura Stephen à Robin. Et le plus heureux des hommes.

Il passa un bras autour des épaules de sa fille.

Tout le monde arborait un sourire radieux, nota Angelica. Sauf Carlo… Malgré le charmant petit garçon qu'il tenait dans ses bras, il ne se déridait pas.

Elle se tourna vers Robin et indiqua le bébé que celle-ci tenait dans ses bras.

— Je peux la voir ?

Robin hocha la tête et Angelica souleva avec précaution le châle qui enveloppait le bébé.

— Comme elle est belle ! s'exclama-t-elle à mi-voix, d'un air attendri.

Carlo réprima un gémissement. La plupart des femmes — et Angel ne faisait visiblement pas exception à la règle — semblaient trouver les bébés fascinants, même ceux qui n'étaient pas à elles !

— Puis-je la prendre ?

— Bien sûr !

Robin tendit sa fille à Angelica.

Comme hypnotisé, Carlo ne quittait pas cette dernière des yeux. Il fallait reconnaître qu'avoir un bébé dans les bras lui allait bien…

— Tu as dit quelque chose, Carlo ? murmura Cesare d'un ton narquois.

— Non, rien.

Carlo détourna les yeux, et Cesare eut un sourire malicieux.

— Excuse-moi, j'avais cru.

— Je sais exactement ce que tu penses, marmonna Carlo d'une voix étouffée que seul son cousin pouvait entendre.

— Vraiment ?

— Oui. Et tu te trompes. Tu te trompes complètement.

— Ah bon ? Pourtant, Angelica est une femme superbe… Tu n'es pas d'accord ? insista Cesare, qui n'avait d'yeux que pour Robin.

— Si, acquiesça Carlo d'un ton hargneux.

— Et ?

— Rien.

— Rien ?

Cesare prit un air consterné.

— Crois bien que je compatis.

— Ce qui signifie ?

— Que tu n'es visiblement plus dans le coup, cher cousin.

Carlo réprima un juron. Cesare s'amusait comme un petit fou. A ses dépens !

— Oublie-moi, tu veux ? Et si on te pose la question, nous sommes en train de négocier un contrat ensemble.

Cesare fronça les sourcils d'un air moqueur.

— Un contrat… ?

— Oui.

— Ah bon. Et qui risque de me poser la question ?

— Ne cherche pas à comprendre et fais ce que je te dis !

— Si tu y tiens… A présent, je crois que je vais rejoindre ces dames.

Au comble de l'exaspération, Carlo resta seul à côté de la cheminée. Pourquoi avait-il la désagréable impression que Cesare savait exactement ce qui s'était passé entre lui et Angel ? Etait-ce si évident ?

De son côté, Angelica, fascinée par le bébé qu'elle tenait dans ses bras, n'avait pas prêté la moindre attention aux deux hommes.

Comme s'il sentait son regard sur lui, le bébé ouvrit les yeux. Ses yeux étaient d'un bleu très foncé, presque marine. Sans doute deviendraient-ils violets comme ceux de sa mère, songea-t-elle.

— Oh, je crois qu'elle me trouve ennuyeuse, commenta-t-elle, alors que le bébé bâillait avant de refermer les yeux.

Robin pouffa.

— Pas du tout !

Elle caressa la minuscule main de sa fille.

— Simplement, vous n'êtes pas Cesare. Bien qu'elle n'ait que dix jours, Carla Stephanie adore charmer son père et le mener par le bout du nez !

Carla Stephanie… Carla en l'honneur de Carlo et Stephanie pour Stephen ? Sans doute.

— Tu exagères, Robin ! intervint Cesare.

Un sourire radieux illumina son visage lorsque sa fille ouvrit les yeux au son de sa voix.

— Vous voyez ! s'exclama Robin en riant.

Oui, elle voyait, songea Angelica. Et si Cesare Gambrelli était charmé par sa fille, il était également en adoration devant sa femme, constata-t-elle au cours des minutes qui suivirent. Cesare ne considérait manifestement pas comme une malédiction d'être tombé amoureux de Robin.

Contrairement à Carlo, qui avait été très clair. Il n'avait pas l'intention de tomber amoureux de qui que ce soit…

Quelques minutes plus tard, Cesare déclara :

— Robin, je crois que nous devrions laisser Stephen se reposer. Nous reviendrons dans la semaine. Carlo, je suppose que nous te verrons tout à l'heure à la maison ?

Après le départ du couple, Stephen, manifestement fatigué, annonça qu'il allait faire une sieste.

— Seras-tu déjà parti lorsque je me lèverai, Carlo ?

— Probablement.

Sans aucun doute, rectifia mentalement Angelica. Carlo n'avait aucune envie de rester seul avec elle !

Lorsqu'elle revint dans le salon après avoir accompagné Stephen dans sa chambre, Angelica trouva Carlo debout près de la cheminée. L'animation joyeuse qui régnait dans la pièce pendant la visite de Cesare et de Robin n'était plus qu'un souvenir. Le soleil entrait toujours à flots par les fenêtres, mais l'atmosphère était devenue glaciale.

— Surtout, ne te gêne pas pour moi si tu veux monter faire tes bagages, lança-t-elle d'un ton désinvolte.

Carlo crispa la mâchoire. Elle le mettait de nouveau à la porte ! Et elle lui faisait savoir par la même occasion que de son point de vue, ils n'avaient plus rien à se dire.

— Je n'ai pas grand-chose à mettre dans ma valise.

Elle haussa les épaules.

— Néanmoins, je suppose que tu as hâte de partir.

Il réprima un soupir.

Hâte, non, ce n'était pas le terme exact…

La visite de Robin et de Cesare lui avait rappelé ce qu'il savait déjà. Lorsqu'un Gambrelli aimait une femme, ce n'était pas seulement de tout son cœur, mais de toute son âme.

Bien sûr, Cesare semblait très heureux de sa nouvelle vie. Mais ce n'était plus le même homme.

Avant de rencontrer celle qui allait devenir son épouse, Cesare menait la même vie insouciante que lui et son frère Luc. Ils sortaient souvent tous les trois, et se promettaient en riant de ne jamais tomber amoureux.

Pourtant, Cesare n'avait jamais été aussi heureux, lui soufflait une petite voix intérieure.

Heureux, oui. Libre, non.

Mais la liberté était-elle si importante ? Bon sang, oui !

Carlo hocha brièvement la tête.

— Oui, en effet. Bien sûr, s'il y a le moindre problème concernant la santé de Stephen, je compte sur toi pour me prévenir.

— Il n'y en aura pas.

— Tu ne peux pas en être certaine.

Non, en effet, reconnut Angelica intérieurement. Cependant, si par malheur Stephen rechutait, Carlo était la dernière personne qu'elle préviendrait !

— Peter Soames nous a assuré qu'il n'y aurait pas de complications.

Qu'attendait-il pour partir ? se demanda-t-elle avec impatience. Après ce qui s'était passé la nuit dernière, c'était un véritable enfer de discuter avec lui comme si de rien n'était ! D'autant plus qu'elle avait été profondément troublée en le voyant avec le petit Marco dans les bras, un peu plus tôt.

Elle n'avait pu s'empêcher de l'imaginer, tenant ainsi leur fils…

Cependant, il y avait très peu d'espoir qu'ils aient conçu un enfant la nuit dernière.

Très peu d'espoir ? se répéta-t-elle, choquée par sa propre pensée.

Si elle attendait un enfant de Carlo, ce serait un véritable désastre ! Elle n'avait pas voulu le lui avouer ce matin, mais elle ne prenait pas la pilule. Oh, elle ne risquait rien… Certes, on disait qu'il suffisait d'une fois, mais…

Non, c'était vraiment un adieu entre elle et Carlo.

Déglutissant péniblement, elle déclara d'un ton qu'elle espérait léger :

— Je te laisse.

Puis elle pivota sur elle-même.

Avant qu'elle ait le temps de faire deux pas, la main de Carlo se referma sur son bras. Il l'obligea à lui faire face.

Une veine battait frénétiquement à son cou et ses yeux étincelaient dangereusement.

— C'est mieux comme ça… tu en es consciente ? lança-t-il d'un ton vif.

Elle écarquilla les yeux.

— Je ne vois pas du tout de quoi tu veux parler.

— Ne joue pas avec moi, Angel.

Il serra les doigts sur son bras.

— Je ne peux pas rester ici et continuer à coucher avec toi à présent que Stephen est rentré…

Elle eut l'impression de recevoir une gifle. « Coucher avec toi », avait-il dit…

— Lâche-moi ! s'écria-t-elle.

D'un mouvement vif, elle tenta de dégager son bras. En vain.

— Je t'ai dit de me lâcher ! répéta-t-elle. Tu me fais mal !

Il desserra enfin les doigts.

— Je t'ai blessée…, murmura-t-il.

Elle soutint son regard sans ciller.

— Pour cela il faudrait que je tienne à toi. Je reconnais que tu es un amant accompli. Mais rien de plus.

Carlo eut l'impression de recevoir un coup de poing dans l'estomac.

— C'est tout ce que je suis pour toi ? Un amant accompli ?

— Bien sûr. Quoi d'autre ?

C'était ce qu'il voulait entendre, non ? se dit-il. Ce qu'il avait besoin d'entendre pour pouvoir quitter cette maison la conscience en paix.

Inclinant la tête dans un petit salut formel, il déclara avec raideur :

— J'espère que la santé de Stephen continuera de s'améliorer.

— Merci.

— Et au revoir, donc.

— Au revoir, répliqua-t-elle froidement.

Au grand soulagement d'Angelica, Carlo quitta la pièce et ferma la porte derrière lui sans un regard dans sa direction. Quelle humiliation s'il avait vu les larmes ruisseler sur ses joues !

13

— Si tu as l'intention de casser quelque chose, peux-tu choisir un objet moins précieux que le vase Ming que tu as dans les mains ? suggéra Stephen d'un ton pince-sans-rire.

Angelica baissa les yeux. Elle n'avait même pas conscience d'avoir un vase dans les mains ! Un vase Ming…

Elle posa le précieux objet avec précaution sur la console qui se trouvait à côté d'elle. C'était sans doute là qu'elle l'avait pris…

Elle se tourna vers Stephen. Allongé sur le canapé devant la fenêtre, il profitait des derniers rayons du soleil. Ils avaient dîné un peu plus tôt, puis ils étaient venus dans le salon.

— Je le regardais, c'est tout, dit-elle d'un ton léger en serrant les poings derrière son dos.

Carlo avait quitté la maison dans l'après-midi. A quelle heure exactement ? Elle n'en avait aucune idée. En tout cas, il n'était plus là lorsqu'elle était descendue de sa chambre, deux heures plus tôt, pour dîner avec Stephen.

Un dîner léger. Pourtant, elle avait eu toutes les peines du monde à avaler le contenu de son assiette…

— Pour quelle raison penses-tu que j'ai envie de casser quelque chose ? demanda-t-elle.

Stephen eut un petit sourire.

— Sans doute parce qu'en arpentant la pièce comme un fauve en cage, tu as pris et reposé une bergère en porcelaine, un presse-papiers de verre, un coupe-papier et à l'instant le vase Ming.

Allons bon, elle ne s'était rendu compte de rien !

— A vrai dire, j'ai eu un peu peur lorsque tu as pris le coupe-papier ! poursuivit Stephen sur le même ton malicieux. Dis-moi, Angel, dans le dos de qui envisageais-tu de l'enfoncer quand tu le soupesais d'un air songeur ?

Elle tressaillit. De cela non plus elle ne gardait aucun souvenir !

— J'espère que tu n'as pas commis l'erreur de tirer des conclusions hâtives au sujet d'un certain ami à moi ?

A son grand dam, Angelica se sentit rougir.

— Je ne vois pas du tout de quoi tu veux parler.

— Vraiment ? Viens t'asseoir un instant.

Stephen tapota le canapé à côté de lui, et Angelica le rejoignit à contrecœur. Elle n'avait aucune envie de discuter. Et surtout pas de Carlo ! C'était déjà assez pénible de ne pas pouvoir s'empêcher de penser à lui !

— Très bien, commença Stephen lorsqu'elle s'assit. Maintenant…

— Je n'ai aucune envie de parler de Carlo !

Stephen haussa les sourcils.

— Je ne me souviens pas avoir mentionné son nom…

Angelica fit un effort pour contenir ses larmes.

— De quel autre ami voudrais-tu donc parler ?

Stephen lui prit la main.

— Ma chérie, la nuit qui a suivi mon opération, j'étais un peu groggy, mais je n'étais pas sourd pour autant.

Angelica sentit tout son visage s'enflammer.

— Oh…

Assaillie par le souvenir des cris et des gémissements que lui avait arrachés Carlo, elle n'osait plus croiser le regard de Stephen.

— Je ne suis pas non plus aveugle, ni idiot, poursuivit-il. Vous avez été si polis l'un envers l'autre pendant toute la semaine, si distants… Mais aujourd'hui, c'était pire. Quelque chose s'est passé entre vous la nuit dernière… Non, je ne veux pas savoir quoi. Cela ne me regarde pas. Vous êtes adultes tous les deux. Je veux simplement te dire qu'il ne faut pas commettre l'erreur de penser que Carlo est comme moi.

— Je ne…

— J'ai épousé Grace parce que je l'aimais. Elle m'aimait aussi, mais après toutes ses fausses couches, elle n'a plus voulu avoir de relations sexuelles. Elle ne supportait plus.

Stephen poussa un profond soupir.

— Nous aurions pu divorcer, bien sûr. Mais en dépit de tout, nous nous aimions. Nous n'avons jamais cessé de nous aimer. Bien sûr, j'ai fini par avoir des aventures… Ta mère a d'ailleurs été la première. Les choses se seraient peut-être passées différemment si Kathleen m'avait dit qu'elle était enceinte. J'aurais peut-être…

— Ne dis rien.

Angelica pressa la main de Stephen.

— Ma mère et Neil sont très heureux ensemble. J'ai deux sœurs jumelles. Rien de tout cela n'existerait si elle t'avait parlé de sa grossesse.

— Non, en effet. Et de toute façon, je n'aurais pas cessé d'aimer Grace pour autant. Je ne l'aurais pas quittée non plus.

— Mais je ne vois toujours pas quel est le rapport avec Carlo.

Stephen lui sourit affectueusement.

— Le rapport, c'est que tu es amoureuse de Carlo.

— Non !

— Oh si ! Et il est amoureux de toi.

— Pas du tout ! Il est persuadé que les hommes de la famille Gambrelli succombent à une malédiction lorsqu'ils tombent amoureux.

Stephen pouffa.

— Cesare t'a paru malheureux ?

— Non, bien sûr que non ! Mais ce n'est pas moi qu'il

faut convaincre ! De toute façon, je ne vois pas à quoi rime cette conversation.

Angelica se leva.

— Tu ne peux tout de même pas souhaiter que j'aie une liaison avec un homme comme Carlo Gambrelli !

— Angel, pourquoi crois-tu que je vous ai présentés l'un à l'autre ?

Elle ouvrit de grands yeux.

— Tu n'es pas sérieux !

— Bien sûr que si. Je considère déjà Carlo comme mon fils, et je sais que c'est un homme d'honneur. Je le respecte profondément et rien ne pourrait me faire plus plaisir que de lui confier ma fille.

— Comment peux-tu dire ça ? Il change de femme comme de chemise !

— Il ne faut pas croire tout ce que tu lis dans les journaux, ma chérie.

Carlo lui avait dit la même chose, se souvint-elle, troublée.

— La presse people a une fâcheuse tendance à l'exagération. Et de toute façon, il est normal que Carlo ait des maîtresses. Il a trente-six ans, et contrairement à moi, il ne s'est jamais marié.

— Justement…

— Cela ne veut pas dire qu'il ne le fera jamais.

— En tout cas, il est parti d'ici en courant. Ça prouve bien qu'il n'est pas amoureux de moi.

Stephen secoua la tête.

— Non. Ça prouve seulement que, comme la plupart des hommes, il est terrorisé à l'idée de s'engager. Mais laisse-lui du temps, Angel. Tu penses en avoir la patience ?

Dès le début, Stephen avait voulu la pousser dans les bras de Carlo ? C'était incroyable ! se répétait Angelica.

— En tout cas, je ne pense pas que Carlo te remercierait s'il savait que tu as joué les entremetteurs ! D'ailleurs, moi non plus je ne te remercie pas !

Stephen pouffa.

— Je ne vous demande pas de me remercier… Je veux juste une ribambelle de petits-enfants à faire sauter sur mes genoux !

— Ce n'est pas moi et Carlo qui te les donnerons.

— On verra. Pour l'instant, je vais me coucher.

Stephen se leva avec l'aide d'Angelica.

— Je suppose qu'il ne sert à rien de te souhaiter une bonne nuit ?

Non, en effet, reconnut-elle intérieurement. Non seulement l'absence de Carlo était trop palpable mais après la conversation qu'elle venait d'avoir avec Stephen, trop de pensées tourbillonnaient dans son esprit. Elle ne risquait pas de fermer l'œil !

Que faisait-il là ? se demanda Carlo en sonnant à la porte de Stephen à 1 heure du matin.

Revenir ici en pleine nuit était le comble de la stupidité !

Il ne restait plus qu'à espérer que Holmes ne dormait pas encore. Et qu'Angel ne lui demanderait pas de le renvoyer lorsqu'il la réveillerait pour lui dire que Carlo Gambrelli demandait à la voir !

Mais il ne se laisserait pas jeter dehors. Qu'elle en ait envie ou non, Angel l'écouterait. Il avait trop de choses à lui dire et ça ne pouvait pas attendre.

Dès que la porte s'ouvrit et qu'il vit Angel sur le seuil au lieu du majordome, Carlo oublia instantanément toutes les explications qu'il avait préparées pour s'excuser de cette visite tardive.

Elle le fixa un moment avec stupéfaction.

— Que fais-tu là ?

Son visage ainsi que ses bras et ses jambes nus offraient un contraste saisissant avec sa robe noire et son épaisse chevelure, qui flottait librement sur ses épaules.

Il prit une profonde inspiration.

— Je suis conscient qu'il est très tard…

— Vraiment ?

— Puis-je entrer ? demanda-t-il d'une voix rauque.

Angelica méditait dans le salon plongé dans la pénombre lorsqu'elle avait entendu sonner. Elle s'était précipitée pour ouvrir, afin d'éviter à Holmes de se déranger.

Que faisait Carlo ici, à une heure où d'ordinaire tout le monde dormait dans la maison ? Dire que si ce soir elle n'était pas encore couchée, c'était justement à cause de lui !

— Angel ?

Elle tressaillit.

— Ne trouves-tu pas le moment mal choisi pour une visite de courtoisie ? demanda-t-elle d'un ton sarcastique, sans l'inviter à entrer.

— Je ne me sens pas courtois le moins du monde… Oh, et puis ça suffit !

Carlo la contourna et pénétra dans le hall. Elle referma la porte et le regarda se diriger à grands pas vers le salon. Puis elle le rejoignit. Et si Stephen avait raison ? S'il y avait un espoir, finalement ?

Carlo se planta devant la fenêtre, les mains dans le dos.

— Que fais-tu ici ? répéta-t-elle.

Il réprima un soupir. La réponse était simple. S'il était là, c'était pour la retrouver. Parce qu'il ne pouvait plus se passer d'elle.

Il prit une profonde inspiration.

— Es-tu absolument certaine que tu ne risques pas d'être enceinte ?

Elle ouvrit de grands yeux.

— Tu es revenu ici en pleine nuit pour me demander ça ?

Il réprima un mouvement d'impatience. Non, bien sûr que non ! Mais c'était un point de départ qui en valait bien un autre…

— En es-tu certaine, oui ou non ?

— Eh bien… non, mais…

— Aimerais-tu l'être ?

— Carlo…

— Veux-tu des enfants, Angel ? Je sais que tu as refusé

de renoncer à ta carrière et à ton appartement pour vivre avec Stephen, alors peut-être…

— Carlo, Stephen est mon père, pas mon mari !

— Alors tu veux des enfants ?

— Bien sûr ! Un jour. Avec un homme que j'aimerai et avec qui j'aurai envie de passer ma vie. Mais je ne vois pas…

— L'as-tu trouvé ? Je ne te l'ai jamais demandé…

Sans doute parce qu'il avait eu trop peur de la réponse ! Carlo prit une profonde inspiration.

— Y a-t-il quelqu'un dans ta vie, Angel ?

C'était sans nul doute la conversation la plus extravagante qu'elle avait jamais eue, songea Angelica, abasourdie.

Et comment répondre à cette question ? En disant la vérité ? « Oui, dans ma vie il y a toi. Et il y aura toujours toi, parce que je t'aime au-delà de la raison. »

— Il y a quelqu'un, comprit Carlo devant son silence. Tu l'aimes ?

— Oui.

Carlo eut l'impression qu'on venait de lui planter un poignard dans le cœur.

— Comment peux-tu dire ça après la nuit que nous avons passée ensemble ?

— La nuit ? Tu es parti bien avant le matin. Et le lendemain, tu m'as traitée comme une étrangère.

— Le problème n'est pas là ! Comment as-tu pu faire l'amour avec moi, te donner à moi avec une telle passion si tu aimes un autre homme ?

S'il ne devinait pas la réponse à toutes ces questions, c'était qu'il ne comprenait rien… Angelica observa Carlo un instant. Elle pouvait tergiverser… mentir, même. Elle pouvait s'accrocher à sa fierté et le laisser partir sans jamais lui dire que c'était lui, l'homme qu'elle aimait, avec qui elle voulait passer sa vie et avoir des enfants…

Oui, elle pouvait lui mentir. Mais en avait-elle envie ?

— J'en serais bien incapable, admit-elle en plongeant son regard dans celui de Carlo.

— C'est pourtant ce que tu as fait !

— Non.

Carlo la regarda avec perplexité. Et soudain, la vérité s'imposa à lui. Le souffle coupé, il resta un instant sans voix.

C'était lui, l'homme qu'Angel aimait et avec qui elle voulait passer sa vie ?

Il traversa le salon, la prit dans ses bras et l'enveloppa d'un regard ébloui. Puis il s'inclina vers elle pour s'emparer de sa bouche. Avec douceur, tendresse, amour…

Puis il quitta ses lèvres pour parsemer son visage de baisers.

— Je t'aime, Angel, murmura-t-il d'une voix étranglée. Je t'aime à en mourir ! Veux-tu m'épouser ?

Elle ouvrit de grands yeux.

— Tu m'aimes et tu veux m'épouser ?

Il sourit.

— Tu as oublié « à en mourir ». Je suis parti d'ici cet après-midi avec l'intention de mettre le plus de kilomètres possible entre nous.

— Ça, je l'avais deviné.

Il eut une moue de dérision.

— Je ne suis pas allé plus loin que la maison de Cesare et de Robin. J'ai passé deux heures terribles à les regarder tous les deux… J'étais avec eux et pourtant complètement exclu de leur amour. Ils ont donné leur bain à Marco et à Carla Stephanie, puis ils les ont mis au lit. Et j'ai compris que je voulais avoir des enfants moi aussi. Tes enfants. Nos enfants. Angel, s'il te plaît, dis-moi que tu veux m'épouser !

Angelica n'osait pas croire à son bonheur. Avait-elle bien entendu ? C'était bien Carlo qui venait de lui dire qu'il l'aimait ? Qu'il voulait l'épouser ? Avoir des enfants avec elle ?

Elle posa la main sur sa joue et plongea son regard dans le sien. Ses yeux bruns étincelaient d'amour. D'amour pour elle !

— Avant de te répondre, je dois te dire quelque chose. Stephen m'a avoué ce soir que s'il nous avait présentés l'un à l'autre, c'était dans l'espoir de nous marier.

— Je lui serai reconnaissant jusqu'à la fin de mes jours de t'avoir engendrée, puis de t'avoir présentée à moi. Mais dis-moi que tu veux m'épouser, Angel. Dis-le-moi avant que je devienne complètement fou !

— Oui, je veux t'épouser, Carlo. Oui, oui, oui !

Il captura sa bouche dans un long baiser passionné. Lorsqu'il finit par s'arracher à ses lèvres, il déclara d'une voix rauque :

— Il faut que je m'en aille, à présent. Je ne voudrais pas que Stephen nous trouve tous les deux dans ton lit demain matin. Ce ne serait pas la meilleure façon de lui annoncer nos fiançailles !

Angelica pouffa. Mon Dieu ! Elle était si heureuse qu'elle avait l'impression qu'elle allait éclater et se briser en mille morceaux ! Carlo l'aimait ! Il voulait l'épouser ! Elle allait passer sa vie avec lui ! Pas avec le séducteur qu'elle avait vu en lui au début, mais avec un Gambrelli, enfin victime de la malédiction familiale…

Un homme qui aimait de toute son âme et pour toute la vie.

— A mon avis, il serait ravi, répondit-elle en riant. Il m'a dit tout à l'heure qu'il voulait une ribambelle de petits-enfants à faire sauter sur ses genoux !

Carlo la couva d'un regard éperdu de bonheur.

Dire qu'il avait combattu l'amour qu'il éprouvait pour cette femme… Dire qu'il croyait que l'amour était une malédiction !

C'était une bénédiction, au contraire !

Il la serra dans ses bras.

— Je ne sais pas ce que j'ai fait pour te mériter, murmura-t-il d'une voix rauque. Mais je veux que tu saches que je t'aimerai jusqu'à la fin de ma vie.

Elle le savait déjà, songea Angelica, le cœur gonflé de joie. Une fois qu'ils avaient trouvé l'amour, les Gambrelli s'y engageaient corps et âme, prêts à tout pour le cultiver et le protéger.

C'était l'amour dont elle avait toujours rêvé. Et avec Carlo, cet amour durerait toujours.

14

Six semaines plus tard

Angelica promena un regard ravi sur la salle de bal. Tout le monde était réuni pour leur mariage.

Les Gambrelli, les Harper, et Stephen. Et son vœu avait été exaucé : son père, sa mère et Neil étaient devenus amis.

C'était le plus beau jour de sa vie !

Sa famille avait passé la nuit chez Stephen, afin que sa mère et ses sœurs, qui étaient ses demoiselles d'honneur, puissent l'aider à s'habiller ce matin.

Et enfin, elle avait remonté l'allée bordée de fleurs aux bras de son père et de son beau-père, qui l'avaient confiée à l'homme qui l'attendait devant l'autel.

L'homme de sa vie. Carlo Gambrelli.

Au cours des six semaines qui s'étaient écoulées depuis sa demande en mariage, leur amour s'était épanoui.

Carlo serra la main d'Angel et lui adressa un regard ébloui.

Sa femme !

Il avait encore du mal à croire qu'elle l'aimait. Depuis six semaines, tous les matins au réveil il se pinçait pour s'assurer qu'il ne rêvait pas.

Jamais il n'avait été aussi heureux !

— J'ai un cadeau pour toi, murmura-t-elle avec un sourire étrange.

— Pourtant, je porte déjà les boutons de manchettes que tu m'as offerts…

— J'en ai un autre, insista-t-elle.

Se hissant sur la pointe des pieds, elle lui murmura quelques mots à l'oreille.

Il ouvrit de grands yeux.

— Tu en es sûre ?

— Absolument, assura-t-elle avec un sourire radieux.

— Je… tu… Mon Dieu, Angel !

Il l'embrassa avec une tendresse infinie.

— Il faut le dire à Stephen ! s'exclama-t-il un instant plus tard.

La prenant par la main, il l'entraîna vers la table où Stephen discutait avec Neil.

Angelica le suivit en riant. Oui, c'était le plus beau jour de sa vie ! Elle portait le fils ou la fille de Carlo !

Le premier des nombreux enfants qu'il lui avait promis pour lui prouver qu'il aimait comme un Gambrelli…

CAROLE MORTIMER

Amoureuse d'un célibataire

INTÉGRALE

LA SAGA DES GAMBRELLI

Traduction française de

BARNABÉ D'ALBES

SAGAS

HARLEQUIN

Titre original :
THE SICILIAN'S INNOCENT MISTRESS

Ce roman a déjà été publié en 2015

1

— Alors, qu'en penses-tu ? Laquelle des deux captivera l'attention d'un don Juan de la trempe de Luc Gambrelli ?

Ouvrant son armoire d'un geste théâtral, Darci leva un regard inquisiteur vers Kelly, attrapa un cintre et désigna la longue robe blanche :

— La vierge innocente ? suggéra-t-elle d'un ton sirupeux, collant la robe contre elle et prenant une expression de sainte-nitouche.

Pour compléter le tableau, elle battit des cils, releva son abondante chevelure rousse en chignon et fit la moue, de ses pulpeuses lèvres en cœur.

Son amie se mit à rire en s'asseyant sur le bord du lit.

— Ou bien la vamp sexy ? reprit Darci en jetant la robe blanche sur le lit pour saisir un court fourreau noir au bustier sans bretelles.

Dans une pose lascive, elle renversa la tête en arrière et fit tomber ses longues mèches en cascade sur ses épaules, levant le menton et plongeant un regard provocateur dans celui de son amie.

— Hmm.

Kelly fit la grimace.

— Je dirais quelque part entre les deux… Grant m'a avoué un jour que pour tous les hommes, le fantasme de la femme parfaite, c'est un ange de charme et de fraîcheur en société qui se transforme en diablesse dans un lit.

Darci en resta bouche bée.

— Mon frère t'a dit ça ?

— Oui, il y a des années, à l'université, confirma Kelly en riant, ses cheveux bruns fouettant ses joues. Il me semble que c'était au retour d'une soirée plutôt ennuyeuse, et il craignait de ne jamais rencontrer cet oiseau rare.

— Eh bien, en un sens, il avait raison : à vingt-huit ans, il est toujours célibataire. Et comme moi, il n'a pas l'ombre d'une relation sérieuse en vue, dit Darci en soupirant. Sinon, il ne me demanderait pas de l'accompagner à l'avant-première de son film !

Agé de cinq petites minutes de plus que Darci, son frère jumeau était devenu un réalisateur à succès. Les quatre années qui venaient de s'écouler lui avaient été particulièrement fastes, et ses deux derniers films avaient longtemps flirté avec les meilleures places du box-office. Grant espérait bien que l'avant-première de son nouveau film ne démentirait pas ce triomphe. Une avant-première à laquelle assisterait également son producteur, Luc Gambrelli…

Quelle délicieuse coïncidence ! Comment Darci aurait-elle pu y résister ?

Jetant un regard sévère sur les deux robes, elle maugréa :

— Alors quelque chose entre les deux, à ton avis… Evidemment, ça m'aiderait de savoir si Luc Gambrelli a plutôt un penchant pour les brunes, les blondes ou les rousses.

— Ça dépend du jour de la semaine, je présume, répliqua Kelly. Une blonde le lundi, une brune le mardi, une rousse le mercredi… Et ainsi de suite. D'après les potins que répandent les journaux, il semblerait qu'il change de femme tous les jours.

Darci hocha la tête.

— Bon. Il ne me reste plus qu'à espérer que demain sera sa journée rousse.

Kelly la considéra avec perplexité.

— Tu as vraiment l'intention d'aller au bout de cette mascarade ?

— Et comment ! Et surtout, avec un peu de chance, d'inviter ce Luc Gambrelli à revisiter la farce de l'arroseur arrosé ! Il a brisé le cœur de Mellie… Je ferai en sorte que Grant nous présente l'un à l'autre, et si je parviens à capter suffisamment son attention, je m'offrirai le plaisir de le remettre à sa place pour de bon ! Il est grand temps que quelqu'un fasse comprendre à ce monstre d'arrogance que toutes les femmes ne sont pas à ses pieds.

— Mais… C'est un affront à un homme très puissant dans le milieu du cinéma. Tu n'as pas peur qu'il se venge en sabotant la carrière de Grant ? opposa Kelly.

Un sourire se dessina sur les lèvres de Darci.

— C'est la meilleure partie de l'histoire : mon frère est la poule aux œufs d'or, en ce moment. Rien ni personne ne peut l'atteindre.

L'expression inquiète de Kelly n'avait cependant pas disparu.

— Mais tu sais bien que le succès est très précaire, au cinéma. Le vent tourne vite, et la coqueluche d'un instant peut se retrouver en position de paria du jour au lendemain !

— Tu penses sincèrement que Luc Gambrelli pourrait être assez mesquin pour rejeter sa rancœur sur Grant ?

Kelly haussa les épaules.

— C'est possible.

Darci se mit à rire et s'assit près de son amie pour l'embrasser.

— De nous tous, tu as toujours été la plus anxieuse, lança-t-elle d'un ton affectueux, tout en se rappelant que sans la prudence de Kelly, elle se serait souvent retrouvée dans des situations délicates, ayant un peu trop l'habitude de donner libre cours à sa nature impétueuse.

Néanmoins, elle n'avait pas l'intention de reculer face à Luc Gambrelli. Non, pas après ce qu'il avait fait à Mellie !

— Tu réalises qu'il sera certainement accompagné, demain soir ? insista Kelly.

— Eh non, tu te trompes, répondit Darci avec malice. Grant m'a appris qu'il devrait escorter Jackie Tunbridge, l'actrice principale du film, qui n'a aucune expérience de ce genre de manifestations. Et puis, il paraît que notre don Juan se montre un peu plus circonspect dans ses fréquentations féminines, ces derniers temps. Grant dit que c'est parce qu'il ne veut pas tomber dans le même piège que son frère et son cousin, qui se sont mariés récemment. Tu sais, le comte Carlo Gambrelli et Cesare Gambrelli.

Elle avait à peine prononcé ces noms que Kelly lui jeta un regard effaré.

— Quoi ? Luc Gambrelli est apparenté à ces deux-là ?

— Oui, acquiesça-t-elle. Le comte est son frère, ni plus ni moins !

Puis, elle se releva et rangea les deux robes dans l'armoire.

— Tu as raison, ça ne va pas. Il faudra que j'aille faire du shopping demain pour trouver quelque chose qui convienne.

— Mais tu détestes faire du shopping !

Darci haussa les épaules.

— Si c'est pour avoir le bonheur d'envoyer Monsieur Luc Gambrelli sur les roses, je ferai une exception… Kelly, je sais que tu désapprouves ce plan, reprit-elle en se retournant vers son amie, mais il est tout simplement impossible de laisser un être aussi cruel briser le cœur de notre meilleure amie sans lever le petit doigt !

Kelly, Mellie et Darci étaient devenues inséparables dès le collège. Et elles avaient partagé tous les moments de leurs années de fac : elles avaient loué une maison à Londres — Kelly s'était inscrite en histoire, Darci en médecine, et Mellie dans une école d'art dramatique. Grant, qui appréciait beaucoup la compagnie des trois filles, n'avait pas tardé à les rejoindre et avait vécu avec elles durant toutes ces années.

Un lien très particulier les avait unis les uns aux autres, et à eux quatre, ils étaient devenus une vraie famille : si l'un d'eux était blessé, ils l'étaient tous. Or, six semaines plus tôt, l'impitoyable Luc Gambrelli avait brisé le cœur de la douce Mellie.

Après l'université, Grant était parti s'installer à Los Angeles, et les trois jeunes femmes avaient pris un autre appartement à Londres. Kelly et Darci y demeuraient seules pour le moment, car il y avait six mois que Mellie s'était envolée pour Los Angeles. Ayant connu un joli succès au théâtre, elle espérait que Hollywood lui offrirait les rôles sur grand écran dont elle rêvait. Ainsi avait-elle rencontré le célèbre producteur de films Luc Gambrelli. Et ainsi était-elle tombée amoureuse de lui…

Ils avaient fait connaissance au cours d'une soirée, et Luc lui avait affirmé qu'elle serait parfaite dans un film qu'il s'apprêtait à mettre en chantier.

Kelly et Darci avaient suivi à distance les épisodes de cette romance soudaine, et leur amie leur avait amplement vanté, au téléphone ou par e-mails, les mérites sans fin de celui qui lui faisait chavirer le cœur. Son lyrisme était intarissable, et elle s'émerveillait chaque jour de sa délicatesse : il lui faisait porter des fleurs, lui offrait des cadeaux… Enfin, l'habile séducteur n'avait tourné la tête de sa proie dans les règles de l'art que pour mieux la glisser entre ses draps — une expérience que Mellie avait rapportée à ses deux amies dans les moindres détails.

Après quoi, l'ignoble goujat avait disparu, avec sa promesse de rôle… Et, le cœur en miettes, Mellie avait réalisé qu'elle était tombée dans le piège le plus éculé de Hollywood. A sa douleur s'était ajoutée l'humiliation d'avoir agi comme toutes les bécasses qui prenaient pour argent comptant les boniments des personnes influentes dans ce milieu…

Aussi Darci serait-elle ravie, enchantée, même, de mener son plan à bien et de donner au tout-puissant Luc Gambrelli la leçon qu'il n'avait pas volée ! Naturellement, elle ne lui en révélerait jamais la cause, et ne prononcerait pas le nom de Mellie. Grant, quant à lui, ignorait tout de l'infortune de leur amie, et mieux valait qu'il en soit ainsi.

— Je me demande si ça ne pourrait pas se retourner contre toi, lança Kelly.

— Tu veux dire qu'il n'aime peut-être pas du tout les rousses ? s'enquit Darci avec anxiété.

— Toi ? répliqua Kelly en lui jetant un coup d'œil admiratif. Tu plaisantes ! Tu es très belle, et extrêmement sexy, comme le prouve la quantité de cœurs brisés que tu as laissée derrière toi…

Darci soupira. Elle n'avait jamais eu l'intention de faire de la peine aux quelques garçons qu'elle avait rencontrés et refusé de fréquenter. Mais durant ses études, elle s'était concentrée sur son travail et sa future carrière. Les relations amoureuses n'avaient jamais figuré dans ses priorités. Pas de temps pour ça.

— Mais alors, qu'est-ce que tu entends par « se retourner contre toi » ?

Kelly soupira.

— Il ne t'est jamais venu à l'esprit que tu pourrais, toi aussi, à l'instar de toutes les femmes de la planète, te montrer sensible aux charmes de l'irrésistible Luc Gambrelli ? Et qu'au lieu d'avoir envie de le rejeter brutalement, tu pourrais tomber follement amoureuse de lui ?

— Aucune chance, répondit-elle, sûre d'elle. Les play-boys siciliens à la tête de fortunes indécentes n'ont aucun attrait à mes yeux.

— Mais tu l'as vu, ce play-boy sicilien ? insista son amie d'un ton railleur.

Eh bien, oui, naturellement : Darci avait vu son portrait dans les magazines, comme tout le monde. Il ne se passait pas une semaine sans qu'il fasse la une d'un journal glamour, toujours escorté d'une ravissante actrice. Avec sa haute stature, ses cheveux couleur miel et ce visage sculptural au teint naturellement hâlé, il ne passait pas inaperçu. Car Luc Gambrelli n'était pas seulement l'un des célibataires les plus convoités au monde ; il était aussi, de loin, l'un des plus séduisants.

Malgré tout, le multimillionnaire sicilien qui changeait de

femme comme de chemise était sur le point de rencontrer le seul et unique spécimen féminin fermement décidé à ignorer son charme dévastateur. Oui, il allait faire la connaissance de Darci la vengeresse !

2

— Tu as eu souvent l'occasion de voir Mellie, à Los Angeles ? demanda Darci à son frère.

— Mellie ? répéta Grant d'un ton absent, tout en scrutant la foule qui se pressait dans la grande salle de réception, après la première diffusion du film.

Darci lui adressa un sourire moqueur.

— Oui, *Mellie*, l'une de mes plus anciennes amies, avec laquelle tu as partagé une maison durant des années… Est-ce que Grant Wilde aurait tout oublié de son passé, depuis qu'il marche sur des tapis rouges à longueur d'année ?

— Ah-ah. Très drôle, répliqua Grant. Bien sûr, j'ai vu Mellie deux ou trois fois, mais, euh, en ce moment précis, figure-toi que j'ai d'autres… Oh ! Bonsoir, Luc !

— Aurais-tu l'amabilité de me présenter à la ravissante personne qui t'accompagne ce soir ? demanda aussitôt Luc Gambrelli, après avoir serré la main de Grant.

La fête battait son plein, et il s'était hâté de rejoindre le réalisateur auréolé de succès. Les critiques de cinéma présents lors de la projection étaient conquis, mais bien sûr, il faudrait attendre les comptes rendus dans la presse, le lendemain, pour être certain que le lancement du film était réussi.

Au cours de la soirée, Luc avait plusieurs fois remarqué la superbe rousse que Grant avait à son bras. Comment aurait-il pu ne pas le faire ? Sa beauté ne passait guère inaperçue ! Même parmi les plus somptueuses actrices du moment, elle irradiait. Sa longue chevelure flamboyante lui rappelait les modèles des œuvres préraphaélites. Ses yeux verts brillaient d'un éclat saisissant, révélant son teint diaphane constellé de quelques ravissantes taches de rousseur. Elle avait un nez charmant, fin et droit. Quant à sa bouche… Elle avait des lèvres pulpeuses à souhait, qui faisaient écho à l'extraordinaire sensualité émanant de tout son corps.

Et quel corps ! Elle était très grande : sans doute mesurait-elle un peu plus d'un mètre soixante-quinze. Ses jambes interminables étaient parfaitement galbées. Elle était si mince qu'elle avait l'air d'une longue liane, souple et ferme… Par contraste, sa poitrine généreuse lui donnait l'air d'une déesse. Luc aurait pu jurer qu'elle ne portait pas de soutien-gorge sous sa robe…

Maintenant qu'il avait tout loisir d'admirer les magnifiques yeux verts de la jeune femme, il était frappé par leur couleur profonde et claire, absolument identique à celle du fourreau qui moulait ses formes parfaites. C'était sans doute ce regard qui avait d'abord piqué sa curiosité, quand il l'avait croisé, avant la projection. Mais elle avait rapidement détourné la tête…

Il y avait là de quoi faire bouillir son sang de Méditerranéen !

Luc avait cependant attendu le moment propice pour les présentations. De près, l'inconnue était plus belle encore. Elle avait de longs cils noirs, une bouche pulpeuse et une magnifique chevelure tombant en boucles sur ses épaules nues. Même juchée sur ses sandales à talons aiguilles, elle n'était pas aussi grande que lui, et il lui rendait encore une demi-tête.

Malgré lui, il se sentit fébrile à l'idée d'admirer ce corps splendide sans son fourreau vert, de sentir le contact de cette bouche, de connaître la saveur de cette peau crémeuse…

Alors qu'il avait été poursuivi par les plus belles femmes du monde, Luc savait reconnaître l'attrait que cette inconnue exerçait sur lui. C'était une nouveauté, une nouveauté bien agréable… Oh, naturellement, il n'ignorait pas non plus que la durée de vie d'une « nouveauté » de ce genre était limitée ! L'effet persisterait jusqu'au moment où il la mettrait dans son lit.

S'il y parvenait…

Mais la froideur qu'il avait cru deviner dans le regard de la jeune femme ne le décourageait pas. Non, pas le moins du monde !

— Bien sûr, Luc, répondit chaleureusement Grant. Voici ma sœur jumelle, Darci Wilde. Darci, je te présente Luc Gambrelli.

Quoi ? La *sœur* de Grant ?

Cette femme était sa sœur jumelle ?

C'était difficile à croire ! Certes, Grant était également d'une taille imposante, mais il avait les cheveux blonds et un teint hâlé par le soleil californien… Ses yeux étaient cependant du même vert profond que ceux de sa sœur.

En offrant sa poignée de main à la jeune femme, Luc savoura la douceur de sa peau sur la sienne et huma pour la première fois son parfum — délicatement ambré. Un parfum qui affolait tous ses sens.

Tout en saluant poliment Luc Gambrelli, Darci se félicita de ne pas avoir eu besoin de demander à son frère qu'il le lui présente : mieux valait que le sinistre individu en ait pris seul l'initiative.

Au fond, elle n'en était guère étonnée. Dès l'instant où elle avait pénétré dans le cinéma au bras de Grant, elle avait remarqué son regard sombre qui se posait régulièrement sur elle. Bien sûr, dans une salle bondée de célébrités, il avait dû se demander qui elle était !

Mais ce succès lui procurait beaucoup moins de plaisir, maintenant qu'il se penchait sur elle en lui adressant un regard brûlant…

Soudain, l'avertissement de Kelly lui revint à la mémoire.

Agé de trente-quatre ans, Luc Gambrelli n'était pas moins séduisant en chair et en os que sur les photos des magazines.

Au contraire ! Il émanait de lui une sorte d'aura charismatique très puissante. Son smoking noir laissait deviner son corps d'athlète et ses larges épaules. Impossible de ne pas remarquer le contraste saisissant qu'offraient sa chevelure d'un blond couleur miel et son teint méditerranéen, mais aussi la blancheur de ses dents et le brun profond de ses yeux.

Tout en gardant sa main dans la sienne, il lui adressa un sourire de prédateur.

Il se donnait du mal pour rien, songea-t-elle. Car elle n'oubliait pas à qui elle avait affaire : un requin au cœur froid, qui avait causé un chagrin immense à l'une de ses plus chères amies, sans le moindre scrupule. Et elle était plus déterminée que jamais à ne pas se laisser impressionner par ce charme sicilien, cette élégance racée ou cette voix enjôleuse qui la faisait frissonner.

— Bonsoir, monsieur Gambrelli, répliqua-t-elle froidement, en lui retirant sa main.

Elle prit soin de le faire assez vivement, pour que son geste soit interprété comme une rebuffade.

— Je vous en prie, appelez-moi Luc, répondit-il en plongeant son regard dans le sien.

— Très bien, acquiesça-t-elle en se gardant de lui rendre la politesse.

— Vous travaillez également dans l'industrie du cinéma, Darci ? s'enquit-il. Vous êtes actrice, peut-être ?

— Je crains que non, rétorqua-t-elle avec dédain.

Mais elle releva les yeux vers lui et soutint son regard intense.

— Je crois que Jackie a besoin de ton aide avec les photographes et les journalistes, dit soudain Luc en se tournant vers Grant.

Celui-ci regarda dans la direction qu'il lui indiquait et claqua des doigts.

— Zut.

La star du film était nouvelle dans la profession. Cernée

par une meute de photographes, elle jetait des coups d'œil affolés autour d'elle.

— Je crois que je devrais aller à son secours, admit-il. Darci, tu veux bien venir avec…

— Je vais m'assurer que Darci ne s'ennuie pas trop durant ton absence, le coupa Luc en passant d'autorité le bras de la jeune femme sous le sien.

Cet homme connaissait donc tous les trucs, songea-t-elle, écœurée — et gênée de sentir la chaleur de son corps contre le sien.

Grant sourit à son ami.

— Je préfère t'avertir, Luc : il en faut beaucoup pour impressionner ma sœur.

Darci adressa un clin d'œil complice à son frère, avant qu'il ne s'éloigne, la laissant seule avec Luc Gambrelli.

Grant ignorait pourtant tout de sa répulsion à l'égard du producteur sicilien. Même à son frère jumeau, elle ne pouvait confier l'humiliation de Mellie… Mais il était évident que Grant savait à quoi s'en tenir au sujet de Luc et de sa réputation avec les femmes. A qui pensait-il jouer un tour en acceptant de s'éclipser ainsi ? A elle, ou à Luc ?

Darci se retourna vers Luc, qui lui tenait toujours le bras.

— Je suppose que vous l'avez fait exprès ? demanda-t-elle d'un air de défi.

— En effet, admit Luc en l'entraînant vivement dans un coin un peu plus calme de la salle. Mais dites-moi, Darci, ce qu'a dit Grant est-il vrai ?

— Que je ne me laisse pas facilement impressionner ? Qu'en pensez-vous ? répliqua-t-elle, mutine.

Il haussa les sourcils et plongea ses yeux bruns dans les siens.

— Ce que je pense ? Je ne crois pas que vous soyez prête à l'entendre, rétorqua-t-il sans se démonter.

La provocation prit la jeune femme de court. L'intonation de Luc ne laissait guère de doute sur le genre d'idées qu'il avait en tête... Comme si le fait qu'il se tienne tout près d'elle et ne détache jamais son regard du sien n'était pas déjà assez clair !

Bon, eh bien... Après tout, elle n'était ni une petite fille ni une actrice débutante espérant qu'il allait changer le cours de sa carrière. Elle avait vingt-huit ans, elle était médecin, et elle allait connaître l'immense satisfaction de faire comprendre à cet individu que rien, chez lui, ne pourrait jamais la toucher.

D'un mouvement souple, elle lui retira son bras et fit un pas en arrière. Instantanément, elle se sentit beaucoup mieux.

— Je prends le pari, répliqua-t-elle en le fixant droit dans les yeux.

Une lueur admirative passa dans le regard de Luc. Il sourit.

— Vous voulez un exposé détaillé, ou un bref aperçu ?

Troublée, Darci leva sa coupe de champagne, comme si elle réfléchissait à la question. Il était trop tôt pour répliquer. Trop tôt pour en finir.

Son intention initiale avait été de remettre Luc Gambrelli à sa place dès ce soir, *si* seulement il lui manifestait un peu d'intérêt. Mais en quelques minutes, elle avait acquis la certitude que c'était bien le cas. Le pouvoir de séduction qu'elle exerçait sur lui se lisait dans ses yeux bruns braqués sur elle, à tel point qu'elle se demandait maintenant si elle ne pourrait pas aller un peu plus loin, au-delà de la soirée...

Naturellement, tout cela était soumis à bien des conditions. Par exemple, il faudrait que Luc Gambrelli émette le souhait de la revoir. Ensuite, elle devrait puiser en elle le cran d'accepter un rendez-vous auquel elle ne se rendrait pas. Mais c'était tentant. Beaucoup plus efficace, beaucoup plus satisfaisant que la simple vexation qu'elle avait imaginée !

Relevant les yeux vers lui, elle susurra avec coquetterie :

— L'exposé détaillé, bien sûr.

Luc la considéra avec étonnement. La sœur de Grant Wilde devenait plus surprenante à chaque minute. Il n'était plus seulement attiré par son corps de rêve, mais également par son intelligence, son sens de la repartie et cette audace qu'il voyait dans ses yeux d'émeraude.

Puisqu'elle était la jumelle de Grant, elle devait avoir vingt-sept ou vingt-huit ans : belle comme elle était, elle avait forcément eu son lot d'admirateurs... Et visiblement, elle savait très bien quoi faire de l'intérêt qu'elle éveillait chez la gent masculine.

D'ailleurs, durant cet échange, elle n'avait pas rougi une seule fois.

La plupart des hommes avaient une préférence pour une partie du corps des femmes — les jambes, les fesses ou les seins. Luc n'avait pas d'obsession de ce genre, mais il était prêt à changer d'avis depuis qu'il avait vu, ou plutôt entrevu la poitrine de Darci.

— Nous devrions peut-être aller dans un endroit plus... plus *intime*, pour poursuivre cette discussion ? suggéra-t-il à voix basse.

Darci continuait de le dévisager froidement.

— Je vous invitais seulement à me livrer vos pensées, monsieur Gambrelli, pas à les mettre en action.

— Ah ! J'aurai fait erreur...

— Certes, répliqua-t-elle.

Luc admira encore les lignes harmonieuses de son visage. Il y avait une ambivalence chez Darci Wilde, observa-t-il. Cette cascade de cheveux roux, ces seins sublimes et cette ligne élancée étaient des attributs de féminité, de sensualité débordante, qui contrastaient singulièrement avec les intonations de sa voix et ses commentaires.

Néanmoins, il jugeait cette ambivalence très intrigante.

Et sans doute était-ce le problème...

A peine un an plus tôt, son cousin, son frère et lui formaient la triade des célibataires, chez les Gambrelli. Mais son cousin Cesare était tombé amoureux de Robin, qu'il avait épousée. Puis, quelques mois plus tard, cela avait été le tour de Carlo, son frère, qui s'était marié avec la charmante Angel... laissant Luc isolé.

Or, il était déterminé à ne pas changer de position !

— Bon. Comme vous voudrez, reprit-il en baissant la voix. Avant tout, j'aimerais vous embrasser. Je veux dire... Seulement votre bouche, vous comprenez ? C'est une bouche si délicieuse...

Fixant intensément ses lèvres, il enchaîna :

— Douces. Et pleines. Et si attirantes. Oui, j'aimerais beaucoup vous embrasser. Vous savourer. Laisser ma langue vous explorer.

Darci déglutit avec peine et sentit une intense chaleur s'immiscer en elle, tandis que la voix caressante de Luc la grisait. La pointe de ses seins se durcissait, et son ventre était en feu.

Bon sang, ce n'était pas ce qu'elle avait prévu !

— Et pendant que je vous embrasserais, poursuivit-il d'une voix langoureuse, je glisserais ma main dans vos superbes cheveux pour sentir leur douceur, les enrouler autour de mes doigts tandis que je vous serrerais plus étroitement. Ensuite, j'aimerais libérer mon autre main et défaire le zip de votre robe, le faire lentement descendre le long de votre dos, découvrir votre peau nue et la caresser pendant que la robe tomberait à vos pieds. Dessous, vous ne porteriez rien, sinon une culotte de soie... noire, je crois.

Il s'écarta sensiblement pour la contempler de la tête aux pieds et ajouta :

— Et des bas couleur chair.

— Monsieur Gambrelli... Essayeriez-vous de me choquer, par hasard ? coupa Darci d'un ton vif, espérant ne rien laisser paraître de sa gêne.

Car le diabolique personnage avait parfaitement deviné ce qu'elle portait ce soir — et surtout ce qu'elle ne portait pas !

Ce qui prouvait une fois de plus que son expérience en la matière était indiscutable. Un homme capable de déshabiller une femme d'un simple regard ne comptait plus le nombre de fois où il l'avait fait pour de bon...

— Pourquoi ? J'ai réussi ? s'enquit-il, une lueur amusée dans les yeux.

Un autre aspect de sa personnalité auquel elle ne s'était pas préparée. Car elle s'était attendue à rencontrer un Luc Gambrelli extrêmement séduisant, certes... Arrogant, aussi. Mais elle n'avait imaginé ni son audace ni son sens de l'humour !

— Pas le moins du monde, affirma-t-elle en affichant un calme olympien et en avalant une gorgée de champagne.

— Tant mieux. Parce que je n'en suis pas encore venu au meilleur, murmura-t-il, le regard pétillant de malice. Une fois que je vous aurais ôté cette robe, j'aimerais rendre hommage à vos seins avec mes lèvres, ma langue, avant de faire descendre cette culotte noire sur vos...

— Je suis sûre que vos fantasmes sont fascinants, interrompit-elle. Mais finalement, il ne s'agit que de fantasmes, n'est-ce pas ?

— Pour le moment, admit-il en fixant de nouveau sa bouche.

Darci connaissait depuis longtemps l'effet qu'elle produisait sur les hommes. Elle savait que sa chevelure, sa haute taille et ses seins les incitaient à ne pas la prendre au sérieux. Toute sa vie, elle s'était battue contre ce préjugé, et tout particulièrement durant ses années d'internat, face au personnel masculin de l'hôpital. Il avait également fallu qu'elle affronte les a priori de certains patients, les hommes jeunes n'hésitant pas à la taquiner ouvertement, et les plus âgés rechignant à laisser une séduisante jeune praticienne les soigner.

Or, le fait que Luc Gambrelli ait décidé au premier coup d'œil de la traiter de cette façon la rendait folle de rage.

Décidément, il avait besoin d'une bonne leçon : ne jamais sous-estimer une femme blessée dans son orgueil, ou, dans ce cas précis, ne pas sous-estimer l'amie d'une femme blessée dans son orgueil !

— Comme vous l'avez vous-même observé tout à l'heure,

Luc, le lieu est bien mal choisi pour une conversation de ce genre, lâcha-t-elle avec une légèreté qu'elle était loin de ressentir.

— Et quel lieu suggérez-vous ? répliqua-t-il en souriant.

« Nulle part ! » se retint-elle de lui hurler au visage.

— Aussi plaisante qu'ait été cette conversation, Luc, je crois qu'il est temps que je rejoigne Grant… Mais qu'est-ce que vous faites, au juste ?

Luc lui avait agrippé le bras, et regrettait déjà ce geste inconsidéré : en effet, que faisait-il ? Darci Wilde était belle, oui. Et désirable. Et intelligente, aussi. Certainement assez spirituelle pour captiver son attention. Mais n'était-ce pas ce genre d'intérêt un peu excessif qu'il cherchait à tout prix à fuir, pour ne pas se retrouver dans la même situation que son cousin et son frère ?

Hélas, le simple fait d'évoquer l'idée de lui faire l'amour l'avait terriblement excité…

— Je me demandais si vous accepteriez de dîner avec moi, un soir ? demanda-t-il d'un ton faussement tranquille, tout en songeant que cette invitation était tout à fait déraisonnable.

Mais il avait besoin de connaître cette femme. Oui, il en avait un besoin pressant.

Darci releva lentement les yeux vers lui. Alors, il l'avait fait… Et maintenant qu'elle avait obtenu ce qu'elle espérait, elle se sentait tiraillée entre sa satisfaction et un malaise grandissant. Car la mise en garde de Kelly lui paraissait soudain très justifiée.

Oh, bien sûr, elle ne risquait pas de tomber amoureuse de Luc Gambrelli, pas après ce qu'il avait fait à Mellie ! Mais son charme était plus puissant qu'elle ne l'aurait cru. Et son humour ravageur l'avait décontenancée.

Quant au récit qu'il lui avait fait de ses fantasmes… Elle en avait encore des frissons.

— Peut-être devrais-je préciser, si cela peut vous rassurer, que vous ne figureriez pas au menu ? ajouta-t-il, un accent moqueur dans la voix.

Darci fronça les sourcils. Elle était prête à relever le défi.

— Je peux vous garantir que vous non plus !

— Parfait, répondit-il. Demain soir, alors ? C'est vendredi. A 20 heures ?

— Je ne suis pas libre, demain soir, répliqua-t-elle avec un plaisir non feint.

Après tout, c'était la vérité : elle était de service à l'hôpital, le lendemain. Nul doute que Luc Gambrelli était accoutumé à des réponses beaucoup plus enthousiastes ! Toutes les femmes qu'il invitait devaient bouleverser leur emploi du temps pour être libres de dîner avec lui !

Eh bien, il allait le comprendre : Darci n'était pas comme toutes les femmes !

— Bon… Samedi soir, alors ? enchaîna-t-il.

Darci prit tout son temps pour méditer la question, et le lui montra. Son hésitation devait faire bouillir son ego démesuré, et elle voulait savourer cet instant.

— Pourquoi pas, concéda-t-elle enfin. Pourvu que vous m'emmeniez dans un restaurant outrageusement cher.

Tout en battant des cils, elle lui décocha un sourire espiègle. Que pouvait-il ressentir en ce moment ?

Elle vit une ombre passer sur le visage de Luc, mais il se reprit très vite et sourit d'un air confiant.

— Je suis certain de pouvoir trouver un lieu de ce genre, répliqua-t-il en se penchant vers elle et en frôlant son épaule.

Elle frémit. Voyons, tout cela n'était qu'une tactique de séduction éprouvée cent fois, se répéta-t-elle. D'ailleurs, il devait avoir accroché son diplôme de don Juan sur le mur de sa chambre !

Mais à l'instant où il prit sa main pour la porter à ses lèvres et l'effleurer d'un baiser, elle sentit encore une étrange faiblesse l'envahir. Oh, Seigneur, c'était le diable en personne… Comment s'étonner que la malheureuse Mellie ait fini dans son filet ?

— Eh bien, à samedi, alors, Darci, conclut-il. Est-ce que Garstang est assez cher pour vous ?

Elle n'avait jamais mis les pieds dans cet établissement classé, figurant parmi les grands noms de la gastronomie mondiale. Comment ferait-il ? Une réservation dans ce restaurant se prenait des mois à l'avance...

— Cela me paraît parfait, admit-elle.

— Donnez-moi votre numéro, pour que je vous appelle avant de venir vous cher...

— Non, je vous retrouverai directement sur place, coupa-t-elle. A 20 heures.

Il était hors de question qu'il passe la prendre, et Garstang était le lieu idéal pour lui infliger une humiliation qu'il n'oublierait pas.

Elle voyait déjà le tableau : Luc Gambrelli, ayant pesé de toute son influence pour obtenir une table au pied levé, assis tout seul et regardant sa montre sous le regard surpris et narquois des serveurs et du maître d'hôtel, qui viendrait régulièrement lui demander si tout allait bien, tandis qu'il attendait...

... Et qu'il attendait encore, indéfiniment, avant de finir par comprendre que Darci lui avait délibérément fait faux bond.

La légende de Luc Gambrelli en prendrait un coup fatal !

Oh oui, cette perspective était *outrageusement* délicieuse !

3

— Tu es certaine de ne pas vouloir nous accompagner à cette soirée, Michael et moi ? insista encore Kelly, immobile sur le pas de la porte, et prête à rejoindre son fiancé.

— Oui, sûre et certaine, affirma Darci en se lovant confortablement dans le canapé du salon. J'ai la soirée pour moi, mon film préféré en DVD, et un plein saladier de pop-corn au caramel : que demander de plus ?

— Luc Gambrelli ? suggéra son amie d'un ton provocateur.

— Oublie ça !

— Mais enfin, Darci, ça ne t'ennuie pas de savoir que tu pourrais passer la soirée avec lui au lieu de traîner en pyjama ici toute seule, devant un film que tu as vu une bonne douzaine de fois ?

— Pas du tout, confirma-t-elle en s'enroulant dans un grand plaid. Imaginer la tête qu'il fait en ce moment suffit au succès de ma soirée !

Un voile d'inquiétude passa sur le visage de Kelly.

— Tu as promis d'appeler le restaurant pour lui faire savoir que tu ne viendrais pas, rappela-t-elle.

Darci soupira. Face aux reproches de Kelly, elle s'était engagée à cette concession. Mais elle n'avait pas précisé *quand* elle téléphonerait ! Voyons, vingt-cinq à trente minutes d'attente feraient l'affaire. C'était assez long pour que l'orgueil de Luc Gambrelli souffre des regards inquisiteurs qui se porteraient sur lui, et qu'il réalise peu à peu que son rendez-vous ne viendrait jamais.

— Arrête de t'inquiéter, Kelly, protesta Darci. Je vais appeler le restaurant et présenter des excuses qui lui seront transmises.

— Oh, j'ai complètement oublié de te dire que Mellie a téléphoné, aujourd'hui. Elle voulait savoir comment l'avant-première de Grant s'était déroulée, jeudi soir.

Darci fronça les sourcils.

— Ah bon ?…

— Ne prends pas cette mine atterrée, Darci : je ne suis pas assez idiote pour lui avoir parlé de ce que tu trafiques !

— Merci, soupira-t-elle, soulagée.

— Bien que j'aurais peut-être dû le faire, poursuivit Kelly. Mellie serait la première à te supplier d'arrêter ce cirque.

— Je suis précisément en train d'arrêter ! répliqua Darci. Alors s'il te plaît, Kelly, cesse de te faire du souci ! Après ce soir, nous n'entendrons plus jamais parler de Luc Gambrelli.

Kelly leva les yeux au ciel.

— Espérons que tu as raison.

— Mais oui. Alors va à ta soirée, et laisse-moi profiter de mon pop-corn et de Robert Redford, reprit-elle en lui adressant un clin d'œil complice.

Kelly hésita encore une fraction de seconde, mais sourit et referma la porte derrière elle.

Darci ne put réprimer une exclamation de soulagement en entendant ses pas résonner dans l'escalier. Même si elle avait le pressentiment que Kelly avait raison au sujet de la réaction de Mellie — eût-elle été au courant de son plan —, elle voulait aller jusqu'au bout. Et puis c'était fait, maintenant.

Elle attendit que sonnent 20 h 30 pour composer le numéro de Garstang. Le réceptionniste lui proposa aussitôt de lui passer « monsieur Gambrelli », mais elle insista pour laisser un message précisant qu'elle était souffrante et qu'elle ne pourrait malheureusement pas honorer leur rendez-vous.

Un frisson la parcourut quand elle reposa le combiné, songeant qu'elle n'aurait pas supporté d'entendre le son de la voix de Luc. Cette voix persuasive et enjôleuse qui l'avait poursuivie ces deux derniers jours, de manière continuelle. Certaines images l'avaient également hantée, et elle sentait encore le contact de ses lèvres chaudes sur le dos de sa main…

Pourquoi était-elle aussi mal à l'aise à la pensée de ce qu'elle avait fait, alors que le souvenir du chagrin de Mellie lui rappelait que Luc Gambrelli avait amplement mérité ce traitement ?

C'était ridicule.

Il avait récolté ce qu'il avait semé.

Peu après 21 heures, la sonnerie de la porte d'entrée retentit et Darci bondit du canapé, heureuse de cette diversion. N'importe quel visiteur serait le bienvenu, songea-t-elle gaiement, ouvrant à toute volée… et revenant aussitôt sur son premier sentiment.

Car son visiteur n'était autre que Luc Gambrelli…

Sa surprise fut telle qu'elle demeura pétrifiée sur place, à le fixer sans comprendre. Mille questions tournoyaient dans son esprit. Pourquoi semblait-il démesurément grand ? Sans doute parce qu'elle-même n'était plus juchée sur ses talons aiguilles ! Elle était pieds nus, en pyjama, les cheveux en bataille, sans une trace de maquillage sur le visage, face à un Luc splendide dans son costume noir et sa chemise blanche, sous une magnifique veste en daim.

Son pouls se mit à battre sur un rythme endiablé, et elle crut qu'elle allait chanceler. Que faire, Seigneur, que faire ?

— Je… Que… Comment… ?

Oh, bon sang, et il fallait qu'elle bredouille comme une idiote, pour couronner le tout !

— Qu'est-ce que vous faites ici ? reprit-elle après avoir dégluti avec peine.

Luc lança un coup d'œil appréciateur à la tenue de Darci et se demanda à qui avait appartenu ce pyjama d'homme qui n'avait rien de très seyant, mais qui avait le mérite de révéler un triangle de peau nue, crémeuse et attirante, au niveau du col.

— Je me suis inquiété, après avoir reçu votre message au restaurant, expliqua-t-il en haussant les épaules. Alors j'ai téléphoné à Grant pour lui demander votre adresse.

Les grands yeux verts de Darci s'élargirent.

— Et il vous l'a donnée ? Comme ça ?

— Oui, pourquoi pas ?

— Mais, parce que… Parce que…

Elle secoua la tête et s'interrompit.

— Je lui ai appris que nous devions dîner ensemble ce soir, et il a été enchanté de me rendre ce service, ajouta-t-il. Je peux entrer ?

— Mais, je, euh… Eh bien, oui, je suppose, lâcha-t-elle en s'écartant de la porte pour lui céder le passage.

Dès qu'il pénétra dans le salon, Luc remarqua le plaid étalé sur le canapé. Il se retourna vers la jeune femme et s'enquit anxieusement :

— Le maître d'hôtel m'a dit que vous étiez souffrante. Vous avez de la fièvre ?

Darci le dévisagea un court instant avant de répondre d'un ton ferme :

— Oui.

Ce n'était presque pas un mensonge, pensa-t-elle : une bouffée de chaleur l'avait envahie, et des frissons glacés lui passaient dans la nuque. La cause était facile à déterminer… La présence dérangeante de Luc Gambrelli dans son sanctuaire privé avait de quoi lui donner la nausée.

Plus que jamais, il rayonnait de cette aura puissante qui l'avait déjà gênée deux jours plus tôt. C'était comme si elle était piégée par son regard intense, sa voix rauque…

Avait-il vraiment cru qu'elle était malade ? Ou était-il ici pour lui rendre la monnaie de sa pièce ?

— Vous avez consulté un médecin ? reprit-il.

— Je *suis* médecin, l'informa-t-elle, ravie de voir son étonnement.

Cette petite joie fut hélas de courte durée, et son angoisse reprit le dessus. Oh, si elle avait pu imaginer une seule seconde qu'il viendrait ici, elle aurait barricadé la porte ! Mieux, elle aurait accompagné Kelly et Michael…

Il était trop tard pour nourrir des regrets. Rassemblant toutes ses forces, elle domina le tremblement qui agitait ses membres et pria pour que son cœur cesse de jouer cette sarabande endiablée.

— Et alors, quel est votre diagnostic ? insista-t-il, encore surpris par l'information qu'elle venait de lui livrer.

Dans les très rares occasions où il avait été malade, Luc n'était jamais tombé sur un médecin ressemblant à Darci Wilde… Heureusement, en un sens. Parce que le seul fait de se trouver face à ce regard vert, cette chevelure flamboyante et cette poitrine à damner un saint lui aurait donné la fièvre en un rien de temps.

N'était-ce pas le cas, en ce moment même ? Difficile de rester insensible à un tel corps. Elle ne portait rien, sous son pyjama. Etrangement, ce vêtement informe lui paraissait particulièrement sexy. Le pantalon n'était retenu que par le ruban de la taille, mais il flottait autour de son bassin, laissant deviner ses fesses nues… Et ses seins pointaient sous la veste de coton.

Luc se voyait très bien en train de défaire un par un les boutons de cette veste pour avoir enfin le bonheur de contempler cette poitrine qui hantait ses rêves depuis deux jours et deux nuits. Et après l'avoir admirée, il voulait y porter ses lèvres et l'embrasser délicatement, avant de…

— Mon diagnostic ? répéta Darci, déconcertée. Je crois que c'est un début de rhume.

Peut-être aurait-il fui en courant si elle lui avait déclaré que c'était la peste, la lèpre ou le choléra. Encore une fois, elle avait mal répondu.

Oh, bon sang, où était la prudente Kelly, quand elle avait besoin d'elle ? Son amie avait mieux perçu qu'elle le danger qu'il y avait à s'en prendre à un fauve tel que Luc Gambrelli. Et Darci n'avait plus qu'à regretter que son propre instinct ne l'ait pas mieux mise en garde.

En outre, elle aurait dû au moins prévenir Grant et lui interdire de lui transmettre la moindre information la concernant... Mais comment aurait-elle pu imaginer qu'au lieu de rester sagement assis chez Garstang et de dîner seul, Luc Gambrelli bondirait jusque chez elle pour vérifier qu'elle était bien malade ?

Décidément, cet homme était totalement imprévisible.

— Je n'ai pas besoin de préciser qu'un rhume est particulièrement contagieux, reprit-elle en s'efforçant de ne rien montrer de son affolement. En fait, nous ne devrions pas nous tenir dans la même pièce.

Son intense regard brun semblait la sonder impitoyablement.

— Voyons, rétorqua-t-il, un sourire aux lèvres, comment pourrais-je vous abandonner alors que vous n'allez pas bien ? Vous vivez seule, ici ?

Luc ne pouvait s'empêcher de se demander si le propriétaire du pyjama résidait sous le même toit. En même temps, si tel avait été le cas, Grant aurait sans doute hésité à lui donner l'adresse.

— Ma colocataire est sortie pour la soirée, répondit-elle. En fait, j'ai deux colocataires, mais l'une d'elles est à l'étranger, pour l'instant.

— Deux colocataires femmes, alors, conclut-il.

— Oui. Maintenant, je crois vraiment qu'il vaudrait mieux que vous partiez, Luc.

— Et moi, je crois que vous avez besoin que quelqu'un prenne soin de vous, au moins jusqu'au retour de votre amie, annonça-t-il d'un ton ferme, tout en ôtant sa veste, qu'il déposa sur le dossier d'une chaise.

Puis, il se retourna vers elle et ajouta :

— Montrez-moi où se trouve la cuisine. Je vais aller vous chercher quelque chose à boire. Il est important de s'hydrater quand on a de la fièvre, non ?

Durant quelques secondes, Darci en eut le souffle coupé. Mais elle rassembla ses esprits et répliqua :

— Vous n'avez pas besoin de rester, Luc. De toute façon, j'étais sur le point d'aller me coucher…

Elle s'interrompit devant son sourire espiègle.

— Détendez-vous, dit-il. Vous ne pensez tout de même pas que je profiterais de votre état de faiblesse ?

Darci n'en était pas si sûre. Il la couvait de ce même regard brûlant qui l'avait tant troublée, à l'avant-première.

Vaincue, elle tendit le bras pour désigner le couloir menant à la cuisine.

— C'est par là.

Luc lui sourit et tourna les talons.

La structure anarchique de la cuisine répondait bien au style géorgien de l'immeuble, observa-t-il dès son entrée dans la pièce tout en longueur, équipée en son centre d'une énorme cuisinière, et d'un bar pour le petit déjeuner à une des extrémités : il était impossible de prendre confortablement un repas dans cette pièce, pourtant vaste.

Les casseroles accrochées le long d'un mur indiquaient un usage quotidien, confirmé par la collection d'épices et d'herbes conservées dans des dizaines de pots, sous une fenêtre.

Luc était excellent cuisinier et en aurait volontiers donné la preuve à Darci, qu'elle soit ou non en pyjama. Plutôt sans, à la réflexion. Il sentait son corps se durcir en imaginant la jeune femme près de lui, dans la cuisine, entièrement nue, pendant qu'il lui préparait un dessert aphrodisiaque…

Son état d'esprit le surprenait lui-même. Car un peu plus tôt, au restaurant, il avait été furieux en comprenant qu'elle ne viendrait pas. Même James, le maître d'hôtel de Garstang, n'avait pas été dupe de la manœuvre, quand il lui avait transmis le message de Darci. Luc et lui avaient échangé un regard entendu.

Une femme réellement malade n'attendait pas une demi-heure après le rendez-vous fixé pour se faire excuser ! Non. Si Darci avait été souffrante, elle aurait téléphoné au restaurant beaucoup plus tôt, afin que Luc reçoive le message dès son arrivée.

Ce qui signifiait qu'après avoir insisté pour qu'il choisisse un très bon restaurant, elle lui avait délibérément fait faux bond. Et la question était : pourquoi ?

Quand elle avait spécifié qu'elle ne dînerait avec lui que dans un établissement « outrageusement cher », il s'était méfié. Avait-elle réellement envie de le revoir ?

Mais finalement, son étrange défection de ce soir l'avait encore plus intrigué, si cela était possible. Aussi avait-il appelé Grant pour tenter de démêler ce mystère. Et le fait qu'elle n'ait pas mentionné leur dîner à son frère jumeau s'avérait également troublant.

Il faudrait bien qu'il obtienne les réponses à toutes ces questions.

4

— Tenez, buvez. Vous vous sentirez mieux.

Assise en tailleur sur le canapé, Darcy prit le verre de jus d'orange que lui tendait Luc. Sa gentillesse augmentait son sentiment de culpabilité.

Et puis, cela ne correspondait guère à l'image du play-boy égocentrique qu'elle s'était forgée.

— Je vous ai aussi apporté ceci, ajouta-t-il en posant sur son front un linge contenant plusieurs glaçons.

Le froid la fit sursauter, et elle voulut changer de position ; mais en se relevant, elle fit tomber le linge et les glaçons qui glissèrent dans sa veste de pyjama. Saisie, elle se redressa avec difficulté, essayant d'éviter le contact des cubes glacés sur sa peau.

Cette série de mouvements affolés offrit à Luc une vue plongeante sur sa poitrine.

— Oh !… Je peux vous aider ? suggéra-t-il en se précipitant vers elle.

— N'y pensez même pas ! rétorqua-t-elle furieusement en ramassant les glaçons et en les posant dans une coupelle, sur la table basse.

Puis, ivre de fureur, elle pointa un index menaçant vers lui.

— Vous l'avez fait exprès !

— Je voulais seulement vous aider, se défendit-il.

Le pyjama de la jeune femme était trempé en plusieurs

endroits, et le jeu de transparence révélait les courbes harmonieuses de son anatomie…

— En me donnant une crise cardiaque ? explosa-t-elle, les joues rosies par la colère. Je ne crois pas !

Luc fronça les sourcils. Si quelqu'un devait se plaindre d'avoir été la cible d'une machination, ce soir, c'était bien lui. Croyait-elle qu'il n'avait pas aperçu le bol de pop-corn presque vide, derrière le canapé ? S'imaginait-elle qu'il n'avait pas remarqué que le lecteur DVD était sur « pause » ? Darci n'était pas plus malade que lui !

— Et pourquoi diable aurais-je fait une chose pareille ? répliqua-t-il, mimant l'indignation et faisant un pas vers elle. Pourquoi aurais-je voulu que ces glaçons vous tombent dessus ?

Darci n'en savait rien. Mais elle avait des soupçons. A l'évidence, il ne croyait pas un mot de cette histoire de rhume.

— Eh bien, parce que…

Comme il s'avançait encore, une lueur indéfinissable dans le regard, elle s'interrompit. Il voulait l'embrasser !

— Je vous l'ai déjà dit : n'y pensez même pas, prévint-elle, incapable de détourner ses yeux des siens.

Sans l'écouter, il fit un pas en avant, et elle sentit qu'elle allait bientôt se trouver dos au mur.

— N'avancez plus, lança-t-elle, le souffle court, tandis que l'appréhension faisait battre son cœur à coups redoublés.

Mais il ne faisait guère cas de ses avertissements…

— Vous êtes bien sûre que c'est ce que vous voulez, Darci ? demanda-t-il en se rapprochant dangereusement.

Darci n'était plus sûre de rien. Sauf de ceci : elle ne devait pas laisser Luc Gambrelli l'embrasser. Même si elle mourait d'envie que cet infâme play-boy, que ce séducteur invétéré qu'elle méprisait de toute son âme l'embrasse, ici et maintenant !

Tout son corps se tordait de désir, et elle sentait ses tétons se durcir pendant qu'un feu infernal la consumait. C'était une catastrophe…

— Moi, je ne crois pas, Darci, reprit-il d'une voix rauque,

avant de poser les mains sur ses épaules pour les faire lentement descendre sur sa poitrine.

Oh, elle ne pouvait plus respirer ! Les doigts de Luc arpentaient sa peau brûlante, et la caresse de son souffle sur son visage était ensorcelante. Non, elle ne saurait pas résister... Et quand il se pencha lentement pour happer ses lèvres, en un baiser d'une douceur vertigineuse, elle sentit tomber ses dernières défenses.

Collée contre le mur, elle ne savait plus comment réagir. Elle ne *pouvait* plus réagir. Son corps se mettait à onduler sous le sien, de manière autonome, sans qu'elle puisse le contrôler. Sans même s'en rendre compte, elle répondait à l'ardeur de son baiser, mêlant sa langue à la sienne, savourant le goût de ses lèvres fermes et exigeantes.

La pression du corps de Luc contre ses hanches faisait naître en elle un étrange vertige. Entre ses bras, elle avait l'impression de devenir quelqu'un d'autre, quelqu'un qu'elle ne reconnaissait pas. Ses seins et ses cuisses étaient d'une sensibilité inouïe, et elle avait douloureusement besoin de ses caresses, besoin que leur étreinte se fasse plus intime, à chaque instant.

Cambrée, elle le laissa déposer une traînée de baisers brûlants le long de sa gorge. Puis, elle sentit ses doigts fiévreux défaire les boutons de sa veste de pyjama, qui tomba sur le sol.

Dans le silence de la nuit, il resta immobile un instant devant elle avant de murmurer :

— Tu es si belle...

Elle gémit quand ses deux mains se plaquèrent sur ses seins, dessinant leurs contours, savourant leur rondeur et effleurant leurs pointes dures. L'onde de plaisir qui la traversa quand il y posa ses lèvres brûlantes fut si violente qu'elle laissa échapper un cri.

Luc n'avait jamais rien savouré de plus délicieux que la peau de Darci. Cette peau fine et sucrée qui enflammait son désir... Il ne se lassait pas de caresser ses seins tout en les embrassant, en agaçant leurs pointes roses du bout de la langue, appréciant la manière dont la jeune femme renversait la tête en arrière, offerte.

Suçant ses tétons avec plus de force, il écouta les gémissements qu'il provoquait et fut bientôt incapable d'attendre plus longtemps : d'un geste enfiévré, il lui arracha le bas de son pyjama et lui écarta les cuisses, pour la découvrir brûlante et humide.

Il hasarda alors ses doigts et caressa délicatement le petit bouton au cœur de sa féminité. Comme elle lui ouvrait ses cuisses, haletante, il poursuivit sa langoureuse exploration.

Darci était en feu. Elle avait conscience de se frotter contre le mur et de se tortiller entre les bras de Luc, pour lui permettre de lui donner encore et encore du plaisir. Les pulsations qui montaient en elle étaient irrépressibles, et elle poussa un long cri quand vint enfin la vague la plus intense, qui la laissa tremblante, à sa merci.

Mais dès qu'elle réalisa ce qui venait de se passer, dès qu'elle croisa le regard de Luc levé vers elle, un sentiment de honte et d'horreur la submergea. Dans ses yeux brillant d'un désir inassouvi, elle vit le reflet de sa propre faiblesse, et ses jambes se mirent à vaciller dangereusement.

— Ça va ? s'enquit Luc d'une voix douce, tout en se redressant.

Il avait perçu ses doutes. A la vérité, il n'avait pas voulu que tout aille aussi vite ; sa seule intention avait été de lui montrer que la fuite était ridicule, et que ce qu'elle avait cherché à faire ce soir, au restaurant, ne servait qu'à retarder les effets d'une attirance trop intense pour être ignorée.

Et il s'était efforcé de lui prouver qu'elle avait envie de s'abandonner entièrement à lui. Ce qu'elle venait de faire.

Prenant une longue inspiration, il déclara :

— Ce qui vient d'arriver était inévitable, Darci...

A ces mots, elle se raidit.

— Peut-être pour vous, lança-t-elle. Mais pas pour moi !

Les joues en feu, elle avait conscience que ses paroles ne

pèseraient pas grand-chose tant qu'elle resterait ainsi devant lui, tremblante et entièrement nue.

Aussi remonta-t-elle très vite son bas de pyjama.

— Comment faites-vous, dans ces cas-là ? reprit-elle d'un ton acide. Vous cochez une demi-case sur votre tableau de chasse ?

Il lui décocha un regard noir.

— Je ne vois pas en quoi le fait de m'insulter pourrait arranger la situation…

— Ah bon, c'était une insulte ? demanda-t-elle, les nerfs à vif. Eh bien, vous risquez d'être servi, parce que je n'ai pas encore dit le centième de ce que je pense de vous !

— Mais bon sang ! Qui vous a contrainte à répondre à mes avances ? explosa-t-il.

— Ah ! J'aurais dû me douter que vous me renverriez ça en pleine figure ! rétorqua-t-elle avec un rire amer. Mais quelles étaient mes chances, face à l'immense séducteur, à l'irrésistible et chevronné Luc Gambrelli, dès lors qu'il concentrait tout son art sur moi ?

— Je préfère vous avertir : arrêtez-vous maintenant, Darci, lança-t-il, la mâchoire serrée.

— Et pourquoi ? le défia-t-elle. Vous aviez besoin de prouver que vous êtes capable d'obtenir n'importe quelle femme, n'est-ce pas ? Jamais, au grand jamais, vous n'accepteriez l'idée qu'une seule résiste au légendaire Luc Gambrelli ?

— Je vous ai dit d'arrêter, Darci !

— Et vous voulez que je vous obéisse, en plus, c'est bien ça ? renchérit-elle. Mais bienvenue dans le monde réel, Luc : vous êtes le dernier homme auquel je pourrais obéir ! Vous entendez ? Le dernier !

Sa véhémence fit taire Luc, qui préféra essayer de comprendre. La froideur de Darci, lors de l'avant-première, avait-elle été délibérée ? Avait-elle cherché à attirer ainsi son attention ? Et avait-elle usé du même procédé pour qu'il l'invite dans un restaurant particulièrement luxueux ? Dans quel but lui avait-elle fait savoir ensuite qu'elle ne le rejoindrait pas, finalement ? Etait-il possible qu'elle n'ait jamais eu l'intention de venir chez Garstang ?

Oui, c'était plus que possible… C'était évident !

Mais Luc ne voyait toujours pas pourquoi. Cela ne pouvait pas avoir de rapport avec Grant : le tournage de *Turning Point* s'était remarquablement bien passé, et ils s'étaient si bien entendus qu'ils avaient signé pour un nouveau projet commun.

Et puis, la manière dont elle venait de répondre à son étreinte…

C'était incompréhensible.

— Darci, reprit-il avec douceur, dites-moi ce que j'ai fait pour éveiller cette colère.

Darci lui décocha un regard suspicieux. Sans doute n'en avait-elle déjà que trop révélé. Et il était primordial d'éviter de citer le nom de Mellie.

— Ça ne vous suffit pas, de m'avoir prise contre ce mur ?

— Non, répondit-il calmement. Parce que votre hostilité remonte à plus loin que ça.

Elle se mordit la lèvre.

— C'est ridicule.

— Non, ça ne l'est pas, affirma-t-il en plongeant son regard dans le sien.

— Si, reprit-elle. Vous avez prétendu être venu ici ce soir parce que vous vous inquiétiez de ma santé, et au lieu de cela…

— Vous n'êtes pas plus malade que moi, Darci, répliqua-t-il. Je peux vous le garantir : votre état de santé est remarquable !

« Remarquable » était le mot juste, elle devait l'admettre, après la manière dont elle s'était pressée contre lui et l'intensité de son orgasme… Mais ainsi que Kelly l'avait observé quelques jours plus tôt, Darci avait été trop accaparée par son travail, ces dernières années. Elle ne s'était autorisé que de rares dîners avec des collègues, et il était clair que cette abstinence radicale avait profité à Luc Gambrelli. Il avait fallu que cela tombe sur lui : l'homme qui avait blessé et trahi sa meilleure amie !

— Je ne comprends pas de quoi vous parlez, dit-elle, en ramassant sa veste de pyjama et en la reboutonnant avec soin. Maintenant, si vous n'y voyez pas d'inconvénient, j'aimerais que vous partiez.

Luc serra les poings en comprenant qu'il devrait attendre pour obtenir l'explication qu'il espérait. Darci ne lui livrerait pas ce soir la clé de son étrange comportement.

— C'est peut-être préférable, concéda-t-il. Pour le moment...

— Pour le moment ? répéta-t-elle, horrifiée.

— Oui, confirma-t-il, un sourire amusé aux lèvres. Je n'aime pas les mystères, Darci. Or, tous vos agissements depuis jeudi soir représentent une belle énigme.

— Je ne vois pas pourquoi, lança-t-elle en haussant les épaules. Si vous vouliez accepter le fait qu'il existe une femme dont les genoux ne se mettent pas à trembler en votre présence...

— Il me semble que c'est tout le contraire, nota-t-il, désignant ses jambes vacillantes.

C'était un commentaire grossier, et il le savait. Mais l'instant où il lui avait donné du plaisir était la seule preuve dont il disposait pour la contrer. Elle ne pourrait pas dire qu'il avait rêvé, qu'il avait imaginé cette lueur intense dans son regard vert, qu'elle n'avait jamais été sensible à ses caresses. Son corps s'était consumé de plaisir devant lui.

Et pour sa part, il n'avait aucune intention d'oublier cet épisode.

— Je ne crois pas qu'il soit utile de prolonger cette discussion ce soir, enchaîna-t-il.

— Ni ce soir, ni un autre, rétorqua-t-elle avec fermeté.

— Nous dînerons ensemble demain soir, et...

— Non !

— Oh si, affirma-t-il en plantant son regard déterminé dans le sien. Mais cette fois, nous n'irons pas au restaurant.

J'apporterai de quoi dîner ici. Votre seule tâche sera de veiller à ce que vos colocataires s'absentent pour la soirée.

— *Ma* colocataire... L'autre est à l'étranger, comme je vous l'ai déjà dit. Et je vous le répète, c'est hors de question, Luc ! Je ne dînerai pas avec vous. Ni demain, ni un autre soir !

Il avança vers elle, menaçant.

— Vous préférez peut-être que nous reprenions cette conversation en présence de votre colocataire ?

— Je n'ai aucune intention de la reprendre, en privé ou en public, asséna-t-elle avec impatience.

— Nous verrons bien. Parce que quoi qu'il arrive, je serai là demain, à 19 h 30. A vous de voir si vous souhaitez un auditoire.

— Mais je viens de vous dire que...

— Je vais vous donner un conseil, coupa-t-il. Réfléchissez bien, au cas où vous seriez tentée de disparaître, demain soir. Ne me donnez pas une bonne raison d'appeler Grant pour lui décrire votre comportement et exiger une explication.

Darci frémit. Kelly avait eu raison sur toute la ligne. Non content d'avoir traîné Mellie dans la boue, Luc était capable des pires menaces, des plus odieux chantages...

Et à la vérité, l'idée qu'il rapporte à Grant les moindres péripéties de cette soirée la rendait malade.

— Vous me dégoûtez, Luc Gambrelli, lâcha-t-elle, vaincue.

Tout en enfilant sa veste d'un geste souple, Luc se retourna vers elle, un sourire moqueur aux lèvres. Et comme il la détaillait d'un regard appréciateur, elle ne put réprimer un frémissement et s'appuya contre le mur, le feu aux joues.

— Oui, c'est évident, répliqua-t-il avec une impitoyable malice. A demain soir, Darci.

Les poings serrés, elle le regarda partir et écouta la porte se refermer doucement derrière lui.

La tentation d'attraper un vase et le lui jeter dessus était forte ! Oh, bon sang, elle aurait tant voulu hurler !

Mais à quoi cela aurait-il servi ? Elle était piégée.

A moins qu'elle n'entraîne Grant dans cette consternante

histoire, ce qu'elle ne voulait faire à aucun prix, elle devrait accepter une nouvelle visite de Luc Gambrelli, le lendemain.

Et mieux valait qu'elle trouve alors en elle la force de lui résister. Parce que ce qui venait d'arriver ce soir était la pire humiliation qu'elle ait jamais connue !

5

— Alors dites-moi, lança Luc en se penchant au-dessus de la table. Qu'est-ce qui vous a donné l'envie de devenir médecin ?

Darci demeura de glace.

Elle avait fait l'effort de dresser la table au centre de la cuisine et de pousser quelques meubles, afin qu'ils puissent dîner confortablement. Elle adorait cette pièce, aux dimensions généreuses, et elle s'y sentait plus à l'aise en sa présence que dans le salon, qui avait été le théâtre de leur étreinte, la veille...

Toutefois, pour qu'il comprenne qu'elle n'avait accepté son ultimatum que sous la contrainte, elle n'avait fait aucun effort pour s'habiller : elle l'avait accueilli en jean et en pull, les cheveux ramassés en chignon sur la nuque.

Et depuis son arrivée, elle restait sur la défensive. Elle avait honte de s'être laissé séduire si facilement.

Effarée, Kelly avait écouté le récit de l'incident de la veille et avait décidé de passer la nuit chez Michael, laissant son amie se sortir toute seule de cette sale histoire. Car c'en était bien une, et Darci le mesurait à chaque minute qui s'écoulait. Si seulement Luc s'était comporté comme le play-boy prétentieux qu'elle voulait voir en lui ! Mais il était infiniment plus complexe. Stupéfaite, elle l'avait regardé préparer une salade de fruits de mer et des assiettes italiennes composées de jambon, de melon et de parmesan. Ses gestes précis, dénotant un réel talent pour la cuisine, l'avaient hypnotisée.

Et maintenant qu'elle sentait son intense regard brun posé

sur elle, elle se savait acculée. Une fois passée la parenthèse des questions de politesse, il exigerait l'explication qu'il était venu chercher.

— Euh, et vous, comment êtes-vous devenu producteur ? s'enquit-elle, mal à l'aise.

Luc scruta son visage. A quoi jouait-elle ? Pensait-elle éviter de lui confier la moindre information personnelle en lui renvoyant sans cesse ses questions ? Depuis son arrivée, il s'efforçait de dominer son impatience. Une part de lui-même s'irritait de ne pas comprendre d'où provenait l'hostilité de la jeune femme, et voulait à tout prix le découvrir. Mais dans le même temps, Darci Wilde se révélait de plus en plus fascinante. Jamais Luc n'avait trouvé tant de charmes à une femme. Il l'avait longuement contemplée, quand elle avait dressé la table. C'était peut-être parce qu'elle était médecin qu'elle accomplissait chaque geste avec tant de méticulosité. Etrange association que cette légèreté angélique, cette aisance de danseuse, ce corps irrésistible et ce caractère hermétique. En tout cas, chaque fois qu'il posait son regard sur sa nuque gracile ou ses jambes interminables, il sentait le désir monter en lui et se demandait si elle ondulerait aussi comme une sirène en position horizontale.

Or, il y avait longtemps que Luc n'avait pas fantasmé sur une femme. En fait, ce n'était peut-être jamais arrivé, puisqu'elles se livraient à lui d'emblée et qu'il ressentait rarement le désir de poursuivre une liaison au-delà de quelques semaines.

— Ce n'est pas comparable, répondit-il. On n'entame pas une carrière de médecin sur un coup de tête. Il faut beaucoup de détermination et de longues années d'investissement.

— Pourquoi ? Vous voulez dire que vous êtes devenu producteur sur un coup de tête ? s'étonna-t-elle.

Il sourit.

— Mon cousin Cesare possède la chaîne d'hôtels Gambrelli, une compagnie d'aviation, un studio d'enregistrement et quelques autres affaires. Mon frère Carlo est dans l'immobilier et le développement, et en tant que comte, il s'occupe aussi de la gestion des domaines de la famille. Les cadets ont souvent plus de difficultés à trouver leur voie, dans la vie.

Darci se contenta d'acquiescer d'un signe de tête. Mais elle n'était guère convaincue. Cadet ou pas, Luc était le genre d'homme à transformer en or tout ce qu'il touchait et à réussir dans n'importe quelle voie.

— Vous n'avez pas répondu à ma question, reprit Luc en la fixant intensément.

Seigneur, il avait follement envie d'elle. Douloureusement. Pour autant, il avait compris que Darci n'avait rien à voir avec les femmes faciles qu'il avait fréquentées. Avec elle, seule la patience pouvait payer. Il devrait lui consacrer plusieurs autres soirées comme celle-ci avant d'espérer que leur relation prenne un tour plus intime.

— J'ai toujours voulu être médecin, répondit-elle en haussant les épaules et en se levant pour débarrasser.

Sans hésiter, il la suivit et l'aida à ranger la vaisselle dans la machine.

— Etes-vous en train de me dire que vous obtenez toujours ce que vous voulez ? demanda-t-il.

Piquée, Darci se releva vivement et lui décocha un regard de défi.

— Pas vous ?

Il hésita un court instant avant d'admettre avec prudence :

— Si. Mais je n'aimerais pas l'idée que ce soit au détriment de ce que veut l'autre.

Cette déclaration était pure hypocrisie, songea Darci, agacée. Dans le cas de Mellie, il ne s'était guère embarrassé des sentiments ou des désirs de sa victime.

Cherchant à s'occuper les mains pour échapper aux émotions contradictoires qui fusaient en elle, Darci se concentra sur le rangement.

En refermant la porte du dernier placard, elle finit par bâiller avec ostentation.

— Il se fait tard, Luc, lança-t-elle. Je dois être à l'hôpital très tôt demain matin. Il vaudrait mieux que vous me laissiez.

— Vous ne pensez pas que vos accusations d'hier méritent une explication ? rétorqua-t-il.

Aussitôt, Darci regretta de s'être cru tirée d'affaire. Sans doute aurait-elle dû lui proposer un café et le ménager davantage… Mais c'était trop tard.

— Je n'ai rien à expliquer, dit-elle en haussant les épaules. Les play-boys professionnels ne m'impressionnent pas, c'est tout.

— Qui vous dit que j'en suis un ?

— Voyons, Luc, tous les journaux se régalent des exploits des Grambrelli en matière de conquêtes féminines !

— Cesare et Carlo sont mariés tous les deux, répliqua-t-il. Et ils sont heureux : personne ne peut prétendre avoir assisté à un écart de conduite de leur part !

— Et alors ? Cela prouve seulement que le dernier célibataire de la famille redouble d'activité, concentrant sur lui toute l'attention des médias.

— Les tabloïds fournissent les histoires que le public a envie de lire, protesta-t-il.

— Peu importe, conclut-elle avec un geste exaspéré. Vous ne comprenez pas ce que je cherche à vous dire : je ne vais pas au lit avec les bellâtres coureurs de jupons !

Il marqua un temps d'arrêt, visiblement heurté par la formule.

— C'est une philosophie très sage, lâcha-t-il enfin.

Darci sentit la panique l'envahir. A force de tourner en dérision chacune de ses paroles, il s'en sortait haut la main… Oui, il avait beau jeu, de la laisser s'enfoncer dans la colère tandis qu'il conservait tout son calme en ponctuant leurs échanges de sarcasmes désinvoltes. Mais elle était lasse de cette distribution des rôles !

— Je parlais de vous, précisa-t-elle durement.

— C'est bien ce que j'avais compris, dit-il d'un ton détaché. Dites-moi, quel est votre jour de congé ?

Déstabilisée, Darci lui retourna un regard suspicieux.

— Le mardi. Pourquoi ?

— Parce que je vous invite à déjeuner, mardi.

— A *déjeuner* ? répéta-t-elle, perplexe.

— Oui, vous savez, le repas que l'on prend en général entre midi et 14 heures, au milieu de la journée…

— Je sais ce qu'est un déjeuner, rétorqua-t-elle sèchement. Mais, mais… Vous ne retournez pas à Los Angeles ? Je croyais que…

Oui, elle avait cru ne jamais le revoir après ce soir. Elle était persuadée que ses affaires le rappelleraient de l'autre côté de l'Atlantique !

— Non, je ne rentre pas maintenant, répondit Luc d'un ton volontairement évasif, ravi de lire une telle surprise sur le visage de Darci.

Sa première intention avant été de quitter Londres pour gagner Paris et y rester toute la semaine. Des affaires familiales l'appelaient là-bas, et il faudrait de toute façon qu'il y soit pour le prochain week-end. Mais sa rencontre avec Darci l'avait conduit à modifier son emploi du temps.

— Alors, vous êtes libre à déjeuner mardi ? insista-t-il.

— Non !

— Pourquoi pas ?

Portant une main à son front, Darci poussa un profond soupir avant de s'écrier :

— Mais parce que, Luc… Nous étions d'accord pour le dîner de ce soir, rien d'autre ! Maintenant que c'est fait, nos chemins se séparent.

— Je suis toujours aux prises avec l'énigme que vous représentez pour moi, Darci, lui opposa-t-il. Et à moins que vous ne vouliez vous expliquer sur-le-champ, je crois que vous n'échapperez pas à mon invitation de mardi. Alors… ? Vous avez quelque chose à me dire *maintenant* ?

Darci se mordit la lèvre. Comment se débarrasser de Luc Gambrelli sans trahir le secret de Mellie ? Non seulement elle n'en savait rien, mais elle ne voyait pas comment résoudre la quadrature du cercle d'ici mardi, ou même après…

Oh, bon sang, quel être diabolique ! Visiblement très satisfait de sa ruse, il la toisait avec cette éternelle lueur amusée dans les yeux… Et plus le temps passait, plus elle avait de mal à soutenir ce regard. Que faire ? Elle l'avait laissé s'infiltrer dans sa vie, et voilà qu'il refusait d'en sortir.

Peut-être parviendrait-elle à le convaincre par la raison…

— Ecoutez, Luc, reprit-elle avec autant de douceur et de calme qu'elle put, vous savez bien qu'il est inutile de prolonger cette rencontre plus longtemps.

— Vous croyez ? dit-il en s'approchant lentement, un sourire indéchiffrable aux lèvres.

Pétrifiée, Darci le regardait faire, incapable d'esquisser un mouvement.

— O… Oui, articula-t-elle faiblement, la gorge sèche, alors qu'il arrimait son regard au sien et qu'il glissait délicatement ses doigts dans sa chevelure.

La caresse était si imperceptible, si légère qu'elle en avait le vertige. Tout son corps fourmillait, et elle ne put que fermer les yeux, comme pour fuir l'inéluctable.

Et à l'instant où elle sentit ses lèvres se poser sur les siennes, elle capitula, savourant l'exquise pression de sa bouche et l'étreinte de ses bras puissants se refermant sur elle.

Sans savoir comment, Luc parvint à surmonter le désir qui bouillait en lui, le besoin de soulever cette femme dans ses bras pour la conduire jusqu'à la chambre et lui faire furieusement l'amour. Le cœur battant à un rythme effréné, il s'écarta de Darci, de ses lèvres pulpeuses dont le goût le bouleversait.

— Voilà pourquoi nous allons prolonger cette rencontre… Je vous appellerai à 13 heures, mardi, avant de passer vous prendre ici.

— Mais, Luc…

Posant un index sur sa bouche encore brûlante de leur baiser, il lui interdit de poursuivre.

— Plus un mot, Darci. Plus un « mais ». Nous sommes parvenus à traverser ensemble cette soirée sans désaccord majeur. Alors faisons en sorte d'en rester là, d'accord ?

C'était impossible, songea Darci, affolée. Non, non, elle ne voulait plus le revoir ! Le pouvoir qu'il avait sur elle était terrifiant. Et après avoir fui durant de longues années tout ce qui pouvait ressembler à une relation sérieuse impliquant une intimité physique, elle était certaine d'une chose : malgré ses vingt-huit ans, elle ne disposait pas de l'expérience nécessaire pour résister à un séducteur de la classe de Luc Gambrelli !

— N'essayez pas de fuir, prévint-il. Je n'accepterai pas un refus de votre part. Je préfère éviter d'appeler Grant pour lui demander dans quel hôpital je suis censé vous trouver mercredi, au cas où vous auriez disparu la veille...

Désespérée, Darci tenta de se rappeler ce que lui avait dit son frère lors de son appel, ce matin. Il partait... en Bulgarie ? En Bolivie ? Un pays commençant par un B. Mais ce voyage ne la sauvait pas. Il resterait joignable, surtout pour son producteur... Oh, qu'est-ce que Grant pourrait bien penser d'elle si Luc lui apprenait que sa si sérieuse petite sœur s'était jouée d'un homme comme Luc avant de céder honteusement à ses avances ?

— Très bien, s'entendit-elle déclarer d'une voix blanche. Mardi. Je serai là.

6

— Où allons-nous ?

Derrière ses lunettes noires, Luc lança un coup d'œil en direction de la jeune femme assise près de lui, dans le superbe coupé sport emprunté à son cousin Cesare. La capote était baissée, et Darci avait lâché sa chevelure flamboyante sur ses épaules : ses longues boucles lui fouettaient le visage et s'illuminaient dans les reflets du soleil.

Il se sentait heureux. Les dernières trente-six heures lui avaient paru singulièrement longues, et il les avait principalement consacrées à tourner en rond dans la suite de son hôtel, à chercher un moyen de faire parler Darci sur les raisons de son animosité, avant de la convaincre de partager son lit.

Ainsi avait-il au moins appris qu'en ce moment, il était incapable de rester loin de la jeune femme très longtemps.

— Je vous emmène déjeuner, répondit-il en quittant la banlieue londonienne pour pénétrer dans la campagne.

— Dans un pub ? s'enquit-elle.

— Non.

— Le restaurant d'un hôtel ? reprit-elle, méfiante.

— Non.

— Un club de golf avec buvette et terrasse, alors ? suggéra-t-elle en regardant tout autour d'elle, incapable de comprendre pourquoi ils s'éloignaient autant de la capitale.

— Encore raté, répondit-il, moqueur.

— Un fast-food ? proposa-t-elle, à court d'idées.

— Si c'était ça, nous n'avions pas besoin de quitter Londres, observa-t-il. Et puis je ne suis pas fanatique des hamburgers trop gras avalés avec un soda bourré de sucres.

Elle non plus, songea Darci en se laissant gagner par l'inquiétude.

— Luc, dites-moi où nous allons, maintenant, plaida-t-elle en se tournant vers lui.

Mais elle regretta aussitôt de l'avoir fait. Il était si séduisant... Ses cheveux paraissaient plus clairs que d'ordinaire, dans cette lumière diaphane. Le soleil dorait sa peau, révélant sa sublime teinte hâlée. Son jean et son T-shirt mettaient avantageusement en valeur sa musculature, et elle devait se mordre la lèvre pour contenir le trouble qui l'envahissait. Jamais un homme n'avait exercé un tel magnétisme sur elle... Et la sensation du danger lui déplaisait au plus haut point.

— C'est une surprise, répondit-il.

— Je n'aime pas les surprises, rétorqua-t-elle avec humeur.

— Tout le monde aime les surprises, Darci, opposa-t-il en souriant devant son expression butée.

Elle s'enfonça dans son fauteuil. Oh oui, elle pouvait facilement imaginer que toutes les femmes que Luc avait fréquentées auraient pleinement savouré chaque seconde passée avec lui, trop conscientes du caractère éphémère de leur relation ! Mais pour sa part, elle ne voulait pas de liaison de ce genre.

Ce n'était pas dans sa nature. Elle avait été élevée au sein d'une famille aimante et chaleureuse, et ses parents connaissaient encore aujourd'hui le bonheur conjugal parfait. Depuis longtemps, Darci s'était promis qu'une fois sa carrière établie, elle chercherait à son tour celui qui lui était destiné, afin de fonder sa propre famille. Or, ce plan n'inclurait jamais un passage même bref entre les bras d'un Luc Gambrelli !

— Pas moi, affirma-t-elle.

— Allons... Vous ne me ferez pas croire que vous n'avez pas attendu Noël et votre anniversaire avec impatience, quand vous étiez petite ? s'enquit-il.

— Peut-être, concéda-t-elle, mais nous ne sommes plus des enfants, et je ne veux pas disparaître de Londres durant des heures. Si jamais l'hôpital a besoin de moi, je…

— Mais c'est votre jour de congé ! Et vous n'êtes pas de garde ! s'écria-t-il. Vos patients ont besoin que vous preniez du repos, pour avoir l'assurance d'être bien soignés.

Il lui sourit, en espérant qu'elle finirait par se laisser convaincre. Aujourd'hui, il était bien décidé à ne pas rentrer à Londres sans l'avoir embrassée. Et peut-être davantage. Le T-shirt noir moulant et la jupe blanche qu'elle portait n'enlevaient rien à son impatience… Bon sang, il rêvait de caresser ses cuisses fuselées et sa magnifique poitrine…

Heureusement, ils arrivaient. Arrêtant la voiture sur le bord de la petite route de campagne, Luc sortit pour ouvrir la portière à Darci, avant d'aller ouvrir le coffre.

Lorsque Darci aperçut un panier dans les mains de Luc, son humeur changea du tout au tout.

— Un pique-nique ? murmura-t-elle, stupéfaite.

Jamais elle ne se serait attendue à un pique-nique ! Il y avait des années qu'elle n'en avait pas fait… Et elle adorait ça ! Comment cette idée avait-elle pu germer dans la tête d'un richissime producteur hollywoodien ? Elle l'avait plutôt imaginé prenant ses repas dans des restaurants tels que Garstang, tous les jours de sa vie !

— Toutes vos pensées se lisent sur votre visage, Darci, observa-t-il.

— Je… Je suis navrée. C'est seulement la surprise… Je peux vous aider à porter quelque chose ?

— Oui. Prenez la couverture. Comme cela, j'aurai une main libre, précisa-t-il en entrelaçant ses doigts dans ceux de Darci.

Ce geste la prit au dépourvu. Au lieu de protester, elle le laissa faire et se sentit rougir.

La couverture sur un bras, elle suivit Luc à travers un rideau d'arbres menant visiblement à une clairière. Le contact de ses doigts lui donnait la chair de poule.

Le murmure des oiseaux troublait à peine le silence de la campagne, et elle était là, marchant main dans la main près de Luc Gambrelli, qui portait un panier de pique-nique... Rêvait-elle ?

Elle se posa de nouveau la question en découvrant le lieu que Luc avait choisi et s'immobilisa, subjuguée : en contrebas d'un champ d'herbe tendre et de marguerites serpentait une adorable rivière aux reflets d'argent, sous le scintillement du soleil. Un petit embarcadère de bois permettait aux pêcheurs ou aux promeneurs d'amarrer une barque, et un arbre centenaire allongeait ses longues branches chargées de fleurs au milieu du tableau.

— C'est ravissant, murmura-t-elle, conquise.

Devant son plaisir évident, Luc se sentit infiniment soulagé. Il aimait voir ses grands yeux verts s'illuminer de plaisir, et la voix de la jeune femme, altérée par l'émotion, lui paraissait plus harmonieuse encore que le chant d'un rossignol tout proche.

Il avait délibérément opté pour un lieu paisible en pleine nature, à l'opposé des sophistications de Garstang. Et il constatait qu'il avait mis dans le mille : les goûts de Darci la portaient vers des atmosphères simples, intemporelles... Et cette réflexion le ramenait à la question qui le hantait : pourquoi diable avait-elle insisté pour qu'il l'invite dans un luxueux restaurant, avant de lui faire faux bond ?

— Installons-nous, indiqua-t-il en posant le panier.

Dès que Darci eut étalé la couverture sur l'herbe, il sortit les victuailles du panier.

Elle éclata de rire en le regardant aligner les plats d'œufs durs, de poulet froid, de pâtés, de fromages, de salade, ainsi que du pain, des fraises et un pot de crème fraîche.

— Mon Dieu ! Vous avez pris de quoi alimenter un régiment !

— C'est le personnel de l'hôtel Gambrelli qu'il faut remercier pour cela, précisa-t-il en remplissant deux verres de vin rouge.

A ces mots, le sourire ravi de Darci s'évanouit. Naturellement... Il n'avait pas préparé tout ça lui-même. Mais très vite, elle jugea sa déception injuste. Après tout, elle ne pouvait pas demander à un homme aussi occupé que Luc de passer toute la matinée à rôtir un poulet et cuire des œufs dans la cuisine d'un hôtel ! Il s'était donné beaucoup de peine pour lui faire plaisir, et elle devait lui en être reconnaissante.

— Qu'est-ce que j'ai fait, encore ? demanda-t-il, comme elle le fixait intensément. Vous auriez voulu que je me rende au marché, ce matin, pour préparer le pique-nique moi-même. C'est bien ça ?

Darci se mit à rire. L'image de Luc Gambrelli faisant ses courses ne manquait pas de piquant !

Mais en même temps, l'intuition dont il faisait preuve forçait son admiration, même si elle en était également troublée. Ce n'était pas la première fois qu'il la perçait à jour, et elle se demandait si ses pensées les plus secrètes ne s'affichaient pas en lettres lumineuses sur son front.

— Vous avez raison, reconnut-elle en prenant place près de lui. C'est une idée ridicule.

Une heure plus tard, après avoir rangé les vestiges du repas dans le panier, Darci devait reconnaître qu'elle avait passé un moment très agréable. Luc s'était révélé un compagnon charmant : il n'avait pas fait la moindre allusion à leur querelle, et lui avait raconté des anecdotes très amusantes au sujet d'acteurs célèbres ou de catastrophes survenues au cours de tournages.

— Vous vous sentez bien, ici ? demanda-t-il, la tête posée sur les genoux de la jeune femme.

La réponse était loin d'être évidente... Darci se sentait à son aise dans cette atmosphère sereine, sous le soleil de la mi-journée, mais la proximité de Luc la perturbait. Quand il ferma les yeux, elle sentit son cœur s'emballer et dut lutter pour résister à la tentation de plonger les doigts dans ses cheveux ...

Oui, elle avait envie de le toucher. De le caresser. De l'embrasser. De découvrir le goût de sa peau et de le voir nu.

De laisser ses doigts courir sur son large torse, dessiner le contour de ses pectoraux…

— Darci ?

Elle sursauta et croisa son regard interrogateur. Les traits réguliers de son visage la captivaient. Il avait une mâchoire marquée, des pommettes hautes, un nez droit et fin. Quant à sa bouche, elle en connaissait déjà la saveur unique. Mais elle avait tant besoin de la retrouver…

Luc ne la quittait pas du regard. Il voyait des étincelles s'allumer dans le vert sombre de ses yeux, et il fut bientôt incapable de se retenir plus longtemps. Il se redressa et l'attira à lui.

Loin de résister, Darci se laissa aller contre son torse et glissa les deux bras autour de sa nuque. Avec une infinie douceur, il s'empara de ses lèvres. Peu à peu, son baiser se fit plus passionné, et il sentit son propre désir le submerger, tandis que la jeune femme s'abandonnait entièrement à leur étreinte.

Il caressa sa poitrine, savourant la rondeur de ses seins durcis par le désir. Puis il glissa une main sous sa jupe et la remonta le long de ses cuisses fuselées. Sa peau satinée le rendait fou, et la manière dont elle réagissait lui faisait perdre tout contrôle…

Affolée par ses caresses exquises, Darci sentait que son corps ne lui appartenait plus. Elle avait envie de lui, envie de le sentir en elle, envie qu'il la déshabille pour être nue entre ses bras… Peu importait qu'elle se soit trompée. Finalement, Luc Gambrelli était bien irrésistible pour *toutes* les femmes…

Toutes ?

Non !

Non, elle ne pouvait pas faire ça. Luc était un séducteur, un don Juan à la recherche de plaisir, et rien d'autre.

— Luc… Non, souffla-t-elle dans un effort désespéré.

Se libérant de son emprise, elle se redressa et tenta de reprendre sa respiration. Ses joues étaient brûlantes, ses cheveux en bataille, et ses tempes martelaient une sarabande douloureuse.

— Non ? répéta-t-il, stupéfait, en la considérant avec incrédulité.

— Non, confirma-t-elle. Vous m'aviez promis... Il ne s'agissait que d'un déjeuner.

Durant une longue minute, il la fixa, comme désorienté. Gênée, elle se détourna pour ne plus voir ce regard intense encore troublé par le désir.

— Je ne veux pas être ajoutée à la liste de vos conquêtes, ajouta-t-elle sèchement en rejetant quelques brins d'herbe de sa jupe.

— Ah non ? répondit-il d'un ton dur.

Il avait froncé les sourcils, et elle entendait sa respiration, courte et menaçante.

— C'est ainsi que vous voyez les choses ? Vous avez l'impression d'être tombée dans mon filet ? demanda-t-il en se redressant tout à fait et en lui faisant face.

— Pas exactement, rétorqua-t-elle en s'efforçant de dominer le tremblement de sa voix. Parce que je peux vous assurer que je ne risque pas de tomber amoureuse de vous !

— Tant mieux, répondit-il, moqueur. Parce que l'amour n'a aucune place dans mes projets.

Oh, elle ne le savait que trop bien ! Serrant les dents, elle répliqua :

— Je voulais dire tomber amoureuse d'un homme dans votre genre.

— Je ne suis pas sûr de beaucoup apprécier ce sous-entendu, lâcha-t-il, glacial.

— Oh, voyons, Luc ! Une femme qui tomberait amoureuse de vous serait stupide !

Luc ne tenait guère à suivre le chemin de son frère et de son cousin, c'était une certitude. Mais aucune femme ne l'avait jamais considéré avec ce mépris.

— Vraiment stupide, renchérit-il. Mais le désir est tout autre chose... Et je ne demande pas mieux que de m'y abandonner avec vous.

Darci ferma les poings et lui décocha un regard furieux.

— Je vous crois sur parole ! Mais ça n'arrivera pas non plus, soyez-en sûr, ajouta-t-elle en se relevant d'un bond.

— Ah ? Que venons-nous de faire, à l'instant, sinon de céder à un désir mutuel ?

Tremblante de colère, elle détourna le regard et attrapa la couverture.

— Il est temps que vous me rameniez en ville, déclara-t-elle.

Mais quand elle releva les yeux vers Luc, il n'avait pas bougé d'un millimètre et la fixait avec insistance.

— Quoi ? demanda-t-elle, exaspérée.

— Je me demandais seulement…

Il s'interrompit.

— Eh bien ? reprit-elle.

Il haussa les épaules.

— Non, rien d'important, assura-t-il en se levant pour prendre le panier. Et comme vous venez de le dire, il est temps de rentrer. Allons-y.

Darci lui céda le passage et le suivit sans mot dire jusqu'à la voiture. Sa décision était prise. Quoi qu'il arrive, quels que soient les menaces et l'objet du chantage, plus *jamais* elle ne permettrait à Luc Gambrelli de la revoir. Oh non, elle ne voulait plus se retrouver dans cette position de vulnérabilité face à cet homme !

Elle se maudissait pour avoir cédé à son désir, et pour que celui-ci se soit porté sur cet homme-là, entre tous !

Il fallait sans doute qu'elle soit déjà un peu amoureuse de lui… Cette évidence la frappa soudain, et elle en fut si horrifiée qu'elle perdit l'équilibre en heurtant un caillou du chemin. Comme Luc se précipitait vers elle pour la rattraper par le bras, elle sentit son sang se glacer dans ses veines.

— Ne me touchez pas ! s'écria-t-elle.

Luc dut prendre une longue inspiration pour ne pas exploser. Cette femme lui mettait les nerfs à vif. Brûlante et offerte une seconde, elle devenait tranchante et agressive l'instant d'après.

Si elle ne changeait pas de comportement, elle allait réussir à provoquer chez lui les réactions les plus extrêmes. Et elle risquait de s'en mordre les doigts !

— Vous n'aviez pas l'air de juger mon contact aussi intolérable, il y a quelques minutes, observa-t-il, une note d'ironie dans la voix.

Darci se détourna pour lui cacher qu'elle était blessée.

Mais bon sang, pourquoi avait-elle ainsi fait volte-face, de manière inexplicable ? Tout à l'heure, dans l'herbe, une hypothèse lui avait traversé l'esprit… Mais c'était absurde. A vingt-huit ans, rayonnante de beauté comme elle l'était, Darci ne pouvait tout de même pas être vierge ?

Il soupira.

— Vous n'êtes pas un gentleman, déclara-t-elle.

— Non, Dieu merci, acquiesça-t-il. Il y a longtemps que j'ai compris que les gentlemen ne s'amusaient pas, contrairement à moi !

— Vous êtes impossible !

— C'est également ce que ma pauvre nounou m'a confié il y a environ un quart de siècle.

A ces mots, Darci écarquilla les yeux.

— Vous aviez une nounou ?

— Evidemment, répondit-il en haussant les épaules. Il en va toujours ainsi, chez les Gambrelli. Et puis, ma mère et mon père étaient beaucoup trop occupés à roucouler, les yeux dans les yeux, pour répondre aux besoins quotidiens de deux garçons indomptables.

Darci demeura un instant interdite. A travers cette déclaration faussement détachée, elle percevait un abîme de douleurs enfouies. Avait-il eu le sentiment que ses parents s'aimaient trop pour leur donner assez d'affection, à son frère et à lui ?

Dans sa propre famille, elle n'avait jamais fait l'expérience de cette forme d'exclusion. Grant et elle avaient toujours partagé les rires et les joies de leurs parents. Luc venait-il de lui révéler l'origine de son incapacité à bâtir des relations durables ? Après tout, il avait trente-quatre ans. Il était certainement déjà tombé amoureux, au moins une fois dans sa vie. Mais s'il redoutait plus que tout ce sentiment dont il avait souffert…

Allons, pourquoi cette conclusion hâtive ? Elle-même approchait la trentaine et n'avait jamais connu l'amour. Cependant, elle ne s'était jamais interdit de rencontrer l'âme sœur, bien au contraire ! Mieux valait qu'elle se rende à l'évidence : Luc Gambrelli avait un mode de vie qui correspondait parfaitement à son tempérament latin et à son désir de jouir de la vie sans jamais assumer de responsabilités.

— Je croyais que vous vouliez partir ? lança-t-il d'un ton impatient. Pourquoi restez-vous plantée là, au milieu du chemin ?

— Oui, pardon, murmura-t-elle en le rejoignant.

7

Le trajet de retour parut infiniment plus long que l'aller à Darci. La présence de Luc à son côté lui rappelait à chaque seconde qu'elle était sous son emprise, et que malgré toutes ses belles résolutions, elle n'avait pas su lui résister, aujourd'hui.

— Je monte avec vous, déclara-t-il en garant sa voiture devant son immeuble.

— Pour quoi faire ? opposa-t-elle, sur la défensive.

— Certainement pas ce que vous avez en tête, rétorqua-t-il. Mais il me semble que l'heure des devinettes est passée et que vous me devez une explication, cette fois.

Dans la voiture, il avait pris une décision. Une décision à laquelle il entendait se tenir, avant que Darci et lui ne se séparent, probablement pour la dernière fois…

A la manière dont elle évitait soigneusement son regard, il savait que son analyse était juste. Darci n'avait pas soufflé le chaud et le froid sans raison précise. Elle avait un secret.

— Je ne partirai pas avant d'avoir entendu la vérité, Darci, insista-t-il en lui ouvrant la porte de l'immeuble.

Elle parut hésiter.

— Mais, Luc, je ne sais pas de quoi vous…

— Les gens qui me connaissent bien vous conseilleraient de ne jouer ni avec mon humeur ni avec la vérité, coupa-t-il.

— C'est-à-dire de ne pas mentir ? suggéra-t-elle en le toisant droit dans les yeux.

— Oui, de ne pas mentir.

— Comment osez-vous ? lança-t-elle d'un ton rageur. Je ne...

— Vous pouvez aussi vous épargner cette fausse colère uniquement destinée à gagner du temps et à me détourner de ce qui m'intéresse.

— Fausse colère ? répéta-t-elle, offusquée. Laissez-moi vous assurer que je n'ai pas besoin de faire semblant d'être furieuse après vous, Luc. La plupart du temps, c'est exactement ce que je ressens !

— Oui, admit-il en la précédant dans l'escalier. Et le reste du temps, vous fondez de désir entre mes bras.

— Espèce de sale...

— Non, pas d'insultes. Et baissez la voix. Vous allez attirer l'attention des voisins.

— Oui, c'est vrai, quelle horreur ! railla-t-elle. Le grand, l'immense Luc Gambrelli préfère attirer l'attention tout seul, par son charisme légendaire !

— Assez ! s'écria-t-il en s'arrêtant sur le palier, devant chez elle.

Un instant plus tard, dans le salon de son appartement, Darci réalisa qu'elle ne se trouvait plus en présence du producteur de cinéma, ni du séducteur, ni du plus jeune héritier des Gambrelli. L'homme qui se tenait au centre de la pièce, lui jetant un regard glacial, était un étranger. Un étranger qui lui révélait, par son terrifiant silence, qu'il ne lui laisserait pas une seule porte de sortie.

« Pardon, Mellie », pensa-t-elle. Car il était désormais impossible de taire plus longtemps le nom de son amie. La conversation qui allait suivre révélerait ce qu'il lui demandait : la stricte vérité.

— Mellie Chandler, lâcha-t-elle à contrecœur.

Toujours de glace, Luc la contemplait sans ciller, les bras croisés.

— Mellie Chandler, précisa-t-elle, agacée, comme il ne réagissait pas.

Aucun mouvement ne perturba le visage de Luc.

— Oh, voyons, Luc ! s'exclama-t-elle en s'écroulant dans un fauteuil. Je sais bien que l'histoire remonte à quelques semaines, mais vous n'avez pas déjà oublié Mellie !

Luc avait très bien compris que ce nom était censé lui rappeler quelque chose. Mais il ne voyait pas quoi. Or, il n'avait jamais oublié un nom de sa vie, et encore moins celui d'une femme.

— Eh bien ? Qui est-ce ? demanda-t-il, méfiant.

Elle lui adressa un regard dédaigneux.

— Une de mes amies, révéla-t-elle d'un ton de défi. Et aussi une amie de Grant, d'ailleurs. En fait, il s'agit de ma colocataire qui se trouve à l'étranger… Elle est actrice et vit à Los Angeles.

Comme elle s'arrêtait pour le toiser avec colère, il fronça les sourcils.

— Oui. Et ?

— Vous lui avez fait la cour pour la glisser dans vos draps ! Et après lui avoir promis monts et merveilles pour sa future carrière, vous l'avez tout simplement jetée ! lança-t-elle, une note de dégoût dans la voix.

Luc ne répondit pas. Il n'avait jamais eu besoin de s'abaisser à faire la moindre promesse à une actrice pour la convaincre de partager ses « draps ». L'idée ne lui en aurait même pas traversé l'esprit. C'était indigne de lui, de son nom, de son amour pour son métier. Et malgré le nombre de maîtresses qu'il était censé avoir eues, il n'avait jamais oublié le nom de l'une d'entre elles. Quelle sorte de goujat aurait pu en arriver là ? Or, il était certain que Mellie Chandler ne figurait pas parmi les femmes qui avaient partagé son lit !

Encore moins durant ces dernières semaines… Il y avait des mois qu'il n'était pas sorti avec une femme, et c'était Darci qui avait rompu cette période d'abstinence.

— Ah ? J'ai fait ça ? demanda-t-il, déconcerté.

— Et vous le savez très bien ! explosa-t-elle.

— Dites-moi, à quelle date, au juste ? Vous avez parlé de quelques semaines, mais…

— Oh, ça suffit, Luc ! Mellie est une amie très proche, et je sais tout ce qui s'est passé entre vous, alors inutile de continuer ce petit jeu !

La prenait-il pour une imbécile ? s'insurgea Darci. Ou cherchait-il seulement à gagner du temps, pour se donner une chance de trouver une excuse à son comportement odieux ? Si c'était le cas, il se faisait des illusions !

— *Quand*, Darci ? répéta-t-il d'un ton menaçant.

Et elle devait admettre qu'il était assez intimidant, en ce moment. Tout son charme avait disparu devant la colère d'un homme déterminé… Hostile, même. En tout cas très loin d'elle.

Elle haussa les épaules.

— Vous avez commencé à la séduire il y a huit semaines, en la couvrant de fleurs et de compliments, avant de lui jurer de lui confier le premier rôle de votre prochaine production. Et deux semaines plus tard, quand elle a enfin passé une nuit avec vous, vous l'avez envoyée sur les roses !

— Permettez-moi de vous assurer, Darci, que je n'ai jamais dû recourir à des promesses pour attirer une femme dans mon lit !

Darci blêmit. Elle était la preuve vivante que ce qu'il affirmait était exact…

— En tout cas, vous avez usé d'artifices avec Mellie, accusa-t-elle d'une voix ferme.

Après tout, n'avait-elle pas elle-même perdu la tête avec un simple pique-nique ?

— Non, déclara-t-il.

Elle fronça les sourcils et le toisa avec méfiance.

— Comment, non ?

— Je ne connais aucune Mellie Chandler, reprit-il, la mâchoire serrée. Et puisque je ne l'ai jamais rencontrée, je ne l'ai certainement pas séduite, et encore moins entraînée dans mon lit grâce à des fleurs, des compliments ou la promesse d'un rôle.

Cette idée était odieuse à Luc. Mieux que quiconque, il connaissait la vulnérabilité des jeunes actrices. Son métier était de les protéger et de les aider à tirer le meilleur parti de leur talent. Point final ! Pas une seule fois au cours de sa carrière il n'avait fréquenté une femme avec laquelle il travaillait, qu'elle fût actrice, technicienne ou assistante. Jamais !

Mais le fait que Darci ait vu en lui ce genre de personnage sans scrupule abusant de la naïveté de l'une de ses plus proches amies expliquait bien des choses, dans son comportement.

Il comprenait également sa confusion et ses contradictions, chaque fois qu'elle s'était sentie attirée par lui. Elle avait flirté avec lui pour le pousser à l'inviter à dîner ; puis, elle avait cherché à l'humilier en ne venant pas à leur rendez-vous. Et tout cela afin de venger son amie… Une femme qu'il n'avait jamais vue, et encore moins séduite !

Darci scrutait le visage de Luc.

Quelque chose ne collait pas du tout, dans cette histoire, songea-t-elle.

— Je ne vous crois pas, lâcha-t-elle d'une voix qui manquait de conviction.

— En effet, admit-il. Je le vois bien.

— Alors ? reprit-elle avec défi.

Elle cachait ses mains dans son dos pour que Luc ne voie pas qu'elles tremblaient.

Pourtant il mentait… Forcément ! Mellie n'aurait pas pu inventer une histoire pareille ! Pourquoi aurait-elle fait ça ? D'un autre côté, l'attitude de Luc ne trahissait aucune hésitation, aucun trouble, aucun remords. Ça ne tenait pas debout !

Ou avait-il déjà oublié Mellie ? Complètement ?

Elle laissa échapper un profond soupir.

— Luc, arrêtons de faire semblant…

— Je ne demande pas mieux, coupa-t-il en s'approchant lentement, une lueur dangereuse dans les yeux.

— Que… Qu'est-ce que vous faites ? balbutia-t-elle en reculant d'un pas.

— Je ne vous propose rien en échange, mais vous irez au lit avec moi, précisa-t-il d'un ton dur.

— Ne soyez pas ridicule, protesta-t-elle en faisant un nouveau pas en arrière, songeant qu'elle allait *encore* se retrouver dos au mur, sans échappatoire.

Sans possibilité de fuir…

Et la détermination qu'elle lisait dans le regard sombre de Luc lui donnait envie de prendre ses jambes à son cou !

Luc avança, ne laissant que quelques centimètres entre son visage et celui de la jeune femme. Voilà : elle était plaquée contre le mur. Et l'appréhension que révélaient ses grands yeux verts était précisément ce qu'il voulait voir.

Elle avait bien raison d'avoir peur. Luc ne se rappelait pas avoir jamais ressenti une telle colère. Une émotion si violente devrait être soulagée d'une manière ou d'une autre.

Oh, il s'était bien douté que l'explication de Darci ne lui plairait pas. Mais jusqu'à ce moment, il n'avait pas imaginé à quel point elle le mettrait hors de lui. Tout était faux et biaisé, depuis le début, dans leur relation ! Elle n'avait songé qu'à venger son amie, et elle l'avait détesté avant même qu'ils ne soient en présence l'un de l'autre. Toutefois, elle n'avait pas détesté ses baisers et ses caresses…

— Vous ne pouvez pas faire ça, murmura-t-elle, comme il l'emprisonnait en plaquant ses deux mains sur le mur, encadrant son visage pâle.

— Je croyais que c'était ce que vous attendiez de ma part, Darci, opposa-t-il. N'est-ce pas exactement le genre de comportement que j'adopte avec toutes les femmes ?

Oh, Seigneur… L'électricité qui régnait dans la pièce et ce ton menaçant auraient dû la glacer d'effroi. Mais au contraire, Darci sentait un feu lancinant la consumer, et le souffle chaud de Luc sur sa bouche la faisait chanceler. Ainsi que son regard arrimé au sien — plus intense que jamais.

C'était indéniable : elle était rongée de désir. Des frissons violents fusaient dans tout son corps, et une insupportable fièvre l'envahissait.

— Non, supplia-t-elle, avant qu'il ne se penche sur elle pour l'embrasser.

Elle était perdue. Ses lèvres brûlantes s'emparaient des siennes. Sa langue s'enroulait autour de la sienne, ensorcelante, et une étrange faiblesse lui interdisait de se protéger, de tenter de fuir…

Elle avait envie de lui.

Luc resserra son étreinte, embrassant la jeune femme avec une avidité furieuse, sans lui laisser le temps de reprendre son souffle. Elle l'avait rendu fou de rage. Elle l'avait manipulé de A à Z. Mais le pire était peut-être qu'elle refuse de le croire quand il lui affirmait qu'il ne connaissait cette Mellie ni d'Eve, ni d'Adam. Ses accusations étaient insultantes et intolérables : *lui*, Luc Gambrelli, s'abaisser à duper une jeune actrice pour assouvir son appétit sexuel ?

Comment osait-elle voir en lui le dernier des minables ?

Rien ne pouvait le détourner de sa colère, sinon la réaction de Darci en cet instant… La manière dont elle se cambrait pour qu'il dépose des baisers dans son cou, qu'il caresse le contour de ses seins, qu'il se presse contre elle pour lui faire sentir l'ardeur de son excitation…

Ses tétons étaient déjà dressés. Il voulait les sentir, maintenant ! D'un geste brutal, il lui arracha son T-shirt qui vola à l'autre bout de la pièce, avant de dégrafer habilement son soutien-gorge. Puis, comme elle laissait échapper un gémissement suppliant, il la fit basculer sur le canapé et roula sur elle pour happer ses tétons dardés et les agacer du bout de la langue.

— Oh, Luc… Oui, oui, encore ! haletait-elle.

Elle se cambrait sous lui, brûlante, ses lèvres cherchant sans cesse les siennes.

— Dis-moi ce que tu veux, Darci, encouragea-t-il d'un ton dur.

Visiblement effrayée par cette suggestion, elle rouvrit les yeux et lui jeta un regard égaré.

— Mais… je… je ne saurais pas ! gémit-elle.

— Si, tu peux, assura-t-il en effleurant sa poitrine. Dis-moi, Darci…

— Oh non, non, protesta-t-elle en rejetant la tête en arrière, comme il traçait de petits cercles autour de l'un de ses tétons.

La respiration saccadée de la jeune femme, entrecoupée de plaintes à peine audibles, était le signe qu'elle allait céder, comprit Luc.

— Prends-moi dans ta bouche, je t'en prie ! supplia-t-elle enfin.

— Regarde-moi, Darci, répliqua-t-il. Je veux que tu ouvres les yeux pendant que je te donne du plaisir…

Elle s'exécuta, lui adressant un regard intense et désespéré, tandis qu'il lui ôtait lentement sa jupe et découvrait ses cuisses brûlantes. Il les caressa longuement, avec une infinie patience, écoutant son halètement affolé et savourant la finesse de sa peau.

Enfin, comme elle sombrait dans un abandon total, il embrassa délicatement son sexe offert, lui arrachant un cri étouffé. Quand sa langue se mit à l'honorer avec plus d'ardeur, il sentit le besoin que Darci avait d'être entièrement possédée : elle se consumait de plaisir et se cambrait toujours davantage, ivre de ses caresses.

— Encore, Luc, encore…

— C'est-à-dire ? Dis-moi ce que tu veux, *exactement…*

— Ta… Ta langue, gémit-elle.

Oh, jamais elle n'avait senti un feu si puissant la ravager, un plaisir si intense la traverser ! Darci sentait les lèvres de Luc au cœur de sa féminité, et une puissance d'une force inconnue l'attirait au-delà d'elle-même…

Sa gorge la brûlait. Ces caresses la mettaient au supplice. Elle en voulait plus, toujours plus… Elle laissa échapper un cri plaintif quand la langue de Luc s'insinua en elle, provoquant une onde de plaisir si violente qu'elle se mua en spasme.

Son corps irradiait de plaisir, et elle se perdait dans ce flux de sensations exquises, enivrantes, affolantes.

Soudain, la caresse s'interrompit, et elle se sentit soulevée du canapé.

— Qu'est-ce que tu fais ? demanda-t-elle d'une voix altérée, en découvrant que Luc l'avait prise dans ses bras et traversait le salon.

— Je t'emmène au lit, répondit-il. Ce n'est pas ce que tu veux, Darci ?

— Si, admit-elle.

— Alors dis-le.

— J'ai envie que tu m'emmènes au lit, souffla-t-elle au moment où il franchissait le seuil de sa chambre.

Au lieu de la déposer sur le matelas, il l'y précipita d'un geste brutal, et elle retomba sur le flanc, stupéfaite, avant de relever les yeux vers lui.

— Pourquoi ?...

Ses yeux lançaient des éclairs. Son expression fermée n'exprimait guère le désir, mais plutôt une colère sourde, proche de l'explosion.

Terrifiée, Darci sentit son cœur se mettre à battre plus violemment encore. C'était impossible ! Que se passait-il ? Il la désirait avec la même ferveur qu'elle, une seconde auparavant... Ou bien avait-il... avait-il *fait semblant* ?

Il la fixait toujours de cet œil noir qui lui donnait des frissons — des frissons d'une tout autre nature que ceux dont elle avait fait la délicieuse expérience un moment plus tôt. Un courant d'air glacial s'engouffrait maintenant en elle, calmant sa fièvre d'une manière radicale.

— La prochaine fois que tu parleras à ton amie, je te suggère de lui demander pourquoi elle a cru bon de te faire croire que nous avions été amants, lâcha-t-il d'un ton métallique et froid.

Darci ne parvenait toujours pas à y croire. Il l'avait caressée, embrassée, conduite vers la jouissance... Dans le seul but de l'humilier ?

Délibérément ?

Comme elle lui adressait un regard incrédule, il fronça les sourcils.

— Oh, tu m'as parfaitement compris, Darci, ajouta-t-il avec dédain. Je ne connais pas ton amie Mellie, et je ne suis coupable ni de l'avoir grisée de fleurs et de paroles en l'air ni d'avoir couché avec elle.

Darci se redressa péniblement, s'efforçant de rassembler ses esprits.

— Mais... elle...

— Je me fiche de ce qu'elle a pu te dire ! coupa-t-il. Je n'ai jamais vu cette femme de ma vie !

Rien n'avait de sens, mais Darci était certaine d'une chose : Luc disait la vérité. Sa fureur à peine contenue en était la preuve éclatante.

Et dans ce cas, elle devait en conclure que c'était Mellie qui avait menti. Mais pourquoi, *pourquoi* aurait-elle fait cela ?

— Je ne vois vraiment pas pour quel motif Mellie m'aurait raconté des...

— Je n'ai pas non plus d'explication à te fournir, interrompit-il. J'ignore pourquoi cette Mellie Chandler t'a menti. Tout ce que je sais, c'est qu'elle l'a fait, et que dans le même temps, tu m'as aussi menti... à la seconde où nous nous sommes rencontrés, et jusqu'au dernier moment !

Son amertume emplissait la pièce, presque palpable. Et il était en train de lui dire qu'ils ne se verraient plus jamais, réalisa-t-elle avec terreur.

— Si tu appelles l'hôtel Gambrelli dans les vingt-quatre heures à venir, tu découvriras que je suis à Londres pour quelques jours, et pour des raisons familiales. Je te dis cela parce qu'au moment où ta prétendue amie avouera son mensonge, tu seras certainement tentée de me joindre pour me présenter tes excuses. Mais je te déconseille fortement de céder à cette tentation ! Rien de ce que tu pourrais dire ne me donnerait envie de t'écouter, conclut-il en lui adressant un dernier regard écœuré, avant de tourner les talons et de claquer la porte de la chambre derrière lui.

Quelques secondes plus tard, ce fut au tour de la porte d'entrée de claquer, laissant un écho glacial emplir la cage d'escalier.

Darci retomba sur le lit et fixa le plafond, encore tremblante de désir et de panique, le regard révolté de Luc tournoyant dans sa mémoire.

Bientôt, elle sentit les larmes rouler silencieusement sur ses joues.

Des larmes d'humiliation.

Jamais un homme n'avait pénétré son intimité, jamais elle ne s'était ainsi abandonnée. Il avait eu accès à ce qu'elle possédait de plus privé, à ce qu'elle protégeait jalousement depuis vingt-huit années.

Mais c'était seulement pour la punir qu'il avait fait monter le désir en elle. Il l'avait utilisée et manipulée, lui faisant prononcer des mots qu'elle se serait crue incapable de dire à un homme, dans le seul but de la blesser dans son amour-propre et de tirer vengeance des quelques jours qui venaient de s'écouler.

Et pourquoi ne l'aurait-il pas fait, s'il disait la vérité ? S'il n'avait jamais rencontré Mellie, et encore moins tissé une relation avec elle ?

Non, c'était impossible… Il ne pouvait pas dire la vérité !

8

— Bon, Darci, je veux que tu me dises ce qui ne va pas, maintenant, dit Mellie.

Darci sentit sa gorge se serrer et entortilla le fil du téléphone sur son index.

— Ce qui ne va pas ?

Durant ces dernières vingt-quatre heures, elle avait vainement cherché à joindre son amie. Le décalage horaire avec Los Angeles n'avait pas facilité la chose. Et maintenant que Mellie la rappelait pour connaître la raison de ses coups de fil répétés, elle ne savait plus comment s'y prendre. L'affaire était délicate. Comment éviter de l'accuser d'être une menteuse ? Leur amitié était si profonde que Darci hésitait à la mettre en péril en se montrant trop directe. Dans le même temps, la voix cruelle de Luc la hantait, et elle tremblait chaque fois qu'elle se rappelait le regard méprisant qu'il lui avait adressé avant de partir.

— Oui, ce qui ne va pas, confirma Mellie d'un ton méfiant. Ça fait cinq minutes que tu me parles de tout et de rien alors que tu m'as laissé je ne sais combien de messages demandant que je te rappelle… D'autre part, quand j'ai téléphoné l'autre jour pour savoir comment l'avant-première de Grant s'était déroulée, j'ai trouvé Kelly assez peu diserte. Embarrassée, même.

Chère Kelly, songea Darci. Elle était incapable de mentir ou de cacher quoi que ce fût…

Prenant une longue inspiration, elle rassembla son courage.

— Mellie, il faut que je te parle de Luc Gambrelli, avoua-t-elle d'un trait.

Un long silence pesa de l'autre côté de la ligne.

— Pourquoi ? s'enquit enfin son amie.

« Pourquoi ? » répéta Darci pour elle-même, désespérée. Parce qu'elle était tombée désespérément amoureuse de lui, voilà pourquoi ! Parce qu'à la seconde où il l'avait abandonnée sur son lit, elle avait su qu'elle ne supporterait pas qu'il sorte définitivement de sa vie. Parce qu'un vide terrible s'était creusé en elle depuis ce moment, que sa honte l'empêchait de fermer l'œil la nuit et qu'elle était emplie de remords.

— Alors ? insista Mellie. Pourquoi ce soudain intérêt pour Luc Gambrelli ?

— Eh bien… Il était présent, lors de l'avant-première de Grant, souffla-t-elle.

— Oui ?

— Mellie, reprit-elle avec effort, il ne t'était jamais venu à l'esprit que je pourrais le rencontrer ?

— Tu l'as rencontré ? lâcha Mellie d'une petite voix soupçonneuse. Et, euh… Tu lui as parlé ?

— Oui. Je lui ai parlé, en effet, confirma-t-elle.

Elles semblaient aussi prudentes et hésitantes l'une que l'autre, songea soudain Darci. Et elle connaissait trop bien Mellie pour ne pas percevoir un brin d'inquiétude dans ses questions.

— Et comme tu t'en doutes, je n'ai pensé qu'à une chose, à ce qu'il t'avait fait, enchaîna-t-elle d'une voix plus posée. Mellie… Pourquoi m'as-tu raconté que tu avais couché avec lui ? Pourquoi ?

Serrant le combiné contre son oreille, Darci attendait anxieusement la réponse de son amie. Mais elle était maintenant convaincue que Luc lui avait dit la vérité…

En entrant dans sa suite, Luc fixa la note que le réceptionniste avait glissée avec le reste de son courrier.

« Voudriez-vous me retrouver ce soir, chez Garstang, à 20 heures ? »

Il n'y avait pas de signature. Mais c'était inutile. Une seule personne au monde pouvait lui demander de le retrouver dans ce restaurant, à la même heure que le soir où il avait vainement attendu.

Il relut les deux lignes plusieurs fois, partagé entre la tentation de jeter le bout de papier dans la corbeille, et l'admiration que méritait cette initiative. Il fallait du cran, pour oser faire cette demande.

Darci avait-elle compris que son amie Mellie avait menti ?

Quand bien même, elle ne pouvait ignorer qu'en choisissant ce rendez-vous, elle prenait le risque de se voir payée de la monnaie de sa pièce. D'ailleurs, il était tentant de lui faire faux bond.

Toutefois, ces deux derniers jours, la colère de Luc avait eu le temps de retomber, de se muer en lassitude et de se fixer sur un autre objet. Il avait rendu visite à Carlo et à Cesare, qui s'étaient à présent établis non loin de Londres. Et malheureusement, comme il devait s'y attendre, il avait eu droit à une démonstration de première classe au sujet du bonheur conjugal !

Voilà pourquoi il avait évité de voir son frère et son cousin depuis leurs mariages respectifs. Non qu'il n'appréciât pas leurs épouses, qui étaient charmantes ; mais désormais, sa famille au grand complet semblait déterminée à le marier. Sa mère était la plus enragée dans cette entreprise, et chaque fois qu'il la retrouvait chez elle, dans l'appartement parisien où elle s'était retirée depuis la mort de son père, elle invitait discrètement une jeune fille de sa connaissance, souvent héritière d'un grand domaine italien, qu'elle lui présentait comme la huitième merveille du monde.

Aussi, la perspective d'un week-end entier en sa compagnie

le rendait-elle nerveux. Mieux valait qu'il s'y prépare : chaque repas serait voué à des présentations avec une inconnue sans intérêt dont il n'aurait même pas voulu pour une nuit.

Bah, elle pouvait jouer les entremetteuses jusqu'à la fin des temps, et Carlo et Cesare n'avaient qu'à continuer à convaincre qui ils voulaient que l'amour leur offrait le plus grand bonheur : lui resterait célibataire !

Mais tout cela ne lui disait pas s'il devait se rendre chez Garstang ce soir… Darci méritait une leçon et pourrait ainsi réfléchir à la manière dont elle jugeait les hommes qu'elle ne connaissait pas.

Non, il n'avait aucune raison de la revoir.

Darci ne s'était jamais sentie aussi nerveuse de toute sa vie et se raidissait devant sa table, tout en fixant l'heure : il était 20 heures précises. Elle saurait bientôt si Luc comptait faire son apparition ou si elle lui inspirait un tel dégoût qu'il ne voulait même pas entendre ses excuses.

Le restaurant était aussi luxueux qu'elle l'avait imaginé. Ne l'ayant pas identifiée comme une fidèle cliente, le maître d'hôtel l'avait gratifiée d'un regard hautain en lui désignant sa table. A côté de toutes les femmes couvertes de bijoux qui dînaient non loin d'elle, Darci se sentait déplacée. Sa longue robe blanche toute simple ne faisait pas le poids, et elle était de plus en plus convaincue d'être la cible de coups d'œil sarcastiques de la part de quelques couples riant sous cape.

Sa seule consolation était d'avoir obtenu une table à l'écart, près de la baie vitrée et du magnifique jardin d'hiver. Cette faveur lui valait la jalousie de clients installés au bar dans l'attente qu'une table leur soit attribuée. Au moins, songea-t-elle avec amertume, elle ne risquait pas d'attendre trop longtemps ici : on aurait tôt fait de la prier poliment de partir, si son compagnon n'arrivait pas dans le quart d'heure !

A vrai dire, elle aurait préféré ne pas venir du tout. Car

même si, par miracle, Luc la rejoignait, ce qu'elle avait à lui dire lui causait des sueurs froides.

Au bout de dix minutes supplémentaires, au comble de l'anxiété, elle se rendit à l'évidence. Il ne viendrait pas. Ne lui avait-elle pas offert cette riposte sur un plateau d'argent, en lui proposant de la retrouver dans ce restaurant ? Oui, c'était de bonne guerre.

Elle n'avait rien à lui reprocher.

Avec un long soupir, elle se pencha sur sa chaise pour prendre son sac quand une voix familière résonna derrière elle :

— Merci, James. Vous nous apporterez une bouteille de gevrey-chambertin, voulez-vous ?

Luc !

Il y avait un bon moment qu'elle gardait les yeux braqués sur la porte, et il avait fallu qu'il arrive par l'escalier du fond…

Repoussant le malaise qui la gagnait, Darci releva les yeux vers lui et retint une exclamation devant son élégance. Il était splendide, dans son costume gris clair et sa chemise blanche.

— Excusez-moi d'être en retard, déclara-t-il en s'installant face à elle. Les embouteillages étaient plus terribles que je ne l'avais prévu.

Darci s'en moquait éperdument et fixait, hypnotisée, son beau visage hâlé. En reconnaissant son parfum viril et frais, elle sentit son cœur battre un peu plus fort et s'efforça de sourire sans trahir son trouble.

— Je vous remercie d'avoir accepté de venir ainsi à ma…

— Je n'ai rien accepté du tout, la coupa-t-il. Mais vous laisser ici toute seule aurait achevé de me transformer à vos yeux en ce sinistre goujat que vous tenez à voir en moi.

Passant rapidement sa langue sur ses lèvres sèches, elle murmura :

— Luc, je vous dois de plates exc…

— Merci, Paul, dit-il en se tournant vers le sommelier, lui adressant un sourire chaleureux.

Darci regarda l'homme ouvrir la bouteille et lui offrir ainsi un instant de répit. Elle ne pouvait quitter Luc des yeux. Il était encore plus séduisant que dans son souvenir, songea-t-elle. Mais quelque chose avait disparu… Une étincelle, dans ce captivant regard sombre. Cette petite lueur d'humour, piquante et irrésistible, qui lui avait tant plus, dès le premier soir.

Le fait de savoir qu'elle avait amplement mérité cette froideur n'arrangeait rien. Dévorée de culpabilité, elle ne savait comment rompre le malaise qui s'installait entre eux.

Luc goûta le vin et en apprécia la saveur subtile sans relever les yeux vers la jeune femme. En la découvrant installée à cette table, à son arrivée, il avait senti une onde de courant électrique le traverser.

Dans cette robe qui mettait en valeur son teint de porcelaine et le vert profond de son regard, elle était *bellissima*. Radieuse et fraîche comme une innocente jeune fille ignorant la puissance de son charme. Aucun bijou ne parasitait le spectacle ravissant de son cou gracile, et les deux peignes anciens ornés de petites perles qui retenaient ses longues boucles de feu soulignaient cette simplicité souveraine — qui forçait l'admiration de tous. Hélas.

Car Luc n'avait pas manqué d'observer les coups d'œil enflammés que lui jetaient les hommes, au bar et dans la salle…

— Parfait, Paul, déclara-t-il.

Dès que le sommelier les eut servis et eut reposé la bouteille dans le seau, il se retourna vers Darci, levant son verre.

— A quoi devons-nous trinquer, ce soir ? demanda-t-il d'un ton moqueur. Aux nouveaux départs ?

Plus mal à l'aise que jamais, Darci repoussa la pensée qu'elle n'aurait pas dû donner rendez-vous à Luc dans ce restaurant. Elle n'avait rien voulu d'autre que lui présenter de sincères excuses, mais écouter ses sarcasmes était au-dessus de ses forces.

— Eh bien, disons plutôt à des excuses offertes de bon cœur, et acceptées dans le même esprit ? Ce serait peut-être plus approprié ? suggéra-t-elle avec un sourire timide.

— Mais un peu prématuré, opposa-t-il.

Elle se mordit la lèvre. Pourquoi, prématuré ? Parce qu'elle n'avait pas encore présenté ses excuses en bonne et due forme, ou parce qu'il n'avait aucune intention de les accepter ? Et dans ce cas, que serait-il venu faire ici ? La punir ? *Encore ?* Certes, elle méritait de l'être, mais elle n'aimait pas cette impression de s'offrir ainsi au sadisme d'un juge partial.

Elle le fixa droit dans les yeux.

— Votre attitude envers moi, l'autre jour, n'a pas précisément été celle d'un gentleman, observa-t-elle. Et s'il vous plaît, cessez de hausser les sourcils de cet air arrogant.

Luc réprima un sourire. Pour autant, il ne parvenait pas à oublier que Darci l'avait pris pour un coureur de bas étage.

Il fronça davantage les sourcils et déclara :

— Vous n'avez pas aimé ce qui s'est passé ? Allons, ne soyez pas hypocrite..., répliqua-t-il.

Les joues de Darci devinrent d'un rose plus vif.

— Peut-être vaudrait-il mieux que je vous laisse, dit-elle en posant sa serviette sur la table.

Il prit son poignet et le serra fermement.

— Je vous jure que je vous donnerai de sérieuses raisons de regretter ce geste, si vous essayez de me laisser dîner seul une seconde fois ici !

Darci prit une inspiration et se libéra de son emprise avant de reposer sa serviette sur ses genoux. Luc semblait réellement capable de lui faire publiquement une scène.

Il ne lui était pourtant pas moins pénible de se rasseoir en songeant qu'il était parfaitement conscient de l'état dans lequel il l'avait mise, lors de leur dernière entrevue. C'était la seule raison pour laquelle il venait de la traiter d'hypocrite : parce qu'il savait qu'elle avait été tout près de la capitulation. Seule sa colère les avait empêchés de faire l'amour.

— J'ai du mal à croire que vous ayez eu envie de dîner avec moi, souffla-t-elle.

— Vous espérez des compliments, Darci ? rétorqua-t-il, sarcastique.

— En aucun cas, se défendit-elle avec vigueur. Il me paraît clair que vous êtes furieux d'être ici.

Luc se renfonça dans son siège et la fixa longuement.

— Si c'était le cas, je ne serais pas venu. Mais je suis curieux... Comment avez-vous réussi à réserver une table ici en si peu de temps ?

Elle haussa les épaules.

— A quoi servirait d'avoir un frère célèbre ? J'ai réservé une table à son nom... Et puis, je savais que personne ne viendrait me le reprocher quand vous arriveriez.

— A condition que j'arrive, nuança-t-il.

— Oui, acquiesça-t-elle. A condition que vous arriviez.

— Et si ce n'avait pas été le cas ?

— Eh bien, je me serais retrouvée dehors à 20 h 30, conclut-elle d'un ton indifférent.

— Grant sait que vous jouez ce petit jeu dans son dos ? reprit-il, un sourire amusé aux lèvres.

— Bien sûr que non, admit-elle. J'adore mon frère et nous sommes très proches, mais... Je préférerais qu'il n'apprenne jamais que je me suis comportée comme la dernière des idiotes avec vous.

— La dernière des idiotes ? répéta Luc.

Oui, songea Darci, ce n'était pas excessif, puisqu'elle était amoureuse de lui. Et si elle avait eu une chance que ce sentiment soit réciproque, elle l'avait irrémédiablement gâchée. Luc était venu au rendez-vous poussé par la curiosité, ainsi qu'il l'avait dit, et pour entendre des excuses. Rien de plus.

— Ecoutez, Luc, reprit-elle, je tiens vraiment à m'excuser auprès de vous, pour tout ce que je vous ai dit et pour mon comportement à votre égard, toute cette semaine...

— Vous pensez pouvoir attendre la fin du dîner, pour battre votre coulpe ? interrompit-il, une note d'ennui dans la voix. Vous me devez bien un repas... outrageusement cher, non ?

— En effet, admit Darci en déglutissant avec peine, tout en attrapant son menu sans enthousiasme.

— Alors, lança Luc comme leurs plats de résistance venaient d'arriver. Qu'est-ce que votre amie Mellie a bien pu déclarer à mon sujet ?

C'était la minute de vérité, pensa Darci en avalant une gorgée de vin.

— Eh bien, comme vous l'avez compris, elle a admis que vous ne vous étiez jamais rencontrés.

— Je vous l'avais dit, mais naturellement, vous n'avez pas voulu me croire, répondit-il d'un ton amer.

— Luc, je vous en prie, essayez de vous mettre à ma place, plaida-t-elle. Je connais Mellie depuis que j'ai dix ans ! Alors *évidemment*, c'est elle que j'ai crue !

— Evidemment…

En cet instant, il avait tout de l'aristocrate italien, observa Darci avec un pincement au cœur. Oh, elle regrettait tant de ne plus trouver cette petite flamme malicieuse dans son regard !

— Mais bien sûr, maintenant, enchaîna-t-elle, je sais qu'elle ne…

— *Bien sûr*, confirma-t-il sèchement.

Oh, c'était encore pire que ce qu'elle avait imaginé. Reprenant son verre, Darci but encore une gorgée de vin et tenta d'apaiser son angoisse.

Qu'avait-elle cru ? Que Luc accepterait ses excuses en souriant, qu'il effacerait tout d'un revers de main et qu'ils se mettraient à rire de cette histoire ? Seigneur, elle était follement amoureuse d'un homme qu'elle avait insulté à un tel degré qu'il s'était changé en étranger mutique et hostile…

Elle soupira.

— Voyez-vous, Mellie m'a avoué qu'elle avait inventé toute cette histoire dans l'espoir de rendre quelqu'un d'autre jaloux.

Luc écarquilla les yeux.

— Quoi ? Votre amie a... elle a des sentiments pour vous ?

D'ordinaire, il se moquait bien de l'inclination sexuelle des autres, mais dans ce cas précis, il était gêné que quelqu'un désire Darci aussi intensément que lui !

Car il la désirait toujours...

Le moindre de ses mouvements faisait monter son excitation d'un cran. Son parfum enivrant lui chatouillait les narines, et ses seins galbés par sa robe blanche l'hypnotisaient.

Mais il parviendrait à se dominer. Il le fallait.

— Quelle idée ! répliqua-t-elle, choquée. Non, ce n'est pas moi que Mellie cherchait à rendre jalouse !

— Qui est cette mystérieuse personne, alors ? insista Luc.

Elle marqua une hésitation avant de lâcher :

— Grant. Apparemment, il y a des années qu'elle est amoureuse de lui, mais elle avait renoncé à ce que ce sentiment soit un jour réciproque. En fait, elle avait un petit ami, avant de partir pour Los Angeles... Mais là-bas, Grant et elle se sont vus plus régulièrement. Ils ont dîné deux ou trois fois ensemble, et Mellie s'est mise de nouveau à espérer que leur amitié évolue vers autre chose.

— Et ce n'est pas arrivé ?

— Pas exactement. Si j'ai bien compris, ils sont devenus assez proches. Mais Grant s'est absenté durant deux mois, et comme il l'appelait moins, eh bien...

— Elle a décidé de lui rappeler qu'elle méritait son attention en faisant croire qu'un autre la poursuivait ? compléta-t-il.

Cela semblait un peu moins infantile présenté de cette manière, songea Darci, tout en acquiesçant d'un hochement de tête.

Il n'en demeurait pas moins que Mellie avait inventé toute cette histoire dans le seul espoir que Darci en parle à Grant et éveille ainsi sa jalousie. Cela relevait de la cour de récréation... La veille, au téléphone, elle avait dit à Mellie ce qu'elle pensait de ce procédé et à quel point elle était déçue.

— En avez-vous parlé à Grant ? reprit Luc en sentant sa

colère se fixer sur cette Mellie, responsable du lourd quiproquo qui avait menacé sa relation avec Darci.

Elle secoua négativement la tête.

— Il ne me viendrait pas à l'esprit de le faire. Et je ne vous en ai parlé que parce que vous méritiez une explication, mais en d'autres circonstances, je n'aurais pas trahi ce secret. Vous comprenez ?

Oh oui, Luc comprenait. Il comprenait que cette Mellie ne méritait sans doute pas tant de loyauté et d'affection, et il comprenait que Darci était capable de bien des sacrifices pour ceux qu'elle aimait. Et pour un amant ? Probablement. Mais Luc ne voulait pas d'une maîtresse loyale, aimante et dévouée ! Ce n'était pas de cela dont il avait besoin...

— Que compte-t-elle faire ? s'enquit-il. Renoncer, ou parler à Grant ?

— Parler à Grant, bien sûr, assura-t-elle.

— Oh, bien sûr ! Elle a l'air aussi franche que déterminée ! C'est exactement le genre de femme que j'essaie d'éviter à tout prix.

Darci prit soin de prendre son temps pour couper son pain, méditant ce dernier commentaire. Etait-ce un avertissement ?

— Vous n'avez pas à vous inquiéter, Luc, répliqua-t-elle. Comme je vous l'ai déjà dit, une femme qui commettrait l'erreur de tomber amoureuse de vous n'aurait que ce qu'elle mérite. Quant à Mellie, elle est sincèrement désolée des conséquences de son mensonge. Elle m'a priée de vous présenter également ses excuses.

— Et vous ? Vous êtes désolée ?

— Plus encore que vous ne le pensez, affirma-t-elle.

— Vraiment ? demanda-t-il, tout en la dévisageant avec un étrange sourire. A quel point, Darci ?

Elle fronça les sourcils. Certes, il abusait de la situation, mais il en avait le droit, songea-t-elle en prenant sur elle pour le regarder droit dans les yeux.

— Au point de vous inviter ici ce soir et de vous réitérer mes excuses autant que fois que ce sera nécessaire, conclut-elle.

— Ne soyez pas ridicule. Il n'est pas question que je vous laisse régler l'addition, et je veux bien croire que vous êtes navrée.

— Mais…

— Inutile de protester, Darci, coupa-t-il en levant une main autoritaire. Il n'a jamais été dans mon intention de vous faire payer ce repas.

— Dans ce cas, je suis vraiment, *vraiment* confuse de vous avoir traité comme je l'ai fait toute cette semaine, répéta-t-elle.

— Ah ? Même si vous jugez que mon comportement envers vous, l'autre jour, a été hautement répréhensible ?

Luc serra les poings. Elle n'avait aucune idée de l'effort surhumain qu'il avait dû déployer pour ne pas prendre ce qu'elle était plus que prête à lui offrir, deux jours plus tôt.

Mais même au paroxysme du désir, il avait su que Darci ne voudrait jamais d'une simple liaison. Or, il ne connaissait rien d'autre. Et il n'avait nulle intention de changer sur ce point.

Si Carlo et Cesare voulaient aimer toute leur vie la même femme, c'était leur problème. Il avait pu constater de ses propres yeux les effets d'une passion fusionnelle sur ses parents. Et sur son oncle Carlo et son épouse. Et avant eux, sur ses grands-parents. Oui, Carlo et Cesare n'auraient qu'à se débrouiller seuls avec la malédiction des Gambrelli ! Luc, lui, s'en tiendrait au célibat et garderait ses distances avec les sentiments intenses !

Mais s'il était déterminé à ne pas sombrer dans ce piège avec Darci, cela ne signifiait pas pour autant qu'il ne pouvait pas tirer quelques avantages de la situation…

— Je ne pense pas que votre comportement ait été répréhensible, Luc, répondit-elle sèchement. Vous et moi, nous savons très bien ce qui s'est passé !

— Vous n'avez eu que ce que vous méritiez, Darci.

— La question n'est pas là, et…

— La question, la coupa-t-il, c'est que je ne vous laisserai pas payer l'addition, mais que vous me devez quelque chose.

Méfiante, elle lui adressa un regard soupçonneux.

— Je vous *dois* quelque chose ? répéta-t-elle, sur ses gardes.

— Oui. Je dois me trouver à Paris ce week-end, et…

Elle sentit que son sang ne faisait qu'un tour.

— Je ne passerai pas le week-end avec vous à Paris ! interrompit-elle d'un ton indigné.

Mais plus que la surprise, c'était la panique qui la dominait.

9

Visiblement troublé, Luc lui décocha un regard de reproche.

— En général, on attend la fin de la phrase, avant de monter sur ses grands chevaux !

— Si vous n'aviez pas l'intention de me demander de vous suivre, je ne vois pas pourquoi vous auriez mentionné ce séjour ! rétorqua-t-elle, sans se démonter.

Et il était hors de question qu'elle accepte ! Elle adorait Paris, bien qu'elle n'ait pas eu l'occasion d'y retourner depuis ses quinze ans. Mais l'association du dangereux Luc Gambrelli et de la ville la plus romantique du monde était bien trop explosive.

— *Tu* as raison, Darci, confessa-t-il en se penchant vers elle. Pourquoi le nier ? Et pourquoi continuer à prendre tant de précautions, alors que nous nous connaissons un peu, désormais ? Je te demande de venir avec moi à Pa…

— Non, non et non ! s'exclama-t-elle.

Il haussa les sourcils.

— Un seul refus était amplement suffisant. Mais tu n'as pas entendu ma proposition dans son ensemble, Darci.

— Je n'en ai pas besoin.

Ses yeux lançaient des éclairs, et la colère lui avait rougi les joues.

— Il n'est pas question que j'aille à Paris ou n'importe où ailleurs avec v… avec toi.

— Tu es bien farouche ! railla-t-il. Mais si je te promets

que nous ne partagerons pas le même lit et que mes intentions n'ont rien que de très honorable ?

— Ce n'est pas le problème, riposta-t-elle avec un geste exaspéré de la main.

— Ah non ?

Non, ça ne l'était pas : ce n'étaient pas les intentions de Luc qui l'inquiétaient, mais sa propre faiblesse... Qui pouvait dire ce qui arriverait lors d'un long week-end en tête à tête à Paris, alors qu'elle était déjà follement amoureuse de lui ?

— Quelle drôle d'idée ! protesta-t-elle en cherchant à dominer sa panique. Et d'abord, pourquoi as-tu envie que je t'accompagne à Paris ?

Il s'adossa confortablement à son siège et la considéra avec attention.

— Il se trouve que je dois assister à une réception, et j'aimerais que tu sois ma partenaire pour la soirée.

— Et alors ? Tu ne peux pas trouver quelqu'un d'autre ? demanda-t-elle, méfiante.

Luc sourit. Décidément, elle ne manquait pas de cran. Dans sa position, n'importe quelle femme n'aurait été que trop heureuse de se rattraper et d'accepter cette invitation. Mais pas Darci...

— Disons que j'ai mes raisons de porter mon choix sur toi, répondit-il.

— C'est-à-dire ?

— C'est personnel. Mais tu dois me croire quand je t'affirme que je ne franchirai pas la porte de ta chambre. Notre dernière rencontre ne t'a-t-elle pas prouvé que je sais rester maître de moi-même ?

Il regrettait de la blesser ainsi. Mais que pouvait-il faire d'autre, alors qu'il parvenait tout juste à se retenir de renverser la table pour la prendre dans ses bras et l'embrasser furieusement ? S'il n'avait tenu qu'à lui, il lui aurait fait l'amour ici et maintenant.

Le désir qui le tenaillait dès qu'il était en sa présence rendait la promesse qu'il venait de lui faire d'autant plus terrible. Car il ignorait où il trouverait la force de ne pas partager son lit…

Mais cette visite chez son frère et son cousin lui avait confirmé que sa mère entendait emplir la salle de réception d'un véritable harem de possibles fiancées. S'il annonçait qu'il venait accompagné de Darci… Sa famille ne serait que trop heureuse de le voir parader au bras de cette splendide créature !

Darci dévisageait Luc, cherchant à décrypter ses pensées. En vain. Rien ne filtrait, à travers cet énigmatique regard sombre.

— Ne sois pas si inquiète, Darci, reprit-il avec humeur. Je te répète que ce week-end ne cache aucun plan diabolique de ma part.

— Je n'ai jamais prétendu que c'était le cas.

— Non ?

— Non. Mais de toute façon, je ne suis pas sûre de pouvoir me libérer. L'hôpital…

— Même une personne aussi investie que tu l'es dans ton travail a droit à deux jours de congé, la coupa-t-il.

Oui, elle pouvait prendre ce court congé, pensa Darci. Elle pouvait même demander à l'un de ses collègues de la remplacer. Mais elle n'était pas sûre d'avoir envie de partir avec Luc…

— Naturellement, toutes les dépenses seraient à ma charge, assura-t-il. Tu n'aurais rien à faire : seulement à être belle et en dire le moins possible.

— Comme toutes les femmes que tu as l'habitude de fréquenter ? railla-t-elle.

— Exactement, admit-il.

Tandis que le serveur apportait les desserts, Darci hésitait sur la conduite à suivre. Comment se sortir de ce piège ?

— Il faut que j'y réfléchisse, lâcha-t-elle en disposant distraitement sa crème fouettée tout autour de sa coupe de fruits.

— Réfléchis autant que tu le voudras, mais j'ai besoin d'une réponse avant la fin de la soirée, répondit-il.

Stupéfaite, elle lui lança un regard alarmé.

— C'est injuste, Luc !

— Il me semble que ton comportement à mon égard ne l'était pas moins, rétorqua-t-il.

Il marquait un point…

— Allons, la plupart des femmes seraient enchantées à l'idée d'un week-end tous frais payés à Paris !

— Je ne suis pas comme la plupart des femmes ! répliqua-t-elle froidement.

Luc n'en était que trop conscient ! Darci se distinguait par son intégrité et son sens des valeurs. Evidemment, un médecin affrontant chaque jour la réalité concrète de la douleur, de la vie et de la mort, n'avait pas grand-chose en commun avec les gens du cinéma qu'il côtoyait depuis des années. La seule perspective de courir les boutiques parisiennes ne lui ferait pas tourner la tête, il en était bien conscient.

D'un autre côté, contrairement à n'importe quelle autre femme, Darci saurait garder les pieds sur terre face à sa famille : elle savait que leur relation était factice.

Elle était donc la seule à pouvoir jouer ce rôle à la perfection.

— J'aurais dû me douter que nous allions séjourner dans un hôtel de la chaîne Gambrelli, souffla Darci en sortant de l'ascenseur, suivant le groom qui portait leurs bagages. Même la moquette porte l'initiale G !

Durant le vol en jet privé, Luc s'était enfoncé dans ses pensées, silencieux, la laissant profiter de toute une rangée de sièges moelleux à souhaits, ainsi que des attentions constantes du personnel de bord. Alors que ce luxe l'avait sidérée, lui y était demeuré complètement insensible.

La déférence à laquelle ils avaient eu droit en franchissant le seuil de la réception n'avait pas moins impressionné Darci. Mais cet accueil trop chaleureux l'inquiétait aussi, et elle se demandait si elle n'avait pas complètement perdu la tête en acceptant de s'engager dans les projets bien vagues de Luc…

— Ce n'est qu'un hôtel, Darci, répondit-il en pénétrant dans la suite.

— Pour toi, peut-être, répliqua-t-elle en balayant le grand salon d'un regard curieux, pendant que Luc tendait un billet au groom et refermait la porte derrière lui.

Malgré toute l'estime qu'il portait à son cousin, Luc jugeait cet hôtel de luxe beaucoup trop semblable à ceux qu'il fréquentait partout dans le monde. C'était un lieu impersonnel.

Un peu moins que d'ordinaire, toutefois, puisque la présence de Darci chargeait la pièce d'un magnétisme inédit. Dans ce jean moulant et ce chemisier laissant deviner sa ravissante poitrine, elle était irrésistible. Chaque fois que son regard se posait sur elle, il avait envie de glisser ses doigts dans sa somptueuse chevelure et de sentir sa peau fraîche et satinée.

— Je crois que je vais aller prendre une douche, annonça-t-elle. A quelle heure devons-nous partir pour la soirée ?

— Nous ne quitterons pas l'hôtel, Darci, l'informa-t-il. La soirée se déroulera dans l'une des salles de réception du rez-de-chaussée.

Il avait délibérément gardé ses distances depuis qu'il était passé la prendre en bas de chez elle, espérant ainsi échapper aux questions de la jeune femme. Mais il savait qu'il lui faudrait bientôt dévoiler le pot aux roses…

— Mon frère Carlo et sa femme nous rejoindrons ici à 19 heures pour prendre un verre, et nous retrouverons ensuite Cesare et Robin à 19 h 45.

Cette nouvelle surprit Darci, qui écarquilla les yeux. Le frère et le cousin de Luc seraient donc de la fête, ainsi que leurs épouses ?

Mais alors… Peut-être que la robe noire qu'elle avait prévue pour la soirée ne conviendrait pas ! Ce petit fourreau très sexy qu'elle avait présenté à Kelly, dix jours auparavant… Elle était partie du principe qu'il s'agissait d'une réception à laquelle assisteraient des gens du cinéma, et elle avait choisi sa tenue en conséquence !

Soupçonneuse, elle se retourna vers Luc.

— Dis-moi, de quel genre de soirée s'agit-il, au juste ?

Il observa une courte pause avant de répondre :

— Ma mère s'est installée à Paris après la mort de mon père, il y a dix ans. Et depuis, chaque année, elle organise pour son anniversaire une…

— Quoi ? C'est une fête pour l'anniversaire de ta mère ? s'exclama-t-elle, sous le choc.

La petite robe noire serait complètement déplacée ! Heureusement qu'elle avait emporté une large étole de soie noire, au cas où la nuit serait fraîche… Mais comment Luc avait-il pu passer sous silence que la soirée à laquelle il la conviait était *l'anniversaire de sa mère* ? Et pour quelle raison fallait-il qu'elle y assiste ?

— Je te prie de m'expliquer le fin mot de cette affaire, Luc, lança-t-elle en pointant un index menaçant vers lui. Et je te préviens, ne me dis pas que je n'ai pas à m'inquiéter ! Maintenant que nous sommes ici, j'ai le droit de savoir ce qui se passe !

Luc hésita. Après tout, Darci n'avait pas besoin de connaître ses motivations. D'un autre côté, pour jouer convenablement son rôle et se sentir à son aise auprès de sa mère et de ses belles-sœurs, mieux valait qu'elle en sache davantage.

Il soupira.

— Eh bien… Carlo et Cesare se sont tous deux mariés cette année.

Darci fronça les sourcils.

— Oui. Et ?

Embarrassé, Luc se mit à arpenter la pièce de long en large avant de se poster devant la fenêtre et d'admettre :

— Ma famille semble avoir établi un consensus autour de l'idée que c'est mon tour, maintenant.

— Tu veux dire… Ta mère joue les entremetteuses ? demanda-t-elle, amusée.

Il acquiesça d'un geste irrité.

— Avec beaucoup de zèle, confirma-t-il. Et je t'assure que j'aimerais pouvoir trouver ça drôle, moi aussi, mais je suis trop épuisé par ses tentatives pour les prendre avec humour. Si tu avais idée du nombre de candidates que j'ai dû rencontrer, ces derniers mois ! Je n'ai pas eu d'autre solution que de prendre mes distances pour éviter des rencontres familiales piégées. Et cela m'a aussi ôté toute envie de dîner avec une femme...

Sauf avec elle, songea Darci.

— Tu veux un verre ? demanda-t-il.

Pensive, Darci le regarda remplir deux coupes. Il n'y avait rien d'amusant dans cette affaire, en effet... L'aversion de Luc pour le mariage était flagrante. Il était allé jusqu'au chantage pour la convaincre de venir ici, pour s'assurer que sa mère le laisserait en paix durant la soirée. Ce qui en disait long sur sa volonté de demeurer célibataire *ad vitam aeternam*.

— Pourquoi pas ? dit-elle en prenant le verre qu'il lui tendait. Mais tu aurais dû m'exposer la situation plus tôt, Luc. Je me sens très mal à l'aise à l'idée de tromper toute ta famille.

— Il n'y a aucune raison. Tu n'auras aucun effort particulier à fournir. Contente-toi d'être ravissante — ce que tu es, sans conteste —, souris et parle le moins possible. Je ne vois pas en quoi ça poserait problème ?

Darci baissa les yeux. Le problème, c'était qu'il voulait à son bras une femme qui ne serait pas amoureuse de lui. Et il ne l'aurait pas. Or, trahir la confiance des Gambrelli durant toute une soirée n'était pas la manière dont elle avait espéré occuper son temps à Paris ! Il ne lui restait plus qu'à prier pour que cette lamentable mise en scène explose au visage arrogant de Luc !

— Je n'aime pas beaucoup ça, dit-elle avec franchise. Et tu sais très bien que si tu m'avais révélé tes intentions, je n'aurais jamais accepté de te suivre.

Luc le savait. Durant la semaine qui venait de s'écouler, il avait appris à connaître Darci. Il n'était pas très fier de son stratagème, mais à mesure que cet anniversaire s'était rapproché, il n'avait songé qu'à se protéger des ingérences de sa mère dans sa vie privée. Et malheureusement pour Darci, leur rencontre avait pris la forme d'une opportunité idéale…

— Il ne s'agit que d'une soirée, Darci, reprit-il. Après quoi, nous serons libres. Nous n'aurons plus à nous revoir.

Darci réprima le frisson qui la secouait.

— Et que feras-tu, la prochaine fois que ta mère tentera de te présenter à un beau parti ?

Un sourire de triomphe se dessina aussitôt sur les lèvres de Luc.

— Ma famille n'aura pas besoin de savoir qu'après ce week-end, nous ne nous verrons plus ! Je pourrai facilement entretenir cette relation purement fictionnelle pendant environ six mois ! Après quoi, je compte bien que ma mère sera trop occupée à câliner le bébé de Carlo pour s'intéresser plus longtemps à mon hypothétique avenir conjugal !

Eh bien ! Il avait pensé à tout, observa Darci, un soupçon d'amertume dans le cœur.

Mais c'était également ce qu'elle avait cru, quelques jours plus tôt, quand elle avait arboré ce sourire plein d'assurance en arrivant à l'avant-première. Et elle était désormais bien placée pour savoir que les plans les mieux préparés pouvaient prendre un tour imprévu…

10

— Un peu intimidant, n'est-ce pas ? s'enquit gentiment la splendide Angel Gambrelli, tandis que Luc et son frère Carlo s'occupaient de servir les cocktails.

Dans le salon de la suite, Darci sourit timidement à sa compagne et contempla les deux hommes : ils étaient aussi grands et athlétiques l'un que l'autre. La chevelure de Luc était d'un blond sensiblement plus lumineux que celle de Carlo, mais ils partageaient les mêmes traits fins et aristocratiques et un sens de l'élégance à couper le souffle.

Le jeune couple était arrivé quelques minutes plus tôt, et Darci ne parvenait toujours pas à surmonter son trouble. La présence charismatique des deux frères chargeait la pièce d'électricité.

— Crois-moi, l'habitude n'y change rien, reprit Angel en riant, couvant son mari d'un regard adorateur. Et tu n'as pas encore vu Cesare ! Quand les trois mâles siciliens se trouvent dans la même pièce, tout le monde frémit…

Elle caressa distraitement son ventre arrondi en souriant à Carlo, qui lui tendait un verre de jus de fruits.

Darci admira encore l'élégance de la jeune femme vêtue d'un long fourreau rouge, alors qu'elle était mortifiée de porter cette minuscule robe noire révélant la longueur de ses cuisses aux trois quarts. Toute sa confiance en elle s'était évanouie à la seconde où elle avait compris que cette soirée serait très habillée… Et qu'aucune femme n'oserait y exhiber ne fût-ce que ses chevilles.

Profitant de ce que Carlo et Angel s'éloignaient un instant, elle tira la manche de Luc et confia, anxieuse :

— Je n'y arriverai pas, Luc.

L'élégance de son compagnon ne l'aidait pas. Ni sa découverte de l'après-midi : il n'y avait qu'une chambre, dans leur suite ! Luc avait tenté d'apaiser sa fureur en lui expliquant que sa famille aurait été plus que suspicieuse, s'ils avaient fait ouvertement chambre à part, mais qu'il avait l'intention de passer la nuit sur le canapé du salon.

Comment était-elle censée dormir avec Luc couché à quelques centimètres de la porte de sa chambre ?

— Peut-être aurait-il été préférable que tu mettes quelque chose d'un peu moins… *dévêtu*. Tu te sentirais mieux, concéda-t-il.

A peine eut-il prononcé ces paroles qu'il vit une lueur de rage s'allumer dans les yeux de Darci.

— Allons, tu es splendide, enchaîna-t-il très vite.

D'ailleurs, elle n'était jamais assez dévêtue pour son goût : s'il l'avait pu, il ne se serait pas privé de le lui faire comprendre en lui arrachant ce fourreau après s'être lui-même débarrassé du costume dans lequel il avait beaucoup trop chaud.

Etait-ce seulement le désir, qui le mettait sur des charbons ardents ? Ou les regards entendus de son frère, qui lui faisait très bien comprendre la nature de ses pensées depuis son arrivée ? Diable de Carlo. Il aurait pu tout aussi bien s'écrier : « Bravo, Luc, excellent choix, bienvenue au club ! » et se mettre à applaudir.

D'une certaine manière, il était reconnaissant à Darci de détourner sans cesse son attention de ce désagrément en exhibant sous son nez sa poitrine moulée de soie noire et ses jambes sublimes.

Mais quand elle s'approchait un peu trop de lui, comme c'était le cas en cet instant, il lui était particulièrement difficile de dominer ses pulsions. Son parfum ensorcelant l'enivrait, et il ne pouvait détacher son regard de sa peau blanche et fine.

— Je sais parfaitement que j'ai l'air de me promener toute nue, murmura-t-elle d'un ton furieux. Inutile de me le rappeler ! Quelle catastrophe… Dieu seul sait ce que Carlo et Angel doivent penser de moi !

Luc le savait pourtant aussi. En un bref coup d'œil, son frère n'avait pas manqué d'apprécier les charmes de Darci, dès les présentations. Quant à Angel, qui n'avait aucune raison d'être jalouse ou de douter de l'amour exclusif que lui portait son mari, il était clair qu'elle était également sous le charme de la fraîcheur et de la beauté de sa compagne.

— Crois-moi, tu leur plais, affirma-t-il. Cesse de te tourmenter là-dessus.

Visiblement peu convaincue, elle tenta de rattraper le cabochon de son collier dans son décolleté et, ce faisant, lui offrit une vue plongeante sur ses seins nus.

— Tu n'as pas une étole, ou quelque chose à te mettre sur les épaules ? demanda-t-il, désespéré, comme son excitation était à son comble.

Il ne manquait plus qu'il descende au rez-de-chaussée dans cet état !

— Si, admit-elle, j'ai pris une étole. Mais j'aurai l'air stupide si je la porte à l'intérieur.

— Nous dirons que tu as attrapé froid.

— Oh, merci, mon héros ! railla-t-elle.

— Crois-moi, je cesserai d'être un héros si tu n'arrêtes pas de te tortiller et que tu ne te couvres pas la poitrine, rétorqua-t-il.

Darci releva les yeux vers lui. Une flamme brûlait dans les grands yeux bruns de Luc, rivés sur son décolleté, et l'évidence de son désir la soulagea aussitôt.

Il était donc encore moins à son aise qu'elle ! Mais pour une raison bien différente… Ce qui signifiait qu'en dépit de tout le détachement qu'il avait affiché chez Garstang et durant le voyage, il n'était pas totalement indifférent…

C'était là une découverte si merveilleuse qu'elle en aurait sauté de joie. Tout d'un coup, elle reprenait confiance en elle. Il avait beau s'en défendre, Luc était donc toujours attiré par elle ! Comme au premier soir, quand il lui avait décrit comment il aurait voulu la déshabiller et lui faire l'amour !

— Allons, calme-toi, Luc, répondit-elle avec malice. Sinon, tu vas donner une fausse impression à ton frère et à ta belle-sœur...

Pour souligner sa remarque, elle lui désigna discrètement l'autre couple, qui les contemplait avec intérêt depuis un moment. Carlo affichait un sourire goguenard.

Blême de confusion et furieux d'avoir perdu de vue qu'ils n'étaient pas seuls, Luc lâcha sèchement :

— Amuse-toi autant que tu le peux, Darci. Mais n'oublie pas que quand nous rentrerons ici cette nuit, tu seras seule avec moi.

Sa menace fit battre le cœur de la jeune femme à coups redoublés. Devait-elle comprendre qu'il ne tiendrait pas sa promesse ?

— Oooh... Est-ce l'air de la marche nuptiale, qui résonne à mes oreilles ? souffla Carlo d'un ton moqueur.

Luc détourna un instant les yeux de la piste de danse de la grande salle de bal et se retourna vivement vers son frère.

La fête d'anniversaire de leur mère battait son plein, et comme chaque année, elle était grandiose. Une centaine d'invités y avaient été conviés, et une douzaine de couples tournoyaient en ce moment sur la piste... parmi lesquels, Darci et Cesare.

— Peut-être, si tu as attrapé une otite à sifflements intempestifs, rétorqua Luc.

Carlo s'esclaffa et passa un bras sous le sien.

— Voyons, tout le monde adore ta petite Darci, observa-t-il d'un ton affectueux.

— Elle n'est pas à moi, maugréa-t-il.

— Ah non ? s'enquit Carlo, un accent badin dans la voix, tout en avalant une gorgée de champagne et en fixant Darci qui valsait avec grâce. Mais alors, pourquoi l'as-tu amenée ici ?

Luc fit la grimace et soupira.

— Parce que si je ne l'avais pas fait, toi, Cesare et maman, vous auriez passé la soirée à me présenter des demoiselles désirant convoler en justes noces.

Il avait justement repéré bon nombre de ces invitées choisies par sa mère, disséminées çà et là dans la salle, facilement reconnaissables à la manière dont elles le fixaient obstinément... et à l'indifférence qu'elles suscitaient chez lui.

— Tu te trompes sur toute la ligne, affirma Carlo. Ce sont nos femmes qui jouent les entremetteuses. Cesare et moi savons à quoi nous en tenir...

Luc lui décocha un coup d'œil méfiant.

— Ce qui signifie ?

— Ce qui signifie que j'ai consacré toute ma vie à éviter la malédiction des Gambrelli, pour ne pas tomber amoureux au point que la vie me paraîtrait soudain dénuée de sens loin de la femme qui aurait pris mon cœur. J'étais sûrement le play-boy le plus actif d'Europe... Bon, d'accord, *j'étais* le play-boy le plus actif d'Europe, admit-il, devant le regard lourd de sous-entendus de Luc.

Après avoir observé un court silence, il enchaîna :

— Mais la vérité, c'est qu'au moment où ça s'est produit, je ne pouvais rien faire pour lutter... Et Cesare a connu exactement la même chose. Aucun de nous ne cherchait le grand amour, bien au contraire ! Et tu sais quoi, Luc ?

Un sourire serein venait de se peindre sur le visage de Carlo.

— Une fois que j'ai renoncé à nier l'évidence et à me battre contre mes propres sentiments, une fois que j'ai accepté l'idée que ma vie n'avait aucun sens sans Angel, je n'ai été que trop heureux de capituler devant le destin.

— Eh bien, pas moi ! rétorqua Luc. Quand bien même toutes les femmes de la famille travailleraient nuit et jour à mettre au point leurs manigances, je ne céderais pas. Ce qu'elles ne veulent pas comprendre, c'est que la vie que je mène me rend parfaitement heureux !

— Vraiment ? insista Carlo en désignant Darci sur la piste.

Luc suivit son regard et sentit une légère amertume l'étrangler, comme Darci éclatait de rire à une plaisanterie de Cesare. Son visage s'était illuminé, et il pouvait deviner la manière dont son regard vert irradiait de petits éclats d'or.

Cette soirée ne se déroulait pas selon le schéma qu'il avait initialement en tête, dut-il reconnaître pour lui-même. C'était pourtant un plan si simple… Il lui suffisait d'avoir Darci près de lui et de s'en servir comme bouclier contre les attaques de sa famille, pendant qu'il aurait profité de la fête d'anniversaire de sa mère. Ensuite, après avoir ramené Darci à Londres, il serait rentré à Los Angeles pour y retrouver sa merveilleuse existence placée sous le signe d'une totale liberté…

Il soupira. Tout, chez Darci, était irrésistible. Non seulement sa beauté, mais aussi son intelligence et sa personnalité.

— Vraiment, asséna-t-il pourtant avec véhémence. Alors s'il te plaît, faites en sorte que vos femmes cessent de s'occuper de moi, d'accord ?

Malgré le plaisir qu'elle prenait à danser entre les bras de Cesare, Darci ne pouvait ignorer la présence de Luc qui discutait avec son frère, devant la piste de danse.

Et comment aurait-elle pu l'ignorer ? Chaque fois que Luc se tournait vers elle, c'était pour lui adresser un regard morne, indifférent.

Elle était pourtant parvenue à dominer son malaise au début de la soirée, découvrant que bien d'autres femmes avaient opté pour une tenue sexy — révélant parfois davantage que son propre petit fourreau noir. La compagnie de Robin et d'Angel l'avait également aidée à profiter pleinement de la fête. Les deux jeunes mariées étaient aussi charmantes l'une que l'autre, et leur bonheur s'avérait communicatif.

Sa rencontre avec Chantelle Gambrelli, la mère de Luc, s'était révélée une surprise. Malgré sa petite taille et ses soixante ans, elle était d'une rare beauté, et Darci avait longuement admiré ses grands yeux bleus. Sa chevelure d'un blond de miel lui avait enfin donné l'explication du mystère, et elle avait compris d'où Luc et Carlo tenaient cette singularité, dans leur physique de Siciliens.

A la vérité, l'attitude de Chantelle lui avait aussi permis de comprendre celle de Luc : la vieille dame était dotée d'une détermination à toute épreuve, et Darci pouvait facilement imaginer que si elle s'était mis dans la tête de caser son cadet, elle ne reculerait devant aucun procédé.

— Y a-t-il longtemps que vous vous connaissez, Luc et vous ? s'enquit Cesare en souriant.

Il valsait à merveille… Et ainsi que l'en avait avertie Angel, elle avait pu constater l'effet qu'il produisait lorsqu'il était en présence de ses cousins. Les trois hommes concentraient alors sur eux tous les regards !

Mais la question qu'il lui posait l'embarrassait. Elle avait l'impression de connaître Luc depuis toujours et songeait avec appréhension au vide qu'il allait laisser dans sa vie, au terme de ce week-end.

— Non, pas vraiment, avoua-t-elle.

— Hmm… Luc ne semble guère aussi détendu que d'ordinaire, commenta-t-il sobrement.

Darci hocha la tête. Le soir de l'avant-première, il semblait en effet plus « détendu ». Mais le tour qu'elle lui avait joué depuis semblait avoir eu une influence sur ses humeurs. Et après tout, c'était en jouant de sa culpabilité qu'il l'avait convaincue de le suivre à Paris. Peut-être regrettait-il son attitude ?

— Je ne trouve pas, mentit-elle. Il m'a l'air très à son aise…

— Vraiment ? insista Cesare en s'inclinant devant elle, comme le dernier accord de la valse retentissait.

Puis, il se dirigea avec elle vers la table où les attendaient Angel, Robin et Chantelle.

— Oui, vraiment, assura-t-elle en évitant de soutenir le regard inquisiteur de Cesare et en se sentant rougir.

Car c'était indéniable : répondant à chacun par onomatopées et affichant sa mauvaise humeur, Luc n'était pas à son aise. Pas du tout.

Et comme il venait à leur rencontre, elle put le constater une nouvelle fois à son regard sombre.

— Mon tour de danse, je crois ? demanda-t-il à son cousin.

Cesare sourit.

— Tu as de la chance. Darci est une remarquable danseuse.

— Darci est remarquable dans bien des domaines, répliqua-t-il.

Mais à la seconde où il vit le visage de sa compagne blêmir, il regretta ce commentaire plus qu'ambigu.

— Euh, je voulais dire qu'en tant que médecin, elle est aussi talentueuse que dévouée à ses patients.

Cesare hocha la tête.

— Bien sûr. C'est ce que j'avais compris. Eh bien, Darci, j'espère avoir l'occasion de danser encore avec vous plus tard.

— Merci, répondit-elle en le regardant rejoindre sa femme, avant de se retourner vers Luc pour le foudroyer du regard.

— Je suis navré, dit-il en la ramenant vers la piste et en glissant un bras autour de sa taille. Je crois que la présence de ma famille me pèse.

— Ah bon ? Je croyais que c'était moi, qui avais cet effet sur ton humeur.

— Pourquoi dis-tu ça ? demanda-t-il, étonné, la serrant contre lui comme l'orchestre entamait un paso.

Le regard de Darci semblait le défier. Elle levait la tête, laissant sa chevelure de feu courir dans son dos, telle la parure d'un félin sûr de régner sur son domaine. Mais à force de se tenir aussi droite, elle lui offrait une nouvelle fois une vue plongeante sur sa poitrine…

— Peut-être parce que tu n'as plus l'air d'être toi-même,

depuis quelques heures ? suggéra-t-elle, les yeux toujours brillants de colère.

— Il me semble que je ne suis pas le seul à être victime de mes nerfs, riposta Luc en la fixant intensément, cherchant à lui rappeler la scène effroyable qu'elle lui avait faite en comprenant que la suite ne disposait que d'une chambre.

— Peut-être, admit-elle. Mais tu sais très bien pourquoi.

Oh oui, il le savait ! A peine était-elle sortie de la douche qu'elle lui avait adressé l'un de ces regards assassins dont elle avait le secret. Mais comment aurait-il pu faire autrement que de réserver une suite simple, avec sa famille présente dans l'hôtel ? Cela ne changeait rien à son intention de dormir sur le canapé !

Sauf que… Depuis qu'elle avait enfilé cette minuscule robe noire, il doutait de ses capacités à rester étendu durant de longues heures derrière sa porte.

Oui, elle était particulièrement radieuse, ce soir… Et cette danse lui permettait d'apprécier la souplesse de son corps et la grâce de chacun de ses mouvements. Sans parler de cette vue sur son décolleté…

Il se colla plus intimement contre elle, laissant ses hanches onduler sur les siennes tandis que son excitation montait en un éclair.

— Pourquoi ne pas oublier ce différend, Darci ? suggéra-t-il. Nous sommes à Paris, et nous avons la soirée devant nous.

Darci s'abstint de toute réponse. Elle ne risquait pas de se détendre, tant qu'il la presserait contre lui et que son parfum l'enivrerait… En fait, elle avait chaud. Très chaud. Il lui était de plus en plus difficile de respirer, et elle aurait invoqué n'importe quel prétexte pour échapper à cette étreinte beaucoup trop troublante si l'orchestre ne la lui avait fournie avec l'entracte.

Luc la conduisit alors sur l'un des balcons, loin de la foule, et elle s'accouda à la balustrade de fer forgé pour admirer le panorama sur la tour Eiffel scintillante.

— C'est beau, n'est-ce pas ? murmura-t-elle.

— Très, convint-il d'un ton rauque.

D'un geste vif, elle se retourna vers lui et découvrit que c'était elle qu'il contemplait, et non cette vue hors du commun.

Comme son cœur s'emballait et qu'elle discernait une lueur familière dans son regard, elle secoua la tête.

— Non, Luc, je ne pense pas que…

— Ne pense à rien, conseilla-t-il en s'approchant à quelques centimètres d'elle.

Une nouvelle fois, son aura si sensuelle la pétrifiait, et elle fut incapable de résister quand il l'enlaça.

Non, elle ne pouvait plus esquisser un geste, hypnotisée par son regard plongé dans le sien. Et quand il se pencha sur elle pour l'embrasser, elle se sentit fondre de plaisir. Enfin, enfin elle savourait de nouveau le goût de sa bouche et de sa langue…

Elle se pressa alors contre lui et, bouleversée, découvrit l'ardeur de son désir.

— J'ai envie de toi depuis que je t'ai vue dans cette robe, murmura-t-il, tout en caressant sa taille et en déposant une myriade de baisers brûlants le long de son cou.

— C'est scandaleux, parvint-elle à articuler, grisée par ses caresses.

— Peut-être pas tant que ça, souffla-t-il en admirant la rondeur de ses seins. Qu'est-ce que tu portes, exactement, au-dessous ?

— Exactement ?

— Exactement.

— Eh bien… Juste une culotte.

— Juste une… !

Il manqua s'étouffer et releva les yeux vers elle.

— Pas étonnant que tu aies attiré les regards de tous les hommes, gronda-t-il. Il y avait de quoi !

Battant des cils, elle afficha un sourire faussement innocent.

— J'ai attiré le tien aussi ?

— Evidemment ! Je n'ai rien vu d'autre que toi, confirma-t-il en l'embrassant avec une ferveur redoublée, faisant remonter sa main le long de son dos nu avant de lui caresser les bras.

Elle était si belle, si parfaite… Ses seins emplissaient exactement ses mains avides de les couvrir de caresses, et il devenait fou en découvrant ses tétons durcis…

Il adorait l'entendre gémir quand il revenait chercher sa bouche avant de plonger les doigts dans son abondante chevelure et de se griser du parfum de sa peau.

— J'ai envie de toi, Darci, répéta-t-il en se pressant davantage contre elle.

Enfiévrée, Darci se sentait défaillir sous ses caresses et laissait des ondes de plaisir traverser son corps en fusion, tandis que ses seins répondaient à l'ardeur de ses mains.

Mais elle était dominée par une envie… Une envie très particulière.

Et soudain, elle songea qu'elle n'avait aucune raison de se dérober à cette impulsion irrépressible. D'une main fiévreuse, elle se mit à caresser le sexe durci de Luc, sous l'étoffe du pantalon, lui arrachant aussitôt des gémissements.

C'était la première fois qu'elle osait, la première fois qu'elle découvrait ainsi son intimité brûlante et virile… Et c'était une expérience fascinante.

Ses doigts tremblaient, mais semblaient guidés par un instinct venu de la nuit des temps.

Luc lui avait fait découvrir le plaisir, de ses doigts experts et de sa langue aventureuse… N'était-ce pas son tour ? Elle était curieuse de connaître l'effet de ses caresses sur lui, de savoir comment son corps ondulerait sous sa pression, d'entendre son plaisir…

— Ne t'arrête pas, Darci, lâcha-t-il d'une voix presque animale. S'il te plaît, continue…

Elle l'effleurait et laissait sa main conserver une légèreté aérienne, dessinant délicatement les contours de son sexe, exactement comme il l'avait fait en découvrant ses seins…

— Je t'en prie ! gémit-il. Darci… J'ai envie de toi !

— Laisse-moi faire, murmura-t-elle, sans interrompre sa caresse, tandis qu'il la faisait haleter en serrant l'un de ses tétons entre ses doigts.

Elle s'apprêtait à descendre le zip de son pantalon pour le prendre dans ses mains quand une voix derrière eux la fit sursauter :

— Luc chéri, je ne crois pas que le moment ou le lieu soient très bien choisis pour, euh… l'amour.

En reconnaissant Chantelle Gambrelli, Darci crut défaillir. Le sang refluait de tout son corps.

Incapable de se retourner pour lui faire face, elle enfouit son visage dans le cou de Luc et sentit un courant d'air glacé la parcourir de la tête aux pieds.

Oh, non, non… *Non !*

Pourquoi avait-il fallu que la mère de Luc les surprenne… Et à ce moment précis ?

Comment avaient-ils pu perdre la tête au point de se laisser aller à cette étreinte en public ?

Etait-ce bien elle, Darci Wilde, docteur en médecine et sage célibataire, qui venait d'offrir ce spectacle impudique aux hôtes d'une réception de marque de l'hôtel Gambrelli ?

11

— Non, Darci ! Nous ne pouvons pas partir maintenant, implora-t-il en lui attrapant le bras, alors qu'elle tentait de regagner l'escalier vers l'étage.

Elle lui retourna un regard épouvanté.

— Tu ne peux pas, mais moi, si !

Laissant tomber ses bras en un geste de désespoir, il soupira :

— Ma mère n'a rien vu, et elle…

— Oh, elle n'avait pas besoin de voir pour savoir ce que nous étions en train de faire, comme n'importe qui à sa place.

Après cet incident catastrophique, Darci ne voyait pas comment elle pourrait affronter le regard de la famille Gambrelli. A vrai dire, la situation était si inédite pour elle qu'elle n'avait aucune idée de la manière dont elle devait réagir.

Jusqu'à ce jour, elle avait cru être une personne structurée, sans doute pas de marbre, mais solide et fiable. Elle avait voulu devenir médecin, et il était logique qu'elle ait mis entre parenthèses les relations avec les hommes pour parvenir à cet objectif.

Or, elle venait d'oublier tout ce qui était important à ses yeux, uniquement parce que Luc était en train de l'embrasser et de la caresser. Il avait suffi de quelques secondes pour qu'elle se mue en une autre femme, une femme qu'elle ne connaissait pas et qui venait de se brûler les ailes. Et elle savait pourquoi. C'était Luc, qui produisait sur elle cet effet dévastateur. Les sentiments qu'elle avait pour lui la consumaient à petit feu, au point que le monde entier cessait d'exister pour elle.

Le jeu devenait beaucoup trop dangereux. Jamais il n'éprouverait pour elle des émotions semblables aux siennes. Il avait été très clair en affirmant que l'amour n'avait aucune place dans sa vie.

Oh, bien sûr, après cette soirée, elle se doutait qu'il allait lui proposer d'entamer une liaison avec lui.

Il n'était pas question qu'elle accepte ! Non, elle ne deviendrait pas l'une de ces femmes plongées dans l'attente, la souffrance et la frustration, espérant une visite d'un amant accaparé par son travail, à l'autre bout du monde.

Luc contemplait le visage torturé de sa compagne et cherchait à comprendre la nature de ses pensées.

— S'il te plaît, Darci, parle-moi, demanda-t-il avec douceur.

— Nous avons commis une bêtise, répondit-elle en secouant la tête. Et après ça, je ne pourrai plus regarder ta mère dans les yeux… Veux-tu m'excuser auprès de ta famille ?

Il était à peine 22 h 30, songea Luc. Personne ne quittait une fête si tôt… Mais pendant qu'ils étaient là, à discuter dans un coin du hall, leur absence ne pouvait passer inaperçue. Et chacun pouvait imaginer qu'ils poursuivaient dans l'intimité ce qu'ils avaient commencé sur le balcon… L'idée que sa famille se fasse des idées déplacées au sujet de Darci lui déplaisait au plus haut point. Or, en cet instant, elle n'offrait pas le visage de l'innocence : sa coiffure était défaite, son rouge à lèvres avait disparu, quelques traces roses apparaissaient dans son cou et ses yeux brillaient d'effroi et de gêne.

Et l'heure tournait toujours…

— Bon, conclut-il à regret. Je vais leur dire que tu as la migraine et que tu es partie te coucher.

Darci soupira, visiblement soulagée.

— Tu crois que la scène à laquelle ta mère a assisté suffira à lui ôter toute envie de faire l'entremetteuse ?

— Disons que tu as rempli ton office, ce soir, répondit-il en haussant les épaules.

— Eh bien... Heureusement que nous partirons tôt demain matin ! Je ne pourrais plus croiser le regard d'aucun membre de ta famille après ce soir.

— Ne t'inquiète pas à ce sujet, Darci.

— Ne pas m'inquiéter ? répéta-t-elle, stupéfaite par sa désinvolture. *Jamais* je n'oublierai ça !

— Je leur expliquerai tout, assura-t-il d'un ton réconfortant.

Comment cela ? Darci le dévisagea avec perplexité. Que comptait-il *expliquer* ? Qu'elle était semblable à toutes les femmes qu'il avait fréquentées auparavant ? Qu'elle ne tenait aucune place dans sa vie ?

Mais après tout, pourquoi se serait-elle intéressée plus longtemps à cette affaire ? Dès le lendemain, sa relation avec Luc serait terminée, et son chemin ne croiserait plus celui d'aucun Gambrelli.

— Va te coucher, Darci, l'encouragea-t-il. Je te rejoindrai dans peu de temps.

Elle préféra prendre les devants et précisa :

— Je laisserai des oreillers et des couvertures dans le salon.

— Tu es certaine de vouloir que je passe la nuit dans le canapé ? demanda-t-il, un sourire moqueur aux lèvres.

— Oui, lança-t-elle avec force.

D'autant plus qu'elle avait besoin d'être seule, en ce moment. Entièrement seule. Pour décrypter les messages contradictoires que son cerveau lui envoyait...

Bien sûr, son corps lui tenait d'autres discours. Il lui soufflait qu'elle avait envie de Luc et qu'il était facile d'avoir cette nuit avec lui. Par chance, sa raison fonctionnait toujours et lui rappelait qu'une fois ne serait pas assez, et que même si Luc lui proposait de prolonger cette relation, elle irait au-devant de bien des souffrances en acceptant. A aucun prix elle ne devait céder à la tentation.

En se retournant vers Luc, elle découvrit que son sourire avait disparu.

— Darci, je crois que nous devrions parler, toi et moi, déclara-t-il avec sérieux.

— Je ne vois pas de quoi, répliqua-t-elle avec brusquerie. Et puis maintenant, je commence réellement à avoir la migraine.

— Je croyais que c'était une maladie réservée aux dames mariées à l'heure du coucher ?

Elle haussa les épaules.

— C'est une idée reçue. Je doute fort qu'Angel ou Robin en aient jamais souffert.

— Darci…

— Tu devrais retourner dans la salle de bal, coupa-t-elle.

Oui, il le savait, pensa Luc. Mais il était tout aussi conscient du fait que Darci et lui devaient parler, malgré la réticence qu'elle manifestait. En quelques minutes, elle s'était échappée, fuyant si loin de lui qu'il craignait de ne plus pouvoir la rattraper… L'inquiétude qui montait en lui était insupportable. Malheureusement, il ne pouvait prendre le temps d'y mettre un terme maintenant.

— Je te rejoins le plus vite possible, confirma-t-il en lui souriant.

Mais elle demeura de glace et conclut :

— Essaie de ne pas me réveiller si je suis déjà endormie.

A ces mots, il serra les dents : même quand il dormait profondément, elle avait le pouvoir de le perturber ! En fait, il n'avait pensé à rien ni personne sinon à elle, depuis leur rencontre, dix jours plus tôt, réalisait-il avec terreur. Et même dans ses rêves, il avait senti la douceur de sa peau contre la sienne, ou vu son regard s'allumer quand il lui donnait du plaisir…

— Tu es médecin, Darci, opposa-t-il. Je suppose que tu as l'habitude de veiller.

— C'est précisément parce que je fais souvent des gardes de nuit que j'ai besoin de me reposer quand j'en ai l'occasion, répliqua-t-elle.

Puis, elle lui adressa un long regard et ajouta :

— Notre contrat ne prévoyait pas que nous passions la nuit ensemble, Luc.

Il haussa les épaules.

— Le contrat n'est plus en vigueur.

La déclaration fit bondir la jeune femme, et une expression outrée passa sur son visage.

— Juste comme ça ? interrogea-t-elle, indignée. Parce que tu viens de le décider ?

— Darci, j'ai la nette impression que tu cherches à provoquer une querelle…

— Je ne cherche rien du tout ! Et *nous* sommes en pleine querelle, précisa-t-elle. Si tu t'es imaginé que quelques baisers sur le balcon, ou la vue sur Paris, te donneraient l'occasion de partager mon lit ce soir, tu…

— Ce n'est pas la vue sur Paris qui t'a séduite, Darci, coupa-t-il avec impatience. Pas plus qu'elle ne m'a fait tourner la tête. Darci, quoi que j'aie pu te dire auparavant, tu dois bien réaliser que je n'ai pas l'intention de te dire adieu à la fin du week-end.

— Tu n'auras pas le choix, trancha-t-elle. J'ai déjà une vie bien remplie, Luc, dans laquelle il n'y a certainement pas de place pour un play-boy sicilien qui déciderait d'atterrir dans mon lit quand il est de passage à Londres !

Luc se mordit la lèvre, réalisant que les accusations de Darci étaient fondées. C'était bien ainsi qu'il avait mené sa vie jusqu'alors.

— C'est précisément à cause de ce genre de préjugés que je tiens à ce que nous ayons une conversation, répondit-il.

— Avant ou après que nous aurons couché ensemble ? rétorqua-t-elle, furieuse.

— Ma chère, je te laisse libre d'en décider, lâcha-t-il en s'inclinant pour esquisser une petite révérence.

Vraiment, l'arrogance de cet homme n'avait pas de bornes ! pensa Darci, ulcérée. Il était persuadé que sa faiblesse sur le balcon, un moment plus tôt, lui permettrait de faire d'elle sa maîtresse !

— Je regrette, Luc, mais je n'entretiens pas de liaisons, répondit-elle en tournant les talons pour gravir l'escalier.

Elle n'avait pas besoin de se retourner pour être certaine que Luc la suivait des yeux. Et surtout, elle n'allait pas se rabaisser à lui accorder un regard ! Mais, parvenue au premier étage et hors de sa vue, elle se plaqua contre le mur pour le contempler à la dérobée.

Son expression impénétrable lui étreignit le cœur. Oui, elle l'aimait, elle l'aimait profondément. Elle n'avait plus aucun doute à ce sujet. Et tout ce qu'il venait de lui dire confirmait qu'il désirait nouer une liaison avec elle.

Dire qu'elle avait pensé pouvoir accepter une telle proposition, quelques jours plus tôt… C'était fini. Elle savait aussi qu'elle serait incapable de lui résister s'il pénétrait dans sa chambre un peu plus tard. Que faire ? Elle ne pouvait s'accorder cette nuit avec lui, alors qu'elle serait sans lendemain.

Comment passer une nuit seulement avec Luc ? Même une semaine ne suffirait pas, ni un mois, ni deux… Ce soir, elle avait pris conscience qu'elle ne pourrait pas supporter moins d'une vie entière auprès de lui. Ce qui était loin de correspondre aux désirs versatiles et vite satisfaits de Luc Gambrelli.

Une fois revenue dans la suite, Darci ne se mit pas au lit. Elle alla se changer et enfila le jean et le pull qu'elle avait portés durant la journée avant de s'installer dans un fauteuil face à la baie vitrée, les bras enroulés sur ses genoux.

Elle allait attendre Luc.

C'était lui qui avait raison. Il fallait qu'ils parlent. Elle s'en était rendu compte en rangeant la petite robe noire dans son sac de week-end et en se jurant de ne plus jamais la remettre. Plus tôt Luc saurait qu'elle ne voulait pas entamer une liaison avec lui, et mieux cela vaudrait. Elle redoutait toutefois son extraordinaire pouvoir de persuasion, s'il tentait de la séduire par ses baisers envoûtants… Mais plus que tout, elle appréhendait le moment où il ne serait plus là, sachant déjà qu'il hanterait chacune de ses pensées.

C'était effroyable. En quelques jours, un homme était parvenu à s'emparer d'elle, de son corps et de ses pensées… Elle en venait presque à comprendre le subterfuge employé par Mellie pour attirer l'attention de Grant. Presque : car elle se savait incapable de lui jouer un tour de ce genre, même si elle était éperdument amoureuse de lui.

Quand elle entendit la clé électronique jouer dans la serrure, elle prit une longue inspiration et se retourna vers la porte de la suite, les mains moites. Il était seulement 23 heures. Etrange…

Luc ne fut guère surpris de trouver la jeune femme dans l'obscurité, devant la fenêtre du salon. Le clair de lune faisait jouer des reflets argentés dans sa chevelure, et il comprit bientôt qu'elle avait délibérément éteint toutes les lumières. Non, il n'était pas étonné de cette initiative. Il s'était douté qu'une fois passée sa colère, la jeune femme admettrait qu'une conversation était nécessaire entre eux. Elle avait les pieds sur terre, et il n'était pas dans sa nature de fuir les confrontations. Seulement, elle avait retourné la situation : désormais, c'était elle qui le mettait au pied du mur !

— Bonsoir, Darci, murmura-t-il en s'approchant et en découvrant qu'elle ne portait plus son court fourreau noir.

Sa déception fut vive. Il avait eu le temps de fantasmer et de se voir en train de lui ôter ce minuscule morceau de tissu… Mais peut-être avait-elle eu raison. La robe l'aurait distrait.

— Bonsoir, Luc, répondit-elle avec sobriété.

Eh bien, le préambule était à peine cordial… Etait-elle encore furieuse à cause de la scène sur le balcon ? Furieuse n'était peut-être pas l'adjectif à utiliser… Bouleversée ? Non, finalement, à en juger par son regard froid, peut-être pas non plus.

Il poussa un profond soupir et prit place face à elle.

Darci ne bougeait pas. Elle attendait. Pourquoi n'avait-il pas lancé l'offensive, puisqu'il était si impatient de le faire un moment plus tôt ? Oh, elle avait envie d'en finir ! Qu'il lui demande de devenir sa maîtresse, qu'elle refuse et qu'il la laisse pleurer sur son oreiller le reste de la nuit !

L'expression fermée de son visage ne laissait transparaître aucune émotion. Etait-ce encore une manière de la punir ? Ce dont elle était certaine, c'était que l'entretien qui allait suivre allait être le plus pénible de sa vie. Peut-être était-ce son destin, qui la punissait : les rares fois où elle avait prié un homme de ne plus l'appeler ou de ne plus chercher à la revoir, après un ou deux dîners, elle n'avait rien ressenti. Non, aucune émotion ne l'avait alors troublée.

Mais il y avait une différence de taille : Darci n'avait jamais blessé un homme délibérément ! Et maintenant qu'elle connaissait l'amour pour la première fois de sa vie, il fallait qu'elle tombe sur quelqu'un qui lui renvoyait en plein cœur son insensibilité !

Il ne lui laissait pas le choix. Elle devait engager la bataille.

— Ce que je t'ai dit tout à l'heure, je le pensais, Luc : je ne veux pas partager mon lit avec toi cette nuit.

— Aucun problème, répondit-il, un accent amusé dans la voix. Dormir est la dernière de mes préoccupations, pour le mo…

— Luc, coupa-t-elle d'une voix douce, arrête de me taquiner.

— Te taquiner est pourtant devenu l'un de mes plus grands plaisirs, Darci, murmura-t-il.

— Eh bien, c'est un plaisir auquel tu vas devoir renoncer dans un futur proche.

Il lui adressa un long regard langoureux.

— Tu n'as pas envie de moi ?

Elle soupira.

— Je pourrais difficilement prétendre le contraire, après ce qui s'est passé sur ce balcon…

— Alors où est le problème ?

— Le problème, c'est que je ne veux pas…

— Tu ne veux pas d'une liaison, termina-t-il.

— Exactement, admit-elle, soulagée. Et puisque tu ne connais rien d'autre que ce type de relations… Luc, qu'est-ce que tu fais ?

Affolée, elle le regarda s'agenouiller devant elle et caresser la peau nue de ses chevilles. Son geste était d'une telle douceur qu'elle sentait des frissons brûlants monter en elle.

— Peux-tu nier que tu aimes sentir mes mains sur ton corps ? demanda-t-il en la fixant avec insistance.

Darci déglutit péniblement.

— Je n'ai jamais cherché à le nier, Luc. Je te dis simplement que je ne veux pas d'une liaison avec toi.

— Oui, je crois que tu as été très claire à ce sujet, renchérit-il en souriant. Tu restes hermétique aux « play-boys siciliens » qui souhaiteraient atterrir dans ton lit lors d'un bref passage à Londres…

La manière dont il lui renvoyait cette réflexion lui laissait deviner qu'elle s'était montrée violente. Mais il avait au moins reçu le message.

— Et si je te proposais davantage qu'une liaison, Darci ? suggéra-t-il brusquement.

12

La jeune femme demeurait interdite.

Luc ne la quittait pas des yeux. Elle était sur ses gardes, c'était évident.

— C'est-à-dire ? demanda-t-elle d'une petite voix.

Il soupira.

— Quelle est d'ordinaire la suite d'une liaison ?

Darci fronça les sourcils. L'expression de Luc ne laissait filtrer aucun indice. Tout juste distinguait-elle une lueur dans son regard intense... Mais elle n'aurait pas su l'interpréter.

Hésitante, elle humecta ses lèvres.

— Tu me proposes de vivre avec toi tant que nous sommes attirés l'un par l'autre ? Non... Cela ne fonctionnerait pas davantage qu'une liaison, puisque tu vis à Los Angeles, et moi à Londres.

Pourquoi ne renonçait-il pas ? Elle avait mal à la tête et son cœur battait désespérément.

— Tu ne voudrais pas t'installer à Los Angeles ? demanda-t-il.

— Non, répondit-elle en se levant pour s'arracher à ses caresses. Pas plus que tu n'envisagerais de venir vivre à Londres.

Luc la regardait arpenter la pièce. Il admirait la grâce de sa silhouette, la longueur de ses jambes, les reflets de sa chevelure. Elle était si belle...

— Mais pourquoi me poses-tu cette question ? reprit-elle en lui adressant un regard direct. A quoi joues-tu, Luc ?

— Je ne joue pas, Darci, répondit-il en souriant. Interroge-moi, et tu verras.

— Pour que tu répondes par la négative chaque fois ? Non, sûrement pas, répliqua-t-elle.

La détermination qu'elle lisait maintenant dans son regard la troublait. Décontenancée, elle songea que tout était préférable à un entretien prolongé, qui la laisserait vide et sans forces.

— Bon, d'accord, soupira-t-elle. C'est moi qui vais poser les questions... Es-tu prêt à déménager ton entreprise de production de Los Angeles à Londres pour que nous puissions vivre ensemble ?

— Oui.

Elle blêmit et le fixa, perplexe.

— Oui ? répéta-t-elle dans un souffle.

— Oui, confirma-t-il.

— Mais... Je... Tu... Ne sois pas ridicule ! s'écria-t-elle.

— Qu'est-ce qui est ridicule là-dedans, Darci ? Carlo et Cesare ont fait ce chemin, eux aussi, et se sont installés à Londres pour qu'Angel et Robin conservent leurs emplois respectifs. Angel est désormais assistante de recherches pour un homme politique, et Robin travaille dans la maison d'édition de son père.

— Mais ils sont mariés ! répliqua Darci. Les gens font ce genre de sacrifices, dans le mariage. Pas quand ils ont des liaisons !

— Exact, reconnut-il. Mais il ne s'agirait pas d'avoir une liaison. Il s'agirait de vivre ensemble.

— C'est pareil ! affirma-t-elle avec humeur.

— Non, pas du tout. Darci, je suis disposé à m'installer à Londres et à m'absenter le moins possible pour rester auprès de toi. Et toi, qu'es-tu prête à faire en retour ? demanda-t-il en s'approchant d'elle et en plongeant son regard dans le sien.

Reculant d'un pas, Darci se demanda si elle était toujours éveillée. Une brume épaisse empêchait son cerveau de fonctionner, et cette conversation n'avait plus de sens.

Ou bien...

Luc lui offrait-il ce dont elle rêvait ?

Peut-être que s'il s'installait à Londres et qu'ils vivaient ensemble, il finirait par tomber amoureux d'elle, lui aussi... ?

Non. Il était déterminé à n'aimer aucune femme. Jamais.

— Rien, répondit-elle. Je n'offre rien pour vivre avec toi, Luc. Ni à Londres ni ailleurs.

Sa voix n'avait pas tremblé. Elle soutenait son regard, et elle s'était assurée de ne laisser aucune ambiguïté dans cette déclaration.

Il prit une brève inspiration.

— C'est ton dernier mot sur ce sujet ?

Darci hocha la tête.

Oh, bon sang, elle savait qu'il était médicalement impossible que son cœur se brise, mais c'était bien ce qui arrivait...

Les sanglots l'étranglaient, et elle ne voulait pas qu'ils éclatent en sa présence.

— Crois bien que j'apprécie ton offre, Luc. Mais je sais que c'est impossible... Bonne nuit, balbutia-t-elle en courant vers sa chambre avant de refermer soigneusement la porte derrière elle.

Luc demeura devant cette porte fermée de longues, de très longues minutes.

Les battements de son cœur rythmaient le silence mais ne parvenaient pas à le débarrasser de l'amertume d'avoir perdu Darci.

Non.

Non, il ne l'avait pas perdue, parce qu'il ne l'accepterait pas ! Il ne pouvait pas l'accepter. Et il ne renoncerait pas sans se battre, décida-t-il en marchant d'un pas déterminé vers la chambre.

13

En entendant la porte s'ouvrir et se refermer, Darci se redressa et s'accouda sur le lit. Les larmes lui voilaient la vue, l'empêchant de distinguer autre chose que la haute silhouette de Luc s'approchant d'elle.

Oh, elle n'aurait pas la force, non, elle n'aurait plus la force de lutter contre ses émotions…

Elle sentit le matelas s'affaisser doucement, comme il s'asseyait pour l'attirer doucement à lui. Malgré elle, elle enfouit son visage trempé de larmes au creux de son épaule.

— S'il te plaît, Luc, essaie de comprendre, reprit-elle tout en savourant le contact de son torse protecteur. J'aimerais pouvoir te dire oui… Oh, je voudrais sincèrement pouvoir être l'une de ces femmes qu'une simple liaison suffirait à rendre heureuses, ou qui voudraient vivre avec toi, prendre ce que tu as à offrir ! Mais je ne peux pas, non, je ne peux pas.

Elle hésita et ajouta d'un ton mal assuré :

— Tu vois, il se trouve que je n'ai jamais… Et de toute façon, je te décevrais.

Luc sentait ses propres émotions former un nœud dans sa gorge. Il se sentait profondément ému devant les larmes et les joues rosies de la jeune femme.

— Darci… Es-tu en train de me dire que tu es ce que je crois que tu es ? demanda-t-il dans un murmure.

Elle marqua une pause.

— Que je suis toujours vierge à vingt-huit ans ?

Avec une grimace embarrassée, elle enchaîna :

— Oui, Luc, c'est bien ce que je suis en train de te dire. Alors tu vois, tu n'as pas besoin d'une liaison avec une femme aussi peu expérimentée !

Bouleversé par les émotions violentes qui l'assaillaient, Luc se trouva incapable d'articuler un son durant plusieurs secondes. Il y avait pensé. Oui, cette idée lui avait traversé l'esprit, le jour du pique-nique, à cause des revirements constants de Darci... Mais maintenant, il était sous le choc.

— Tu as raison, Darci, conclut-il enfin. Je ne veux pas d'une liaison avec toi.

La bouche de la jeune femme se mit à trembler.

— Je me doutais que tu choisirais cette position quand tu le saurais, répondit-elle lentement.

Luc se redressa et s'écarta doucement d'elle.

— Darci, au moment où tu as quitté le salon, j'ai réalisé que j'avais oublié de te dire le plus important. Enfin, non. Je n'avais pas oublié...

Il observa un court silence et reprit :

— En fait, si je ne te l'ai pas dit, c'est parce que je cherchais encore à me protéger. Darci... Je n'ai pas été complètement honnête, avec toi. Je ne veux pas non plus vivre avec toi. Pas seulement. Enfin, pas à moins que... Darci, veux-tu m'épouser ?

Il retint son souffle et attendit la réponse.

Stupéfaite, Darci le regardait. Elle fixait sa mâchoire serrée, la lueur dans son regard... Mais elle ne parvenait pas à décrypter son expression mutique.

— Ce n'est pas un peu extrême, pour m'avoir dans ton lit ? demanda-t-elle.

Il sourit.

— Si. Ce serait le comble de l'extrême, si c'était vraiment ce que je voulais. Mais ce n'est pas le cas. Darci, Carlo m'a longuement parlé ce soir. Il m'a raconté sa relation avec Angel, au moment où ils se sont rencontrés. Il m'a dit qu'il avait peu à peu réalisé qu'il ne pourrait pas vivre sans elle. Qu'il était prêt à tout, à *tout*, pour qu'elle demeure auprès de lui.

Incapable de respirer, Darci l'était encore moins de parler.

Luc la contemplait en secouant la tête, avec un sourire d'autodérision.

— Darci Wilde… Ravissante et ensorcelante Darci Wilde, murmura-t-il en posant ses deux mains sur son visage et en plongeant son regard inquiet dans le sien. C'est ainsi que j'ai moi-même compris que c'est exactement ce que je ressens pour toi !

— C'est… C'est vrai ? articula-t-elle d'une voix à peine audible.

— Oui, c'est vrai. Je t'aime, Darci. Je sais que je t'aimerai toute ma vie. Je t'aime, au-delà de tout. Et je n'aimerai jamais que toi. J'aime…

— Luc, je crois que j'ai compris le message, interrompit-elle en riant, le cœur débordant de joie.

Il était *réellement* amoureux d'elle ! Il l'aimait ! Et il voulait l'épouser !

— Mais je t'ai déçu, reprit-elle, dévorée de culpabilité. Je t'ai délibérément offensé, et…

Il lui interdit de poursuivre en posant son index sur ses lèvres.

— Chut. Cela n'a plus d'importance. Tu défendais ton amie.

— Une amie qui n'avait pas besoin d'être défendue, répondit-elle.

Etait-ce possible ? Luc l'aimait ?

Cela semblait trop miraculeux pour être vrai !

— Tu n'en savais rien, dit-il. Tu es une amie loyale et fidèle, Darci. Et c'est peut-être aussi pour cette raison que je suis sûr que tu seras une épouse loyale et fidèle. Alors que ma propre vie a été…

Il réfléchit avant d'enchaîner :

— Contrairement à toi, Darci, je ne me suis jamais occupé des autres. J'ai mené ma vie de manière égoïste, ne songeant qu'à mes plaisirs et donnant très peu autour de moi…

— Luc, s'il te plaît, ne dis pas des choses pareilles, le coupa-t-elle.

— C'est la vérité, insista-t-il, tout en songeant qu'il était tombé éperdument amoureux d'une femme qui ne lui avait toujours pas dit si elle l'aimait. Je me suis persuadé que je n'aimerais jamais, parce que l'amour exclusif que se portaient mes parents nous avait exclus, mon frère et moi. Je préférais rester à la surface d'une relation et me tenir le plus éloigné possible des émotions complexes ou intenses. Mais te rencontrer, tomber amoureux de toi, t'aimer : c'est ce qui m'a permis de comprendre que je n'avais jamais été qu'un égoïste.

Darci hocha la tête.

— Parce que tu croyais qu'en aimant de manière absolue, comme tes parents, tu y perdrais quelque chose ? Que tu serais aliéné par une passion susceptible de te détruire ? Et que si tu devais avoir des enfants, ils en souffriraient à leur tour ?

Luc la contempla en silence durant quelques secondes avant de hocher lentement la tête en signe d'assentiment.

— Oui, finit-il par admettre, comme à contrecœur. Mais ce n'est pas vrai, n'est-ce pas, Darci ?

Il ne voulait plus croire à tout ça. Il imaginait Darci enceinte, puis cajolant leur bébé avec lui... Leur amour ne pourrait que grandir et laisser une place immense à leur enfant.

Après tout, si ses parents n'y étaient pas parvenus, cela ne signifiait pas qu'il était condamné à l'échec. Il avait observé Cesare avec ses enfants, la semaine passée, et avait eu la preuve que son bonheur était complet. Il en serait bientôt de même pour Carlo et Angel, que l'arrivée prochaine du bébé comblait de joie.

Si seulement il pouvait bâtir le même bonheur avec Darci, si seulement elle acceptait de devenir sa femme, il avait la certitude que leurs enfants seraient inclus dans leur immense amour. Il voulait des enfants. De toute son âme.

— Non, Luc, ce ne serait pas vrai pour nos enfants, confirma-t-elle. Au contraire, ils puiseraient des forces dans notre amour, un amour qui leur offrirait des bases solides dans la vie.

Elle avait parlé d'un trait, sans hésiter. Et sa voix n'avait pas faibli. Maintenant qu'elle le regardait avec intensité, Luc discernait dans ses yeux verts quelque chose de… de…

— Darci, tu m'aimes ? demanda-t-il très bas, osant à peine croire que c'était possible.

— Oui, Luc, je t'aime, avoua-t-elle en le laissant attraper ses deux mains et en y entrelaçant étroitement ses doigts. Je t'aime si fort que le fait que tu m'aimes aussi me terrifie… Est-ce que tu penses que deux personnes comme nous, je veux dire, des personnes qui, pour des raisons bien différentes, ont fui toute leur vie l'amour… Est-ce que tu penses que ces personnes peuvent trouver ensemble le bonheur et l'amour ?

Luc prit une longue inspiration. Son cœur battait violemment.

— Je pense… Non : je suis sûr que nous sommes faits l'un pour l'autre !

Darci sourit.

— Moi aussi. Oh, Luc, moi aussi ! s'écria-t-elle joyeusement en pressant ses lèvres contre les siennes.

Les bras de Luc se refermèrent sur elle, et il lui rendit son baiser avec passion.

— Ce soir, reprit-il, après t'avoir vue charmer toute ma famille j'ai compris que l'idée de ne plus te voir m'était insupportable. Tu es mon soleil, Darci !

Déposant une myriade de baisers dans son cou, il ajouta :

— Je t'aimerai jusqu'à mon dernier souffle !

Darci était au septième ciel. Il y avait tant d'années à venir, tant d'années pour s'aimer, avoir des enfants, des petits-enfants, et peut-être même des arrière-petits-enfants…

Oui, c'était le paradis.

Épilogue

Un peu plus tard, toujours lovée dans les bras de Luc, Darci s'esclaffa :

— Kelly m'avait bien avertie que mon petit plan risquait de se retourner contre moi, le soir de l'avant-première…

Luc sourit.

— Je suis impatient de faire sa connaissance. A vrai dire, je serai ravi de rencontrer tes deux colocataires.

Darci soupira.

— C'est moi seule qui ai eu l'idée de venger Mellie, je dois bien l'admettre…

— Oh, ça, je le sais ! s'exclama-t-il en riant, avant de déposer un baiser très tendre sur son front. Mais j'ai bien l'intention de remercier Mellie pour son intervention, quand j'aurai l'occasion de la voir ! Sans elle, nous n'aurions peut-être pas passé suffisamment de temps ensemble pour tomber amoureux !

Darci se redressa pour l'embrasser à son tour.

— Je préfère croire que si, opposa-t-elle. Il y a certaines choses qui sont faites pour exister.

— Tu le crois vraiment, Darci ? demanda-t-il en la dévisageant avec insistance.

— De tout mon cœur, affirma-t-elle. Je t'ai attendu toute ma vie, Luc. Toute ma vie !

Dès qu'il l'embrassa, elle sentit son corps réagir. Elle se pressa contre son sexe durci, tandis que sa poitrine devenait extraordinairement sensible.

— Non, Darci ! s'exclama-t-il en se redressant, s'arrachant à leur étreinte.

Perplexe, elle tenta de sonder son regard.

— Non… ?

Il sourit.

— Tu vas peut-être penser que ça ne me ressemble pas de jouer les fiancés vieux jeu, mais… Je ne veux pas anticiper sur notre nuit de noces. Tu es tout pour moi, Darci, *tout* ! Et je veux que tout soit parfait pour toi. Y compris notre mariage. Bien que…

Darci leva vers lui un regard troublé par le désir.

— Luc… ?

— Non, ne me tente pas ! répliqua-t-il, un sourire amusé aux lèvres. Je veux placer ton bonheur au-dessus de tout, et ça commence dès maintenant. Alors… Tu veux bien m'épouser, Darci ? Veux-tu être mon amour jusqu'à la fin de nos vies ? Veux-tu devenir ma femme ?

— Oui, Luc. Oui, oui, *oui* ! assura-t-elle, les larmes aux yeux.

— Trois fois oui ! s'exclama-t-il en riant et en la serrant dans ses bras. N'est-ce pas un peu excessif ?

— Pas si nous avons des triplés, murmura-t-elle en riant à son tour.

L'idée de donner la vie aux enfants de Luc lui soulevait le cœur de bonheur.

— Ma mère ne s'en plaindrait pas, observa-t-il.

— Oh, Luc ! Ta mère ! s'écria-t-elle. Que doit-elle penser de moi, depuis qu'elle nous a surpris, tout à l'heure ?

— Ma mère n'a aucun doute au sujet de mes sentiments pour toi, répondit-il. Je lui ai dit que je t'aimais avant de monter ici. Et je lui ai également appris que si tu le voulais bien, tu serais ma femme. Il est fort probable qu'elle est toujours en bas, à songer à la cérémonie de mariage.

Darci pouvait à peine en croire ses oreilles.

— Tu lui as vraiment dit ça ?

— Oh oui.

— Mais… Comment a-t-elle réagi ?

Il sourit.

— Elle m'a dit que j'étais son fils cadet adoré, avoua-t-il, visiblement ému. Tu sais, Darci, c'est étrange. Quand j'étais petit, je me sentais exclu de l'amour de mes parents, peut-être parce que j'étais le dernier-né. Mais ce soir, j'ai réalisé que l'amour que me porte ma mère est sans réserve, et qu'elle souhaite mon bonheur de tout son cœur.

Darci resserra les bras autour de son cou.

— J'en suis heureuse, Luc. Très heureuse.

— Quoi qu'il en soit, poursuivit-il, ma mère se félicite que mon choix se soit porté sur toi, et elle ne demande qu'à t'accueillir dans la famille.

Il y avait dans sa voix un soupçon de la fierté des Gambrelli, cette fierté qu'elle avait perçue ce soir.

Les Gambrelli.

Cesare, Carlo et Luc.

Et elle allait épouser le dernier célibataire de ce trio, l'aimer et le chérir toute sa vie.

Luc la pressa plus étroitement contre lui.

— Quand m'épouseras-tu, Darci ?

Elle plongea son regard brillant de malice dans le sien et fit mine de réfléchir.

— Eh bien… Dans la mesure où tu as placé un embargo sur nos étreintes, je me demande s'il ne vaudrait pas mieux que les noces soient célébrées dans un délai assez court, non ? *Très* vite, même !

Luc lui sourit, d'un sourire absolu, sans réserve, tandis que tout l'amour qu'il lui portait se reflétait dans son regard.

— Darci, chuchota-t-il, le fait que je veuille une lune de miel parfaite ne signifie pas que nous n'avons pas le droit de nous donner un peu de bon temps…

— Ah non ? s'enquit-elle en lui décochant une longue œillade sensuelle.

— Absolument pas, confirma-t-il en posant ses lèvres brûlantes au creux de son cou.

— Oh… Tant mieux, déclara-t-elle en s'abandonnant au pur plaisir de se lover dans les bras de Luc, de se laisser griser par ses lèvres brûlantes.

Car elle avait trouvé son homme. Son Gambrelli.

Retrouvez prochainement,
dans votre collection

SAGAS

LES SECRETS DES FORTUNE 2/2 - N°190

Un enfant en héritage, de Michelle Major

Lui, Charles Fortune Chesterfield, collectionneur d'aventures sans lendemain, père d'un petit garçon ? Comment Alice a-t-elle osé lui cacher qu'elle attendait un enfant de lui ? Et pourquoi l'a-t-elle écarté de la vie de son fils ? Résolu à partager le quotidien de Flynn, cet enfant qu'il ne connaît pas mais qu'il aime déjà, Charles exige de le rencontrer...

Pour une idylle avec toi, de Nancy Robards Thompson

Non seulement Joaquin vient de la quitter, mais en plus il refuse de lui adresser la parole... Zoe n'aurait jamais dû mentir sur son identité ! Mais être la fille du patron de Robinson Tech n'est pas l'idéal lorsqu'on veut être aimé pour ce que l'on est vraiment. Résolue à regagner le cœur du seul homme qu'elle ait jamais vraiment aimé, elle n'a alors d'autre choix que de lui tendre un piège pour lui parler...

L'époux dont elle rêvait, de Judy Duarte

Graham travaille ici ? Alors qu'elle vient d'arriver dans le ranch de son oncle, Sasha est bouleversée quand elle tombe sur Graham, l'homme dont elle était amoureuse autrefois... Elle qui, après avoir fui un mari violent, pensait trouver le repos dans cette propriété perdue au cœur du Texas, la voilà envahie par un désir aussi violent qu'inattendu. Pourtant, jamais Graham ne voudra d'elle. Quel homme poserait les yeux sur une mère célibataire sur le point d'accoucher ?

AMOUR, GLOIRE ET POUVOIR, de Joss Wood - N°191

Désir interdit

Julia a su mener sa carrière au point de se voir proposer aujourd'hui de designer l'intérieur d'un yacht ! Une perspective séduisante. En revanche, elle ne s'attendait pas à ce que le constructeur ne soit autre que Noah Lockwood, l'ami dont elle a été si proche avant qu'il ne disparaisse brutalement...

Une porte sur le paradis

DJ déteste Noël. Pour elle qui a grandi sans famille, veiller à n'avoir aucune attache est essentiel. Pourtant, son corps vient de la trahir. Elle attend l'enfant de Matt, le seul homme qu'elle s'autorise à fréquenter. Sa décision est prise, elle taira ce secret, pour ne pas risquer d'être rejetée une fois de plus...

Retrouvez prochainement,
dans votre collection

SAGAS

Architecte, femme et mère

Jouer les nourrices pour le bébé que doit garder Judah durant quinze jours ? Darby est prise au dépourvu face à la demande de son nouveau patron new-yorkais au service duquel elle souhaitait mettre ses compétences d'architecte. Même si elle rêve de fonder une famille, accepter cette demande ne risque-t-il pas de desservir sa carrière ?

3 MILLIARDAIRES À MARIER, de Miranda Lee - N°192

La vengeance d'un homme d'affaires

Seize ans plus tôt, Russel s'est juré de venger son père, ruiné et acculé au suicide par la faute d'Alistair Power, un banquier peu scrupuleux. Il a bâti le plus grand empire immobilier de Sydney, et œuvré à provoquer sa faillite. Aujourd'hui, il décide de parfaire son plan en séduisant la fille de son ennemi. Mais il découvre une jeune femme dont la beauté et la sensibilité le bouleversent...

L'héritière de Pearl Beach

Si elle veut garder sa maison de Pearl Beach, Kathryn doit se marier avant ses 30 ans. C'est la condition que Val, la vieille dame qui, au fil des ans, était devenue son amie, a posée dans son testament. Or, comment se résoudre à perdre cette maison ? Aussi, quand son patron lui propose un mariage de convenance, Kathryn n'hésite pas. Tout en sachant qu'elle joue avec le feu...

L'épouse bafouée

Durement éprouvée par une fausse couche, Megan surprend à l'hôpital une conversation entre les deux meilleurs amis de son mari. Une conversation qui la laisse en proie au désespoir le plus profond : son mari, James, apprend-elle, ne l'a jamais aimée et ne cherchait, en l'épousant, qu'à avoir un héritier... Peut-elle continuer à vivre avec James comme si de rien n'était, alors qu'il n'éprouve rien pour elle ?

Retrouvez prochainement,
dans votre collection

SAGAS

SÉDUCTEURS À CONQUÉRIR, de Sara Orwig - N°193

Ce secret à te révéler

Sierra ne décolère pas : comment Blake a-t-il osé la séduire, puis lui faire passer la plus magique des nuits pour se venger de son père ? Bien sûr, le milliardaire prétend l'aimer et elle n'a jamais éprouvé un sentiment aussi fort pour un homme. Mais il est trop tard, jamais elle ne pourra lui pardonner... Une solution s'impose : fuir et l'oublier à jamais. Mais, deux semaines plus tard, Sierra découvre qu'elle est enceinte...

Une mère pour Amelia

Le jour où Erin, la sœur de son meilleur ami, arrive chez lui pour s'occuper d'Amelia – sa nièce de huit mois dont il a la garde –, Cade est aux anges. Entre son ranch et son nouveau rôle de père, il avait besoin d'aide ! Ce qu'il n'avait pas prévu, c'est d'être troublé par le charme d'Erin, qui fait naître en lui des sentiments qu'il s'est juré de ne plus jamais éprouver...

Un inoubliable baiser

Un baiser échangé avec Gabe, et Megan sent ses certitudes vaciller... Si elle a demandé à son meilleur ami de l'épouser, c'était uniquement pour montrer à ses parents qu'elle compte mener sa vie comme elle l'entend. En aucun cas elle n'avait prévu de tomber amoureuse de lui ! Pourtant, Megan se met à trembler. D'angoisse, mais aussi d'anticipation. Comme si ce baiser venait de changer sa vie à jamais...